FOLIO POLICIER

Carlene Thompson

Perdues de vue

Traduit de l'américain
par Joyce Deller

Gallimard

Titre original:
LAST SEEN ALIVE

Carlene Thompson est américaine. Elle est l'auteur de douze romans, tous parus aux Éditions de La Table Ronde, parmi lesquels *Présumée coupable*, *Ne ferme pas les yeux*, *Les secrets sont éternels* ou *Mortel secret*. Elle a enseigné l'anglais dans l'Ohio, vit désormais en Virginie et est considérée comme l'une des émules les plus talentueuses de Mary Higgins Clark.

À ma famille canine et féline
qui apparaît de bonne grâce
dans mes livres.

Prologue

Avec précaution, Chyna Greer releva le châssis de la fenêtre de sa chambre. L'air brûlant de juillet balaya son visage. Derrière elle, Zoey Simms, sa meilleure amie, dit d'une petite voix aiguë : « Je n'arrive pas à croire qu'on fait ça !

— Je crois qu'on ne devrait pas, fit Chyna. Si on me surprend à aller jusqu'au lac la nuit… »

Zoey fit un petit sourire : « Il ne t'arrivera absolument rien.

— Maman et papa ne sont pas des parents aussi tolérants que tu l'imagines, Zoey.

— Comparés aux miens, si. Les deux semaines que je passe ici chaque été sont les seuls moments où je m'amuse.

— Tu vis à Washington D.C. mais c'est le temps que tu passes à Black Willow, Virginie-Occidentale, le clou de ton année ?

— Ici, c'est le seul moment où je m'amuse parce que je suis avec toi. Après-demain je rentre à la maison, alors ne sois pas rabat-joie, Chyna. »

Chyna regarda les grands yeux d'un brun velouté de Zoey et soupira. Quelques mois seulement la sépa raient de son amie — elle avait seize ans et demi, et Zoey seize — mais il lui semblait souvent que c'étaient des années. Elle regrettait parfois de n'avoir jamais eu, comme Zoey, ce côté lutin exubérant, et elle essayait d'être moins tributaire de son bon sens, mais le simple désir ne suffit pas à modifier la personnalité.

Chyna avait un mauvais pressentiment au sujet de cette virée au lac Manicora, mais il faut dire qu'elle en avait au sujet de beaucoup de choses. Son frère aîné, Ned, lui disait toujours de « se laisser un peu aller et d'arrêter de penser autant ». Elle avait beau aimer beaucoup Ned, elle ne savait absolument pas comment arrêter de penser, alors que lui, apparemment, y parvenait sans problème, s'il fallait en croire son regard vide parfois des jours durant.

Chyna repoussa ses longs cheveux bruns derrière les oreilles, essayant de gagner du temps. « Nous sommes à l'étage, Zoey. L'une de nous peut tomber et se casser la jambe. Et comment on expliquera ça ?

— Oh, tu es décourageante ! s'impatienta Zoey. Parfois tu as l'air d'être déjà vieille, d'avoir trente ans au moins. Descendre du premier étage par le treillis du rosier, tu parles d'un exploit ! »

Zoey commençait à se fâcher. Ce qui ne lui arrivait pratiquement jamais, mais huit jours plus tôt elle était tombée follement amoureuse et, depuis, elle n'était plus qu'une masse d'émotions tourbillonnantes. Zoey ne voulait pas révéler à Chyna le nom de son amoureux. Soit parce qu'elle savait que Chyna n'apprécierait pas ce garçon, soit parce qu'elle s'imaginait que le secret ajoutait du piment à l'histoire d'amour. Quoi qu'il en soit, Zoey était restée inflexible quant à cette rencontre avec son anonyme Roméo près du lac. « C'est un rendez-vous romantique, Chyna, fit-elle avec flamme, et si tu ne viens pas avec moi, j'y vais toute seule ! »

Chyna perçut l'accent de fausse bravoure dans la voix de Zoey. Elle était certaine que son amie était effrayée à l'idée d'aller seule près du lac la nuit, mais elle avait fait une promesse à son mystérieux amoureux, et avait l'intention de la tenir.

Chyna ferma les yeux et respira profondément. Elle ne pouvait pas laisser tomber Zoey. Après tout, Zoey était, depuis toujours, sa meilleure amie. Leurs mères avaient été inséparables à la fac et Zoey était même la compagne de baptême de Chyna, sœur-marraine, si une telle chose existait. Pour Chyna, c'était une sorte de devoir de veiller sur Zoey.

« On va simplement en bas de la colline, de l'autre côté de la grand-route », insista Zoey, sa voix prenant cette intonation enjôleuse à laquelle la plupart des gens ne savaient pas résister lorsqu'elle venait d'une si jolie fille.

« Mais il est déjà très tard et, de l'autre côté de la route, c'est le lac Manicora. Et il est immense, Zoey.

— À t'entendre, on croirait que c'est l'un des Grands Lacs.

— Il fait seize hectares.

— C'est bien de toi de connaître sa taille exacte, fit Zoey d'un ton mordant. Si encore c'étaient seize hectares de requins, d'anguilles électriques, d'octopus…

— Octopi.

— Oh pardon. J'oubliais que tu étais un génie.

— Je ne suis pas un génie.

— Tu as simplement un Q.I. perdu dans la stratosphère. Et là, est-ce que je m'exprime correctement ?

— Tu essaies de m'amadouer avec tes compliments.

— On dirait que ça ne marche pas », dit tristement Zoey, tordant une mèche de ses courts cheveux dorés, comme chaque fois qu'elle était nerveuse. Elle semblait prête à pleurer de frustration. « Écoute, on ne va pas se faire prendre. Ta mère est couchée avec des maux de tête, ton père travaille tard dans son bureau et de toute manière il ne te surveille jamais. Ned est dans sa chambre en train d'écouter de la musique au casque. Personne ne remarquera qu'on est sorties, alors, tu viens avec moi ou j'y vais toute seule ? » Chyna hésitait encore. « Entendu, j'y vais toute seule, déclara Zoey. C'est ce qu'il m'a dit de faire, de toute manière.

— Qui, *il* ?

— Je ne te le dirai pas, mais ce n'est ni un pervers ni un type bizarre. Il est romantique et merveilleux. Il ne cherche pas non plus juste à coucher avec moi. On va simplement parler, peut-être s'embrasser, c'est tout, et je vais y aller !

— D'accord, je viens, fit Chyna à contrecœur, comprenant que Zoey ne changerait pas d'avis. Tu savais que je viendrais.

— Non, je ne savais pas. Sincèrement. »

C'était l'une des choses que Chyna avait toujours aimées chez Zoey : sa sincérité. Il lui arrivait de vouloir échapper à ses parents surprotecteurs, et Chyna n'aurait pu lui en vouloir, à moins de s'en vouloir aussi à elle-même. Mais Zoey n'avait *jamais* menti à Chyna. Lorsqu'elles avaient cinq ans, elles avaient fait un pacte de sang. Elles s'étaient piqué le doigt avec une aiguille, horrifiées devant les minuscules gouttes de sang qui avaient jailli. Mais elles avaient enduré la douleur, leurs doigts appuyés l'un sur l'autre. Elles n'avaient jamais brisé le pacte.

« Eh bien, allons-y, soupira Chyna. Ensemble comme toujours.

— Super ! cria presque Zoey, avant de baisser la voix et de l'enlacer. Tu es la meilleure amie du monde, Chyna. » Puis elle s'écarta, ses yeux bruns brillant de joie. « Bon, à toi d'abord.

— Pourquoi moi d'abord ?

— Tu connais mieux ces treillis que moi.

— Mais oui, c'est toujours par là que je passe pour entrer et sortir ! répliqua Chyna d'un ton ironique. C'est tellement plus pratique.

— Vas-y, c'est tout, fit Zoey, impatiente. Je vais être en retard. »

Chyna lança à Zoey un regard dur. « Lorsqu'on sera vieilles, avec des cheveux gris, je veux que tu te souviennes de ce moment, Zoey. J'espère que je serai largement récompensée !

— Entendu, répondit solennellement Zoey. Lorsqu'on sera en maison de retraite, je te laisserai t'asseoir à table à côté du type le plus mignon, le seul qui aura encore toutes ses dents.

— Après cette nuit, on ne se retrouvera sûrement jamais en maison de retraite ensemble ! » Plus tard, le souvenir de cette prédiction donnerait chaque fois le frisson à Chyna.

Chyna balança sa jambe, protégée par son jean, par-dessus le châssis de la fenêtre. Le temps que sa chaussure de course trouve un échelon du treillis pour faire appui, Chyna resta comme suspendue. Si le rosier grimpant de sa mère n'avait pas été décimé par le nouveau jardinier, cette expédition via le treillis aurait été impossible.

En se tenant toujours au châssis, Chyna coinça son pied gauche dans un triangle étroit du treillis. Puis elle lâcha complètement le châssis et saisit le treillis, qui se révéla étonnamment solide.

« Dépêche-toi, souffla nerveusement Zoey.

— Tu me laisseras m'assurer que je ne vais pas tomber ? »

Zoey se tut, et Chyna commença sa descente, sentant bien que sa manière mesurée de progresser rendait folle son amie. Enfin, à moins de trente centimètres du sol, elle lâcha le treillage et sauta sur la terre grasse d'un parterre sans fleurs. Zoey regarda en bas avec anxiété. « J'y vais ?

— Oui, mais avance lentement, et fais bien attention. »

Zoey n'avança pas du tout lentement, pas plus qu'elle ne fit attention. À deux mètres du sol, elle tomba du treillis, et termina sa course en chute libre, agitant les bras avant de heurter le parterre.

Chyna se précipita vers elle. « Tu t'es fait mal ? »

Zoey se releva avec les mains, s'épousseta rapidement. « Tout va bien. » Elle réajusta son jean et son petit haut bleu ciel. « Allons-y. »

Sur la pointe des pieds, elles passèrent devant la maison — le living et le bureau, encore éclairé, du père de Chyna — puis coururent le long de l'allée en direction du chemin asphalté qui descendait la colline avant de rejoindre la grand-route.

Au bout de trois minutes, Chyna rompit le silence

et dit : « Je n'aime pas ça. Ce n'est pas une bonne idée… »

Zoey se retourna vivement vers elle. « Alors retourne à la maison. Je peux me débrouiller toute seule.

— Maintenant que j'ai descendu ce satané treillis… de toute manière je ne vais pas te laisser seule dans l'obscurité rencontrer un type que tu connais à peine…

— Ce n'est pas un type que je connais *à peine*.

— Tu l'as déjà rencontré à Black Willow ?

— Oui, mais cette fois c'est différent. Parfois ça fait tout simplement tilt avec quelqu'un, tu sais ?

— Non, je ne sais pas.

— C'est parce que tu ne penses qu'à ton pilote d'avion, Scott Kendrick. Tu parles de lui sans arrêt. Tu es *follement* amoureuse de Scott Kendrick.

— Pas du tout ! protesta Chyna. C'est la pire idiotie que j'aie jamais entendue. Sa mère et maman sont amies. C'est comme ça que j'en sais autant sur lui.

— Lorsqu'il est arrivé tout à l'heure au barbecue du 4 Juillet et qu'il a dit "Salut, Chyna", tu es passée par cinq couleurs au moins et tu t'es étranglée avec ta limonade.

— Zoey, tu es une obsédée ! Je n'ai jamais accordé la moindre pensée à Scott Kendrick et grand bien me fasse, parce que je ne suis qu'une adolescente de province et lui, il a au moins une douzaine de petites amies fascinantes partout dans le monde et…

— Et tu te mets à parler si fort qu'on t'entend sûrement depuis la maison, protesta Zoey. Si tu arrêtes de me rabâcher que c'est une mauvaise idée ce soir, moi j'arrête de te faire marcher avec Scott. »

Toutes les deux trépignaient, l'une d'impatience, l'autre de colère. Mais la colère ne sert à rien, se dit Chyna. Rien ne va arrêter Zoey et je ne veux pas qu'elle reparte après-demain furieuse contre moi.

La nuit était brûlante, comme alanguie. Dans la soirée, Chyna n'avait pas fait spécialement attention au temps, alors que tout le monde s'amusait à la fête organisée par les Greer, comme chaque année pour le 4 Juillet. Elle avait passé un si bon moment. À présent, essayant de retrouver son calme, elle respirait profondément l'air nocturne aux agréables senteurs de fleurs — robiniers, sassafras et primevères — qui poussaient de chaque côté de la route. Quelques oiseaux, pas très nombreux, gazouillaient dans les ténèbres. À l'aube ils s'en donneraient à cœur joie ! Le feuillage du côté de Chyna frémit. Zoey sursauta, agrippa le bras de Chyna. Elles n'eurent que le temps d'apercevoir un lièvre sautiller sur la route et disparaître à la vitesse de l'éclair.

Depuis un moment elles étaient silencieuses. Puis Zoey demanda « À ton avis, laquelle des deux se mariera la première ? Moi ou toi ? »

La question était si anodine, après leur dispute, qu'elle prit Chyna par surprise. Elle essaya de répondre sur le même ton désinvolte : « Toi. Les garçons n'ont pas l'air de m'aimer.

— Bien sûr que si ! fit Zoey avec chaleur. C'est ton physique et ton super-cerveau qui leur font peur. » Chyna lui lança un regard oblique. « Tu es grande et mince et ton prénom est celui d'un pays exotique, et ça, c'est génial, et puis tu as ces longs et épais cheveux bruns et ces yeux gris-bleu envoûtants...

— Envoûtants ?

— Mais oui. Ils sont magnifiques mais mystérieux, comme si tu gardais des tas de secrets cachés. Et je crois que c'est bien le cas. » Chyna la regarda d'un air presque dur. « Ce n'est pas une critique, enchaîna vivement Zoey. Simplement, même quand tu étais encore une gamine, tu avais déjà ces trucs de sixième sens qui t'arrivaient et c'est plutôt effrayant car le plus souvent tu as raison. »

Chyna, malgré l'obscurité, se sentit rougir. Cela faisait si longtemps que sa vie était différente, il lui arrivait d'oublier qu'elle n'était pas comme les autres. Neuf ans s'étaient écoulés depuis ce jour où elle se trouvait sur le cruiser de ses parents, avec Ned, alors qu'ils descendaient la rivière Ohio, en compagnie de leurs voisins qui possédaient pratiquement le même bateau. Les adultes avaient tiré les deux cruisers près de la rive, laissant le moteur tandis qu'ils manœuvraient d'avant en arrière pour être prêts à repartir. Aucun d'eux n'avait vu la petite fille de sept ans, Chyna, qui avait trop chaud et qui s'ennuyait, se glisser hors de son gilet de sauvetage et se pencher pour regarder la rive opposée où elle avait remarqué un cirque ambulant. Les voisins, légèrement éméchés, avaient fait une manœuvre brusque, et leur cruiser avait heurté celui des Greer, *The Chyna Sea*. Chyna était tombée à l'eau et seul le petit garçon de neuf ans, Ned, avait entendu son cri. Aussitôt, il avait plongé à son secours. Le bateau avait entraîné Chyna, terrifiée à la vue de l'hélice, tranchante comme une lame de rasoir, qui fendait l'eau à quelques centimètres de son visage. Puis Chyna s'était cogné la tête contre la coque du cruiser et tout était devenu noir.

Ned, qui nageait très bien pour son âge, était devenu

le héros du jour lorsqu'il était réapparu à la surface, sa sœur inconsciente dans les bras. Chyna n'avait pas retrouvé pleine conscience avant des heures. Une semaine plus tard, elle avait commencé à avoir des flashes d'événements qui se passeraient dans le futur, ou bien de choses passées, dont elle ne pouvait avoir eu connaissance par des moyens normaux. Il lui arrivait également de savoir ce que les gens pensaient, alors qu'ils étaient en train de dire le contraire.

Les flashes avaient tout d'abord été imprécis, à peine plus nets que les impressions étranges qu'elle avait déjà avant l'accident. En grandissant, elle s'était rendu compte qu'elle effrayait les gens. Alors elle s'était mise à mentir, déclarant haut et fort qu'elle n'avait plus de pensées « bizarres ». C'était seulement devant Zoey que, de temps en temps, elle se trahissait — Zoey à qui elle ne pouvait jamais rien cacher.

« Zoey, tu n'as jamais parlé de mes visions ou des voix à quelqu'un d'autre, n'est-ce pas ? demanda-t-elle, subitement inquiète de ce qu'on pouvait penser d'elle.

— Non ! Oh, ça m'est arrivé il y a très longtemps, mais jamais depuis que tu m'as fait promettre de n'en parler à personne, pas même à maman. Moi j'adorerais avoir ton don de perception extrasensorielle, mais je sais que toi, ça t'ennuie.

— Si tu penses vraiment que j'ai ce don, pourquoi ne crois-tu pas le mauvais pressentiment que j'ai ce soir ? »

Zoey regarda le sol à ses pieds. « Parce que rien ne dit que tu as *toujours* raison. Parfois c'est simplement ta prudence qui se mélange à tes perceptions bizarres. » Zoey s'empressa d'ajouter : « Mais ça ne veut pas dire que d'habitude je ne t'écoute pas et je trouve que j'ai vachement de la chance que tu sois ma meilleure amie. Tu es mon porte-bonheur. C'est pour ça que, l'année dernière, j'ai acheté ces deux pendentifs avec le trèfle à quatre feuilles. » Zoey porta la main sur le sien, tenu par une fine chaîne d'or. « Et toi, tu as le tien ? »

Chyna le retira de sous son encolure : « Je ne m'en sépare jamais.

— Ça veut dire que je serai toujours en sécurité. J'ai mon trèfle à quatre feuilles et je suis avec la plus géniale des amies. »

Chyna rougit mais ne dit rien, ne voulant pas que Zoey sache à quel point le compliment lui avait fait plaisir. Même si, pour la plupart des gens, Zoey et Chyna ne pouvaient pas être plus différentes l'une de l'autre en apparence, elles étaient secrètement reliées par quelque chose qui, pour Chyna, était plus fort que les liens du sang. Elle n'avait jamais raconté à Zoey qu'elle ressentait cela, mais elle était persuadée que Zoey le savait et ressentait la même chose. Qu'est-ce que je ferais si un jour elle partait ? pensa Chyna. Qu'est-ce que je ferais si je devais ne plus jamais la revoir ?

Brusquement Zoey se mit sur la pointe des pieds et dit, tout excitée : « Voilà le lac ! Le belvédère est juste devant nous. » Elle désigna une extravagante construction en bois, bâtie sur une minuscule île au milieu du lac et rendue accessible par un étroit pont, en bois lui aussi. « Je le vois à l'intérieur, il m'attend ! Je ne mettrai pas plus d'une demi-heure, je te le promets ! » Chyna ouvrit la bouche, mais Zoey ne la laissa pas parler : « Je resterai à portée de vue et tout se passera bien. Merci d'être venue, Chyna. Hasta la vista !

— Vaya con Dios », répondit doucement Chyna, alors que ce qu'elle aurait voulu faire, c'est crier : Je t'en prie, *n'y va pas* !

Elle resta là jusqu'à ce que Zoey ait traversé le pont et soit entrée dans le belvédère. Le type se leva, et ils s'étreignirent. Chyna les observa tandis qu'ils s'asseyaient sur le banc. La lueur de la lune sur l'eau n'était pas assez forte pour qu'elle puisse distinguer les traits de l'amoureux de Zoey, mais elle vit leurs visages se rapprocher. Ah, voilà le baiser passionné, se dit-elle. Le fameux « comment allons-nous supporter de rester loin de l'autre lorsque tu ne seras plus là ? » qui durerait probablement une semaine au plus.

Tu es jalouse, se dit-elle. Elle était sortie deux fois seulement de tout l'été avec un garçon, alors que Ned, lui, avait en général trois petites amies en même temps. Qui finissaient toujours par le découvrir. Suivaient une explosion de cœurs brisés, puis un déluge d'appels téléphoniques qui exaspéraient ses parents. Ils faisaient de violents reproches à Ned et les choses se calmaient pendant quelques semaines, puis un nouveau cycle commençait. Malgré tout, Chyna enviait à son frère sa popularité.

Chyna bâilla si violemment qu'elle crut qu'elle allait se décrocher la mâchoire. Elle n'aurait pas dû prendre ses cachets antihistaminiques. Les soirs d'été, son nez se bouchait, sa gorge piquait, et sans ces cachets elle éternuait sans arrêt. Mais ils lui donnaient toujours sommeil et elle était déjà fatiguée de sa longue soirée de barbecue.

Chyna s'assit sur l'herbe. Au bout de cinq minutes,

ses paupières se baissèrent. Elle mena une bataille déjà perdue contre le sommeil. Bientôt sa tête retomba en avant et, presque aussitôt, elle bascula sur l'herbe fraîche, dans une paisible inconscience.

« Chyna, réveille-toi ! » Le nez de Chyna la piquait, son corps lui faisait mal, et elle sentait l'humidité de la rosée. Elle ouvrit grands les yeux. Elle était toujours allongée sur l'herbe près de la route au bas de sa maison, et sa mère se tenait debout devant elle. « Où est Zoey ? » demanda Vivian Greer d'un ton brusque.

Chyna se releva d'un saut, aussitôt sur le qui-vive. À l'est, le soleil, voilé par la brume, commençait à apparaître. C'est le matin, comprit-elle, ignorant sa mère qui, d'une voix forte et irritée, continuait à la questionner. Chyna se mit à appeler Zoey en criant. Sa voix lui parut très faible, perdue dans les arbres et le sous-bois qui séparaient la maison du lac — le lac où Zoey était allée rejoindre son petit ami.

La peur serra le cœur de Chyna comme une main glacée. Zoey avait disparu. Disparu dans la nuit, disparu dans la brume.

Six heures plus tard, alors que la police, Ned, ses parents, et une douzaine d'amis et de volontaires parcouraient encore les bois à la recherche de la jeune fille, et que la police parlait de draguer le lac, Chyna avait su avec une certitude désespérante qu'elle ne reverrait plus jamais Zoey.

CHAPITRE Ier

Douze ans plus tard

1

Chyna Greer se tenait sur la rive du lac Manicora. Ce jour de fin octobre était gris, le soleil presque blanc, et le bord du lac couvert de feuilles humides et flétries, apportées là par une tempête récente. Chyna serra plus fort la ceinture de son imperméable noir. « Lac Manicora, dit-elle à voix haute. Un *manicora* — un être humain avec une tête de femme et un corps couvert d'écailles. » Elle soupira. « Je ne sais pas qui a nommé ce lac, mais ils ne devaient pas être d'humeur joyeuse ce jour-là. »

Michelle, soixante livres de chien husky mêlé d'un peu de labrador jaune, leva le regard vers Chyna. On aurait dit qu'elle fronçait les sourcils en signe de concentration. Elle sembla absorber l'information au sujet du nom du lac, puis reprit son examen prudent de l'eau sombre et froide.

« On admire le paysage ? »

Chyna leva les yeux et vit un homme grand et brun qui s'approchait d'elle. Vêtu d'un jean et d'une veste en daim marron, le sourire hésitant, il boitait légèrement en s'appuyant sur une canne. À sa vue, le cœur de Chyna fit un bond, exactement comme lorsqu'elle avait seize ans. « Hé, Chyna, c'est moi...

— Scott Kendrick, répondit rapidement Chyna — bien trop rapidement, se dit-elle.

— Eh bien, je ne dois pas avoir tellement vieilli puisque tu me reconnais. » Il sourit, puis regarda la chienne.

« Et à qui ai-je l'honneur ?

— Michelle. Je l'ai trouvée à la fourrière, l'année dernière. »

Scott s'approcha lentement de la chienne, se baissa avec difficulté à cause de sa jambe droite, et tendit la main pour lui permettre de la sentir. Chyna remarqua immédiatement, sur sa main et son poignet, des égratignures en train de cicatriser. Michelle renifla, puis lécha la main, et Scott sourit, découvrant des dents blanches et régulières, qui tranchaient sur son bronzage. Un sourire charmant, mais qui n'avait plus le caractère insouciant des années de sa jeunesse, tel qu'elle en gardait le souvenir.

« Elle est magnifique, dit Scott.

— Elle te dirait merci si elle le pouvait. J'ai eu de la chance de la trouver. »

De l'une de ses bottes noires, Chyna toucha un tas de feuilles trempées en train de se décomposer. Elle avait l'impression que l'automne s'était abattu trop rapidement sur la ville, même si cela faisait des années qu'elle n'était pas revenue chez elle en octobre.

« Peut-être préfères-tu ne pas parler de ta mère maintenant, mais je veux que tu saches que je l'ai vue la dernière semaine, dit Scott avec douceur, tout en caressant Michelle d'un air absent, comme s'il ne savait pas trop que faire de lui-même dans cette situation. Elle avait l'air en bonne santé, et heureuse. En fait, elle est venue à la maison avec un cheese-cake à la cerise. Je n'en revenais pas qu'elle se souvienne de mon dessert favori. » S'appuyant de nouveau sur la canne, il finit par se redresser, haute silhouette de plus d'un mètre quatre-vingt-cinq. Il avait toujours été mince, mais il avait l'allure de quelqu'un qui vient d'être malade et qui a perdu du poids. « C'était une amie proche de maman, mais elle était toujours très gentille avec moi aussi. »

Chyna, à son grand étonnement, n'avait pas pleuré une seule fois depuis qu'elle avait appris, environ trente heures plus tôt, la chute de sa mère dans les escaliers de la villa des Greer, une chute qui lui avait brisé la nuque. Dès qu'elle avait reçu l'appel de son frère Ned lui apprenant la nouvelle, elle avait mis quelques vêtements dans une valise, fourré une Michelle effrayée dans son panier, et pris le premier vol en partance d'Albuquerque, Nouveau-Mexique, pour Charleston, Virginie-Occidentale. De là, elle avait loué une voiture et c'était à l'aube qu'elle était arrivée à Black Willow.

« L'autopsie a montré que maman a souffert de plusieurs attaques dites "silencieuses" puis d'une dernière crise qui a été fatale. C'est elle qui a dû provoquer la chute dans l'escalier. Je ne savais même pas qu'elle avait des problèmes cardiaques, dit Chyna, se retournant pour regarder le lac, et surtout pour cacher le fait qu'elle n'était *pas* en larmes. Et moi qui me prétends interne en médecine.

— Peut-être ne voulait-elle pas que tu te fasses du souci à ce sujet. »

Chyna fit un signe de la tête. « Ned lui-même ne savait pas que maman était malade. Je ne suis même pas sûre qu'elle suivait un traitement. Elle évitait toujours de voir les médecins. Tu imagines comme ça me rendait dingue, moi qui suis du métier.

— Oui, j'imagine. » Chyna remarqua les ombres et les rides profondes autour des yeux sombres de Scott. Il semblait manquer de sommeil. « Mais je veux que tu saches combien je suis désolé pour toi.

— Merci. » Chyna se dit qu'elle avait l'air guindée et peu sincère, mais quelque chose à l'intérieur d'elle refusait de montrer son émotion, même celle de sa voix. « Et qu'est-ce qui t'amène ici par ce mauvais temps ? » demanda-t-elle brusquement, se forçant à regarder directement le beau visage sculpté de Scott et à cesser d'agir comme une enfant gauche et raide, même si c'était exactement ainsi qu'elle se sentait.

« Je suis sorti sans but précis. J'avais juste besoin de penser. D'être seul.

— Oh ! » Chyna tira sur la laisse de Michelle. « Désolée de t'avoir interrompu. Nous allons y aller.

— Ce n'est pas vraiment *seul* que je voulais dire, répliqua aussitôt Scott. Je voulais dire seul sans Irma Vogel, qui est là depuis mon arrivée pour donner un coup de main.

— Je me souviens d'elle, dit Chyna. Lorsque j'étais adolescente, elle travaillait chez nous. Le gros du ménage. Un peu de cuisine. J'avais toujours l'impression qu'elle ne m'aimait pas. » Elle avait cessé de travailler chez eux après la disparition de Zoey, mais Chyna ne voulait pas faire allusion à cet événement déprimant.

« Ce n'était sûrement pas toi qu'elle n'aimait pas. C'était ton physique. Irma n'est pas une beauté et elle n'a jamais apprécié les filles qui sont jolies. » Scott souriait mais Chyna garda le visage baissé et tourné, un peu déconcertée par ce compliment indirect. « Je crois que, toute sa vie d'adulte, elle a dû aller d'un emploi à l'autre. Je sais qu'elle veut bien faire, mais elle vide le cendrier chaque fois que je fume une cigarette. Si je pose trois secondes un magazine, elle s'en empare et le range dans le porte-revues. Et elle essaie de me nourrir toutes les demi-heures. Pendant qu'elle travaille, elle chante d'une voix indescriptiblement atroce. Elle me fait savoir régulièrement qu'elle est encore célibataire à quarante ans. *Et* vierge. Je ne sais jamais ce que je dois faire de cette dernière information.

— La demander aussitôt en mariage.

— Je l'imagine, mais pour une raison ou une autre, cela ne me tente pas. J'aimerais pouvoir me débarrasser d'elle, mais je ne veux pas la blesser. De plus, je suppose que j'ai réellement eu besoin d'un peu d'aide ces dernières semaines, mais pas autant qu'Irma l'aurait voulu.

— Je suis étonnée que tes parents ne soient pas venus en même temps que toi, dit Chyna.

— Ils voulaient le faire, mais cela faisait vingt ans qu'ils projetaient cette croisière dans les îles hawaiiennes. Ils étaient en mer depuis trois jours déjà lorsque je les ai appelés au sujet de… l'accident. Je leur ai dit que je ne voulais pas qu'ils rentrent et papa a compris que ce n'était pas par héroïsme ou par politesse. Honnêtement, j'avais déjà raconté tellement de fois les moindres détails aux enquêteurs, je n'aurais pas supporté de recommencer à en parler et tu sais que maman est comme un pit-bull lorsqu'elle veut savoir quelque chose. Je crois que je suis redevable à papa qui a insisté pour qu'ils continuent le voyage. Ils seront à la maison la semaine prochaine. Et il faudra que je refasse un récit complet. »

Alors qu'elle aurait dû trouver quelque chose de réconfortant à dire, Chyna se retrouva sans voix. Après tout, comment de simples mots pourraient-ils réconforter Scott ? Cinq semaines auparavant, le jet qu'il pilotait s'était écrasé dans l'Indiana, tuant soixante-douze personnes. La mère de Chyna lui avait écrit qu'il avait été déclaré absolument hors de cause, mais qu'il était très déprimé et pensait mettre fin à sa carrière de pilote de ligne commerciale. Après avoir passé plus d'une semaine à l'hôpital, il était à présent en congé, se remettant de ses blessures. « Je suis désolée, Scott. » Chyna rougit, ne sachant pas si elle devait aborder le sujet du crash ou au contraire le passer sous silence.

Il fourra la main gauche dans la poche de sa veste et leva les yeux en direction du ciel sombre. « J'avais l'intention, de toute manière, de faire un saut à Black Willow à un moment ou à un autre. Mais je n'imaginais pas le faire dans ces circonstances. Et la maison est déprimante. Elle ressemble plus à un musée qu'à un foyer. »

Il sourit, mais ses yeux incroyablement sombres restèrent tristes. Le regard que Chyna lui connaissait était un regard confiant, tout à la fois effronté et timide. Elle se demanda si elle le reverrait un jour. Le vent se remit à souffler, faisant voler ses cheveux bruns sur le front. Cela faisait cinq ans que Chyna n'avait pas vu Scott, mais elle remarqua les rides au-dessus de ses sourcils et les traces jaunes et mauves d'un bleu assez important. Il avait aussi une entaille le long de sa pommette droite et une autre du côté gauche du menton. Les deux étaient recouvertes de pansements, et Chyna devina que les points de suture avaient dû être retirés récemment.

« Est-ce que cela t'ennuie si je marche avec vous ? demanda-t-il. Ça nous réchauffera peut-être.

— Bonne idée. Je crois bien que j'aurais fini par tomber en catalepsie à force de rester debout ici. Michelle doit être morte d'ennui, elle a sûrement hâte de partir explorer toutes ces odeurs exotiques autour d'elle.

— Exotiques ? Les feuilles pourrissantes du lac Manicora ?

— Pour elle, elles le sont. Elle est habituée au désert. Ou plutôt, à regarder le désert, dit Chyna alors qu'ils se mettaient lentement en route, comme deux invalides. Elle n'aime pas marcher dans le sable.

— Est-ce que tu aimes New Mexico ? demanda Scott.

— La plupart du temps. Il arrive que la chaleur me tape sur les nerfs, mais je suis pratiquement toujours à l'hôpital.

— Ah oui, c'est vrai. Où en es-tu ? Première année d'internat ?

— Deuxième année.

— Et tu en sais sûrement autant qu'une troisième année. Ou même plus. » Il lui adressa ce sourire plein de charme qui ne gagnait jamais tout à fait son regard sombre. « En quoi veux-tu te spécialiser ?

— En oncologie pédiatrique.

— Les enfants atteints de cancer ? Mon Dieu, Chyna,

tu es beaucoup plus forte que moi si tu peux affronter cela tous les jours.

— Je n'en suis pas encore là, Scott. Et je vais peut-être découvrir que je ne suis pas assez forte.

— Mais si, tu le seras. Je crois que tu peux accomplir tout ce que tu demandes à ton redoutable esprit. » Il sourit légèrement. « Et à propos d'enfants, comment vont ta nièce et ton neveu ?

— Kate et Ian ? Ils vont bien. Ned dit qu'ils sont excités à la perspective de la soirée de demain, veille d'Halloween. Je suis sûre que leur mère sait s'y prendre pour les empêcher de trop penser à la mort de leur grand-mère. Beverly est une mère-née, et de toute manière, à cinq et trois ans, les gosses sont trop jeunes pour qu'un décès dans la famille gâche une séance de Trick-or-Treat[1]. »

Michelle se mit à renifler autour des jambes de Scott, et Chyna baissa les yeux pour voir ce qui éveillait sa curiosité.

« C'est une canne magnifique que tu as là, Scott. »

Scott eut l'air légèrement contrarié. « Je ne supportais plus d'avoir une béquille, alors j'ai déniché ça à la maison. » Il leva la canne. « C'est une des antiquités de maman. »

Chyna regarda la canne en bois dur et sombre avec son pommeau en ivoire et fronça les sourcils. « Je n'arrive pas à voir ce qui est sculpté dans l'ivoire.

— C'est Henry VIII. » Scott tourna la canne. « Et de l'autre côté, c'est la Tour de Londres. Maman préférerait sûrement que je ne m'en serve pas, bien qu'en

1. Trick-or-Treat : phrase rituelle des enfants déguisés qui font la quête le soir du 31 octobre, veille de la fête d'Halloween.

ce moment, on me passe absolument tout. » Il soupira. « Malgré tout, ça me fait du bien d'être de retour à la maison. Je n'aurais jamais cru qu'un jour je dirais ça de Black Willow, mais pour l'instant, c'est un refuge pour moi. Et j'ai bien peur de ne plus jamais vouloir le quitter. »

Enfant et adolescente, Chyna s'était sentie liée à ce lieu, peut-être parce que ses ancêtres avaient vécu à Black Willow ou dans les environs depuis le milieu du XIXe siècle. Après la disparition de Zoey, lorsque la police avait fini par cesser de la rechercher jour et nuit — même le lac avait été dragué, sans succès — Chyna n'avait eu qu'un désir, s'échapper de la ville et ne jamais revenir.

Un an plus tard, elle était partie étudier en fac. Elle avait alors découvert, avec stupéfaction, qu'elle avait la nostalgie de sa ville. Elle avait essayé de s'en défaire, mais n'y était pas parvenue. La force d'attraction de Black Willow et celle de Zoey perdue étaient trop grandes. Mais elle s'était arrangée pour limiter ses retours à Noël. Elle ne pouvait supporter de regarder le lac en été, tel qu'il était apparu la nuit où Zoey avait semblé se volatiliser.

« Tu finiras par désirer repartir, dit-elle à Scott. Si tu ne pars pas, tu ne pourras plus être pilote de ligne commerciale.

— C'est là le problème, Chyna. Je ne suis pas sûr de vouloir encore être pilote.

— Mais c'est ce que tu as toujours voulu faire ! s'écria-t-elle. Tu me l'as dit quand j'étais encore adolescente. »

Scott haussa les épaules. « Le temps et l'expérience peuvent nous changer, Chyna. »

Ils avaient atteint l'endroit où un vieux pont menait au belvédère bâti sur la minuscule île artificielle qui, de manière pittoresque, semblait posée sur le lac. Ou plutôt, il fut un temps où Chyna trouvait le belvédère pittoresque. À présent il avait un aspect minable, le bois érodé par les intempéries, un bardeau déplacé qui pendait du toit, et des feuilles qui s'engouffraient et s'amassaient à l'intérieur. Chyna avait l'impression de voir l'aspect véritable du belvédère — lugubre, solitaire et minable. Sans compter quelque chose de plus que ces légers défauts. Quelque chose de dangereux et de malveillant. Quelque chose qui riait dans la nuit lorsque le malheur survenait.

Chyna fut incapable de se forcer à rassurer Scott, de lui dire que bien sûr il retrouverait le désir de piloter. Si elle-même avait traversé la même expérience, elle ne voudrait certainement plus jamais voir un avion, surtout de ligne commerciale. Pour remplir le silence, elle regarda le belvédère et dit, avec une sorte de colère : « Cet endroit ressemble à l'enfer. »

Scott hocha la tête. « Je suis d'accord. La tempête de vendredi soir n'a rien arrangé. Elle a même démoli le pont du belvédère. Irma, qui semble la première à savoir tout ce qui se passe dans cette ville, m'a dit que le conseil municipal est en train de décider s'il faut réparer le belvédère ou bien le démolir et en construire un neuf.

— Ils ne peuvent pas être radins au point de se contenter de rafistoler celui-là, dit Chyna avec ferveur. Le pont ne tient pratiquement plus et le toit est en très mauvais état. Même d'ici je peux voir les trous, et la plupart des bardeaux sont tombés ! Et je suis sûre que le sol n'est pas sûr.

— S'ils se contentent de réparations, je ne m'y risquerai pas. Et la plupart des gens non plus, surtout avec des enfants. Pourtant, il a toujours été une grande attraction dans le coin. Les touristes l'apprécient et ça ne doit pas coûter une fortune de le remplacer. Je suis sûr que Ridgeway Construction ferait un superbe boulot et, comme ils sont établis depuis toujours à Black Willow, ils accepteraient peut-être de ne faire payer que les matériaux. » Pour la première fois, Scott sembla s'animer un peu. « Je crois que je vais en parler à Gage Ridgeway. Dans le temps, c'était un ami — et celui de ton frère aussi. Il m'écoutera. Évidemment, son père… »

Soudain Scott jeta un coup d'œil à sa montre. « J'ai perdu la notion du temps. J'ai rendez-vous avec un kiné pour la rééducation. Et si je n'y vais pas tout de suite, je serai en retard », dit-il avec brusquerie, une ombre passant sur son visage à ce rappel du crash. « C'était super de te voir, Chyna, malgré les circonstances.

— Tu veux que je te conduise ? » laissa échapper Chyna, avant de se rendre compte qu'évidemment Scott n'avait pu venir jusqu'au lac à pied. Elle rougit, mais Scott ignora sa question stupide.

« Merci, mais je suis garé juste là. » Il montra une Sedan blanche. « La vieille voiture de papa ! Je la lui ai empruntée… Je te reverrai bientôt, je pense. Ne reste pas dehors trop longtemps, il fait froid. » Il baissa les yeux. « Enchanté d'avoir fait votre connaissance, Michelle. Au revoir, toutes les deux. »

Michelle connaissait le mot « revoir » et tendit sa patte. En souriant, Scott se pencha lentement et la prit. « Tu es un amour », dit-il avec un peu de son ancienne vivacité. Quelques minutes plus tard, tout en manœuvrant pour sortir du parking du lac Manicora, il adressa un signe à Chyna, puis s'éloigna en direction de la ville.

2

Chyna pensait au béguin qu'elle avait eu pour Scott, se souvenait de tous les fantasmes où il apparaissait à sa porte et déclarait qu'il avait pris conscience qu'elle était l'amour de sa vie. Elle soupira. Ce n'était jamais arrivé, mais à ses yeux Scott ressemblait au jeune homme de l'époque, il était seulement plus âgé et fatigué du monde. Je suis sûre que moi aussi j'ai l'air plus « fatiguée du monde » qu'il y a douze ans, jugea-t-elle. Le temps agit de cette manière sur chacun de nous.

Malheureusement, le temps n'effaçait pas toujours les mauvais souvenirs. J'aimerais pouvoir regarder ce lac et ne pas penser aussitôt à Zoey, se dit Chyna. Zoey et son nez couvert de taches de rousseur, ses cheveux blonds et souples, son esprit vif — tout cela avait disparu une chaude nuit d'été pendant que Chyna, allongée sur l'herbe, dormait d'un sommeil de mort. Cette pensée la fit frissonner. Moi je dormais d'un sommeil de mort pendant que Zoey se faisait vraisemblablement assassiner.

Si je n'avais pas dormi aussi profondément, se répétait Chyna, qui se sentait coupable, j'aurais peut-être pu sauver Zoey. Chyna avait toujours pensé que Zoey avait senti le danger, mais trop tard. Si elle avait été capable d'appeler avant le dénouement, Chyna aurait peut-être pu la rejoindre à temps et faire *quelque chose* pour sauver la jeune fille qui était plus qu'une sœur pour elle.

Les reproches de ses parents et de ceux de Zoey — pour la sottise des deux filles ou l'irresponsabilité de Chyna — n'étaient rien comparés à la culpabilité avec laquelle elle-même s'était flagellée. Bien sûr, ce n'était pas elle qui avait donné la mort, mais elle ne se serait pas sentie plus mal si elle avait écrasé Zoey sous les roues de sa voiture, ou si elle l'avait poussée du haut d'une falaise.

Et elle ne se pardonnait pas de ne pas avoir écouté l'intuition qui l'avait avertie que Zoey courait un danger cette nuit-là. Des années avant la disparition de Zoey, la vie de Chyna avait été gouvernée par ses intuitions — qui s'étaient rarement révélées fausses — mais, cette soirée d'été, elle avait laissé son désir de faire plaisir à Zoey occulter ce pressentiment, et Zoey en avait payé le prix. Non pas elle, Chyna, mais l'adorable petite Zoey.

Comme chaque fois qu'elle se laissait aller à penser profondément à Zoey, le froid et la nausée la submergèrent. Il faut que j'arrête de penser à elle. Ma propre mère vient de mourir, se fustigea-t-elle, et c'est à Zoey que je pense. Il y a des dispositions à prendre, de la nourriture que les gens auront peut-être déjà apportée et dont il faudra faire la liste pour retourner les plats vides avec un petit mot de remerciement. Je n'ai même pas encore choisi la tenue que maman portera. Et faut-il que le cercueil soit ouvert ou fermé ? Ned et moi n'avons pas encore eu le temps de prendre la moindre décision.

Les pensées de Chyna tourbillonnaient, et elle lâcha la laisse de Michelle. La chienne s'approcha du bord du lac, le regarda un long moment, puis fit deux pas hésitants dans l'eau glacée. Michelle n'aimait pas particulièrement nager, en dépit de son côté labrador. Elle avança encore d'un pas, jusqu'au moment où ses pattes furent immergées. Puis elle se figea et les poils de son échine se hérissèrent.

« Qu'y a-t-il, Michelle ? » demanda Chyna, se retournant pour récupérer la laisse.

La chienne l'ignora complètement et fixa le lac. Elle était devenue toute raide et son museau remuait frénétiquement. Un poisson crevé ? se demanda Chyna. Ou un animal mort.

« Michelle ? exhorta-t-elle, tirant doucement sur la laisse. Michie, viens avec moi. Ne sois pas têtue. »

Mais Michelle, tendue, oreilles dressées, poil hérissé, ne bougea pas. C'était une chienne obéissante, violemment attachée à elle, mais en cet instant Chyna eut l'impression que, pour l'animal au pelage mordoré, elle n'existait plus.

« Michelle ? » Chyna se rapprocha, avança d'un pas au bord de l'eau. Cela n'avait aucune importance si elle mouillait ses bottes en cuir — elles n'étaient pas neuves de toute façon. « Michie, qu'y a-t-il ? »

Et soudain elle l'entendit. Une voix douce, lointaine et assourdie, mais mélodieuse. *Star light, star bright…*

Chyna fit brusquement volte-face, s'attendant à voir un enfant dans les parages, mais il n'y en avait aucun.

Chyna hocha la tête. Je suis restée trop longtemps sans dormir, se dit-elle. J'ai des hallucinations.

Puis, de manière indiscutable, elle entendit de nouveau une voix. Une voix familière.

« Chyna ? Chyna, c'est Zoey. »

Chyna eut l'impression qu'elle aurait pu réagir exactement comme Michelle, l'échiné raide et hérissée. À la place, elle sentit un picotement dans la nuque, tandis que, sur toute la surface de son corps, sa peau semblait se tendre.

« Chyna, je suis perdue dans l'obscurité. Perdue, si seule. »

Chyna parcourut du regard le bord du lac. En face, une famille avec deux jeunes adolescents se promenait. Les parents discutaient avec animation, les enfants paraissaient s'ennuyer. Tout à l'autre bout, deux garçons d'environ dix-sept ans s'étaient installés sous l'un des abris de pique-nique, et sirotaient des boissons. Sur le parking, un homme âgé marchait en direction d'une voiture. Personne d'autre ne traînait à proximité du lac.

« Chyna ?

— J'écoute, dit Chyna, incapable de ne pas répondre à ce qui ressemblait à la voix de Zoey. Qu'y a-t-il ?

— Tu es la seule qui puisse me venir en aide. »

Chyna ferma les yeux. Elle était fatiguée, accablée de chagrin à cause de sa mère. Elle imaginait des choses. Elle secoua la tête comme pour la vider. « Viens, Michelle. Il faut rentrer à la maison, dit-elle vivement.

— Non, non, écoute, implora la voix qui venait du lac, plus forte et plus distincte cette fois. Il faut que tu me trouves car il y a eu d'autres filles, il leur est arrivé la même chose. Et il y en aura d'autres encore si tu ne fais rien. Chyna, aide-moi. Aide-*les*.

— Je... » Chyna se sentit brusquement glacée de l'intérieur. Elle pouvait à peine respirer, et ses mains se mirent à trembler. Elle serra très fort la laisse de Michelle, fit demi-tour et courut pour s'éloigner du lac, de la voix de Zoey disparue depuis si longtemps et qui continuait de l'appeler.

CHAPITRE II

1

Chyna claqua la porte d'entrée derrière elle, la verrouilla, s'appuya contre le bois verni et respira profondément, en de longues inspirations irrégulières. Michelle, qui elle aussi respirait très fort, leva les yeux sur elle et posa une patte contre sa jambe. La chienne est aussi effrayée que moi, se dit Chyna, avant de juger que personne ne pouvait être plus effrayé qu'elle.

Elle titubait presque lorsqu'elle atteignit l'un des fauteuils à oreillettes du living. Elle s'assit, et laissa échapper un gémissement. Les sièges étaient très élégants. Ils étaient également durs comme la pierre, faits pour l'œil, pas pour le confort. Mais Chyna se dit que s'ils n'avaient pas été à proximité, elle se serait simplement allongée sur le sol.

Son cœur battait à tout rompre. Bon, il faut te calmer, se répéta-t-elle. C'est ridicule, surtout pour une femme connue pour être imperturbable. Bien sûr, elle ne l'était pas autant qu'elle aimait le laisser croire, mais elle était loin d'être nerveuse, impressionnable, ou facilement effrayée. Elle savait qu'à l'hôpital, certaines infirmières, derrière son dos, l'appelaient la « femme d'acier ». Elle n'avait jamais montré qu'elle le savait, et en fait elle aimait bien l'idée que ses collègues la croyaient forte.

Sa respiration retrouva un rythme normal, et ses pensées firent de même. Elle ferma de nouveau les yeux et passa en revue les derniers événements. Mardi soir, avant sa garde de nuit à l'hôpital, elle avait fait un petit somme. Au bout d'une heure, elle s'était réveillée en sursaut d'un rêve où elle était pourchassée dans un bois. Le rêve l'avait laissée avec un mal de tête effroyable qui l'avait obligée à prendre de l'aspirine tout au long d'une nuit particulièrement dure. Elle avait été incapable de dormir le jour suivant et la nuit de garde du mercredi avait été pire encore. Lorsqu'elle était enfin rentrée chez elle, cela ne faisait qu'une heure qu'elle était à la maison lorsque Ned l'avait appelée pour dire que leur mère — leur merveilleuse mère que Chyna adorait — était morte.

Assommée, Chyna avait appelé l'hôpital pour annuler les rendez-vous des prochains jours — grâce à toutes ses heures et ses nuits supplémentaires, elle disposait d'une réserve de congés. Elle avait entassé des vêtements dans une valise, trouvé le panier de voyage de Michelle, et s'était mise en route pour l'aéroport, décidant d'attendre tout simplement en « stand-by » le premier vol qui la rapprocherait de Black Willow.

Après des heures passées à arpenter le terminal de l'aéroport, à manger une barre chocolatée qui avait le goût de carton-pâte, et à faire semblant de lire pour ne pas dévisager ses compagnons de voyage, elle avait pu enfin embarquer, puis avait dû supporter une longue escale et un changement d'avion avant d'arriver à Charleston, en Virginie-Occidentale. Sur les deux vols, une fois installée à sa place, elle avait découvert que, malgré son épuisement, elle n'arrivait pas à s'endormir, même avec l'aide d'une vodka-tonic pour se calmer les nerfs. Lorsqu'elle était enfin arrivée dans la belle maison en pierre des Greer, au sommet d'une colline dominant le lac Manicora, elle était toujours dans le même état.

Et depuis son arrivée, elle était tout juste parvenue à s'assoupir pour un bref somme entrecoupé de rêves. En se réveillant, le corps raide et l'esprit confus, elle avait décidé de sortir marcher un peu. Sans en avoir eu la moindre intention, elle s'était retrouvée au bord du lac, le dernier endroit où elle avait vu Zoey. Très malin de ta part, Chyna, se dit-elle. L'idée du siècle. Et après, tu t'étonnes d'imaginer entendre la voix de Zoey.

Entendre la voix *de Zoey*. Elle avait déjà entendu des voix auparavant, mais ce n'était guère plus que des murmures. « Ne fais pas ceci. » « Choisis celui-là. » Des phrases dont elle pensait, quand elle était plus jeune, qu'elles venaient d'un ange gardien. *Jamais* elle n'avait entendu une voix familière. *Jamais* elle n'avait entendu quelqu'un l'appeler par son nom et la supplier d'écouter. L'accumulation d'événements avait provoqué une sorte de surchauffe de son imagination, décida-t-elle. Et elle avait cru entendre Zoey implorer son aide.

Mais je n'ai pas imaginé la manière dont Michelle s'est raidie et dont son échine s'est hérissée, se rappela Chyna avec une peur sourde, inexorable dont aucun raisonnement ne pouvait venir à bout. La chienne, près du lac, avait bien été terrifiée.

Michelle n'était pas un animal agressif, mais elle n'était pas pour autant timorée. Elle n'aurait pas été pétrifiée à la vue d'un autre chien ou d'un canard sur le lac, ni à cause de toute autre vie animale aux alentours que Chyna n'aurait pas remarquée, un écureuil ou un tamia par exemple. Et elle ne serait pas restée plantée ainsi, les pattes dans l'eau glacée, alors que Chyna tirait sur sa laisse. D'habitude, la moindre pression suffisait à la faire revenir aussitôt auprès de Chyna. Mais aujourd'hui Michelle avait refusé de bouger. Et lorsque Chyna avait « pensé » entendre la voix de Zoey, les oreilles de Michelle s'étaient dressées, toutes raides, comme chaque fois qu'elle écoutait avec une intensité particulière.

Le téléphone sonna et Chyna fit un bond. Michelle s'aplatit au sol et se raidit, prête à fuir. Chyna leva les yeux au ciel. « C'est juste le téléphone, ma fille. À ce rythme-là, à toutes les deux, on va réussir à mourir de nervosité avant le coucher du soleil ! »

Chyna traversa le tapis tissé qui recouvrait une moquette beige pâle et prit l'appareil. « Ici, Greer.

— Eh bien, bonjour, Greer », fit une voix légère et féminine.

Chyna se détendit. Beverly, sa belle-sœur. « Désolée, Bev. Je réponds "Greer" au moins cent fois par jour à l'hôpital. J'en oublie que j'ai un prénom.

— Eh bien, si, tu en as un, et il est très beau, alors essaie de t'habituer à être Chyna pendant quelques jours. Tu as mis si peu de temps pour arriver ici que tu dois être épuisée. »

Je suis épuisée au point d'en perdre l'esprit, faillit

répondre Chyna. Au lieu de quoi, elle se força à mettre un peu d'entrain dans sa voix : « Je suis fatiguée, mais je suis habituée aux longues veilles. Michelle et moi revenons juste d'une promenade le long du lac. Nous sommes tombées sur Scott Kendrick.

— Vraiment ? » Beverly parut surprise. « Je croyais qu'il ne quittait pratiquement jamais la maison. Comment l'as-tu trouvé ?

— Physiquement, il se rétablit bien. Émotionnellement ? Il fait des efforts pour se ressaisir mais de ce côté il semble s'en sortir moins bien. » Elle s'en voulait d'avoir dit qu'elle avait vu Scott, et il lui semblait que discuter de son état mental avec Beverly était une sorte de trahison. « Et comment vont ma nièce et mon neveu ? demanda-t-elle brusquement.

— Ils me donnent du fil à retordre, mais ils sont en parfaite santé, alors je ferais mieux de compter les bienfaits plutôt que mes cheveux blancs, tu ne trouves pas ?

— La dernière fois que je suis venue, je ne t'ai pas vu un seul cheveu blanc, plaisanta Chyna. Tu avais l'air aussi jeune que le jour de ton mariage. »

Mais moi, quel air je dois avoir ! se dit Chyna. Elle jeta un coup d'œil dans le miroir au cadre doré au-dessus de la cheminée et vit une femme échevelée, la peau tirée, les yeux creux. Elle semblait avoir vieilli d'au moins dix ans en deux jours.

Beverly prit une inspiration, puis dit d'un ton compatissant : « Je suis désolée pour Vivian, Chyna. Je sais à quel point tu l'aimais.

— Je n'arrive vraiment pas à croire qu'elle avait des problèmes cardiaques et que je n'étais pas au courant, s'exclama Chyna. Je veux dire, c'est quand même la dernière des choses à cacher à sa fille, surtout quand elle est médecin.

— Vivian ne l'a dit à personne, dit Beverly d'un ton apaisant. Je pense qu'elle a dû aller voir un médecin ailleurs qu'ici. Il y a six mois, alors que j'étais chez elle, j'ai vu la carte de rendez-vous d'un médecin sur le bureau.

— Tu te souviens de son nom ?

— Pas à l'instant, mais il me reviendra sûrement. Je suis presque certaine que c'était une adresse à Huntington, mais je n'ai pas vraiment regardé car Vivian est entrée dans la pièce et s'est mise à parler si vite que j'avais du mal à la suivre. Maintenant je me dis qu'elle essayait de détourner mon attention de la carte. J'aurais dû t'en parler plus tôt, mais sur le moment, ça ne m'a pas paru important, soupira Beverly. De toute manière, tu n'aurais rien pu faire pour elle, même si tu avais su qu'elle avait un problème de cœur.

— J'aurais pu faire en sorte qu'elle voie certains des meilleurs cardiologues du pays. » La gorge serrée, Chyna s'interrompit un instant. « Et j'aurais certainement pu venir la voir plus souvent. Elle était gravement malade et je restais loin à cause de…

— À cause de Zoey. Je le sais. Ta mère le savait, elle aussi. Elle ne t'en voulait pas.

— De quoi ? De ne pas venir souvent ? Ou de la disparition de Zoey ?

— Ni de l'un ni de l'autre. » Beverly devait avoir entendu les larmes prêtes à jaillir dans la voix de Chyna, car elle enchaîna : « Je crois que, pour l'instant, il faut que tu te reposes. Prépare-toi l'un de ces thés aux herbes qui sont censés être relaxants et dors une heure ou deux. Ned et moi avons une baby-sitter ce soir. On pensait passer vers sept heures mais tu n'as pas besoin de veiller tard avec nous. Je déteste t'imposer notre présence alors que tu es tellement fatiguée et bouleversée, mais il faut qu'on discute des dispositions à prendre pour les obsèques. On fera aussi vite que possible. »

Consternée, Chyna ferma les yeux. Elle ne pensait pas être capable de faire la moindre suggestion au sujet des obsèques, mais elle ne pouvait pas non plus en laisser toute la responsabilité à Ned. « Entendu, Bev. Je vous attends pour sept heures environ.

— Veux-tu qu'on apporte à manger ?

— Non, il y a tout ce qu'il faut ici. De toute évidence maman n'a rien senti venir, elle semble être allée à l'épicerie avant-hier. » Chyna sentit les larmes refoulées qui commençaient à lui nouer la gorge. « La seule chose, si tu pouvais t'arrêter à la supérette qui reste ouverte tard et prendre un paquet de Gravy Train pour Michelle, ce serait formidable.

— Va pour le Gravy Train. Mets la télé ou un peu de musique. On dirait que c'est silencieux comme la tombe autour de toi. » Beverly se reprit : « Oh, quelle horreur. Je voulais juste dire…

— Je sais ce que tu voulais dire et un peu de musique ne ferait pas de mal. Ce silence donne la chair de poule.

— J'imagine. On sera là dès que possible, Chyna. »

Dans le vestibule, la pendule du grand-père sonna cinq fois. Cinq heures. Chyna se demanda comment elle allait pouvoir s'occuper jusqu'à l'arrivée de son frère et de son épouse dans cette maison qu'elle avait toujours tellement aimée, surtout lorsqu'elle s'y retrouvait seule et pouvait faire semblant qu'elle lui appartenait.

Chyna se leva et se dirigea vers le portrait de ses parents, Vivian et Edward Greer. Il avait été réalisé neuf ans plus tôt. Vivian était assise dans un fauteuil en velours. Ses cheveux acajou — Chyna avait les mêmes —, lui arrivant à l'épaule, brillaient sous les reflets dorés et rouges pénétrant à flots par la fenêtre derrière elle. L'artiste avait vraiment su capter la chevelure de Vivian, pensa Chyna, même si dans la vie de tous les jours Vivian avait l'habitude de la relever en sage torsade, et n'allait jamais chez le coiffeur plus de deux fois par an pour rafraîchir sa coupe. Ses yeux, du même bleu-gris que ceux de Chyna, vous fixaient avec une pointe d'amusement, comme pour dire : « Ne sommes-nous pas idiots, Edward et moi, de poser ainsi comme la famille royale ? » Elle portait une robe toute simple du même gris que ses yeux, un long rang de perles tahitiennes, et de petites boucles d'oreilles assorties.

La main de Vivian, levée pour toucher celle de son mari, reposait sur le dossier de la chaise, laissant apparaître sa bague de fiançailles, une bague ancienne avec un diamant de deux carats entouré de quatre petits saphirs posés sur un filigrane de platine. Chyna avait toujours aimé cette bague. Sa mère lui avait raconté comment son arrière-grand-père l'avait achetée chez Cartier, la première des grandes joailleries à utiliser du platine pour ses bijoux. « Un jour elle sera à toi, Chyna, disait-elle en voyant l'enfant essayer de la mettre à l'annulaire de sa propre main gauche. Je suis sûre que ton mari choisira quelque chose pour toi, mais tu lui diras, gentiment et fermement, que celle-ci est ta bague de fiançailles. Si cela le contrarie de te voir porter une bague qu'il n'a pas choisie, rappelle-lui simplement que ça lui fait faire des économies. Cela devrait régler la question », disait-elle en riant.

À l'âge de huit ans, Chyna était persuadée que sa mère savait tout et elle avait commencé à se préparer pour le jour où son futur bien-aimé manifesterait sa contrariété — et peut-être même se mettrait en colère et crierait comme son oncle Rex le faisait parfois — mais elle savait qu'elle tiendrait bon sur cette question de bague puisque c'était ce que sa mère lui avait dit de faire. De plus, elle savait que jamais elle n'aimerait une autre bague autant que celle-ci.

Sur le portrait, son père se tenait debout, un grand et bel homme, les cheveux prématurément argentés, la mâchoire forte, le nez légèrement aquilin, les yeux bleu sombre et un sourire plein de bonté. Chyna aimait le sourire de son père, bien qu'il fût toujours empreint d'une certaine gravité, même lorsqu'il riait. Son père parlait doucement, avec dignité, ses manières étaient distinguées — le parfait P.-D.G. de banque. Il n'avait jamais l'air malicieux comme son jeune frère Rex ou comme Vivian. D'un autre côté, il avait rarement l'air fâché ou ennuyé, tandis que Vivian et Rex s'emportaient vite et changeaient constamment d'humeur. Chyna avait toujours pensé à sa mère et à Rex comme à l'océan se mettant à bouillonner avant une tempête, et à son père comme à une vague roulant doucement sur la plage la nuit.

Edward Greer était mort trois ans seulement après que ce portrait eut été peint. Chyna avait été anéantie, incapable de penser à autre chose qu'à son allure si élégante, et pourtant solennelle, le jour du mariage de Ned deux semaines auparavant. Il avait eu le sourire et les paroles que l'occasion nécessitait, il avait semblé heureux pour son fils, mais Chyna avait compris que quelque chose le troublait. Sa « seconde vue » ne lui avait été d'aucun secours. Elle savait que son père l'aimait, mais elle avait toujours eu la sensation qu'il la tenait un peu à distance, et lorsqu'elle avait fini par lui demander ce qui n'allait pas, elle n'avait pas été surprise de le voir écarter sa question, gentiment mais fermement.

Après sa mort, lorsqu'elle avait essayé de parler à des personnes qui auraient pu lui dire ce qui l'inquiétait ainsi, on lui avait répondu avec brusquerie : « Chyna, ne rends pas la mort de ton père encore plus bouleversante qu'elle l'est déjà pour ta mère. » Et pourtant sa mère, comme à son habitude, avait été solide comme un roc. Elle et Rex, le frère d'Edward, avaient aidé les autres à traverser la tragédie, et fait en sorte qu'elle perturbe le moins possible la jeune existence de Chyna et le nouveau mariage de Ned. Même si, à la connaissance de Chyna, sa mère n'était jamais sortie avec un autre homme après le décès d'Edward, elle s'était attendue à ce qu'elle survive très longtemps à son mari, assez longtemps même pour voir les enfants de Ned devenir adultes et se marier.

Chyna fit quelques pas en arrière, et fixa le portrait comme si elle ne l'avait jamais vu auparavant. Les yeux de son père avaient-ils toujours eu cette ombre de tristesse ? Ou était-ce du désir, de l'attente ? Il avait été un homme calme, silencieux, de tempérament égal et retenu, tout en assurant ses enfants, d'une manière ou d'une autre, de son amour pour eux, même s'il n'extériorisait pas son affection. Il semblait l'exact opposé de son jeune frère Rex. Rex était optimiste, expansif, drôle, charmant et, à cinquante-quatre ans, demeurait le chéri de ces dames. Rex s'était marié quatre fois, et pourtant Chyna n'avait jamais rencontré ses épouses. À Noël, lorsque les deux frères étaient réunis, Rex semblait chaque fois récemment divorcé. Chyna eut soudain l'impression que, si elle connaissait bien Rex, elle n'avait jamais réellement connu son père. Il était tellement taciturne, discret, que la dernière chance de le connaître vraiment venait de disparaître avec sa mère, une mère capable de tenir secret quelque chose d'aussi sérieux que sa mort imminente. Maintenant, ils étaient morts tous les deux et, à vingt-huit ans, Chyna se sentit brusquement aussi malheureuse et solitaire qu'une petite orpheline qui n'aurait jamais connu ses parents.

2

Un quart d'heure plus tard, après s'être arrachée au portrait et avoir mis de la musique pour animer un peu la maison, Chyna sentit son estomac gronder. Elle se rendit compte à quel point elle était affamée : elle n'avait rien mangé depuis la veille au matin, à part l'insipide barre chocolatée. Elle se dirigea vers l'immense cuisine aux comptoirs en chêne et aux murs peints d'un ton ocre vif. Au printemps et en été, les fenêtres tout autour offraient une vue magnifique sur une grande terrasse, une petite fontaine et pléthore de fleurs de toutes les couleurs. Aujourd'hui, la terrasse était lugubre, envahie par les feuilles mortes. Elles recouvraient même la fontaine, qui avait grand besoin d'être nettoyée. Chyna savait que sa mère veillait à ce que l'endroit soit étincelant à chaque période de vacances, mais apparemment son homme à tout faire n'avait pas encore entrepris les travaux d'automne.

Chyna ouvrit le grand réfrigérateur chromé et en examina le contenu. Vivian était bel et bien allée à l'épicerie les deux derniers jours, et chaque étagère était remplie. Chyna supposait que ce serait plutôt chez Ned que les gens d'ici se rendraient pour les traditionnelles offrandes de nourriture, car ils ne savaient pas quand elle-même serait là. Chyna se demanda si sa mère avait prévu une petite réunion. Elle remarqua même du chocolat et de la noix de coco en vue de la spécialité de Vivian : le gâteau allemand au chocolat.

Le regard de Chyna se posa sur les deux steaks de la deuxième étagère. Elle en sortit un pour elle, puis baissa les yeux sur Michelle — Michelle sa fidèle chienne qui, se dit-elle, l'aimait démesurément et se battrait à mort pour elle. C'est du moins ce que l'expression de Michelle semblait dire. Chyna prit le second steak. « Et tant pis pour le Gravy Train, dit-elle à la chienne, qui se dressa aussitôt, en remuant la queue. Ma petite fille mérite ce qu'il y a de mieux ! »

Chyna fouilla dans le réfrigérateur et finit par trouver une barquette de macaronis en salade, en provenance du traiteur préféré de sa mère — personne n'y avait touché encore — et dans le congélateur des petits pois et une baguette du boulanger. L'étiquette lui apprit que le pain était très frais, ce qui voulait dire que Vivian l'avait acheté le même jour que les steaks. Toute cette nourriture était signe que sa mère attendait quelqu'un pour dîner ce soir-là. Une seule personne, sinon il y aurait eu plus de steaks. Mais qui avait-elle invité ?

Michelle se retrouva bientôt en train d'engloutir son steak grillé, et Chyna était presque aussi rapide qu'elle. Puis elle brancha la cafetière et la mit en route. Bientôt le délicieux arôme d'un mélange des meilleurs arabicas flotta dans la cuisine. Elle en préparerait du frais pour Ned et Beverly tout à l'heure. En sirotant la première tasse fumante, Chyna fit des yeux le tour de la cuisine en désordre. Cela faisait des semaines qu'elle n'avait pas autant apprécié un repas. Qu'est-ce qui ne va pas chez moi ? se demanda-t-elle. Comment puis-je être à la fois aussi triste et aussi affamée ?

Chyna venait juste de finir de nettoyer la cuisine et de préparer une nouvelle cafetière quand la sonnette retentit. Elle ouvrit la porte, et vit Beverly et Ned sous le porche, portant ensemble un sac de vingt livres de Gravy Train. « Depuis quand sonnes-tu au lieu d'entrer directement ? demanda Chyna à Ned.

— On ne voulait pas te faire sursauter, répondit Beverly.

— *Elle* ne voulait pas te faire sursauter, répliqua Ned, qui semblait irrité par sa femme. Moi je savais bien que tu n'allais pas t'évanouir si on entrait en t'appelant. »

Chyna sourit à Beverly. « La maison semble vide

et étrange ce soir, sans la présence de maman. C'était très prévenant de ta part.

— Merci, dit Beverly. Tu entends, Ned ?

— Oui, ma chérie, répondit-il doucement. Je ne suis pas sourd. »

Chyna aida Bev à enlever son trench-coat bleu marine. Dessous, elle portait un jean bien coupé et un twin-set d'un mauve lavande délicat. La coupe en dégradé de ses cheveux blonds était parfaite et son maquillage tout aussi parfaitement accordé à sa tenue. Chyna était toujours ébahie de constater que Bev pouvait supporter un rythme de vie épuisant — tant pour le corps que pour l'esprit — avec deux enfants en bas âge, et avoir toujours l'air d'être tout juste douchée, habillée et maquillée.

« J'emporte ça à la cuisine, dit Ned en montrant le sac de nourriture pour chien. Je suppose que Michelle meurt de faim.

— Hum… pas vraiment, dit Chyna. Je lui ai donné un steak.

— Un *steak* ! s'exclama Ned. Alors que moi j'ai eu un de ces horribles ragoûts de thon qu'une amie de maman a préparé et apporté ! »

Chyna sourit. « Tu t'en remettras. De plus, Michelle le méritait bien. Tu n'as pas passé des heures dans une cage, dans la soute de deux avions.

— Non, en effet, mais un *steak* ! »

Beverly secoua la tête. « On dirait qu'il n'a jamais mangé un steak de sa vie. » Elle s'interrompit et, de ses grands yeux bruns, observa attentivement Chyna. « Tu sembles épuisée, ma chérie.

— Je suis en forme.

— Tu dis toujours ça.

— Bon, d'accord, je sais que j'ai une tête épouvantable. Je suis fatiguée et surtout, sous le choc. » Son front se plissa. « Maman avait seulement cinquante-deux ans, Bev. Elle avait tellement d'énergie, tant de *joie de vivre**[1], j'étais certaine qu'elle allait atteindre quatre-vingt-dix ans au moins.

— Elle m'a dit une fois qu'elle comptait bien devenir centenaire, dit Beverly, et ce jour-là elle voulait donner — ce sont ses mots — une fête du tonnerre.

— Je sais. Et j'aurais tellement aimé qu'elle puisse le faire. » Alors que Ned portait la nourriture pour chien dans la cuisine, Chyna murmura à Beverly : « Comment s'en sort-il ? Et pourquoi s'appuie-t-il sur sa jambe droite comme cela ? »

Un instant, Beverly ferma les yeux. « La semaine dernière, chez le concessionnaire, il a trébuché sur un tuyau d'arrosage, il est tombé et s'est froissé un muscle de la cuisse. D'abord ça n'a pas semblé trop inquiétant, mais depuis nous sommes partis trois jours en Pennsylvanie pour le mariage de ma sœur, et je peux te dire que ça l'a presque achevé. Il n'a pas voulu voir de médecin, bien entendu.

— Il aurait dû. Il s'est peut-être claqué un tendon ou un ligament. »

Beverly acquiesça. « Je sais, mais il est aussi têtu que ta mère. Quant à son humeur, tout ce que je peux dire c'est qu'aujourd'hui ça semble aller, mais hier a été une journée terrible pour lui. » Ses yeux se remplirent de larmes. « Il est venu faire un saut pour voir ta mère à notre retour de Pennsylvanie. Le len-

1. Les mots en italiques suivis d'un astérisque sont en français dans l'original.

demain matin, il m'a dit qu'il avait un drôle de pressentiment à son sujet et qu'il voulait retourner chez elle pour vérifier qu'elle allait bien. Il n'a pas voulu entendre parler d'un simple coup de fil. Il a dit qu'il avait besoin de la voir. Tu ne trouves pas ça étrange ? C'est ce genre de chose que la famille m'a dit qu'il t'arrivait à toi. D'avoir des pressentiments étranges.

— C'était il y a longtemps, rétorqua sèchement Chyna, puis, devant le regard étonné de Beverly, elle adoucit sa voix. C'est une phase que j'ai traversée dans l'enfance. Une phase embarrassante.

— Oh, tu ne devrais pas te sentir embarrassée. Les enfants traversent des centaines de phases, dit Beverly d'un ton sans appel.

— Oui, oui. Mais continue au sujet de maman.

— Eh bien, Ned ne devait pas rester longtemps, enchaîna Beverly d'une voix basse et rapide, essayant de toute évidence de raconter son histoire avant que Ned revienne. Il s'était arrangé pour prendre un jour supplémentaire de congé afin de m'aider à défaire les bagages et, peut-être, pour qu'on aille piqueniquer — tu sais qu'il ne prend pratiquement jamais de vacances. Quoi qu'il en soit, au bout de deux heures il n'était toujours pas revenu, alors j'ai téléphoné. Ned a répondu et m'a expliqué qu'il avait trouvé Vivian morte au bas des escaliers. J'ai dit que j'arrivais immédiatement mais il m'a dit non, qu'il s'occupait de tout. Les secouristes des urgences étaient là et le coroner aussi. » Beverly ferma les yeux et reprit, presque en chuchotant : « Chyna, sa voix était si bizarre. Éteinte, presque comme celle d'un robot. J'étais sous le choc de la mort de ta mère, mais à ce moment-là, j'ai surtout eu peur pour lui, je me suis demandé quel état émotionnel il pouvait traverser.

» Kate était à la maternelle et j'ai déposé Ian chez un voisin, continua Beverly. Ned a fini par rentrer et il a tourné en rond comme un automate toute la journée. Il s'est animé un peu lorsque les enfants sont rentrés, mais je voyais bien qu'il se forçait. Ce soir il est ronchon. Il ne parle pas du tout de ta mère. Il dit simplement qu'il est irritable parce que sa jambe le fait souffrir. » Elle hocha la tête. « Je ne sais pas quoi faire pour lui. »

Ned était de retour dans la pièce. Il adressa un sourire tendu à sa sœur. « J'ai bien vu que Michelle a eu un steak pour dîner. Elle a littéralement ignoré le Gravy Train.

— Elle l'appréciera demain lorsqu'elle aura faim de nouveau, dit Chyna. Mais un chien ne peut pas manger éternellement du Gravy Train. Avoir de temps en temps une bouchée de la même nourriture que nous ne va pas la tuer.

— Un steak entier, tu appelles ça une bouchée ?

— Oh, arrête de rouspéter », dit Chyna d'un ton léger. Beverly avait raison. Ned était pâle, les lèvres trop minces, l'attitude plus rigide que d'habitude. Sa première réaction fut de chercher à le détendre. « Eh bien, nous restons tous debout comme si nous étions des invités. Asseyez-vous. Je vais préparer du café. »

Dix minutes plus tard, ils étaient confortablement assis dans le salon, du café refroidissant dans leur tasse en porcelaine. Les cheveux blonds de Ned étaient coupés un peu plus court que d'habitude, certainement à cause du mariage auquel il avait récemment assisté, mais ses yeux bleus étaient plus brillants que jamais, même si l'habituel pétillement y faisait défaut.

« Ned, Beverly m'a dit que tu es venu ici le matin où tu as trouvé maman parce que tu avais eu un mauvais pressentiment la concernant, dit Chyna, plutôt agressivement à sa propre surprise. Tu savais qu'elle était malade et tu ne m'as rien dit !

— Je ne savais pas qu'elle était malade. » Ned regarda ses mains. « Je veux dire, je ne savais pas qu'elle avait des problèmes cardiaques. C'est simplement que, la veille, lorsque j'étais passé la voir, elle n'avait pas l'air tout à fait elle-même. En fait, je pensais que quelque chose la préoccupait mentalement, affectivement, et non pas physiquement. Je pensais que c'était quelque chose qui n'allait pas dans *ta* vie qu'elle me cachait, et comme je n'avais pas pu te joindre, je suis retourné la voir le lendemain et... » Les larmes jaillirent dans ses yeux bleus et brillants.

« Oh. » Chyna eut honte d'avoir attaqué son frère. « Non, pour moi tout allait bien.

— Bon, je sais maintenant que le problème ne venait pas de toi et je suis soulagé. Je m'inquiète, au sujet de ma petite sœur qui se trouve si loin, dit Ned avec une douceur surprenante, tandis qu'il essayait de refouler ses larmes.

— Je suis désolée, Ned. Je... »

D'un geste rapide de la main, il balaya ses excuses. « Nous sommes tous sur les nerfs. Le choc a été terrible et nous sommes assis là, guindés, comme des inconnus. Personne n'en a envie, mais il faut bien en venir au fait. »

Chyna acquiesça. « Je suppose qu'aucun de nous ne sait comment aborder avec tact le sujet de l'enterrement de maman, alors autant être direct. Vaut-il mieux que la cérémonie se tienne à l'église ou au funérarium ? »

Ned la regarda, l'air surpris. « Maman veut être incinérée, et sans aucune cérémonie. »

Chyna cligna des yeux, puis hocha la tête. « Non, bien sûr. Oh, je sais qu'il lui arrivait de mentionner l'incinération, mais pas de cérémonie ? Elle n'a jamais rien dit de tel. »

Beverly, assise à côté de Ned sur le canapé, retira une enveloppe de son sac. « En fait, si. Elle a écrit ces consignes pour les dispositions à prendre pour ses obsèques, il y a deux mois de ça, Chyna. Elle les a même fait certifier par le notaire. Nous avons été très surpris lorsqu'elle nous les a données, mais elle a simplement dit en riant : "On ne sait jamais ce qui peut arriver." » Bev s'interrompit. « Les consignes sont très explicites.

— Mais à moi, elle n'a rien dit ! » Chyna se rendit compte qu'elle venait d'élever la voix. Comme une petite fille qui a été tenue à l'écart d'un secret. Elle baissa légèrement le ton. « Je veux dire, il me semble qu'elle aurait dû dire *quelque chose.*

— Je sais. Je croyais qu'elle l'avait fait. » Beverly tendit l'enveloppe à Chyna. « Mais tu peux lire toi-même si tu ne le crois pas.

— Mais je vous crois. » Chyna prit l'enveloppe d'une main légèrement tremblante. « Je suis juste stupéfaite. Déconcertée. »

Ned fit un petit signe de tête. « Moi aussi je l'ai été, quand elle nous a dit ce qu'elle voulait et qu'elle nous a donné ce document, en insistant : "Je ne veux en aucun cas d'un enterrement. Je veux être incinérée, et je ne veux pas de cérémonie. À la rigueur, un petit avis dans les journaux, mais *pas* de cérémonie. Il faut me le promettre." » Ned regarda Chyna. « Et nous avons promis. Mais on ne s'est pas précipités au téléphone pour t'en parler car tu étais particulièrement occupée à cette période-là. On n'a pas voulu te déranger pour ça, puisqu'on pensait qu'elle changerait d'avis, ou bien que le problème ne se poserait pas avant une vingtaine d'années au moins. »

Chyna fixa l'enveloppe, mais n'en sortit pas le contenu. Elle ne voulait pas penser à sa mère donnant des consignes pour son enterrement, ou l'absence d'enterrement, encore moins les voir notées de son écriture. « Elle savait qu'elle allait bientôt mourir et elle n'en a pas dit un mot. Ça fait mal. »

Ned acquiesça. « Je comprends. Mais tu n'es pas la seule à avoir été écartée, Chyna. Moi non plus je ne savais pas qu'elle était malade, et je ne peux toujours pas croire qu'elle pensait qu'elle allait mourir si tôt, même si elle avait des problèmes de cœur qu'elle nous avait cachés. » Il soupira. « Je croyais aussi que, même si elle ne changeait pas d'avis concernant la crémation, elle aurait décidé d'avoir son urne enterrée à côté de la tombe de papa.

— Elle ne veut pas que l'urne soit enterrée à côté de papa ? répéta Chyna, abasourdie.

— Elle a dit qu'elle voulait que ce soit toi qui la gardes.

— Moi ! fit-elle d'une voix perçante. Mais enfin, c'est ridicule. Même si elle ne veut pas être enterrée, toi tu vis là, près de son foyer. Elle détestait Albuquerque !

— Je ne crois pas qu'elle pensait aux attractions

touristiques, dit Ned en retrouvant un peu de son ancien humour. De plus, tu as toujours été sa préférée. »

Chyna réagit vivement : « Non, je n'étais pas sa préférée !

— Mais si, tu l'étais, et c'est très bien comme ça, petite sœur. Cela ne m'a jamais dérangé, une fois passé le cap des sept ans ! » Il lui sourit. « Et puis, c'est plutôt le bazar à la maison. Peut-être que maman avait simplement peur que l'urne soit renversée et que ses cendres se retrouvent éparpillées sur le tapis.

— Oh, Ned, c'est horrible ! s'exclama Beverly.

— C'est pourtant une possibilité tout à fait envisageable », insista-t-il, mais Chyna savait qu'il ne parlait pas sérieusement.

Ils discutèrent pendant plus d'une heure et demie. Du meilleur moment pour la lecture du testament, de la date de retour au Nouveau-Mexique de Chyna, et de ce qu'ils feraient de la maison et des biens.

À neuf heures et demie, Ned et Beverly dirent qu'ils avaient promis d'être rentrés à dix heures pour libérer la baby-sitter, et, fatigués tous les deux, ils prirent congé de Chyna. Beverly l'étreignit et l'embrassa, et ils lui demandèrent si elle se sentait prête à passer la nuit seule dans la maison. « Tu peux rester avec nous si tu penses que tu vas te sentir seule », dit Bev, et Chyna savait que par « seule », elle entendait « effrayée ». Ned lui avait un jour confié que passer une nuit seule était l'une des plus grandes craintes de Beverly.

« Je ne serai pas seule, la rassura Chyna. Michelle est avec moi, n'oublie pas. Et elle a toujours été ma seule compagnie la nuit à New Mexico.

— Mon œil ! fit Ned d'un air plein de sous-entendus.

— Ned Greer, gardez vos pensées grivoises pour vous, le réprimanda Beverly, le poussant vers la porte. Vraiment, Chyna, il exagère !

— Tu ne vas quand même pas croire qu'une belle femme comme Chyna passe *tout* son temps à travailler, non ? »

Chyna sourit, soulagée de voir que Ned redevenait lui-même. Elle regarda avec affection le couple marcher en direction de sa voiture, se disputant toujours mais se tenant la main tout au long. Beverly, de quatre ans plus jeune que Ned, était restée transie d'amour pour lui pendant des années, sans espoir apparemment. Puis, du jour au lendemain, les œillères semblaient être tombées des yeux de Ned et il avait découvert la jolie blonde. Ils ne s'étaient pas quittés depuis et semblaient vivre une union aussi proche de la perfection que le mariage pouvait l'être. Chyna les enviait, mais elle n'imaginait pas le même style de relation se profiler à l'horizon pour elle — une autre de ces certitudes qu'elle détestait mais dont elle ne parvenait pas à se débarrasser. Elle savait que sa propre vie ne ressemblerait jamais à celle de Ned.

Chyna regarda les feux arrière de la voiture de Ned avancer au ralenti sur le chemin qui menait à la route principale longeant le lac Manicora. Puis elle rassembla les tasses à café et les soucoupes, les porta dans la cuisine et les rinça avant de les mettre dans le lave-vaisselle. La tension et le manque de sommeil qu'elle subissait depuis deux jours eurent finalement raison d'elle, et elle se sentit sur le point de s'écrouler de fatigue. Elle mit en route le lave-vaisselle. Elle avait la main sur l'interrupteur du plafonnier de la cuisine, se disant qu'elle se serait bien passée d'avoir tous ces escaliers à monter avant d'atteindre sa chambre, lorsque le téléphone sonna.

Elle poussa un gémissement mais, à cause de son travail, elle était trop habituée à ne pouvoir ignorer un appel. Elle se précipita machinalement vers le téléphone posé sur un comptoir de la cuisine et jeta un coup d'œil à l'écran d'identification. Aucun numéro n'était affiché — seulement les mots « Nom inconnu ». Un peu perplexe, elle espéra que ce n'était pas un appel de condoléances. Elle souleva le combiné. « Greer à l'appareil », et se reprit : « Je veux dire, bonsoir. »

Le vent soufflant au loin sembla vibrer contre son oreille. Longtemps auparavant, ce bruit n'était pas inhabituel lors d'un appel longue distance, mais on était au XXIe siècle. On ne l'entendait plus depuis au moins cinquante ans. « Bonsoir ? » dit-elle de nouveau.

Le son s'amplifia. Chyna jeta un coup d'œil par la fenêtre, se demandant si elle n'entendait pas le vent de ce côté-ci de la connexion. Les grosses branches d'arbre qu'elle voyait depuis les fenêtres de la cuisine restaient parfaitement immobiles. Elle fit une dernière tentative de salutation, et était sur le point de raccrocher lorsqu'une voix lointaine demanda : « Zoey ? »

Chyna resta interdite, serrant fort le combiné. « Zoey ? » Une voix féminine s'entendait plus clairement, sans ressembler pour autant à une voix s'exprimant dans un téléphone moderne.

Une blague, se dit Chyna. Quelqu'un lui faisait

une blague cruelle, la nuit tombée, pensant mettre ses nerfs à rude épreuve. Après tout, il y avait encore des gens dans cette ville qui pensaient qu'elle avait quelque chose à voir avec la disparition de Zoey Simms.

« Ici Chyna Greer, dit-elle d'un ton ferme et d'une voix forte, essayant de donner l'impression qu'elle n'était pas effrayée. Il n'y a personne du nom de Zoey à ce numéro.

— Zoey ? » Cette fois-ci, la voix était encore plus claire. Et familière. « Zoey, ma chérie, c'est toi ? C'est maman ! »

La main de Chyna se mit à trembler. L'écran d'identification avait marqué « Nom inconnu », mais la femme s'exprimait exactement comme Anita Simms, la mère de Zoey, dont Chyna n'oublierait jamais la voix, et qui avait refusé de parler à la famille Greer après la disparition de Zoey. « Madame Simms ? » demanda Chyna, avant de se traiter de tous les noms. Si quelqu'un lui faisait une blague, elle était en train de rentrer dans son jeu.

« Chyna ? C'est toi, mon petit ? Mon Dieu, ta voix semble tellement adulte ! » L'esprit de Chyna retourna douze ans en arrière, lorsqu'elle avait parlé la dernière fois au téléphone avec Anita Simms, qui lui avait dit la même chose exactement : « Mon Dieu, ta voix semble tellement adulte !

— Je… Madame Simms ?

— Oui, Chyna. » Chyna se raidit en entendant le petit rire légèrement tintant d'Anita Simms, qui ressemblait tellement à celui de sa fille. « Vous passez un bon moment toutes les deux ? »

Un frisson parcourut l'épine dorsale de Chyna et

sa main se raidit sur le combiné. Michelle était assise à ses pieds, vigilante. Et cette fois encore, les poils de son dos étaient hérissés, et ses oreilles dressées, en alerte.

Du calme, du calme, se dit Chyna. Il y a quelque chose qui ne tourne pas rond chez Mme Simms. Pendant douze ans, elle a refusé de parler aux Greer. Il a pu lui arriver n'importe quoi. Après la disparition de Zoey, elle avait fait une dépression nerveuse. Peut-être en faisait-elle une autre. Croyait-elle être douze ans en arrière, et que sa fille était là, chez les Greer ?

« Madame Simms, si c'est vraiment madame Simms. »

De nouveau ce rire si familier. « Bubble Gum ? » Le vieux surnom de Chyna, datant de sa quatrième année. Un jour, elle s'était retrouvée avec du bubble-gum plein les cheveux, et on avait dû les lui couper. « Bubble Gum, bien sûr que c'est Anita Simms. À quel jeu jouez-vous donc toutes les deux ?

— Non… nous ne sommes pas en train de jouer. Je me demande simplement pourquoi vous appelez. »

En demandant votre fille qui doit être morte depuis douze ans.

« Je crois que si, vous êtes bel et bien en train de jouer, Chyna. » La voix était encore de bonne humeur, mais le rire avait disparu. « Ma fille est près de toi ?

— Zoey ?

— Je n'ai qu'un seul enfant ! » Un petit rire. Puis un silence. Ensuite Anita reprit, la voix rendue aiguë par le soupçon : « Chyna, Zoey est bien avec toi, n'est-ce pas ? Tu n'es pas en train de la couvrir, j'espère !

— La couvrir ?

— Elle ne serait pas sortie tard ce soir pour rencontrer un garçon ? » La voix commençait à s'estomper, le vent se faisait entendre à nouveau. « Je lui ai formellement interdit d'avoir le moindre rendez-vous toute seule pendant ce séjour. Un double rendez-vous, avec toi et ton petit ami, c'est permis, du moment que vous rentrez à la maison à une heure décente, mais elle ne doit pas sortir *seule*. Tu ne sais pas ce qui peut arriver à une jeune fille qui sort seule la nuit. Je le lui ai répété cent fois. Il y a des dangers dont les filles innocentes comme Zoey n'ont pas la moindre idée mais dont je suis sûre que *toi*, tu es consciente. Chyna, tu sais que je compte sur toi pour prendre soin de ma petite fille quand elle séjourne chez toi. »

À présent c'était tout le corps de Chyna qui était comme une colonne de glace. Elle ne put cacher le tremblement dans sa voix : « Madame Simms...

— Où est Zoey ? » L'inquiétude augmenta dans sa voix tout comme augmentait le bruit du vent. « Chyna, lui est-il arrivé quelque chose ? »

Chyna resta debout, la bouche légèrement ouverte. La pièce commença à tourner, tandis que la voix à l'autre bout de la ligne criait, hystérique, et recouvrait le vent. « Chyna, où est ma petite fille ? Il y a quelque chose qui ne va pas, je le sais ! Oh mon Dieu, où est-elle ? »

La ligne fut coupée.

Chyna ferma les yeux. Puis, lentement, elle dégagea sa main du combiné. Elle finit par raccrocher. Elle se retourna, s'adossa contre le mur pour se soutenir, et se laissa glisser jusqu'au sol. Michelle, tout à côté d'elle, posa une patte au pelage mordoré sur sa cuisse et lui lécha le visage.

« Tout va bien, Michie, dit Chyna. Tout va... » Elle

se tut, puis se mit à trembler de la tête aux pieds. Non, tout n'allait pas bien. Rien, dans cet appel, n'était normal.

3

Malgré le froid, Chyna resta assise sur le sol en vinyle, pendant un moment qui lui sembla une éternité, avant de se sentir assez calme pour se lever. Elle mit sa main sur le dos solide de la chienne, utilisant la force de ses jambes et un peu du poids stable et lourd de Michelle pour se mettre en position debout.

Bon, et maintenant ? se dit-elle. J'appelle la police et je leur dis que la mère de Zoey Simms vient de me téléphoner en demandant à parler à sa fille disparue depuis douze ans ? Ils croiront que je suis ivre. Ou dingue. Elle savait que de nombreux représentants des forces de l'ordre pensaient qu'elle avait quelque chose à voir avec la disparition de Zoey, et peut-être même avec sa mort — si elle était morte.

Ned. Elle allait appeler Ned. Il était le seul membre de la famille qui lui restait, et il ne s'était jamais moqué d'elle, même lorsqu'elle était une petite fille soutenant qu'elle connaissait des choses du passé, avait des prémonitions, et était parfois capable de lire dans les esprits. Il l'avait toujours prise au sérieux, même lorsqu'elle avait menti et lui avait raconté qu'elle n'avait plus de « visions », un mensonge sur lequel elle n'était jamais revenue.

Elle composa le numéro de Ned et fut soulagée de l'entendre décrocher, ayant de toute évidence regardé l'écran d'identification : « Salut, petite sœur, dit-il d'un ton taquin avant qu'elle ait prononcé un mot. Cela fait à peine une demi-heure que je suis parti et il faut que tu entendes de nouveau ma voix ?

— Il est arrivé quelque chose... » Chyna éclata en sanglots.

La voix de Ned se fit aussitôt sérieuse. « Petite sœur, qu'y a-t-il ?

— N-Ned, j'ai peur.

— Oui, c'est bien ce que je craignais, en te laissant toute seule dans la maison.

— Ce n'est pas ça. » Elle attrapa un mouchoir d'une boîte tout près du téléphone et essuya son visage. « Ned, Anita Simms vient juste d'appeler ici en demandant Zoey. »

Ned garda le silence. Puis il répondit, avec un calme qui semblait forcé : « Chyna, quelqu'un t'a fait une sale blague.

— C'est ce que j'ai d'abord pensé, moi aussi, mais l'écran d'identification indiquait "inconnu" et la femme m'a appelée Bubble Gum et il y avait aussi ce bruit de vent qui soufflait en arrière-plan et alors elle est devenue hystérique et... » Chyna respira profondément. « Ned, quelqu'un a-t-il averti Anita que maman vient juste de mourir ? Anita a-t-elle fait une autre dépression ? Elle semblait si bizarre... »

Au bout d'un moment, Ned dit : « Chyna, je pense que tu es vraiment très fatiguée ou bien, comme je l'ai dit, quelqu'un te fait une blague...

— Je ne suis pas fatiguée à ce point et ce n'était pas une blague ! coupa-t-elle sèchement, partagée entre la frustration et la frayeur. Ned, je me souviens de la voix d'Anita Simms. De son rire. C'était le même que celui de Zoey. Et elle connaissait mon surnom et... » De nouveau elle respira profondément. « Ned, je te connais. Tu me caches quelque chose. Dis-le-moi. »

Au bout de quelques secondes de silence, Ned répondit doucement : « Chyna, il est impossible que tu aies eu Anita Simms au téléphone. Maman et moi ne voulions pas t'en parler parce que tu te serais sentie coupable, mais Anita n'a pas pu supporter la disparition de Zoey. Elle a fait dépression sur dépression.

— Et donc elle en fait une à nouveau et s'imagine que Zoey est vivante ? A-t-elle déjà appelé ? Récemment ?

— Non, petite sœur. » Elle entendit Ned prendre une profonde inspiration. « L'année dernière, la sœur d'Anita a téléphoné à maman pour lui dire qu'Anita était retombée en dépression et cette fois-ci s'était ouvert les poignets. Ils l'ont découverte trop tard... »

La main de Chyna se mit à trembler violemment. « Non, ça ne pouvait pas être trop tard. Il a dû y avoir un malentendu. Ned, elle m'a appelée...

— Non, elle ne l'a pas fait, dit Ned d'un ton ferme. Ce n'était pas un malentendu. Maman s'est rendue aux obsèques d'Anita à Washington l'année dernière, sans t'en parler. » La voix de Ned s'adoucit. « Je suis désolé, Chyna, mais Anita Simms est morte. »

CHAPITRE III

1

Chyna se réveilla en sursaut, glacée malgré l'édredon qui la recouvrait. Elle l'avait même tiré au-dessus de sa tête. Elle batailla pour s'extirper des draps en soie, de l'édredon, et de la couette dont la taie s'était ouverte. Après être sortie tant bien que mal du nid qu'elle s'était fabriqué, Chyna se dirigea vers la fenêtre et regarda le temps qu'il faisait. Du soleil. C'était bien un peu de soleil qu'elle distinguait, et qui essayait de percer à travers les nuages d'un gris de plomb. Dieu merci, se dit-elle. Elle n'aurait pas supporté une journée de plus avec un temps aussi déprimant que celui de la veille.

Et elle ne supporterait pas non plus un autre appel téléphonique comme celui d'Anita Simms.

Mais ce n'était pas Anita Simms qu'elle avait eue au bout du fil. Si elle n'avait pas bu deux verres de cognac, elle n'aurait jamais pu se détendre suffisamment pour aller se coucher. En cette matinée ensoleillée, c'était plus facile pour elle de croire que tout cela n'avait été qu'une blague macabre. Il lui suffisait de regarder les numéros qui avaient appelé chez les Greer pour démasquer le farceur. Si elle n'avait pas été aussi bouleversée, elle aurait pensé à le faire hier soir. Au lieu de cela, elle avait vérifié que toutes les portes et les fenêtres étaient bien fermées et elle avait trouvé refuge dans les boissons alcoolisées ! Son père n'aurait pas approuvé. Son oncle Rex, lui, aurait probablement vidé la carafe, serait devenu exubérant, aurait raconté des plaisanteries et l'aurait fait rire en dépit de tout. Quel dommage qu'il n'ait pu s'arranger pour être là.

Elle avait fini par s'endormir d'un sommeil profond et, à présent, elle se sentait normale, ou aussi proche de l'état normal qu'il était possible dans ces circonstances. Elle avait beaucoup de choses à faire aujourd'hui. Elle ne pouvait se complaire dans la peur provoquée par la plaisanterie cruelle dont elle était victime.

Michelle, dévalant l'escalier derrière elle, fit une entrée fracassante dans la cuisine, décidant de toute évidence qu'elle mourait de faim. Chyna prépara du café et des toasts à la cannelle et, tout comme la veille, elle se sentit affamée d'une manière qui ne lui était pas habituelle. Elle avait l'impression qu'elle ne pourrait jamais engloutir le tout assez vite. Pour Michelle, il en allait tout autrement. Elle regarda son bol de Gravy Train avec mépris, s'en éloigna et fixa les yeux sur sa maîtresse avec un regard qui ne pouvait exprimer, jugea Chyna, que l'indignation.

« Tu ne peux pas avoir un steak tous les jours, lui dit Chyna. Mange ça maintenant, et je te trouverai quelque chose de mieux pour le dîner. Marché conclu ? »

Michelle but trois gorgées de son bol d'eau, lança à Chyna un dernier regard de reproche, et quitta la cuisine avec une froide dignité. Son attitude et son allure ressemblaient tellement à celles qu'aurait eues Vivian Greer que Chyna se sentit partagée entre le rire et les larmes. « Même si maman n'aimait pas spécialement les chiens, elle t'aurait aimée, *toi* », dit Chyna à l'indignée Michelle.

Elle se prépara deux autres toasts, se sentant un peu coupable et se demanda ce qui avait déclenché cet appétit vorace des deux derniers jours. Puis elle décida de vérifier le téléphone comme elle aurait dû le faire la veille. Elle prit le combiné, et chercha comment afficher les derniers numéros appelants.

Le dernier était celui de Ned. Chyna fronça les sourcils, pensive. Ned ou Beverly avaient-ils rappelé après son propre appel hystérique la nuit dernière ? Non. Ned lui avait parlé vingt minutes environ, essayant de lui faire retrouver son calme, la pressant de le laisser venir la chercher pour qu'elle passe la nuit avec eux mais, après son refus — elle avait fait semblant d'avoir retrouvé ses esprits —, il avait abandonné et lui avait souhaité bonne nuit. Elle avait alors bu son cognac et s'était couchée.

Le secret de l'identité de l'appelant devait résider dans le numéro suivant. Le cœur de Chyna se mit à battre violemment, à la fois parce qu'elle voulait savoir qui avait appelé et parce qu'elle ne voulait pas penser qu'il y avait quelqu'un dans les parages qui cherchait à l'effrayer. Mais si elle avait un ennemi, même une personne inoffensive qui n'irait pas plus loin pour s'amuser qu'un appel téléphonique, elle avait besoin de le savoir. Le numéro et le nom suivants apparurent. Son oncle Rex. Elle avait déjà écouté son message sur le répondeur, qui disait qu'il serait là aujourd'hui. Avant Ned, il y avait eu l'appel d'un démarcheur. Et avant lui, une vieille dame qui vivait tout près et qui demandait en ne s'adressant à personne en particulier s'il y avait quoi que ce soit qu'elle puisse faire pour aider après le « départ » de Vivian. C'était le dernier appel enregistré.

Chyna s'installa devant la table de la cuisine et se prit le front entre les mains. Ces quatre dernières années, les épisodes de ce que la plupart des gens appelaient perception extrasensorielle s'étaient espacés. Elle ne savait pas si c'était à cause de son énorme charge de travail, du changement de cadre ou simplement parce qu'elle avait dépassé ce stade. Quelle qu'en fût la raison, elle en avait été terriblement soulagée. Mais à présent, le mécanisme semblait s'être enclenché de nouveau. Tout d'abord, il y avait eu la voix près du lac. Ensuite, cet appel téléphonique étrange avec le vent en fond sonore, venant d'une personne dont la voix ressemblait remarquablement à celle d'Anita Simms. Chyna aurait pu attribuer ces deux phénomènes à son imagination exacerbée par le chagrin de la mort de sa mère, si Michelle, elle aussi, ne s'était pas conduite de façon aussi étrange. Mais elle devait admettre que la chienne lui était profondément attachée. Elle avait peut-être réagi à sa propre montée d'adrénaline. Ses deux accès de frayeur de la veille étaient peut-être le résultat de la peur éprouvée par Chyna, et non pas de la voix de Zoey s'échappant du lac ou de celle d'Anita l'appelant au téléphone.

Chyna hocha la tête, et décida de ne pas s'appesantir sur le sujet pour le moment. Elle devait se rendre à l'entreprise de pompes funèbres, où elle avait rendez-vous à onze heures. Elle prit une douche, se lava les cheveux, puis fouilla dans sa valise pour découvrir qu'elle avait oublié de prendre son sèche-cheveux. Elle se rendit dans la chambre de sa mère pour en trouver un. Du vivant de son père, la chambre était décorée dans les tons de beige, marron clair et vert fougère. Les années passant, Vivian avait ajouté des touches jaune safran, abricot pâle, et rose melon, qui avaient rendu la pièce tout à la fois plus gaie et plus féminine.

Ce dernier Noël, lorsque Chyna était revenue à la maison, sa mère avait insisté pour « coiffer sa petite fille » en vue de la fête traditionnelle. Chyna n'avait pas regardé dans la glace pendant que Vivian soulevait les longues mèches, enfilait les rouleaux brûlants et passait le fer à friser. Elle est en train de me donner l'air d'une gamine de douze ans avec des bouclettes, se disait Chyna avec horreur. Puis Vivian, d'une voix flûtée, avait annoncé : « Terminé ! » Lentement, Chyna s'était forcée à regarder le miroir, pour découvrir que sa mère avait en effet frisé ses cheveux, mais en longues boucles ondulées. Elle les avait tirés et maintenus avec une barrette ancienne, d'or et de perles, en laissant une longue mèche retomber d'une manière séduisante sur l'épaule droite de Chyna.

« Tu ressembles à une déesse grecque ! avait dit Vivian avec amour et admiration, sans la moindre jalousie à l'idée que sa propre beauté, aussi grande soit-elle, était éclipsée par celle de sa fille. Maintenant, sors et amuse-toi. Ne reste pas dans un coin sombre comme tu le fais d'habitude, lui avait-elle ordonné. On dirait que tu crois qu'il faut te cacher dès que tu ne portes plus ces horribles blouses de l'hôpital. Tu as une silhouette magnifique. Montre-la. Au fait, il se peut que Scott Kendrick soit là ce soir. »

Le cœur de Chyna s'était mis à battre plus fort à cette pensée, et toute la soirée, voyant que Scott n'apparaissait pas, son moral avait subi la même dégringolade que ses belles boucles. « Le mauvais temps a retenu mon Scott à New York, dit Mme Kendrick aux alentours de dix heures, sa voix rendue légèrement confuse par la boisson de Noël au rhum qu'elle n'avait cessé de siroter. Il devrait être là demain et je suis sûre qu'il sera désolé d'avoir raté cette soirée. Il est certainement bloqué dans une minable chambre de motel, tout seul en train de regarder *La vie est belle* pour la trentième fois. »

Chyna avait eu un petit sourire forcé. Elle n'avait pas de mal à croire que Scott était dans une chambre de motel. Mais certainement pas seul en train de regarder *La vie est belle.* Et ce soir-là, elle s'était juré de se débarrasser de ce béguin ridicule qu'elle avait pour lui depuis son adolescence.

Mais en le voyant hier près du lac, elle avait compris qu'elle n'avait pas vraiment fait de progrès depuis ce dernier Noël. Elle pensait toujours qu'il était le plus charmant, le plus beau — et pour être sincère, se dit-elle sévèrement, le plus sexy des hommes qu'elle ait jamais vus — et, la veille, à la vue de Scott, son cœur s'était mis à battre aussi fort que lorsqu'elle avait seize ans.

« Oh, Chyna, tu es irrécupérable dès qu'il s'agit de Scott », dit-elle à voix haute.

Se forçant à sortir de sa rêverie, elle se dirigea vers la salle de bains de sa mère et buta contre un objet qui dépassait sous le lit. Chyna se pencha et tira vers elle un album, qui avait dû être blanc à l'origine mais qui avait jauni avec le temps. Elle l'ouvrit et vit, à la première page, un article découpé dans le journal, qui portait le titre : UNE JEUNE FILLE DE SEIZE ANS DISPARAÎT.

Zoey. Chyna lut le premier article, publié dans le *Black Willow Dispatch*, au sujet de Zoey disparue dans la nuit « alors qu'elle se trouvait avec son amie, Chyna Greer, seize ans également, de Black Willow ». « Mais elle n'était pas avec moi ! s'écria Chyna, exactement comme la première fois qu'elle avait lu l'article douze ans plus tôt. Elle n'était pas avec *moi.* » Elle tourna les pages de l'album. Chacune d'elles contenait un article concernant Zoey. Certains provenaient de journaux locaux, d'autres, sélectionnés par *L'Argus de la presse*, de villes aussi éloignées que Washington, D.C., où habitait la famille de Zoey. Les articles décrivaient en détail les recherches, et signalaient le moment où elles avaient cessé, la jeune fille étant supposée morte.

Chyna continua de tourner les pages. Elle eut le souffle coupé en voyant le gros titre d'un article : UNE AUTRE JEUNE FILLE DE LA RÉGION PORTÉE DISPARUE. Le journal était daté du 28 décembre, dix-sept mois après la disparition de Zoey, alors que Chyna était à la maison pour les vacances de Noël.

L'article racontait que Heather Phelps, une lycéenne en terminale à Black Willow, supporter de l'équipe du lycée et membre de l'Association des étudiants, avait pris la voiture de ses parents vers sept heures du soir pour se rendre au drugstore Baker, où elle avait été vue pour la dernière fois. Vers onze heures, les Phelps avaient retrouvé leur voiture garée près du drugstore. Heather n'était pas absente depuis assez longtemps pour que la police la déclare officiellement disparue, alors la famille avait mis en place sa propre équipe de recherche.

Le lendemain, la police locale était intervenue plus tôt que l'exigeait le strict protocole. Ils avaient appris que, d'un côté, personne dans le drugstore n'avait vu Heather adresser la parole à quiconque, sinon à la caissière, et que, de l'autre, quelques personnes dans la rue avaient vu Heather après sa sortie du drugstore. D'après celles-ci, elle était seule et ne semblait pas avoir de problème. Elle avait remonté la rue à pied pour faire, selon toute apparence, du lèche-vitrines en prévision des cadeaux de Noël, bien que personne ne l'ait vue entrer dans un magasin. Aucun vendeur ne se souvenait de l'avoir aperçue. Les recherches avaient continué des mois. Puis l'affaire avait été classée.

Chyna se rendit compte que ses mains étaient devenues glacées. En fait, elle s'était mise à trembler dès qu'elle avait commencé à lire les articles. Elle se souvenait du moment de la disparition d'Heather. Ned lui en avait parlé, même si ses parents n'avaient rien dit, et chaque soir, à la maison, le journal disparaissait avant qu'elle ait pu le lire, sans doute jeté à la poubelle par sa mère, qui ne voulait pas que la disparition d'Heather ravive chez Chyna le souvenir de celle de

Zoey. Mais, en fait, Vivian avait gardé tous les articles couvrant la période des recherches d'Heather Phelps. Pourquoi ? Parce qu'elle pensait que le sort d'Heather était lié à celui de Zoey ?

Chyna s'assit sur le lit et continua à feuilleter l'album, jusqu'à un article daté du mois de mai — celui où elle était revenue à Black Willow pour assister à l'enterrement de son père. L'article concernait Edie Larson, âgée de seize ans, dont le sac à dos avait été retrouvé un mile au nord de la ville, et rapporté au commissariat de police par deux garçons de treize ans. Lorsque la police avait contacté les parents, M. Larson avait déclaré qu'Edie était absente depuis deux jours, mais qu'il ne l'avait pas signalé car il pensait qu'elle s'était enfuie avec son petit ami, Gage Ridgeway, âgé de dix-neuf ans, de Black Willow lui aussi.

Mais Ridgeway, lui, n'avait pas manqué un seul jour de travail à l'entreprise de construction de son grand-père, et avait dit à la police qu'il croyait Edie chez elle avec la grippe, bien que son père, qui ne l'appréciait pas, ait refusé de lui passer Edie les deux fois où il avait appelé pour prendre de ses nouvelles. De nouveau, des recherches furent lancées mais, cette fois, le suspect numéro un était Ron Larson, le père d'Edie, qui avait un casier judiciaire, deux arrestations pour conduite en état d'ivresse et des antécédents de violences conjugales. À trois reprises, lorsque les policiers étaient passés chez les Larson, ils s'étaient trouvés face à une Mme Larson arborant un œil au beurre noir et des lèvres fendues. Chaque fois, elle avait inventé une explication, compliquée à défaut d'être vraisemblable, et elle n'avait jamais porté plainte contre son mari.

Au moment de la disparition d'Edie, Mme Larson avait pourtant fini par admettre que son mari avait refusé qu'elle aille dire à la police qu'Edie n'était pas rentrée. Sa fille devait revenir, seule et à pied autant qu'elle le sache, d'une répétition qui se tenait au lycée, pas très loin de la maison. Le professeur s'occupant de la répétition avait confirmé qu'Edie était présente, et qu'elle avait quitté l'école seule, refusant de se faire accompagner en voiture par un élève qui devait rester plus longtemps pour répéter une autre scène. Edie avait dit qu'elle aurait des ennuis à la maison si elle rentrait en retard.

Plus tard, Ron Larson avait prétendu ne pas avoir donné l'alerte parce qu'il pensait que Gage Ridgeway l'avait « mise en cloque » et qu'elle s'était tout simplement enfuie, déshonorant de la sorte le précieux nom des Larson. Il avait aussi suggéré qu'au lieu de le harceler, la police devrait plutôt arrêter Ridgeway pour « viol stationnaire », propos que le rédacteur du journal local s'empressa de citer dans son article.

Chyna posa l'album sur ses genoux. Elle se souvenait que Ned avait mentionné Edie lorsqu'elle était revenue cet été-là, et que sa mère avait aussitôt changé de sujet. Le dernier article de l'album, daté du 25 mai, huit ans auparavant, disait que la police continuait de rechercher Edie, qui avait disparu depuis plus de onze mois. « Je suis sûre qu'ils ne l'ont pas retrouvée, dit à voix haute Chyna. Comme ils n'ont pas retrouvé Zoey, et comme ils n'ont pas retrouvé Heather. » Trois filles en moins de quatre ans. Qu'avait dit la voix venant du lac, la veille ? « Il faut que tu me retrouves, car il y a eu d'autres filles. » Chyna savait que Zoey lui disait qu'Heather et Edie avaient subi le même sort qu'elle.

Chyna referma brusquement l'album et le posa sur le lit à côté d'elle. Trois filles étaient mortes car quelqu'un était venu à Black Willow douze ans auparavant, un être sombre et détraqué, qui avait rôdé dans la région pendant quatre ans, et ensuite… Et ensuite quoi ? Il était mort ? Il avait été tué ?

Il avait décidé de changer de terrain de chasse ?

Non, cette dernière possibilité n'était pas la bonne, en aucun cas. La voix venant du lac, la voix de Zoey, lui avait dit : « Il y aura d'autres filles encore si tu ne fais rien. » Chyna ferma les yeux de frayeur, de terreur même, à l'idée d'un dessein mis en œuvre à grande échelle. Est-ce pour cela que ma mère est morte ? Pour me ramener à la maison avant que d'autres jeunes filles disparaissent et subissent les horreurs infligées par un être malfaisant ?

« Oui, sembla froidement murmurer une voix à travers la chambre. Tu es leur seul espoir. »

2

Chyna, remplie de frissons, replaça l'album d'articles sous le lit de sa mère. Elle le repoussa aussi loin que possible contre le mur, le cachant, espérant pouvoir l'oublier. Elle ne voulait pas penser à sa mère découpant ces articles, année après année, et les disposant avec soin sur les pages, les recouvrant de feuilles plastifiées, les préservant. Les préservant dans quel but ? Pour que je les lise, se dit Chyna. Vivian s'était toujours montrée inquiète de voir que Chyna prétendait avoir des « visions », mais Chyna avait souvent eu l'impression que c'était une façade, et qu'en fait, sa mère la croyait, croyait que sa fille avait des pouvoirs qui dépassaient la norme. Un jour — Chyna devait avoir huit ans — alors que sa mère avait bu un peu trop de vin au barbecue du 4 Juillet, ne lui avait-elle pas parlé de ses deux tantes et de sa jeune sœur, décédée, qui toutes trois « sentaient » des choses ?

Plus tard, Vivian avait nié avoir jamais dit à Chyna une chose pareille, mais ce déni s'était accompagné d'un air coupable. Chyna supposa que son père avait trop souvent entendu Vivian raconter cette histoire et qu'il avait insisté pour qu'elle réfute « le conte de fées ». Mais Chyna était certaine, tout comme elle était certaine de tant de choses qui ne pouvaient être prouvées, que sa mère lui avait dit la vérité au sujet de ses sœurs.

Ma mère croyait bel et bien à la seconde vue, se dit Chyna. Vivian avait accompagné son mari lorsqu'il avait voulu emmener Chyna consulter des médecins après l'accident du bateau, au moment où Chyna avait commencé à faire des prédictions, à se souvenir d'incidents du passé dont elle ne pouvait avoir connaissance, à retrouver des choses que personne n'arrivait à retrouver. Mais Vivian n'accompagnait Edward que pour lui faire plaisir. Elle croyait en la perception extrasensorielle car elle l'avait vue à l'œuvre dans sa propre famille. Et elle avait laissé l'album plein de détails sur les filles disparues, sachant que Chyna le trouverait, puisqu'elle était vouée à sauver d'autres vies, et pas par le biais de la médecine.

La tâche semblait trop lourde. Chyna se sentit écrasée par le fardeau qui, elle en avait peur, lui était imposé. Elle baissa la tête. Elle aurait voulu crier. Prendre Michelle et s'enfuir de Black Willow aussi vite que possible. Abolir toute responsabilité vis-à-vis de ces jeunes filles disparues, dans le passé ou le présent. Mais elle savait qu'elle ne le pouvait pas. Lentement, elle releva la tête. La seule réponse possible est de maîtriser ses émotions, se dit-elle. Elle se dirigea vers la coiffeuse et regarda dans le miroir. « Je ne pense plus à tout ça pour aujourd'hui, s'admonesta-t-elle. Je ne pense plus à cet album ou à cet appel bizarre. » Et surtout elle ne penserait plus à la voix obsédante entendue près du lac, la voix de Zoey, chantant *Star light, star bright* et qui, de tous les événements qui s'étaient produits depuis son arrivée, était celui qui l'avait le plus effrayée. Elle savait qu'elle ne pouvait pas esquiver sa responsabilité. Elle savait aussi, par expérience, que si des réponses devaient être trouvées, elles le seraient en leur temps, à leur manière. Elle ne pourrait pas les forcer à venir.

Chyna jeta un coup d'œil à sa montre et vit qu'elle avait passé plus de temps qu'elle ne pensait à regarder l'album. La matinée était presque terminée et elle avait des courses à faire dans l'après-midi.

Elle s'activa, trouva le séchoir, finit de s'occuper de ses cheveux, les tira en queue-de-cheval, se glissa dans un pantalon marron et un pull rouge. Au moins, elle avait bien pensé à prendre la veste qui allait avec le pantalon. Après tout, elle voulait être présentable pour se rendre aux pompes funèbres. Une touche d'ombre à paupières gris-bleu, un léger fard à joues, qui brunissait son teint et un rouge à lèvres assorti pour donner un peu d'éclat à son visage. Elle recula et examina le résultat. Elle avait presque l'air normal, lui sembla-t-il. Disons, si on ignorait que, d'habitude, elle n'était pas si pâle et n'avait pas ces horribles ombres mauves autour des yeux.

Lorsqu'elle remit le sèche-cheveux dans la chambre de sa mère, elle entendit un crissement à l'arrière de la maison — non pas le léger bruissement des feuilles dans le vent, mais le grattement du bois ou du métal contre la pierre. Elle entendit aussi une voix. Quelqu'un chantait. Elle frissonna, écouta. C'était une mélodie monocorde, qu'elle n'avait encore jamais entendue. Il n'y avait ni rythme ni cadence. Michelle, à côté d'elle, dressa les oreilles. Oh mon Dieu, non, pensa Chyna. Pas une nouvelle voix venue de nulle part. Pas une nouvelle voix lui disant…

« *Satisfaction… oh no, no, no ! I can't get no…* »

Entendait-elle une voix venue « des enfers », et qui saccageait avec délectation *Satisfaction* des Rolling Stones ? Non, ce n'était pas possible. Le sixième sens de Chyna lui avait déjà fait entendre de nombreuses choses étranges et effrayantes, mais jamais rien d'aussi dingue.

Elle se dirigea vers la fenêtre de sa chambre, regarda dehors, puis fit glisser la fenêtre pour l'ouvrir. Un homme brun et mince se tenait en haut d'une très grande échelle, ses mains gantées enlevant les feuilles des gouttières tandis qu'il chantait avec passion, balançant la tête selon un rythme qu'il était seul à percevoir. Chyna le regarda une longue minute. Sa voix s'élevait, de plus en plus forte, et sa tête se balançait de plus en plus vite. Il termina enfin la chanson, poussa un cri d'extase, aperçut Chyna et faillit tomber de son échelle.

« Mon Dieu, cria-t-il.

— Désolée de vous avoir fait peur, fit Chyna, essayant de ne pas éclater de rire. J'ai été attirée par la musique. »

Son beau visage s'empourpra, ses oreilles devinrent si rouges qu'on aurait dit qu'elles allaient prendre feu. « Je croyais que la maison était vide. Je nettoie les gouttières de Mme Greer chaque année et j'ai pensé que cette année je devais le faire comme d'habitude. Je sais qu'elle vient de s'éteindre mais les gens vont venir dans la maison et elle aurait aimé que tout ait l'air parfait. » Puis il la regarda en plissant les yeux à cause du soleil — des yeux d'un vert très clair. « Chyna ? C'est toi ?

— Oui. Je suis arrivée par avion hier. Ma voiture de location est dans le garage.

— Ça alors ! À cause de moi, on a eu tous les deux une sacrée frayeur ! Cela fait au moins dix ans que je ne t'ai pas vue. Gage Ridgeway.

— Oh, je me souviens de toi, Gage », dit Chyna, souriant toujours. En fait, je viens juste de lire un article de journal où on parlait de toi, pensa-t-elle. Tu étais le petit ami d'Edie Larson, l'une des filles disparues. Gage, du même âge que Chyna à peu près, était devenu un homme d'une beauté saisissante. Mais déjà à l'époque, il avait été un adolescent à la beauté saisissante, jamais à court de petite amie. Elle souriait toujours.

« Comment ça se passe pour toi, Gage ?

— Plutôt bien. Je travaille toujours dans l'entreprise de bâtiment. Grandpa est mort, elle appartient à papa et à moi maintenant. C'est mon grand-père qui a construit cette maison, tu sais. C'est pour ça que je fais les travaux d'entretien ici. Grandpa avait beaucoup d'estime pour ton grand-père. Et il faisait grand cas de la maison. Il disait que c'était la mieux construite de toutes celles qu'il avait faites et que tant qu'il resterait un Ridgeway en vie, il devrait s'en occuper lui-même, et non pas un amateur qui bricolerait et ferait plus de mal que de bien. » Gage libéra une de ses mains qui se tenaient à la gouttière et brossa les parcelles de feuilles tombées sur son visage et ses cheveux. « Je suis vraiment désolé pour ta mère, Chyna.

— Et moi… Sa mort a été une surprise complète.

— Ça, c'est vrai. Je l'ai vue samedi dernier. La tempête qu'on a eue ici a pratiquement démoli la vieille cabane de ton frère. Il était en Pennsylvanie au mariage de sa belle-sœur et ta mère m'a fait venir pour nettoyer l'endroit et déblayer tous les débris. Elle semblait tout à fait bien ce jour-là. Oh, peut-être un peu pâle et silencieuse, mais j'ai mis ça sur le compte de la tempête et j'ai pensé qu'elle s'inquiétait de devoir démolir la cabane de Ned sans lui en parler d'abord. Tu sais comment il a toujours été au sujet de cet endroit.

— Ridiculement possessif avec ce stupide cabanon. Ça fait des années qu'il aurait dû être démoli — c'était de toute manière une horreur complètement déglinguée qui gâchait une magnifique pelouse. » Chyna soupira. « Je suis heureuse d'apprendre que, plus tôt dans la semaine, maman n'avait pas l'air malade. Je m'en veux tellement de ne pas avoir été là quand elle est morte, mais je ne savais même pas qu'elle n'allait pas bien.

— Je crois que personne ne le savait. » Gage détourna les yeux, l'air embarrassé, et ajouta : « Et vu les circonstances, je suis désolé d'avoir été là en train de brailler. Grandpa m'aurait giflé d'avoir été aussi irrespectueux.

— Je n'aurais pas voulu qu'il te gifle parce que tu chantes en travaillant, fit Chyna en essayant de sourire. Mais je dois avouer que je n'avais jamais entendu cette interprétation particulière de *Satisfaction*. »

Gage fit un petit sourire. Il avait la peau burinée et faisait plus vieux que son âge, mais personne n'aurait pu dire qu'il n'était pas un sacré bel homme, se dit Chyna. « Tu n'auras pas de mal à deviner pourquoi j'ai été fichu dehors d'un groupe amateur quand j'avais seize ans, et d'un autre à dix-huit ans, dit-il en riant. Avoir la musique dans l'âme ne suffit pas pour la chanter. »

Chyna rit. « Je me souviendrai de ce que tu viens de dire chaque fois que je chanterai dans la voiture en me demandant pourquoi la chienne se met à hurler. » Gage rit à son tour. Il avait l'air si normal, si décontracté, si... innocent, se dit-elle. Il était presque impossible d'imaginer qu'il puisse avoir quoi que ce soit à voir avec la disparition ou le meurtre d'une jeune fille.

À cet instant, elle se souvint que Zoey le fréquentait l'été de sa disparition, et qu'un jour, en ville, elle s'était pâmée d'admiration, en adolescente qu'elle était, parce qu'il lui avait souri, fait un clin d'œil, adressé quelques mots : « Comment va, Zoey ? Tu as l'air en forme ! » Cette dernière nuit Chyna avait demandé à Zoey si, lors d'une précédente visite, elle avait déjà rencontré le garçon avec lequel elle avait son malheureux rendez-vous romantique près du lac. « Oui, mais cette fois-ci, c'est différent, avait répondu Zoey. Parfois ça fait tout simplement tilt avec quelqu'un. »

Chyna pouvait facilement imaginer une Zoey si impressionnée par Gage que rien n'aurait pu l'empêcher de le voir cette soirée-là s'il avait appelé en demandant de la revoir. Elle pouvait tout autant imaginer que Zoey se serait avec plaisir engagée dans les bois sombres avec Gage pour un baiser passionné, pensa Chyna, brusquement remplie d'horreur. « Eh bien, j'ai à faire en ville, dit-elle d'un ton cassant. Je suis déjà en retard.

— Heureux de t'avoir vue », eut juste le temps de dire Gage avant qu'elle referme la fenêtre. Elle venait peut-être de plaisanter avec le tueur des trois jeunes filles. Ou bien tu viens de parler avec un homme tout à fait charmant qui doit à présent être d'accord avec tous ceux en ville — et ils sont nombreux — à penser que tu es folle, se dit-elle. Eh bien, trop tard pour se préoccuper de son image. Et quelle importance, d'ailleurs ? Elle ne reviendrait à Black Willow que quelques jours par an de toute façon.

J'ai interrompu Gage dans son récital, se dit-elle tout en attrapant son sac et son imperméable, et en partant précipitamment. Lorsqu'elle sortit la voiture du garage, elle regarda en direction de sa fenêtre. Silence total. Si Gage avait été d'humeur à chanter, il ne l'était plus. Il était probablement en haut de son échelle à méditer sur ce qui ne tournait pas rond chez la « prophétesse » de Black Willow de si mauvaise réputation.

Tout en conduisant vers le centre-ville, Chyna appela Ned sur son portable. « Je vais aux pompes funèbres pour choisir une urne pour maman. Tu veux me retrouver là-bas ?

— Choisir une *urne* ? Oh, mon Dieu, non ! s'écria Ned.

— Ce n'est pas la peine d'avoir l'air si épouvanté. Il faut bien que ça soit fait.

— Je sais. Je déteste te refiler la corvée mais… eh bien, tu connais les goûts de maman mieux que moi. »

Chyna leva les yeux au ciel. « Ça doit être la plus mauvaise excuse que j'aie jamais entendue. » Ned ne répondit pas. « Oh, je comprends. Ce n'est pas non plus mon type de shopping préféré.

— Ça ne l'est pour personne, je suppose. » Chyna entendait que Ned sortait du salon d'exposition de l'Agence Greer Lincoln-Mercury pour rejoindre le parking. Cela faisait bien cinq ans qu'il travaillait là.

« Ned, je n'arrive toujours pas à croire que maman n'a pas souhaité être enterrée près de papa, et qu'elle n'a même pas voulu une cérémonie. S'était-elle mise à se comporter bizarrement, ces derniers temps ? »

La voix de Ned se fit plus forte tandis qu'il parlait à quelqu'un sur le parking, sans doute en train d'examiner une voiture. « Vous avez là un très beau modèle. Tous les accessoires voulus. Nous pouvons sûrement vous faire une bonne réduction sur celle-là. » Puis il baissa la voix. « Que veux-tu dire, par se conduire bizarrement ? Comme une malade ? Ou une folle ?

— Non, pas à ce point-là. Mais de manière inhabituelle. Étrange. Je veux dire, je n'en reviens toujours pas qu'elle n'ait absolument pas voulu de cérémonie, et qu'elle veuille que j'emporte ses cendres au Nouveau-Mexique. Tout cela sonne faux... »

Chyna donna un coup de frein brutal à un feu rouge. Un vieux monsieur qui traversait sur le passage clouté lui fit un bras d'honneur. Je l'ai bien mérité, se dit-elle, le visage en feu. Elle n'avait pas été assez attentive à sa conduite.

« Je sais que cette dernière requête ne lui ressemble pas, mais cela fait des mois qu'elle a donné l'enveloppe à Bev et elle n'a jamais demandé qu'on la lui rende. Elle n'agissait pas par impulsion, petite sœur. » Ned cria quelque chose d'inintelligible en direction d'un autre acheteur potentiel, puis dit à voix plus basse au téléphone : « Est-ce que tu as lu la lettre qu'on t'a donnée hier soir ?

— Oui. Elle semble purement formelle. Mais il y a peut-être quelque chose qui m'a échappé. J'étais encore sous le choc de l'appel d'Anita Simms.

— Ce n'était pas Anita Simms, dit Ned d'un ton catégorique. Quelqu'un s'est moqué de toi, t'a fait une farce hideuse et je veux que tu la sortes complètement de ton esprit, même si je sais que c'est plus facile à dire qu'à faire. » Il respira profondément. « Chyna, je suis désolé de te laisser le sale boulot aux pompes funèbres cet après-midi, mais on a un travail fou ici aujourd'hui. Il faut absolument que j'y aille. On en parlera ce soir. Et tu es un bébé en sucre de bien vouloir faire ça.

— Merci. J'ai toujours rêvé d'être un bébé en sucre », répondit Chyna avec humour, mais Ned avait déjà raccroché.

Chyna était arrivée sur le parking des entreprises

funéraires Burtram & Hodges. Elle se souvenait d'être venue là avec sa mère lorsque son père « les avait quittées », comme le répétait l'entrepreneur. Edward Greer était mort comme il avait vécu — tranquillement, avec dignité. Vivian, un matin, s'était réveillée et avait trouvé Edward, à ses côtés, mort d'une attaque. Il n'avait pas émis un seul son assez fort pour la réveiller.

Rex Greer, son jeune frère, était en France à l'époque. Vivian avait dû demander à Chyna de l'aider pour les dispositions à prendre, car Ned s'y était refusé. Un jour, d'un air penaud, Ned avait avoué que la mort le terrifiait, et ses actes semblaient prouver la véracité de cet aveu. Lorsque les conversations portaient sur des personnes mortes ou en train de mourir, il quittait discrètement la pièce. S'il allait à une veillée funèbre, il signait le registre mais, si le cercueil était ouvert, il ne regardait jamais le corps, et partait aussitôt que possible. Lorsqu'il assistait à un enterrement, il restait en retrait et gardait généralement les yeux fixés sur un arbre ou sur une composition florale. Un jour, Chyna avait suivi des yeux le regard de son frère et découvert qu'il était en train d'observer une taupe qui creusait une galerie dans le sol.

La journée était belle et il faisait au moins quatre degrés de plus que la veille. Chyna sortit de la voiture, regarda le ciel aux tons bleu et jaune pâle, et respira une longue bouffée d'air vivifiant. Elle se sentit tout de suite mieux, un peu plus gaie, un peu moins accablée de chagrin. Puis elle ouvrit la lourde porte de l'entreprise de pompes funèbres, entra, et son moral retomba brutalement.

Murs acajou. Moquette bleu marine. Verre dépoli protégeant les éclairages tamisés. Triste musique d'orgue flottant dans les couloirs austères. Et une légère odeur de fleurs tout juste fanées. Un homme mince, entre trente et quarante ans, les traits bien dessinés, les cheveux brun clair, les yeux presque baissés, s'approcha de Chyna.

« Bonjour, fit-il d'un ton grave, formel. Russell Burtram, à votre service. Puis-je vous renseigner ? »

Russell leva les yeux, sembla jeter un bref coup d'œil sur son pull à col roulé de couleur vive, puis s'empressa de les baisser à nouveau. À cet instant, Chyna regretta de ne pas s'être habillée autrement. Le bleu marine aurait peut-être été mieux indiqué. Elle aurait ainsi ressemblé à Russell, dont le costume était assorti à la moquette. Elle remarqua que ses tempes grisonnaient légèrement, et qu'il tenait les mains serrées très fort, comme s'il était nerveux, ou prenait une attitude qui ne lui était pas naturelle. Russell parut prendre conscience de la rapide évaluation que Chyna faisait de son physique, et il se raidit, levant de nouveau ses yeux gris sur elle.

« Ma mère est morte il y a deux jours, commença Chyna. Apparemment elle avait des problèmes cardiaques que la famille ignorait, elle a eu une attaque, et fait une chute dans les escaliers. Elle a eu le cou brisé », dit-elle rapidement, puis sa gorge se serra et les mots suivants ne furent plus qu'un chevrotement inintelligible : « Je dois prendre des dispositions.

— Vous n'avez pas besoin de donner des explications. Je suis au courant des circonstances de la mort de Vivian Greer. » Le regard de Russell Burtram s'adoucit, compatissant. « Vous ne vous souvenez pas de moi, n'est-ce pas ?

— Comment ? » Chyna, la gorge toujours serrée, faillit s'étrangler.

« Je suis Rusty Burtram, Chyna. J'étais dans la même classe que Ned à l'école. »

Chyna essaya de dissimuler sa surprise. « Rusty ! Mon Dieu ! Je n'arrête pas de revoir des connaissances aujourd'hui. Tu as… changé.

— Plus d'acné, des lentilles de contact, un peu de body-building. » Il sourit, comme pour s'excuser. Chyna, qui avait passé quelques mois dans un service de chirurgie esthétique, devina qu'il s'était également fait refaire le nez et le menton. « J'espère que le résultat se voit.

— Oh, énormément ! s'écria Chyna avec un enthousiasme peu flatteur, avant de réaliser à quel point elle venait d'être grossière. Je veux dire, tu avais l'air tout à fait bien avant…

— J'avais l'air d'un crétin et j'en ai toujours été conscient. La transformation date de la période de mon bac, j'ai décidé que je n'irais pas en fac avec cet air-là. » Quelqu'un s'approcha d'eux et le visage de Rusty redevint aussitôt solennel, sa voix plus basse. « C'est l'entreprise de papa ici, mais je suppose que tu le sais. » Chyna acquiesça d'un signe de tête. « Nous nous sommes occupés des obsèques de ton père. »

Un homme de haute taille, les cheveux noirs, se posta juste devant elle, poussant presque Rusty de côté. « Owen Burtram, mademoiselle — ou dois-je dire docteur — Greer. » Le père de Rusty, se dit Chyna. Vivian Greer le trouvait ridicule et prétentieux. « Votre mère parlait souvent de vous.

— Vraiment ? » Chyna se demanda à quelles occasions Vivian aurait pu parler « souvent » à Owen. Elle ne l'aimait pas et essayait toujours de l'éviter dans les réceptions et les réunions. « Eh bien, maman me manque déjà beaucoup, fit-elle. Elle n'avait que cinquante-deux ans.

— Oui. Je sais que cinquante-deux ans, cela semble bien trop tôt pour quitter ce monde, mais les voies du Seigneur sont impénétrables. Sa puissance dépasse la nôtre, et c'est à Lui de décider lorsque le temps est venu pour quelqu'un de partir. » Après avoir terminé cette pompeuse déclaration, Owen sourit légèrement, découvrant une rangée de dents parfaites. Trop parfaites, se dit Chyna. Placage en porcelaine, pensa-t-elle aussitôt. Il lui semblait également qu'un homme ayant dépassé la cinquantaine aurait dû avoir au moins quelques cheveux blancs. Ceux d'Owen étaient d'un noir terne, une teinte provenant de toute évidence d'un flacon. « Voulez-vous me suivre dans mon bureau, Chyna ? » Il se tourna vers Rusty et, d'un ton sans appel, lui dit : « *Je* vais m'occuper du docteur Greer.

— Oui, monsieur. » Rusty s'exprimait d'un ton docile, mais Chyna vit le léger vacillement dans ses yeux, gris comme ceux de son père, mais plus chaleureux.

« Désirez-vous une tasse de thé ou de café ? demanda Owen, avançant d'un pas vif dans le couloir, comme s'il voulait lui montrer à quel point il était resté alerte.

— Du café, merci. » Chyna suivit Owen vers le fond du bâtiment, remarquant que le père était un peu plus grand que son fils, qui déjà devait mesurer plus d'un mètre quatre-vingt-dix, et semblait à peine un peu plus lourd que lui. Le couloir était long et peu éclairé. Elle supposa que la plupart des gens devaient le trouver sombre, mais à ses yeux, il était franchement sinistre. Ses talons de cinq centimètres s'enfonçaient dans l'épais tapis bleu marine, lui donnant l'impression de traverser des sables mouvants. Un morceau d'orgue, qui avait tout l'air d'un hymne funèbre, bourdonnait en arrière-fond et Owen se pencha pour ramasser le pétale d'une rose blanche flétrie, tombée sans aucun doute d'un arrangement mortuaire, puis il en respira l'odeur et le broya dans l'une de ses larges mains. Il faisait tellement froid que Chyna regretta d'avoir seulement mis une veste, pas un manteau. Je deviendrais folle si je devais rester ici, se dit-elle. Folle à lier. Je me demande comment Rusty peut le supporter.

Le bureau était, lui, un peu plus clair, même si Owen gardait les stores à demi baissés.

Il désigna un siège tapissé et, tandis que Chyna s'asseyait, notant que le siège avait un dos inhabituellement vertical qui ne permettait aucun relâchement, Owen versa du café dans une petite tasse et ajouta un nuage de lait et une pleine cuillerée de sucre. Chyna n'avait demandé ni l'un ni l'autre et s'en serait bien passée, mais elle accepta la tasse avec un sourire poli et but aussitôt une gorgée. Au moins, c'était chaud.

Owen s'assit derrière un imposant bureau, croisa ses grandes mains aux ongles manucurés, une fine alliance en or d'un côté, une grosse chevalière en platine de l'autre, et adressa à Chyna un regard de compassion professionnelle. « J'imagine que vous êtes ici au sujet des dispositions à prendre pour les obsèques de votre mère.

— Oui. Je sais que cela aurait dû être fait plus tôt, mais mon frère n'arrive pas à affronter... » Elle ne sut comment continuer. Les endroits comme celui-ci. Les gens comme vous. La mort en général. « Je serais bien venue plus tôt mais j'ai dû faire le chemin depuis le Nouveau-Mexique.

— Selon Vivian, vous exercez dans un hôpital à Albuquerque, si j'ai bon souvenir.

— Oui. Je suis interne en deuxième année. Et je suis heureuse d'avoir fait tellement de gardes supplémentaires et d'avoir sauté tellement de congés que je peux disposer d'un peu de temps pour cet événement. » Elle sourit. Owen la regarda fixement. Événement ? Mon Dieu, on dirait que je suis là pour des vacances, se dit Chyna, horrifiée. Elle cessa aussitôt de sourire. « Quoi qu'il en soit, j'ai presque deux semaines de libres.

— Ce qui tombe parfaitement bien, dit Owen, le regard dirigé en direction de ses seins. À présent, je suppose que vous désirez tout d'abord voir notre choix de cercueils. Nous avons une vaste gamme de prix, mais vous désirez le meilleur pour votre mère, j'en suis certain.

— En fait, non, nous ne voulons pas de cercueil. » Le regard d'Owen quitta vite les seins de Chyna pour se poser sur son visage. « Je veux dire, ma mère voulait être incinérée.

— Incinérée ! répéta Owen, comme si elle venait de dire que sa mère voulait être jetée dans un hachoir électrique. Vivian Greer voulait être incinérée ?

— Euh... oui, dit faiblement Chyna, se sentant

comme un crapaud sous le regard devenu glacial d'Owen Burtram. Nous avons été surpris, nous aussi. La famille, je veux dire. Mais elle a exprimé ses volontés très clairement à mon frère et à ma belle-sœur. Et elle a rédigé une lettre avec ses instructions. Elle l'a fait certifier.

— Une lettre certifiée ?

— Oui. Je ne l'ai pas apportée, mais je pourrai vous la montrer... » Chyna se sentait comme une petite fille assise en face du principal à cause d'une abominable infraction commise à l'école. Elle se redressa, tira les pans de sa veste sur ses seins et essaya de remplacer son air coupable et gêné par une expression calme et assurée. Elle n'avait rien à prouver à Owen Burtram. « Vous vous occupez bien d'incinérations, n'est-ce pas ? demanda-t-elle, déterminée à paraître plus forte et plus confiante.

— Eh bien, oui, à la rigueur... fit Owen avec une certaine répugnance, même si c'est en quelque sorte contre notre gré. Cela ne s'accorde pas tout à fait aux principes, à la dignité, au sens des convenances qui sont la marque de Burtram & Hodges... »

Et aussi à l'argent, au coût habituel d'un enterrement, aurait aimé ajouter Chyna, narquoise. Burtram & Hodges empocheraient pratiquement sept mille dollars de moins pour une incinération que pour un enterrement normal. Et peut-être moins encore, si la famille décidait de respecter totalement le désir de Vivian de supprimer toute cérémonie. Chyna se rendit compte qu'Owen s'était tu et la regardait avec espoir, pensant peut-être qu'il lui avait fait honte et qu'elle allait finalement demander des obsèques avec tout le tralala. « Ce qui compte pour moi, c'est de respecter la volonté de ma mère, fit-elle, heureuse de constater que sa voix était froide et ferme. Elle a voulu être incinérée, elle sera donc incinérée. Toutefois, si vous préférez que votre nom ne soit pas associé à l'incinération...

— Nous allons nous en occuper, répondit vivement Owen. Il faut de toute manière que vous choisissiez une urne. » Il s'interrompit. « Il vous faut bien une urne, n'est-ce pas ? »

Non, une boîte à chaussures fera l'affaire, aurait-elle aimé répondre d'un ton solennel, mais elle se retint. Vivian aurait vite remis à sa place cet homme arrogant, mais le père de Chyna, lui, aurait été embarrassé, croyant qu'il faut toujours être poli même avec les gens qu'on n'aime pas, et Chyna était là pour Vivian, pas pour rabattre le caquet à Owen Burtram.

Ils passèrent ce qui lui sembla des heures à examiner des urnes. Owen s'acharna à essayer de la convaincre qu'une cérémonie était indispensable, mais Chyna maintint son refus. Lorsqu'ils eurent enfin terminé, Chyna se sentait aussi épuisée que si elle venait de participer à une course aux jeux Olympiques. Et comme pendant l'épreuve elle avait réussi à offenser Owen, involontairement, au moins quatre fois, c'était avec une aversion souveraine qu'il la regardait à présent. Chyna se souvint d'un vieil homme, le père d'Owen sans doute, qui les avait conduites sa mère et elle dans son bureau pour une conversation tranquille et quelques rafraîchissements après la discussion au sujet des obsèques d'Edward, mais Owen, lui, ne pensait qu'à se débarrasser d'elle au plus vite.

Lorsqu'ils se dirigèrent vers la sortie, la démarche d'Owen fut plus vive encore qu'à l'arrivée de Chyna.

Elle essaya d'entretenir la conversation, mais n'obtint que des « oui » ou « non » en guise de réponse. Il lui sembla même qu'Owen respirait plus difficilement, impatient certainement de passer sa frustration, provoquée par cette radine de Chyna Greer, sur un malheureux subalterne qui travaillait à la morgue.

À mi-chemin dans le couloir, ce subalterne justement apparut — un jeune homme qui demanda d'un ton obséquieux s'il pouvait interrompre M. Burtram quelques instants au sujet d'une question urgente. Owen ne put cacher un sourire de soulagement. Il regarda Chyna. « Je suis vraiment désolé, mais on a besoin de moi. Je suis sûr que vous saurez trouver votre chemin — suivez le couloir, tournez à droite, les portes sont juste devant vous. Dans une heure environ, une *très belle* cérémonie doit se dérouler dans la Salle de repos, sur votre gauche, et je suis sûr que vous saurez éviter de... d'entrer dans cette pièce et de tout déranger. Sortez directement par la porte principale. Je suis heureux que nous soyons en mesure de vous aider, si modestement que ce soit.

— Merci. » Et désolée de vous briser le cœur avec les dispositions funéraires si peu coûteuses de ma mère, enragea intérieurement Chyna, mais je me fiche complètement de ce qu'on pourra penser ici.

Tandis qu'Owen s'éloignait d'un pas ferme, parlant à voix basse avec son assistant, Chyna put enfin envisager de s'échapper de cet établissement. Suivre le hall, avait dit Owen, puis à droite. Chyna tourna et ralentit légèrement l'allure lorsqu'elle vit les bienheureuses portes en face d'elle. Dehors il y aurait de l'air frais. Des oiseaux. Le soleil. Sa luxueuse voiture de location avec un lecteur de CD pour l'emplir de la musique qu'elle aimait. Et peut-être un détour chez Bev pour voir son neveu Ian. Kate, elle, serait à la maternelle à cette heure-ci.

Alors qu'elle se rapprochait de la porte, un arôme de fleurs se fit sentir, très fort. De fleurs fraîches, au parfum doux et attirant. Chyna avança, et se souvint des paroles d'Owen : « Dans une heure environ, une très belle cérémonie doit se tenir dans la Salle de repos, à votre gauche. » Owen lui avait pratiquement intimé l'ordre de dégager le secteur, comme si la seule présence de Chyna pouvait gâcher la dignité et la bienséance de la cérémonie. Mais en passant devant la pièce, elle s'arrêta brusquement, malgré elle. Elle scruta l'intérieur et finit par distinguer les rangées de chaises destinées aux proches du défunt, la chaire en bois sculpté pour le pasteur et les personnes qui prononceraient quelques paroles d'éloge, les bouquets et les couronnes de fleurs — il devait y en avoir plus de cinquante ! —, la plupart regroupés près du cercueil en cerisier. Un cercueil ouvert.

Je devrais passer mon chemin, se dit Chyna. Je devrais me diriger droit vers la porte de sortie. Mais elle en fut incapable. Elle se sentit irrésistiblement attirée à l'intérieur de la pièce, sa volonté annihilée par quelque chose de plus puissant qu'elle. Chyna jeta un coup d'œil derrière elle. Le couloir était vide. Aussi furtivement qu'une voleuse, elle se glissa dans la Salle de repos.

Ici, l'horrible musique d'orgue avait été coupée. Les haut-parleurs de la salle diffusaient doucement le magnifique adagio du *Concerto pour clarinette* de Mozart. Chyna s'approcha du cercueil, remarquant les torchères opalescentes à chaque extrémité, qui baignaient le capiton en soie d'une lumière presque mystique. À l'intérieur du cercueil, la tête sur un coussin bordé de dentelle, reposait une jeune fille d'environ dix-sept ans, à la perfection de cire, ses longs cheveux d'un blond cendré disposés de chaque côté du visage très pâle, arrangés de manière experte autour des épaules et retombant sur sa robe d'organza rose garnie de dentelles délicates. Une main, petite, parfaitement manucurée, avait été croisée sur l'autre au niveau de la taille. Une bague, composée d'un saphir en forme d'étoile et d'un anneau de diamants, étincelait à son annulaire droit, à la lueur des torchères.

À la vue de la jeune fille, la tristesse emplit Chyna. Une semaine plus tôt, elle avait été une adolescente pleine de rêves et de secrets, possédant certainement une énergie sans bornes. À présent elle reposait ici, tous ses rêves et ses secrets, son énergie, son futur, partis à jamais. Partis vers un lieu appelé Paradis ? Chyna l'espérait, bien qu'elle n'ait jamais été particulièrement religieuse. En fait, se souvint-elle, la dernière fois où elle avait souhaité avec ferveur que le Paradis existe, c'était lorsque Zoey n'était pas rentrée à la maison et que Chyna avait su que son amie était morte.

« Bonne nuit, petite princesse », murmura Chyna à la jeune fille sans conscience, et ses yeux se remplirent de larmes qui risquaient de tomber sur la soie et l'organza.

La musique de Mozart s'interrompit brusquement. Avant même qu'une autre hymne ne commence, Chyna entendit la voix douce d'une très jeune fille, une voix qui ressemblait fort à celle de Zoey, une voix échappée du cercueil. *Star light, star bright, first star I see tonight…* Chyna, le souffle coupé, se frotta vivement les yeux, balayant les larmes, et regarda la bouche immobile de la jeune fille.

« C'était une magnifique jeune fille, non ? » Chyna faillit pousser un cri. Rusty Burtram s'était approché tellement doucement qu'elle ne l'avait pas entendu. « La famille doit arriver d'un instant à l'autre. »

Chyna essaya de déglutir, sans y parvenir. Elle regarda la jeune fille, immobile et silencieuse comme une statue, puis croisa le regard plein de curiosité de Rusty. Il avait forcément vu la peur dans ses yeux, la panique sur son visage. Que pouvait-elle dire ?

« Je… la salle avait l'air tellement belle… vous avez fait un magnifique travail… » Rusty pencha légèrement la tête. « Je n'ai pas pu m'empêcher d'entrer, j'ai été attirée… la musique, les fleurs. » Elle se tordait nerveusement les mains. « Je n'ai touché à rien.

— Je sais bien, Chyna. Tu n'as pas besoin de me regarder comme si j'allais te frapper ou je ne sais quoi. C'est seulement que papa veut que personne n'entre ici avant la cérémonie… » Il s'interrompit, l'air gêné, et rougit. « Je veux dire, il veut toujours que tout soit parfait pour la cérémonie et il pense que la présence d'une personne pourrait déranger le décor. Ce n'est pas toi précisément.

— Si, c'est moi, et je le comprends, Rusty. Je m'y suis mal prise avec lui. » Chyna savait qu'elle aurait dû partir le plus vite possible. Elle ne doutait pas qu'Owen Burtram était capable de manifester une remarquable colère si on lui désobéissait, et c'est Rusty probablement qui en serait la victime. Et pourtant, elle n'arrivait pas à faire le moindre mouvement.

« Qui est-ce ? demanda-t-elle.

— Nancy Tierney, répondit Rusty. Tu n'as pas entendu parler d'elle dans les journaux ?

— Je suis arrivée à Black Willow hier seulement. » Chyna entendit le frémissement dans sa voix, et elle tira les manches de sa veste sur ses mains pour dissimuler leur tremblement. « Je n'ai pas lu un seul journal et personne ne m'a parlé d'elle. » Elle s'interrompit, regarda de nouveau la jeune fille. « Elle était si jeune, si jolie. » Et même morte, elle parle encore, faillit-elle ajouter.

Rusty la regarda attentivement et elle comprit qu'il voyait les larmes restées dans ses yeux, la pâleur de son visage. Le ton de sa voix et son attitude s'adoucirent. Apparemment l'émotion évidente de Chyna comptait plus pour lui que l'appréhension qu'il avait de son père.

« Nancy était ma cousine, la nièce de papa, fit-il d'une voix émue.

— Oh, Rusty, toutes mes condoléances », s'exclama Chyna. Puis elle fit une petite grimace. « Je déteste cette expression. Elle semble si machinale, convenue. Je m'excuse d'avoir été importune. Et je suis sincèrement désolée pour Nancy. »

Rusty fit un geste et posa une main étonnamment grande sur l'épaule de Chyna. « Calme-toi. Tu trembles. Je t'ai effrayée. » Non, *elle* m'a effrayée, se dit Chyna, s'efforçant de ne pas regarder la jolie Nancy Tierney qui parlait même morte. « Ça n'a pas été facile pour nous, continua Rusty. Nancy était tellement merveilleuse. Tout le monde l'adorait. Elle était l'enfant chérie de la famille. » Chyna détourna les yeux de Rusty. L'avait-elle imaginé, ou bien avait-elle entendu une trace de ressentiment dans sa voix ? « Malheureusement, sa mort a été l'objet de conversations dans toute la ville, ce qui a rendu les choses encore plus difficiles pour ses parents. »

Que lui est-il arrivé ? aurait voulu crier Chyna. Elle jeta de nouveau un coup d'œil en direction de la jeune fille. Les lèvres de Nancy avaient été teintes en rose pâle et elles étaient immobiles. Évidemment qu'elles sont immobiles, pensa Chyna. Elles avaient été cousues, fermées. Une bien macabre pensée, mais c'était l'habitude lorsque le cadavre reposait dans un cercueil ouvert. « Elle ne semble pas avoir été malade, risqua-t-elle.

— Oh, elle ne l'était pas. » Rusty baissa les yeux sur Nancy, l'air à la fois frustré et perplexe. « Nancy aimait aller courir le soir. Mardi soir, elle est sortie plus tard que d'habitude. Ses parents ont essayé de l'en dissuader. Ils ne voulaient pas qu'elle soit dehors, seule, après la tombée de la nuit, mais Nancy n'en a fait qu'à sa tête. Comme toujours. Je suppose que pas mal de gens trouvaient qu'elle était trop gâtée. » Toi le premier, pensa Chyna, en essayant de garder une expression neutre.

« Quoi qu'il en soit, une heure et demie plus tard, elle n'était toujours pas rentrée, et ma tante s'est inquiétée, continua Rusty. Tous deux, le père de Nancy et elle, sont allés voir sur le chemin qu'elle avait l'habitude de prendre. Au bout de deux heures, un couple voisin et leur fils adolescent se sont joints à eux. Le garçon a pris un sentier différent et il a découvert Nancy. Apparemment, elle avait trébuché dans un trou caché par des feuilles, elle était tombée, et sa tête avait cogné une grosse pierre. Elle s'était cassé une cheville, brisé un os du cou, et elle avait un hématome subdural. Je sais qu'ils parviennent parfois à réduire ce type d'hématomes, mais Nancy était dans un état lamentable et elle est restée comme ça trois heures. » Il inspira profondément. « Elle est morte pendant son transport en salle d'opération. »

Ainsi, ce n'est pas une nouvelle fille disparue, se dit aussitôt Chyna, honteuse mais aussi soulagée. Nancy était sortie depuis environ trois heures lorsqu'elle avait été retrouvée, et sa mort était accidentelle. Elle avait fait une chute. Elle n'avait pas été emmenée secrètement pour être ensuite assassinée. Rusty regardait Nancy, et Chyna ferma les yeux. Et cependant la jeune fille avait *parlé*...

Mais l'avait-elle réellement fait ? Chyna aurait juré avoir entendu une voix, celle de Zoey, comme celle entendue au lac Manicora, mais elle savait qu'il était impossible que Zoey lui ait parlé, près du lac. Et Chyna n'avait pas vu les lèvres de Nancy bouger, tandis que la voix de Zoey s'en échappait. La fille morte n'avait pas débité à haute voix une comptine parlant d'étoiles. Chyna s'imaginait entendre des voix, c'est tout. Il fallait qu'il en soit ainsi.

« Ma tante n'arrive pas à s'en remettre, continuait Rusty. J'ai bien peur que ce soit la fin pour elle, du point de vue affectif. Et pour la première fois, je suis heureux que mon grand-père soit mort l'année dernière. Nancy était la prunelle de ses yeux. Il l'aimait par-dessus tout.

— Oh, c'est vraiment terrible, dit Chyna d'une voix faible.

— En effet. » Le père de Rusty apparut dans l'encadrement de la porte, et Rusty aussitôt redevint strictement professionnel. « La cérémonie va bientôt commencer. Les gens vont arriver. Je dois vous demander de partir, docteur Greer, dit-il d'un ton froid.

— Oui, bien entendu. Vraiment, je suis désolée... bredouilla Chyna tout en se dirigeant vers la porte de la Salle de repos. C'est tellement tragique. Un tel choc...

— Je suis sûr que vous avez déjà dit tout cela, fit Owen Burtram d'un ton sec. Merci. » La lumière du soleil pénétra dans le couloir sombre et Owen jeta un coup d'œil vers la porte principale. « Les premiers membres de la famille en deuil sont là. Ses parents. J'aurais aimé que vous ne...

— Je pars », le rassura Chyna.

Owen s'était avancé pour embrasser une version plus petite et féminine de lui-même, sa sœur, de toute évidence, la mère de Nancy, et Chyna en profita pour s'échapper et sortir avant que la porte ne se referme tout à fait derrière eux. Une fois dehors, elle s'appuya contre le mur de briques de la morgue et essaya d'inspirer profondément, mais ses poumons semblaient fermés, comme s'ils refusaient l'air. Pendant un instant tout devint noir et Chyna crut qu'elle allait s'évanouir. Puis l'air vif la frappa comme une gifle et soudain elle se sentit incroyablement alerte, de manière presque effrayante.

Mon Dieu, se dit-elle, que m'arrive-t-il ? Au cours de sa vie, Chyna avait déjà entendu des voix, mais toujours des voix de simple mise en garde : « Ne traverse pas » juste avant qu'un conducteur ivre apparaisse en tanguant au coin de la rue. « Relis le chapitre seize » et, à coup sûr, des questions importantes seraient tirées du chapitre seize lors de son examen. « Ta boucle d'oreille est tombée trois pas derrière toi », elle regardait derrière elle et voyait la boucle briller au soleil. La voix était comme un petit ange gardien, jamais forte, jamais effrayante. Mais une comptine ? Une comptine qui semble provenir du lac, et la même comptine, qui semble s'échapper des lèvres d'une fille morte ?

Chyna fut transpercée par un éclair de panique. Les schizophrènes entendent des voix. Venait-elle de basculer dans la schizophrénie ? Cela peut-il se produire si rapidement ? Cela faisait presque un an qu'elle n'avait pas entendu la petite voix d'avertissement, quant à entendre la voix d'une personne qu'elle avait connue, comme Zoey, était-ce déjà arrivé ? Elle essaya de se souvenir si elle avait entendu la comptine d'une seule oreille ou des deux. Les vrais schizophrènes entendent les voix dans les deux oreilles. Quels sont donc les autres symptômes de la schizophrénie ?

Chyna avait conscience que des gens entraient par petits groupes dans la morgue. Certains la regardaient avec curiosité, d'autres avec méfiance, mais elle était totalement incapable de bouger. Elle gardait les mains appuyées contre le mur de brique, avec la certitude que c'était le seul moyen de se maintenir debout. Ses jambes n'auraient pas suffi, elle en était sûre. Elles semblaient osciller sous le tissu de son pantalon. Je ne peux pas rester ici éternellement, plaquée contre le mur comme un insecte écrasé sur un pare-brise, se dit-elle. Il faut que je me remette. Que j'arrive au moins jusqu'à la voiture.

Elle ferma brièvement les yeux, se répéta que ses jambes étaient dans un état tout à fait normal et qu'elle pouvait bouger, qu'il lui suffisait d'essayer, lorsqu'une voix, profonde et masculine, demanda : « Chyna ? » Elle ouvrit les yeux et rencontra le regard sombre et pénétrant de Scott Kendrick. « Chyna, tu vas bien ? »

Chyna passa ses doigts tremblants sur sa lèvre supérieure et sur son front. Ils étaient humides de transpiration. « Je crois que m'occuper des dispositions pour les obsèques de maman a été plus éprouvant que prévu », dit-elle d'une voix faible, avant de s'écrouler. Si Scott n'avait pas tendu les bras, elle serait tombée sur le trottoir.

« Où est ta canne ? » eut-elle la présence d'esprit de demander. Elle était consciente du regard des personnes en deuil qui, gênées, détournaient vite les yeux, croyant de toute évidence assister à une manifestation violente de chagrin.

« Je n'avais à marcher que depuis la voiture, répondit Scott. Je n'ai pas besoin de la canne juste pour ça. Veux-tu que je t'aide à entrer ?

— Non ! » cria presque Chyna. Ce qui lui valut de nouveaux regards subreptices et embarrassés, vite détournés. « Je crois que c'est cette fille Greer, entendit-elle quelqu'un murmurer. Vous savez comme elle est bizarre. » Chyna regarda Scott. « Je suis désolée, dit-elle de la voix la plus posée possible. Je me donne en spectacle et c'est plutôt gênant pour toi.

— Venir ici seule, c'était trop de stress après la mort

de ta mère », dit Scott d'un ton sans appel. Puis, l'air légèrement contrarié, il demanda : « Où est Ned ?

— Ned est à son travail. Je ne lui ai pas demandé de venir avec moi parce que… enfin, peu importe. » Chyna lentement se dégagea et s'éloigna un peu de Scott, remarquant son allure élégante, costume anthracite et cravate bordeaux. « Il a ses raisons de m'avoir laissée m'occuper de cette partie de l'épreuve.

— Je crois que ta mère n'aurait pas été contente qu'il laisse tout cela reposer entièrement sur toi, dit sévèrement Scott. Tu es dans un état lamentable. »

Chyna essaya de sourire. « Merci, Scott.

— Je voulais juste dire…

— Je sais ce que tu voulais dire. Je *suis* dans un état lamentable. » Chyna finit par esquisser un sourire plus convaincant. « De toute évidence tu es ici pour les obsèques de Nancy Tierney. Je vais tout à fait bien maintenant et la cérémonie va commencer. Tu devrais entrer. »

Scott secoua la tête. « Je connais à peine les Tierney et je ne connaissais pas du tout Nancy. Maman m'a demandé de venir, mais je suis sûr que les parents de Nancy ne remarqueront même pas si je suis là ou pas. Il y a un café-salon de thé qui sert d'excellentes pâtisseries à deux pas d'ici. Tu veux manger et boire quelque chose, faire une pause pour récupérer avant de rentrer chez toi ? »

La pensée d'un café et de pâtisseries sembla soudain irrésistible à Chyna. Elle savait qu'elle n'aurait pas dû détourner Scott d'assister à des obsèques auxquelles sa mère lui avait demandé de participer, mais elle se sentait encore trop bouleversée pour aller au café toute seule. « D'accord, si tu es certain de ne pas vouloir aller à l'enterrement.

— Je suis on ne peut plus certain qu'un enterrement est la dernière des choses dont j'ai besoin en ce moment, répondit fermement Scott. Oh mon Dieu, voilà Irma Vogel. Partons vite d'ici. »

Scott prit le bras de Chyna. Tandis qu'ils s'éloignaient de la morgue, ils entendirent Irma appeler : « Yoo-hoo ! Scott ! »

« On dirait qu'elle chante la tyrolienne, grommela Scott. Je me demande si elle s'est exercée jusqu'à obtenir cette douce voix. »

Chyna sourit. « On peut l'espérer. Si elle était née avec, sa mère serait devenue folle avant qu'Irma atteigne l'âge de trois ans. »

Scott éclata de rire. C'était la première fois que Chyna l'entendait rire depuis qu'elle était revenue, et elle avait oublié combien ce mélange de grondement profond et de petit rire pouvait être attirant. Irma les regarda fixement. « Elle sait qu'on parle d'elle, j'imagine. Partons avant qu'elle approche et s'attaque à nous ! »

CHAPITRE IV

1

Ils entrèrent dans le café L'Étoile, relativement récent et plutôt chic, dont le propriétaire, Ben Mayhew, était un vieil ami de Scott. La foule du déjeuner n'était pas encore arrivée, et pour l'instant il n'y avait que deux couples. Scott choisit une table dans un coin, sous une reproduction du *Déjeuner des canotiers* de Renoir, l'un des tableaux préférés de Chyna. Le soleil se reflétait sur la reproduction, la pièce était claire, très gaie. Presque immédiatement, elle se sentit mieux. Presque.

Une jolie serveuse à la chevelure auburn, de dix-huit ans environ, s'approcha de leur table. « Bonjour, monsieur Kendrick », fit-elle, ses yeux ambrés s'attardant sur le visage de Scott. Il lui fallut un peu de temps pour trouver son bloc-notes et son crayon.

« Deirdre, tu me connais depuis ta naissance, la taquina Scott. Appelle-moi Scott, tu me feras plaisir. »

Chyna se souvint que Ned lui avait parlé de Ben Mayhew, âgé de quelques années de plus que lui, et qui s'était marié, alors qu'il était encore au lycée, parce que sa petite amie était enceinte. Ned lui avait dit que beaucoup de gens pensaient que Ben était un idiot, parce qu'il aurait pu avoir un brillant avenir grâce à la bourse de football qu'il était sûr d'obtenir, sauf s'il quittait l'école pour chercher un travail et entretenir sa nouvelle famille. Il gâchait toutes ses chances, disaient-ils, pour cette fille et son bébé pas encore né, qui aurait si facilement pu disparaître dans une clinique qui pratiquait l'avortement.

L'enfant âgée de dix ans qu'était alors Chyna avait pensé que ces gens devaient avoir raison, jusqu'au moment où elle avait vu Ben, sa jeune femme et leur bébé en train de faire leurs achats de Noël, une année plus tard. Sa femme tenait tendrement le bébé, emmitouflé dans une couverture rose, avec un bonnet au crochet surmonté d'un pompon. Ben regardait sa femme et son enfant avec une telle adoration qu'elle avait compris que tout ce à quoi il avait renoncé n'était rien pour lui, comparé à eux deux. Et à présent elle était en train de parler au bébé qu'il avait aimé si fort.

« Comment vas-tu, mon petit ? demanda Scott, en posant la canne, qu'il avait prise dans la voiture, sur une chaise à côté de lui.

— Plutôt bien, répondit Deirdre avec ce qui parut à Chyna un enthousiasme forcé. Étant donné…

— Étant donné ? interrogea Scott.

— Eh bien… Nancy Tierney… » Les larmes jaillirent dans les jolis yeux de la jeune fille. Sa gorge sembla se nouer. « On était très amies toutes les deux et vous savez ce qui lui est arrivé. Son enterrement a lieu en ce moment même mais c'était au-dessus de mes forces d'y assister. Je l'ai vue hier soir, à la veillée funèbre. Elle avait l'air tellement jolie, et tellement... » Morte. C'était comme si les pensées de Deirdre hurlaient dans la tête de Chyna. Nancy était inerte, sans vie, comme un mannequin, pensait la jeune fille. Une larme se mit à couler le long de sa joue et elle la balaya du revers de la main. « Vraiment je n'ai pas pu y aller », dit-elle finalement d'une voix éteinte.

Scott fit un signe de tête. « Je comprends. Au lycée, un de mes amis proches est mort — un accident de voiture — et je suis allé à l'enterrement. J'en ai fait des cauchemars pendant des mois. J'aurais voulu ne pas y être allé. Il aurait compris.

— J'espère que Nancy le comprend, répondit Deirdre d'un air malheureux. Lynette Monroe y va. On était très amies toutes les trois quand on était petites. Lynette dit que Nancy saura qu'elle est présente pour nous deux. » Deirdre haussa les épaules. « Je suppose que ça semble puéril. »

D'une voix douce, Scott répondit : « Arrête de te faire du souci pour ça, Deirdre. La vie est trop courte pour qu'on puisse regretter d'avoir manqué un enterrement. » Puis il sourit et continua sur un ton qu'il voulait plus joyeux, Chyna le devina. « Ton papa m'a dit que tu as eu le bac avec mention. »

Deirdre rougit. « Oui, mais il a fallu que j'assiste à des cours cet été pour terminer le programme, il me manquait des matières. Je n'ai pas pu assister à tous les cours dans l'année parce qu'il fallait que je donne un coup de main pour maman. » Vivian avait annoncé à Chyna qu'Anna Mayhew était morte d'un cancer en mars dernier. « Je n'ai pas fini à temps pour m'inscrire en fac cette année, continua Deirdre. De plus, je n'arrivais pas à décider ce que je voulais faire, alors papa a dit que je pouvais travailler ici cette année, puisqu'il n'a qu'Irma, à mi-temps.

— Irma Vogel ? » Chyna s'adressa à Scott : « Est-ce qu'elle ne travaille pas aussi pour toi ?

— Elle travaille chez moi trois jours par semaine, et trois jours ici.

— Quelle femme bien occupée, fit Chyna.

— Oui. Elle est d'une grande aide pour papa, quand elle n'est pas en train de finir les pâtisseries. » Deirdre rougit de nouveau. « Oh, ce n'est pas gentil.

— Mais vrai, si je connais bien Irma, confirma Scott, avec une grimace.

— De toute manière, quand j'aurai choisi dans quelle matière je veux me spécialiser, j'irai en fac l'année d'après », reprit Deirdre avec un large sourire, et un petit geste de la main. Sans le faire exprès, elle toucha la veste et les cheveux de Chyna, au niveau de l'épaule.

Tu n'iras pas à la fac, tu le sais et tu en es terriblement malheureuse, pensa Chyna dans un sursaut, tout en regardant la jeune fille aux cheveux clairs avec sa petite fossette au menton, qui s'excusait avec profusion d'avoir décoiffé Chyna.

« Tu ne peux pas décoiffer des cheveux qui pendent lamentablement comme les miens, dit Chyna en riant.

— Mais non, pas du tout, s'exclama Deirdre. Vos cheveux sont très beaux, si doux et brillants et... »

Deirdre fut à court de mots, et sembla sur le point d'éclater en sanglots. Mais tes larmes ne sont pas pour ma chevelure, pensa Chyna. Elles sont pour l'avenir que tu n'auras sans doute pas, comme on vient juste de te le rappeler.

« La coiffure de Chyna n'a subi aucun dommage, et je suis sûr que tu iras à la fac de ton choix l'année prochaine, dit Scott à Deirdre, avant de faire un signe de tête à Chyna. Oh, désolé, je n'ai pas fait les présentations. Chyna Greer, Deirdre Mayhew. » Elles se saluèrent en même temps, mais Chyna était certaine que Deirdre savait déjà qui elle était. Les joues de la jeune fille devinrent toutes roses. Jeune et timide, se dit Chyna. « Chyna est interne en médecine, continua Scott. Tu aimerais peut-être discuter avec elle de la profession médicale. »

Le visage de Deirdre s'empourpra davantage encore. « J'ai toujours rêvé de devenir médecin, mais je ne suis sûrement pas assez intelligente.

— Tes notes disent le contraire, protesta Scott. Ton papa m'a dit que ton aide avait été inestimable pendant la maladie de ta mère.

— Ce n'est pas tout à fait la même chose que d'être médecin, monsieur Kendrick — je veux dire, Scott — et de toute manière, je n'ai pas su faire grand-chose pour maman.

— Personne n'aurait pu sauver ta mère, Deirdre, la rassura Scott. Tu es bonne en chimie, n'est-ce pas ?

— C'est ma matière préférée.

— Fantastique. Et je parie que tu as aussi l'estomac solide ? »

Deirdre fronça les sourcils, de toute évidence perplexe : « C'est important ?

— Si tu dois faire médecine, oui, interrompit Chyna. Malheureusement, peu d'étudiants en médecine le savent avant de se retrouver en face d'un cadavre. Je me souviens de la première fois, en cours d'anatomie, où on a dû assister à une autopsie. Plusieurs garçons se sont montrés très condescendants, me disant de ne pas avoir honte si j'étais malade et qu'il me faudrait sûrement beaucoup d'efforts pour m'habituer aux autopsies mais ils m'aideraient à surmonter l'épreuve. Tout en fanfaronnant et répétant qu'aucun spectacle ne pouvait, eux, les incommoder. » Elle sourit. « Et je me suis réjouie d'une manière impardonnable lorsque trois d'entre eux se sont précipités hors de la salle, pour courir aux toilettes, la main sur la bouche, un quart d'heure à peine après le début de l'autopsie. »

Scott et Deirdre se mirent à rire. « En tout cas, n'abandonne pas trop vite l'idée de la médecine, Deirdre, lui dit Scott. Je suis sûr que Chyna ne verra pas d'inconvénient à en discuter plus en détail avec toi, n'est-ce pas, Chyna ?

— Bien sûr que non », dit-elle, remarquant le regard d'adoration dans les yeux de la jeune fille lorsqu'elle regardait Scott. Puis Deirdre fit tomber par terre son crayon et son bloc. Elle se pencha pour les récupérer et son visage s'embrasa encore davantage. Je sais exactement ce que tu ressens, pensa Chyna. Moi aussi j'ai rougi et perdu tous mes moyens à cause de lui, pendant mes années d'adolescence. Et je le fais encore, se dit-elle, peu fière d'elle. « Si ça t'intéresse vraiment, Deirdre, donne-moi ton numéro de téléphone, et dis-moi le meilleur moment pour t'appeler. Je reviendrai te voir dans la semaine. »

Deirdre sourit. « Ce serait génial, mais je ne veux pas vous déranger.

— Tu ne me dérangeras pas. Je suis toujours heureuse de discuter de médecine. »

La jeune fille écrivit rapidement son nom, comme si Chyna risquait de l'oublier, un numéro de téléphone, et « n'importe quand après huit heures du soir » sur un feuillet de commande. Elle arracha le bout de papier du carnet et le tendait à Chyna lorsqu'un homme de forte carrure appela, depuis le comptoir : « Eh bien, Deirdre, si tu te décidais à prendre la commande ?

— Désolée, papa », fit Deirdre, qui tourna vers eux un visage d'un rouge encore plus prononcé. Rien de tel que de se faire réprimander par son père en face de l'homme de ses rêves, songea Chyna, compatissante.

« Laisse-lui une occasion de se montrer sociable, Ben, répliqua Scott. Tu veux te faire la réputation d'un esclavagiste ?

— Je l'ai déjà, répondit Ben avec un sourire à peine esquissé.

— Eh bien, il faut t'en débarrasser. Ce n'est pas bon pour les affaires. » La voix de Scott était légère, avec un ton faussement sérieux. « Avec tous ces kilos que tu as pris, tu devrais plutôt jouer le rôle du joyeux aubergiste. »

Ben rit enfin. « Garde tes réflexions sur ma silhouette pour toi, Kendrick. J'ai juste l'air bien portant.

— Qui t'a dit ça ? Quelqu'un qui voulait être servi sans payer ?

— Peux-tu croire un instant qu'on ait pu le trouver charmant ? » demanda Ben à Deirdre, qui eut un petit rire nerveux, ne sachant pas comment participer à cet échange de plaisanteries entre deux hommes dont l'ancienne amitié chaleureuse, si elle était devenue plus distante, n'avait certainement pas disparu.

« Papa est génial, fut tout ce que Deirdre put trouver.

— C'est sûr, fit Scott. Et il t'adore, même s'il ronchonne de temps en temps. »

Chyna plia le bout de papier que Deirdre lui avait donné et le mit dans son sac. « Je n'oublierai pas de l'appeler, je te le promets », dit-elle à Scott.

Il eut un drôle de sourire. « Suis-je en train d'être accusé de te critiquer alors que je n'ai pas dit un mot ?

— Non. Je vois simplement que tu l'aimes bien et je ne veux pas que tu penses que je vais la laisser tomber.

— C'est une gosse géniale.

— Je le vois bien. »

Cinq minutes plus tard, Chyna sirotait un cappuccino et grignotait un biscuit au chocolat. Scott buvait un espresso et commanda deux parts de cheesecake. « Le cheesecake est bon ici ? » demanda Chyna d'un air pince-sans-rire.

Scott rougit. « Eh bien, oui, et je ne sais pas résister à un cheesecake. » Il se pencha et dit doucement : « Il est bon, mais pas autant que celui de ta mère. »

Chyna sourit. « Elle aurait été si heureuse de t'entendre dire cela.

— Peut-être l'entend-elle.

— Ah, un adepte de la vie après la mort ?

— Absolument. » Il s'interrompit, la regardant attentivement. « Et toi ? »

Intellectuellement, *non*, aurait-elle voulu dire. Mais comment pourrait-elle adopter cette position alors qu'elle entendait des voix d'outre-tombe depuis qu'elle avait sept ans, et plus particulièrement ces deux derniers jours ? « Je ne parlerai qu'en présence de mon avocat », répondit-elle d'un ton léger.

Scott sirotait son espresso et la regardait de ses yeux sombres à la profondeur insondable. « Pourquoi as-tu été si bouleversée aux pompes funèbres ? Et ne me dis pas que c'est parce que la mort te fait toujours cet effet. Je ne pourrais pas croire cela venant d'un médecin qui côtoie la mort tous les jours.

— J'essaie de stopper la mort tous les jours.

— C'est très noble. Mais c'est aussi une manœuvre dilatoire.

— Quelle est l'expression consacrée, déjà : *C'était bien le but* ?

— Ça ne me suffit pas non plus. »

Chyna prit son cappuccino, vit que sa main tremblait, et reposa aussitôt la tasse. « Suis-je vraiment obligée de te raconter ce qui m'a effrayée ?

— Non, tu n'es pas *obligée* de me raconter quoi que ce soit. Mais je crois que te confier à moi pourrait t'aider à te sentir mieux. Je ne sais pas pourquoi je pense cela — nous ne sommes pas "les meilleurs amis du monde" — mais je t'ai connue toute ta vie.

— Tu m'as à peine connue.

— Je t'ai connue mieux que tu le crois. L'amitié de nos mères, n'oublie pas. J'ai très souvent entendu parler de toi. Si je n'avais pas eu sept ans de plus que toi… » Chyna leva un sourcil et les joues de Scott s'empourprèrent. « Bon, ce n'était pas la chose à dire. On dirait un pédophile. Ce que je voulais dire, c'est que tu n'as jamais été invisible pour moi. Même lorsque tu n'avais que sept ou huit ans. J'ai toujours pensé que tu étais… différente.

— Différente ? Parce que les gens disaient que j'étais cinglée ?

— Différente parce que tu étais spéciale. » Chyna le fixa. « Oh, n'y pense plus, fit Scott. Je ne peux pas expliquer ce que je ressentais. Je ne le comprenais pas moi-même.

— Eh bien, c'est très obligeant. » Scott la regarda attentivement, comme s'il s'attendait à ce qu'elle soit vexée, mais elle lui souriait. « Comparé à cinglée, c'est merveilleux d'être simplement spéciale. » Puis elle se sentit enfin assez calme pour porter son cappuccino à la bouche. « Ta mère sera fâchée lorsqu'elle apprendra que tu ne t'es pas rendu aux obsèques.

— Depuis l'accident d'avion, ma mère ne s'est pas fâchée ni même irritée une seule fois. Je commence à me sentir comme une fleur de serre. Elle va jusqu'à me parler comme à un bébé au téléphone.

— Elle est reconnaissante que tu n'aies pas été tué, Scott.

— J'aurais dû l'être. » Il la regarda alors avec une telle tristesse, une telle douleur dans les yeux, qu'elle comprit que son sentiment de culpabilité était encore plus profond qu'elle ne l'avait imaginé.

« Scott, le crash n'était en aucune manière de ta faute, fit-elle à voix basse, même s'il n'y avait personne aux tables voisines. J'ai lu tout ce que j'ai trouvé à ce sujet. Je connais les résultats de l'enquête.

— Le ventilateur du troisième moteur est tombé en panne. Il a tranché les tuyaux hydrauliques, dit Scott d'une voix sans émotion. Sans liquide hydraulique, l'avion s'est retrouvé impossible à contrôler — des secousses, des vibrations. Plus d'élévateur pour contrôler le tangage. Plus de contrôle d'aileron.

— L'aileron ?

— C'est une surface mouvante à l'extrémité de l'aile qui contrôle les manœuvres de virage sur l'aile. On perdait de l'altitude, on ne pouvait pas virer correctement. On n'avait plus de direction assistée. Sans système hydraulique, pas de freins. »

Les yeux de Scott la fixaient sans la voir. Ils étaient retournés à cet horrible jour. Elle pouvait littéralement sentir sa panique, sa lutte pour garder le contrôle de lui-même, son esprit cherchant désespérément un moyen de faire atterrir l'avion sans l'écraser au sol. Il ne pouvait pas le savoir, mais le cœur de Chyna battait certainement aussi fort qu'avait battu le sien pendant ces terribles moments, lorsque l'avion avait entamé sa chute inexorable. Elle savait que l'appareil avait heurté le sol, s'était redressé, puis avait plongé en piqué et s'était déchiré en quatre parties.

« Scott, tu as sauvé cent quatre personnes, dit doucement Chyna.

— Et j'en ai tué soixante-douze.

— Ce n'est pas *toi* qui les as tuées. L'avion a eu une défaillance. Tu n'es pas tout-puissant. Tu ne pouvais pas contrôler ce qui est arrivé au ventilateur. Les journaux ont bien dit que c'était un miracle que tout le monde n'ait pas été tué, et ce miracle est dû à ton habileté.

— Ma *chance.* » Scott regarda par la fenêtre. « Nous survolions une plaine. Si ç'avait été une ville, une montagne, un océan, il n'y aurait pas eu de survivants.

— Ce n'était peut-être pas de la chance. C'était peut-être le destin. »

Scott la regarda de nouveau, un sourire amer aux

lèvres. « Alors le destin a été horriblement cruel pour ces soixante-douze personnes qui ont péri dans les flammes lorsque l'avion s'est écrasé. Dix d'entre elles étaient des enfants. Des enfants de moins de douze ans. Ils n'avaient rien pu faire encore de leur vie. Et moi, je suis là. J'ai été tout simplement éjecté de cet enfer, je m'en suis tiré avec quelques entailles, un ligament claqué à la jambe, et des brûlures au premier degré. » Il hésita. « Je me demande cent fois par jour si je dois recommencer à piloter, et je ne crois pas que ce soit le cas. »

Chyna garda le silence, assimilant ce qu'il venait de dire, ne voulant pas s'en sortir trop facilement par quelques mots rassurants. Mais elle put lui dire en toute sincérité : « J'aimerais bien avoir des réponses, Scott. J'aimerais bien savoir pourquoi ces personnes sont mortes, mais je ne le sais pas. Je l'ignore aussi complètement que j'ignore pourquoi les enfants innocents que je soigne meurent du cancer. J'aimerais avoir la foi et croire que tout ce qui arrive est pour le mieux — cela rendrait la mort tellement plus facile à accepter — mais je n'ai pas cette sorte de foi. Alors je fais simplement ce que je peux pour limiter, dans la mesure de mes possibilités, la tristesse présente dans le monde, et c'est exactement ce que tu as fait, toi aussi. Tu as sauvé cent quatre personnes. C'est plus que j'ai pu en sauver moi. Beaucoup plus. »

Scott la regardait toujours, mais son sourire amer avait disparu. « J'ai honte d'être assis là en train de me plaindre devant toi. Ton travail doit être incroyablement éprouvant. Ta mère vient juste de mourir. Tu es en plein deuil, et j'ai pu voir hier près du lac que tu te sens toujours coupable envers Zoey. » Chyna baissa les yeux. « Tu ne peux pas cacher que tu te sens coupable pour Zoey ou pour ta mère, Chyna. D'ailleurs, tu n'as pas besoin de le cacher. Je comprends. » Elle releva les yeux. Il y avait de la douceur et de la compassion dans le regard de Scott. « Je te l'ai déjà dit près du lac, je te connais mieux que tu le crois.

— C'est parce que tu as entendu ma mère raconter tellement de choses.

— Je suis certain que c'est quelque chose de bien plus profond.

— Je ne vois pas ce que ça pourrait être, répliqua Chyna. Sais-tu que cette conversation est la plus longue que nous ayons jamais eue ?

— Oui, j'imagine. » Leur discussion était devenue un peu sinistre, et Chyna sentit que Scott voulait changer de sujet. Il cligna des yeux, la regarda et dit : « C'est étrange que nous n'ayons jamais vraiment discuté, étant donné toutes les choses personnelles que je connais sur toi. »

Chyna faillit s'étrangler avec son cappuccino. « Toutes les choses personnelles que tu connais sur moi ? Quoi par exemple ?

— Oh, je ne peux pas aborder le sujet *ici.* » Chyna, rentrant dans son jeu, le regarda avec de grands yeux. Pendant trente secondes au moins, il soutint gravement son regard. Puis il se mit à rire. « Je plaisante, Chyna. Mais je dois dire que le regard horrifié que tu viens de me lancer éveille ma curiosité ! »

Elle reposa négligemment sa tasse. « En fait, je suis quelqu'un de très ennuyeux.

— Hum, hum.

— Je t'assure, c'est vrai.

— Tu es bien la première femme qui essaie de me convaincre qu'elle est ennuyeuse !

— Vraiment ?

— Absolument.

— Eh bien, je suppose qu'il y a une première fois à tout. » Chyna s'interrompit. « Mais je suis bel et bien une personne ennuyeuse.

— Puisque tu le dis. »

Chyna était sur le point d'entrer dans les détails pour essayer de le convaincre, et de lui prouver, de manière un peu absurde, qu'elle n'était pas digne de son intérêt, lorsqu'elle se rendit compte que le sourire de Scott était sincère. Elle pensa à toute la souffrance exprimée il y a quelques minutes seulement, et décida de dire n'importe quoi, simplement pour empêcher Scott de retomber dans cet abîme. « Eh bien, c'est entendu, tu m'as percée à jour, Scott. Ici, à Black Willow, je sais me tenir, mais à Albuquerque, je suis une femme déchaînée.

— Je l'ai toujours soupçonné, même si ta mère prétendait toujours que tu étais une grande travailleuse.

— Oh, je ne suis pas vraiment interne en médecine. En fait, je m'occupe d'un réseau de call-girls.

— Je suis impressionné. Tu es si jeune pour être une *madame**.

— Tu as dit toi-même que j'étais intelligente.

— Et pleine de ressources, ne l'oublions pas. » Scott sourit, et fit un geste pour appeler la serveuse. Deirdre réapparut à leur côté, légèrement plus posée cette fois.

« Vous désirez autre chose ? »

Scott acquiesça. « Je voudrais un autre espresso.

— Et un autre cheesecake ? » demanda Deirdre,

un peu ironique, en regardant les deux assiettes vides devant lui. Chyna ne put réprimer un petit sourire moqueur.

« Non, je crois que ça ira, Deirdre. C'était délicieux. » Il regarda Chyna. « Un autre cappuccino ou un autre biscuit ?

— Un autre cappuccino », fit Chyna.

Lorsque Deirdre se fut éloignée, Scott regarda un moment la rose de soie blanche qui ornait la table, puis leva ses yeux sombres sur elle. « Je me suis épanché pendant au moins vingt minutes. Et si tu me disais pourquoi tu avais l'air d'être sur le point de t'évanouir devant la morgue ? »

Chyna aussitôt se raidit. « Je n'aime pas les morgues.

— Et c'est reparti. Tu essaies d'éluder mes questions, mais tu ne t'en tireras pas comme ça, Chyna. » Il se pencha au-dessus de la table et dit d'une voix douce : « Il y avait quelque chose qui n'allait pas lorsque je me suis approché de toi, et aussi désagréable qu'a pu être le fait de t'occuper des obsèques de ta mère, je ne crois pas que ça aurait suffi à te mettre dans un état pareil.

— J'étais juste fatiguée, énervée... » Deirdre apporta le cappuccino et laissa derrière elle une bouffée d'eau de Cologne vanillée, la même que celle portée par Zoey il y a douze ans. Chyna sentit que toute couleur se retirait de son visage.

Scott tendit le bras et lui prit la main, qu'il serra fort. « Tu es glacée et il ne fait pas froid ici. » Il fronça les sourcils. « Chyna, qu'est-ce qui ne va pas ?

— Je... Je ne sais pas. » Lâche ma main, pensait-elle. Laisse-moi rentrer à la maison, laisse-moi tranquille. Je ne veux pas parler de ce que je ressens. « Je suis simplement triste et j'ai l'impression de ne plus savoir ce que je fais…

— Tu n'es pas une petite nature, fit Scott d'un ton sérieux. Et non, je ne lâche pas ta main, sinon tu vas t'enfuir. » Elle le regarda, l'air surpris. « Je n'ai pas lu dans tes pensées. Tu essaies de retirer ta main et tu regardes désespérément du côté de la porte.

— Oh, le grand détective !

— Tout simplement observateur. » Il examina minutieusement son visage, en maintenant tout aussi fermement sa main. « Je ne peux pas te laisser partir et rentrer chez toi en conduisant alors que tu es manifestement si bouleversée. Allons, Chyna, fais-moi plaisir. Dis-moi ce qui ne va pas. »

Chyna baissa les yeux sur la main de Scott qui tenait la sienne, une main tellement plus forte, recouverte d'un léger duvet brun, et de deux pansements. Les points de suture ont été enlevés, se dit-elle sans y penser, mais les blessures doivent encore être protégées.

« Chyna ? »

À l'âge de treize ans, Chyna avait fait le vœu de ne jamais parler à personne de ses expériences de perception extrasensorielle. À personne, sinon à Zoey. Jusqu'à présent elle avait respecté ce vœu. Elle avait bien conscience qu'elle ne s'était pas débarrassée de son ancienne attirance pour Scott, mais cela ne suffisait pas à expliquer pourquoi elle avait le désir de lui révéler ce qu'elle avait gardé secret pendant toutes ces années. Tout à coup, elle prit sa décision. Elle avait besoin d'ouvrir cette part cachée d'elle-même, de révéler ce secret, et elle voulait que le destinataire en soit Scott.

« D'accord. » Les yeux toujours baissés, elle commença à parler. « Scott, t'est-il déjà arrivé de croire que tu entendais des voix ? »

Elle releva les yeux. Le visage de Scott n'exprimait rien, sinon, peut-être, une ombre de circonspection. « Tu veux dire ces voix qui disent : "Ce n'est pas une bonne idée", ou : "Je devrais aller vérifier le verrou, pour être sûr ?" Ce style de voix ?

— Eh bien, oui, dit prudemment Chyna, ne voulant pas s'aliéner tout de suite l'attention de Scott en décrivant le style de voix dont elle voulait parler en réalité. Je suppose que tu les appellerais des pensées, des pensées à voix haute simplement.

— Des pensées d'avertissement.

— Oui, répondit Chyna, surprise. Pas seulement une espèce de monologue intérieur, mais des pensées qui semblent s'échapper du lot pour attirer l'attention.

— Oui, j'ai des pensées comme cela, répondit lentement Scott.

— Crois-tu que *tout le monde* en a ?

— Oui. » Chyna remarqua qu'il frottait de nouveau les pansements sur sa main. « Je ne pense pas qu'elles soient inhabituelles, Chyna. Je crois que certaines d'entre elles sont des avertissements répétés par le subconscient, comme ceux que tu avais dans le passé. Et que les autres voix sont de simples pensées instinctives d'autopréservation que tous les gens normaux ont.

— Ça se tient, fit Chyna. Je suis d'accord avec toi. Mais si ce sont des pensées… plus fortes ?

— Plus fortes ?

— Si elles se manifestent comme des voix ? »

Scott ne répondit pas tout de suite. « Je ne suis pas spécialiste, Chyna, mais il me semble qu'une pensée particulièrement “forte” pourrait ressembler à une voix réelle provenant d'une personne qui serait près de toi.

— Même si elle ne te met en garde contre rien ? »

Scott cessa de gratter son pansement et se pencha plus en avant vers elle, fronçant les sourcils. « Pourquoi ne pas me *dire* simplement ce dont tu parles, au lieu de décrire des cercles comme un avion autour de la piste d'atterrissage ? Car tu parles d'une expérience particulière, Chyna. Je le vois bien. Et je pense qu'elle a eu lieu à la morgue. »

Chyna leva les yeux sur la reproduction de Renoir, glissa ses longs cheveux derrière l'oreille, et finit par dire doucement : « Nancy Tierney m'a parlé. »

2

Scott, de toute évidence interloqué, la fixa avant de laisser échapper : « *Quoi ?* »

Chyna eut un geste de recul, vexée. « Je savais que tu allais réagir comme ça.

— Et les autres ne le feraient pas ? » Incrédulité, commisération et désir de fuite se succédèrent sur le visage de Scott en moins d'une minute. Puis il sembla se maîtriser et, se composant un regard tolérant à défaut d'être compréhensif, il dit tranquillement : « Raconte-moi exactement ce qui s'est passé. »

Elle hésita, furieuse contre elle-même. Elle avait été certaine qu'il ne la croirait pas, et elle avait fait une gaffe en lui parlant de Nancy, au lieu de se taire comme elle aurait dû le faire. Elle s'était prise elle-même au piège et ne pouvait laisser les choses en suspens sans expliquer l'incident.

Lentement, attentive à garder une voix calme et une attitude posée, Chyna commença : « Après avoir discuté des dispositions pour maman, Owen Burtram m'a raccompagnée vers la sortie. Quelqu'un est venu lui dire qu'on avait besoin de lui immédiatement. Owen m'a demandé de ne pas entrer dans la Salle de repos où une cérémonie allait se dérouler une demi-heure plus tard environ. J'étais sur le point de quitter les lieux lorsque je suis passée devant cette pièce.

» Je ne savais absolument rien au sujet de Nancy Tierney et de sa mort. J'ai juste été attirée, presque contre ma volonté, se risqua Chyna, pas encore prête à rencontrer le regard de Scott, par crainte de ce qu'elle pourrait y lire. Il y avait une montagne de fleurs, de la musique classique, et l'éclairage donnait à l'ensemble une sorte d'éclat adouci. J'ai regardé dans le cercueil, et j'ai vu Nancy, si belle, reposant comme si elle était seulement endormie. Et j'ai entendu une voix. Qui disait — la propre voix de Chyna se modifia légèrement, tandis qu'elle imitait le timbre mélodieux de la voix qui semblait provenir de Nancy — *Star light, star bright, first star I see tonight*... La bouche de Nancy ne bougeait pas, bien entendu, mais la voix ressemblait à celle de Zoey près du lac.

— Près du lac ? interrompit Scott.

— Je vais y arriver. » Le regard de Chyna rencontra finalement celui de Scott, défiant l'expression circonspecte qu'elle lisait dans ses yeux. « À peine Nancy s'est-elle arrêtée de parler que Rusty est entré.

— Mais il ne l'a pas entendue.

— Je viens de te dire qu'elle avait fini de parler. Non. Rusty ne l'a pas entendue. À son arrivée, on n'entendait plus que la musique. J'ai interrogé Rusty au sujet de la jeune fille dans le cercueil. Il m'a dit que c'était Nancy Tierney, sa nièce, et m'a raconté comment elle est morte.

— Je vois. »

Chyna regarda Scott, déçue. « Tu ne me crois pas. »

Il tripota le tissu de son pansement, puis répondit prudemment : « Eh bien, je ne dirais pas que je crois que Nancy t'a parlé.

— Tu n'as pas besoin de tourner autour du pot avec moi, Scott. Dis simplement ce que tu as à dire.

— Tu viens d'être très éprouvée, Chyna, et après tout, Nancy est morte. Ce que je crois, c'est que tu as entendu ou cru entendre quelque chose. » Chyna le regardait fixement, et sentait la frustration l'envahir. « C'était peut-être une hallucination. Nancy n'avait-elle pas le même âge, et le même teint que Zoey Simms ?

— Oui, mais…

— Tu aurais pu projeter ta tristesse au sujet de Zoey sur Nancy, tu ne crois pas ?

— Oui, j'aurais pu, mais ce n'était pas ça. » Pour la première fois, Chyna pensa à l'incident avec une certitude absolue. Elle avait bien entendu la comptine récitée par Nancy. « Je t'ai dit que ce n'était pas la première fois que j'entendais cette comptine», continua-t-elle. Elle aurait aimé arrêter de parler, mais elle était incapable de contenir le flot des mots. «Le jour où nous étions au lac Manicora, j'ai entendu la même chose. Tu venais de partir pour ta séance de rééducation. Je suis restée près de la rive et j'ai entendu *Star light, star bright*…

— Ce n'était pas une de tes comptines préférées lorsque tu étais enfant?

— Non. Je la connaissais bien sûr, mais je ne la récitais jamais, je n'y pensais jamais. Mais ce n'est pas tout.» Scott la fixa, tout en continuant à gratter son pansement. «La voix du lac — la voix de Zoey, je la reconnaîtrais partout, même maintenant — a dit: "Chyna, je suis perdue. Perdue dans le noir." J'ai regardé tout autour de moi. Il n'y avait personne à proximité. Ce jour-là, tu te souviens, il n'y avait pratiquement personne près du lac. Lorsque j'ai entendu la voix, je dois avouer que ma première impulsion a été de m'enfuir lâchement, mais j'étais trop effrayée pour tenter le moindre mouvement.»

Chyna sirota une gorgée de son cappuccino froid avant de poursuivre: «La voix a demandé si j'écoutais, puis elle a continué: "Il faut que tu écoutes car tu es la seule qui puisse m'aider." Puis j'ai vraiment voulu partir, mais il n'y avait aucun moyen de faire bouger Michelle. D'habitude il suffit de tirer légèrement sur sa laisse et elle vient aussitôt, mais pas ce jour-là. La voix a continué: "Trouve-moi. Il faut que tu me trouves car il y a d'autres filles qui ont subi le même sort que moi. Et il y en aura d'autres encore si tu ne nous aides pas."»

Les doigts de Scott tapotaient la table blanche. Il finit par dire : « Ma mère m'a dit que tu ne rentrais à la maison que pour Noël et que tu ne t'es pas rendue au lac depuis la disparition de Zoey. C'était probablement l'influence…

— Zoey a disparu en juillet, Scott, pas en octobre, s'emporta Chyna. Le lac n'est pas du tout comme en plein milieu de l'été. Sans parler du belvédère, qui était à l'époque un très joli endroit et qui est maintenant une ruine. L'autre jour, l'atmosphère était complètement différente de celle du moment où j'ai vu Zoey pour la dernière fois, alors ne me dis pas que j'ai subi l'influence d'un lieu qui ressemblait exactement à celui où Zoey a disparu.

— D'accord.

— Autre chose encore, continua Chyna avec flamme. Je n'étais pas la seule à entendre la voix. Michelle aussi l'a entendue. Je t'ai dit qu'il était absolument impossible de la faire bouger lorsque la voix a commencé de parler. Et quand la voix a continué, Michelle s'est avancée dans l'eau, ce qu'elle ne fait jamais. Je crois qu'elle est le seul labrador jaune au monde à détester l'eau. Ses oreilles se sont dressées, les poils de son dos aussi. Elle a vraiment entendu quelque chose, Scott, quelque chose qui l'a terrifiée.

— Entendu, dit calmement Scott. Tu n'as pas besoin de te mettre dans cet état simplement parce que j'ai fait une suggestion. De plus, tu parles très fort, ton visage est tout rouge et tout le monde nous regarde.

— Je m'en fiche ! »

Mais Chyna ne s'en fichait pas, elle était gênée et

aurait voulu que tout le monde soit atteint d'amnésie immédiate. C'était trop demander, bien sûr. Deirdre s'approcha prudemment de leur table, leur adressa à chacun un sourire timide, et demanda : « Désirez-vous autre chose ? »

Scott adopta aussitôt une attitude désinvolte. « Non, sauf si tu as quelque chose pour calmer la folie furieuse. On dirait que j'ai dit ce qu'il ne fallait pas dire. » Chyna lui lança un regard noir, mais il avait les yeux fixés sur la jeune et jolie Deirdre. « Je prendrai un verre de lait cette fois. On dit que c'est apaisant. Et un autre pour la dame.

— Je ne veux pas de verre de lait ! siffla Chyna.

— Apporte-le quand même, Deirdre. Elle me remerciera plus tard. »

Dès que Deirdre se fut éloignée, Chyna dit : « Et voilà le super-mâle essayant de calmer la pauvre femme qui pique sa crise !

— S'il te plaît, ne recommence pas. Au moins, nous ne sommes plus le point de mire de toute la salle. Et un verre de lait ne te tuera pas.

— Je déteste le lait. Je ne le boirai pas.

— Tu as vraiment l'air d'une grande fille, Chyna. De cinq ans au moins. Tu aurais dû être envoyée au lit privée de dîner. »

De nouveau Chyna lui jeta un regard noir, puis baissa les yeux, honteuse. Scott avait raison, elle se comportait comme sa nièce ou son neveu. La plupart des hommes seraient partis en la laissant là. Lui avait simplement essayé de la taquiner pour faire passer sa colère. « Je suis désolée, finit-elle par dire.

— D'accord. » Il lui sourit. « Donc, tu es certaine d'avoir entendu la voix près du lac.

— Je ne veux plus en parler.

— Eh bien, moi si, et tu me dois quelque chose pour m'avoir mis dans l'embarras dans l'un des lieux les plus branchés de Black Willow. Donc, tu me racontes tout sur la voix du lac. »

Chyna soupira. Après tout, c'était elle qui avait abordé le sujet, se rappela-t-elle. La moindre des choses était de finir son histoire. « D'accord. » Elle commença calmement. « Franchement, Scott, au début j'ai cru que j'avais imaginé la voix. Je me suis souvenue à quel point j'étais fatiguée, attristée par la mort de maman, j'avais à peine mangé, etc., etc. » Elle s'interrompit. « Mais il y avait la manière tellement bizarre dont Michelle s'est conduite. Elle était effrayée, Scott, et je ne crois pas que les chiens imaginent que les morts leur parlent.

— Mais ils réagissent aux émotions de leur maître ou de leur maîtresse. Ils sont capables de ressentir leur niveau d'adrénaline, et si je ne me trompe pas, le tien était monté en flèche.

— Oui, c'est sûr, mais elle ne s'était jamais comportée ainsi auparavant. »

Deirdre arriva avec les deux verres de lait. Scott lui adressa un sourire éblouissant. Chyna, elle, put tout juste esquisser un semblant de sourire. Elle savait qu'un sourire ne suffirait pas pour que la jeune fille révise son opinion sur elle à présent. Lorsque Deirdre s'éloigna, Scott se pencha en avant et dit : « Tu peux relever la tête. Je crois que tu n'es plus le centre d'attraction. » Elle le regarda, encore un peu honteuse mais encouragée par l'humour bienveillant qu'elle lisait dans ses yeux. « Tu crois que je ne te prends pas au sérieux et que je pense simplement que tu as trop d'imagination, fit-il. C'était peut-être le cas et je suis désolé. Tu acceptes mes excuses ? »

Après un silence, elle fit un signe de tête. « Oui, si tu ne me forces pas à boire ce verre de lait en entier alors que je n'en veux pas.

— Marché conclu. Mais bois juste quelques gorgées. C'est bon pour toi, il me semble que tu as besoin de prendre quelques kilos. Et maintenant dis-moi, s'est-il encore passé quelque chose de bizarre ? »

Elle but une gorgée de lait et se dit que ce n'était pas si mauvais, après tout. « Oui, et je vais te le raconter si tu me promets que tu ne me prendras pas pour une timbrée à bout de nerfs.

— Plus jamais ! Mais de toute manière, je ne t'ai pas prise pour une timbrée, même si j'en ai eu l'air.

— Oui, tu en as eu l'air. Enfin, voilà la suite. » Chyna lui raconta l'appel d'Anita Simms — le son étrange, ressemblant à celui du vent, en arrière-fond de la voix d'Anita, Anita qui appelait pour demander Zoey, et son propre appel à Ned qui lui avait appris qu'Anita s'était tuée deux ans plus tôt. Elle décrivit également le comportement de Michelle pendant l'appel : « Je sais que tu vas dire qu'elle réagissait simplement à ma peur, mais il y a autre chose. La femme au téléphone m'a appelée Bubble Gum. Personne d'autre ne m'a jamais appelée ainsi.

— Mais quelqu'un a pu entendre ce surnom ?

— À part Zoey et ma mère ? Anita ne restait qu'une nuit lorsqu'elle venait chercher Zoey. Je ne crois pas qu'elle ait rencontré qui que ce soit dans les parages. Et maman, elle, ne m'a jamais appelée ainsi. »

Scott se tenait presque rigide sur sa chaise, le regard

fixé sur Chyna. Elle ne baissa pas les yeux, déterminée à ne pas se conduire comme si elle doutait elle-même de son récit. Elle savait que s'il rejetait ses récits de voix et d'appels téléphoniques, même le plus poliment possible, elle serait humiliée. Pis encore, elle serait profondément blessée, ce qui était stupide car Scott Kendrick ne faisait même pas réellement partie de sa vie. Il n'était rien d'autre que le garçon dont elle s'était entichée pendant des années, lorsqu'elle était plus jeune.

Scott se pencha, joignit les mains, et demanda sans la moindre trace de dérision : « Tu es sûre que tu n'as pas rêvé l'appel d'Anita Simms ?

— J'en suis absolument sûre, répliqua-t-elle avec fermeté. Et je n'étais pas en train de rêver ni d'halluciner lorsque j'ai entendu une voix près du lac et à la morgue. »

Scott la regarda attentivement, puis hocha la tête. « Lorsque tu étais plus jeune, tu entendais des voix. C'est ma mère qui me l'a dit.

— Oui. Quand j'étais vraiment beaucoup plus jeune. Puis j'ai raconté à tout le monde que je n'en entendais plus. En fait, j'étais simplement gênée de la manière dont les gens me regardaient et se comportaient avec moi, alors je me suis disciplinée pour faire taire les voix, et j'y suis presque arrivée. Ces trois dernières années, je n'en ai entendu qu'à deux ou trois occasions. Mais ce n'était pas des voix comme celles-ci. Elles n'avaient pas de qualité tonale — je ne pouvais pas dire si c'était une voix masculine ou féminine — et jamais elles n'ont chanté une comptine, elles ne m'ont jamais non plus appelée par un ancien surnom ou suppliée de leur venir en aide, comme l'a fait Zoey. »

Scott baissa les yeux, fixa la rose blanche en soie disposée dans un petit vase sur la table. Il pense que je suis complètement folle, se dit Chyna. Ou alors, il essaie de se retenir d'éclater de rire, par respect pour nos mères. Mais lorsqu'il releva les yeux, son regard sombre était sérieux, son expression grave. Pendant un instant, elle se dit qu'il voulait se montrer extrêmement prudent face à une personne qu'il considérait comme déséquilibrée, et qu'il s'apprêtait à lui dire qu'elle avait besoin d'une aide professionnelle. Mais ses paroles n'étaient pas celles auxquelles elle s'attendait.

« Chyna, je ne crois pas en la perception extrasensorielle. Je n'ai même jamais pensé qu'elle était possible, et j'en ai rejeté la notion même. Mais ce que tu me racontes… » Elle retint son souffle, dans l'attente de la suite. « Je ne me comprends pas moi-même, mais pour une raison ou une autre, je crois que tout ce que tu m'as dit s'est réellement passé. »

Elle était abasourdie. « Tu le crois vraiment ?

— Oui. Je ne peux pas expliquer pourquoi quelque chose que j'ai toujours rejeté comme un excès d'imagination ou une simple supercherie m'apparaît tout à coup possible. » Il lui adressa un regard terriblement sérieux. « J'ai dit *possible*, et non pas *probable*. Mais venant de toi…

— Venant de moi… quoi ?

— Tu m'as toujours frappé comme étant tellement équilibrée, pleine de bon sens, je suis enclin à penser que c'est donc peut-être possible. Je dois garder à l'esprit que je ne sais pas tout. Des phénomènes auxquels je n'ai jamais pensé peuvent exister — existent certainement — dans le monde. »

Chyna put enfin respirer. « Merci, Scott, d'adopter cette position. » Elle s'interrompit. « J'aurais aimé que mon père pense comme toi. » Elle entendit l'accent douloureux dans sa voix. « Il croyait qu'il y avait quelque chose qui n'allait pas chez moi. C'est pour cela que j'ai cessé d'en parler — sauf à Zoey — lorsque j'avais une vision ou une prémonition.

» Zoey disait que mon *don*, mon *pouvoir* — quelle que soit la manière dont on l'appelle — c'était notre secret, continua Chyna. Et tous les autres, Ned compris, pensaient que j'avais juste traversé une phase où j'inventais des histoires pour attirer l'attention. Ce qui n'expliquait pas comment il se faisait que les choses du passé dont je parlais soient réellement arrivées, ni comment ce que je disais au sujet du futur se réalisait, mais parfois les gens ne veulent pas accepter ce qui leur fait peur. Lorsque j'ai arrêté de parler de mes visions, tout le monde a pensé que j'avais dépassé ce stade pendant lequel j'avais eu besoin d'attention, ou bien trop d'imagination. Les visions n'ont pas cessé, mais elles sont devenues rares. La voix, elle, ne s'est jamais arrêtée. J'ai simplement essayé de l'ignorer.

— Mais tu as dit que la voix était différente maintenant.

— Eh bien, oui. » Chyna était toujours peu disposée à discuter de cette question même si Scott semblait la prendre au sérieux. Elle continua lentement : « Comme je l'ai dit, dans le passé, la voix n'appartenait à personne, en tout cas ni à Zoey ou Anita. Elle était toujours neutre, anonyme. »

Scott pliait et dépliait les doigts, le regard tourné vers l'intérieur. Je l'ai perdu, se dit Chyna. Il pense que je suis folle, il cherche un moyen poli de s'échapper. Elle se sentait ridicule, assise là, si soucieuse de son opinion. Au bout d'un moment, il prit la parole : « Chyna, je vais garder un esprit ouvert au sujet de tout cela, parce que tu m'es toujours apparue comme une femme extrêmement intelligente et rationnelle.

— Oh », fit simplement Chyna, abasourdie. Était-il sincère ? Ou bien était-il seulement en train de flirter avec la fille qui avait le béguin pour lui depuis l'âge de douze ans ? « Eh bien, si vraiment tu me crois…

— J'ai dit que je vais garder un esprit ouvert, pas que je suis convaincu.

— Pardonne-moi », fit-elle d'un ton sec, irritée tout à coup. Il s'amuse de moi. Elle en était certaine. « J'apprécie tout à fait ton esprit ouvert…

— Te voilà hors de toi à nouveau.

— Pas du tout.

— Si, tu l'es.

— Entendu, je le suis. Je n'ai jamais prétendu avoir des pouvoirs supranormaux, et je n'aime pas qu'on se rie de moi.

— Qui est en train de rire ?

— Sûrement pas moi.

— Et moi non plus, fit Scott. Laisse à un pauvre type le temps de s'habituer à une idée qu'il a rejetée pendant trente-cinq ans.

— D'accord. Va pour un esprit ouvert, à défaut d'une adhésion enthousiaste. »

Scott fit un grand sourire. « Merci. Et toi, feras-tu quelque chose pour moi ?

— Ça dépend. »

Il reprit un air sérieux. « Tu m'as donné l'impression que tu ne confiais ces visions et ces voix à personne, pas même à Ned ou Beverly.

— À personne, c'est vrai.

— Alors, continue comme cela. À partir de maintenant, ne raconte ces expériences qu'à moi. Je te promets de ne pas les rejeter comme des inventions absurdes. Je te promets aussi de ne jamais en parler à personne. Ce que tu me diras restera strictement confidentiel, entre nous deux seulement. Je crois que c'est important que tu n'en parles qu'à moi.

— Pourquoi ? »

Il haussa les épaules. « Je ne saurais pas t'expliquer. » Il fit un effort pour sourire. « Tu ne veux pas que les gens disent les mêmes choses que lorsque tu étais adolescente, non ? » Elle hocha la tête. « Alors, promets-le-moi. »

Faisait-il cette requête simplement par gentillesse ? Ou bien voulait-il juste s'assurer qu'elle se tairait, pour éviter que les gens en ville pensent qu'elle était folle ? Peut-être. Mais même si c'était ça, c'était malgré tout une manière de se soucier d'elle. Il était désireux d'écouter, comme Zoey l'avait fait il y a si longtemps. Chyna finit par dire doucement : « C'est entendu. Je te le promets. »

Scott fit un signe de la tête, l'air grave. « Ne t'inquiète pas, Chyna. Je prends les promesses très au sérieux. »

Cinq minutes plus tard, Scott vit qu'il était l'heure de se rendre chez le kiné. « Encore une semaine et c'est fini, Dieu merci, fit-il, prenant sa canne. Je sais que ça me fait du bien, mais j'en ai assez. À chaque fois, c'est un nouveau rappel du crash. »

Chyna cherchait quelque chose de profond à répondre, quand Deirdre apparut à côté d'eux. Elle était si jolie avec ses cheveux auburn et ses yeux ambrés. « J'ai été heureuse de vous rencontrer, docteur Greer, dit-elle timidement.

— Et moi aussi, répondit Chyna. Je te verrai dans la semaine et nous pourrons parler de la fac, et de médecine. Il faut avoir confiance en toi, Deirdre. Je suis sûre que tu es assez intelligente pour être ce que tu veux, quoi que ce puisse être. »

Deirdre rougit et sourit de plaisir. Plus tard, Chyna fut reconnaissante d'avoir rendu la jeune fille heureuse, même un instant.

CHAPITRE V

1

La maison était pleine de nourriture pour humains, mais pour Michelle il ne restait que du Gravy Train. Sur le chemin du retour, Chyna s'arrêta à l'épicerie et choisit un assortiment de denrées moelleuses et certaines des friandises préférées de Michelle. Sur une impulsion, elle acheta aussi une petite balle de base-ball en caoutchouc qui piaillait — un des jeux favoris de la chienne, que Chyna avait oublié d'emporter — et un petit ours en peluche, pour les moments où Michelle semblait désirer se comporter comme une mère. C'était du moins ce que Chyna imaginait.

Ensuite, elle pensa s'arrêter chez Beverly pour lui faire connaître les dispositions prises pour l'incinération de Vivian, mais se dit que la peur qu'elle avait ressentie à la morgue devait encore se lire sur son visage. Beverly la remarquerait aussitôt et poserait des questions auxquelles Chyna était déterminée à ne pas répondre, d'une part parce qu'elle ne voulait plus penser à ce terrible incident, d'autre part parce qu'elle avait promis à Scott de ne parler à personne d'autre que lui de ses expériences étranges. Elle avait donné sa parole tout de suite, sans réfléchir, et à présent elle se demandait à la fois pourquoi il avait voulu qu'elle fasse cette promesse, et pourquoi elle l'avait faite sans la moindre hésitation, ou presque.

« Ça ne va plus, dit-elle à voix haute. J'entends des voix, je fais des promesses sans prendre un instant de réflexion. » Arrivée à un feu rouge, elle ferma les yeux. « Bon, assez pour aujourd'hui. Plus d'analyse, plus de confidence, et pas de bavardage avec Beverly non plus. »

Chyna rouvrit les yeux juste au moment où le feu repassait au vert. Elle prit la direction de la villa des Greer, s'éloignant de celle de Ned. Elle avait besoin d'être seule, pensa-t-elle. Elle avait besoin de passer le reste de l'après-midi dans la maison où elle avait grandi et aimé, et elle avait besoin de sa chienne pour lui tenir compagnie. Et d'elle seulement. Après tout, Michelle ne posait jamais beaucoup de questions.

Lorsqu'elle s'engagea dans l'allée, Chyna vit que la grande camionnette blanche avec « Ridgeway Construction » inscrit en rouge n'était plus là. Gage avait fini son travail, ou l'attitude de Chyna l'avait trop déprimé ce matin et il avait déclaré forfait pour aujourd'hui. Quelle qu'en soit la raison, elle était heureuse de ne pas avoir besoin de chercher quelque chose de normal à lui dire, alors qu'elle se souvenait de la manière dont il avait flirté avec Zoey la dernière semaine de sa vie. Elle pourrait décharger les sacs de courses, sans être dérangée par sa présence.

Chez elle, Vivian Greer n'avait jamais aimé le

silence. Chyna se souvint de ses jeunes années, lorsque la maison était toujours emplie du son des informations télévisées en provenance d'un des trois postes, de la musique s'échappant de l'installation stéréo — toujours le dernier modèle —, ou bien c'était Vivian elle-même qui jouait du piano dans le salon. Pénétrer dans son ancien foyer, où régnait à présent un silence de mort, fit froid dans le dos à Chyna, comme si ce qu'elle entendait à présent, c'était la maison vide exhaler le chagrin et la mort tout autour d'elle. Elle se précipita vers la télévision et tomba sur une rediffusion de *New York District*. Au moins c'est une de mes séries préférées, pensa-t-elle, mettant le son au moment où le détective Lennie Briscoe interrogeait un malfrat.

Michelle, qui de toute évidence avait fait la sieste, déboula avec fracas à ses côtés. Chyna l'étreignit avec force. « Je ne pourrais absolument pas rester dans cette maison si tu n'étais pas là pour me tenir compagnie, dit-elle à la chienne, qui lui lécha avec ferveur la joue. Aujourd'hui, c'est encore un de ces drôles de jours, tu sais, ces jours où les morts vous parlent... »

Michelle inclina la tête, et on aurait vraiment dit qu'elle fronçait les sourcils, ce qui fit rire Chyna. « Je suppose que tu n'as jamais entendu un chien mort te parler, et même si c'était le cas, tu ne me le dirais pas. »

Chyna déballa ce qu'elle avait acheté en ville, et laissa échapper un juron lorsqu'elle se rendit compte qu'elle avait oublié d'acheter des bonbons. Ce soir, c'était Trick-or-Treat. Même si, la veille d'Halloween, ils n'avaient jamais été assaillis d'enfants prêts à gravir la colline pour une confiserie, il y en avait toujours un ou deux, plus téméraires, qui s'y risquaient. Elle était sûre d'avoir vu au moins un demi-sachet de bonbons lorsqu'elle avait fouillé dans le placard la veille au soir. Ça serait peut-être suffisant. Sinon, elle serait obligée d'éteindre toutes les lumières et de faire semblant de ne pas être là. Ce qui lui vaudrait quelques messages déplaisants écrits au savon sur les fenêtres.

Chassant le problème de son esprit, elle posa l'attirail acheté pour Michelle sur le sol. La chienne renifla le tout minutieusement, comme les chiens entraînés à chercher de la drogue puis, trois fois de suite, elle tourna avec un intérêt particulier autour de l'ours en peluche. Enfin elle le tira doucement et l'emporta dans une autre pièce. Chyna savait que Michelle apporterait l'ours dans le lit ce soir, et essaierait de se blottir à la fois contre elle et contre le jouet. Si je lui offre de nouvelles peluches, il faudra que j'achète un lit plus grand, se dit-elle en souriant.

Mais, à l'étage, ce n'était pas son propre lit. Dans deux semaines, elle retournerait au Nouveau-Mexique. Même si Chyna avait toujours aimé cette maison, elle devait admettre que, cette fois, elle avait hâte de repartir. Et elle ne savait pas si elle pourrait se décider à revenir à l'endroit où elle avait perdu son père, sa mère et, bien sûr, Zoey.

2

Gage Ridgeway quitta la route principale et engagea sa camionnette sur le chemin de terre et de gravier, passa devant l'ancienne étable, puis devant la remise en tôle où il entreposait une tondeuse, un tracteur, et la moto Harley Davidson Electra-Glide qu'il avait depuis ses dix-huit ans. Il s'arrêta finalement devant la ferme blanche où il vivait depuis dix ans. Ses parents lui avaient dit qu'il était fou d'acheter cet endroit. Il n'allait pas exploiter les six hectares de terrain environnants, il n'élevait pas d'animal et n'avait donc aucun usage d'une étable. De plus, après un très bref et tumultueux mariage qui avait pris fin six ans plus tôt, et avec son intention déclarée de ne jamais se remarier, il n'avait certainement pas besoin d'une maison de cinq chambres, pleine de coins et de recoins, qui nécessiterait sans cesse des réparations. C'était ce que ses parents n'arrêtaient pas de lui répéter. Mais Gage aimait l'intimité que la maison lui offrait, et peu lui importait qu'elle soit vieille et guère pratique. Il l'avait achetée avec l'argent que lui avait laissé son grand-père, argent dont son père pensait qu'il aurait dû l'investir en grande partie dans l'entreprise Ridgeway Construction.

Gage jeta un coup d'œil à sa montre. L'après-midi n'était pas terminé. Il aurait pu rester deux heures de plus et finir ce qu'il avait à faire chez les Greer, mais plus il pensait à la manière dont Chyna l'avait regardé avant de refermer brutalement la fenêtre, et plus il se sentait agité. Il avait compris qu'il valait mieux qu'il ne soit plus là lorsqu'elle reviendrait. Il voulait être seul. Il voulait réfléchir.

Il ouvrit la porte, la claqua derrière lui, entra dans la maison et se dirigea tout droit vers la cuisine. Il ouvrit le réfrigérateur. Pas grand-chose à manger — il rapportait généralement des repas plutôt malsains d'un fast-food — mais au moins il avait été bien inspiré d'acheter un pack de douze bières Michelob. Un pressentiment l'avait-il poussé hier à acheter de la bière, alors qu'il lui en restait quelques bouteilles ? Non, les pressentiments, c'était la spécialité de Chyna Greer, pensa-t-il avec amertume, enfin, à ce qu'elle prétendait. Il avait tout simplement acheté la bière parce qu'elle était en promotion. Un instant, il se demanda si c'était pour l'encourager, lui spécialement, à l'acheter, qu'elle avait été en promotion. Puis il se dit qu'il fallait vraiment être ébranlé pour avoir des pensées pareilles. Il avait en fait été ébranlé au point de repenser à certaines personnes auxquelles il ne voulait pas penser.

En particulier, Zoey Simms, Heather Phelps et Edie Larson.

Lorsque Zoey Simms avait disparu, on ne l'avait pas ennuyé au-delà des questions d'usage concernant la dernière fois où il l'avait vue. S'ils l'avaient interrogé, c'était simplement parce que quelqu'un avait raconté qu'il avait parlé à Zoey, un jour où elle se trouvait avec Chyna Greer. Heureusement, grâce à une fille, les flics avaient immédiatement fait marche arrière. Une fille avec laquelle il avait passé la soirée de la disparition de Zoey, et qui avait dit à la police qu'elle était restée avec Gage presque jusqu'à une heure du matin — et c'était bien plus tôt que Zoey avait rencontré son homme mystère, selon les dires de Chyna. La fille avait ajouté : « Pourquoi Gage ferait-il attention à une fille comme Zoey Simms alors qu'il sort avec moi ? »

Un peu plus d'un an plus tard, Heather Phelps avait disparu et, de nouveau, la police l'avait interrogé car il avait effectué des travaux, pour le compte de Ridgeway Construction, chez les Phelps. Les questions étaient restées superficielles, surtout après que M. et Mme Phelps eurent précisé qu'ils n'avaient jamais vu Heather adresser la parole à Gage.

Mais deux ans plus tard, avec Edie Larson, les choses s'étaient passées tout autrement. Edie avait été sa petite amie. La mère de Gage l'avait traîné à un enregistrement local de *Notre ville*, où il avait remarqué Edie, qui avait tout juste seize ans. Il avait été ensorcelé, pas seulement à cause de sa beauté, mais aussi à cause de son talent, un talent qui lui avait valu des commentaires très élogieux dans tous les journaux à cent miles à la ronde. Il lui avait aussitôt demandé de sortir avec lui, et elle avait accepté.

Mais certaines personnes n'appréciaient pas qu'ils se fréquentent, car Edie avait trois ans de moins que lui. En ville, les gens avaient immédiatement conclu que c'était suspect de fréquenter une fille de cet âge — une mineure. Selon eux, il aurait dû fréquenter une fille du même âge que lui. Edie était une fille tranquille et réservée, c'est pourquoi ces mêmes personnes ne savaient pas à quel point elle était mûre pour son âge, conséquence d'avoir grandi dans un foyer où le simple fait de survivre — mentalement et physiquement — était un défi. Elles ne savaient pas comme elle était intelligente, drôle, optimiste. Edie n'avait jamais laissé sa misérable existence détruire sa confiance ni son rêve de devenir une star de cinéma. Pour la plupart des gens du coin, Edie était juste une jolie fille venant d'une famille difficile, qui avait un jour fait sensation dans une pièce de province, mais qui était définitivement trop jeune pour un garçon qui fêterait ses vingt ans dans deux mois.

Puis elle avait disparu, exactement comme Zoey Simms et Heather Phelps avant elle.

Les interrogatoires continuels de la police, le lien établi tout à coup entre Edie et les deux autres, Zoey et Heather, le soupçon grandissant et l'antipathie manifestée envers lui avaient failli lui faire quitter la ville. Il supposait que c'était à cause de tout ça que, lorsque son grand-père Henry était mort, il lui avait laissé autant d'argent, et aussi des parts de l'entreprise, ce dont le père de Gage lui en voulait toujours malgré les années passées. Henry Ridgeway ne croyait pas son fils Peter capable de diriger Ridgeway Construction. Mais il pensait que Gage, lui, l'était. Henry savait que s'il passait outre son fils Peter et laissait tout à Gage, les gens seraient choqués de voir que Peter, toujours si gentil, si aimable et malléable, avait été lésé, et reporteraient leur indignation sur Gage et l'entreprise. Henry avait donc laissé le plus gros de la compagnie à Peter. Il avait toutefois laissé à Gage une part assez importante pour être sûr que son petit-fils n'abandonne pas Ridgeway Construction, cette entreprise qu'il avait créée et qu'il aimait tant.

Ainsi, Gage n'était pas parti, et supportait chaque jour le ressentiment bouillonnant de son père, qui ne parvenait pas à le cacher. Et Gage avait acheté cet endroit où il pouvait être suffisamment proche de son travail pour faire la navette sans difficulté, tout en ayant une grande indépendance et l'intimité dont il avait tant besoin.

Gage ouvrit d'un coup la canette de bière, retourna dans le salon, et se laissa tomber dans le vieux fauteuil à dossier inclinable en vinyle marron. Par endroits, le vinyle était déchiré et le rembourrage débordait, mais Gage ne s'en souciait pas. Lorsque *Architectural Digest* était venu faire un reportage sur sa maison, il s'était fait la réflexion, ironique, que les morceaux de rembourrage qui jaillissaient du vinyle ajoutaient au charme du fauteuil. Tout comme le tapis défraîchi dont les bords se recourbaient, le divan affaissé, et le moulage bon marché en plastique d'un conquistador, acheté à un vide-grenier et accroché au-dessus de la cheminée.

Il prit la télécommande posée sur la table pliante en métal, à côté du fauteuil, et se décida pour un jeu en direct. Il détestait ce type d'émissions, mais il se força à la regarder, criant les réponses entre deux gorgées de bière. Mais son esprit était loin du jeu ou de la bière. Il était avec Chyna. Elle était plus belle que jamais. Et lorsqu'elle avait ouvert la fenêtre, elle avait semblé enchantée par sa version méconnaissable de *Satisfaction*. Elle s'était montrée amicale. Et lui, stupidement, s'était senti si heureux. Puis il avait vu le doute dans ses yeux. Le soupçon. Et même la peur. Lorsqu'elle avait refermé la fenêtre, Gage était tellement furieux que sa vue, un instant, s'était brouillée. Il s'était retenu à l'échelle, luttant pour retrouver le contrôle de lui-même, pour supporter la douleur soudaine, lancinante, dans sa tête. Finalement, sa vision était redevenue normale et il avait vu la voiture de Chyna quitter l'allée à toute allure. « Sauve-toi, petite Chyna, avait-il crié. Sauve-toi, avant que le grand méchant Gage Ridgeway t'attire dans le vide, juste comme il l'a fait avec ton amie Zoey et avec ces pauvres petites Heather et Edie ! »

Il but une nouvelle lampée de bière, vit qu'il avait déjà fini la canette, se leva pour en chercher une deuxième, puis décida d'en prendre une troisième et une quatrième car la deuxième durerait moins de cinq minutes. Lorsqu'il serait venu à bout de la quatrième, peut-être serait-il capable d'effacer l'image de Nancy Tierney de son esprit. Nancy, avec ses longs cheveux blonds et son corps voluptueux. Nancy que, malgré ses efforts vertueux, il avait emmenée avec lui en voiture une ou deux fois le soir, alors qu'elle disait à ses parents qu'elle allait travailler chez l'une de ses amies. Quelle malchance qu'un soir, en la déposant à un bloc de sa maison, ils aient été vus.

Il était très étonné qu'on ne soit pas venu lui poser de questions, que la personne qui les avait vus n'ait rien dit. Peut-être ne l'avait-elle pas reconnu. Mais un jour elle le ferait, même si Nancy, pendant cette dernière année, avait dû sortir avec une vingtaine d'hommes plus âgés qu'elle, comme lui. Elle n'aimait pas les garçons de son âge, lui avait-elle dit. Ils n'étaient que des garçons justement, et c'étaient les hommes qu'elle aimait. Malheureusement, juste avant de mourir, elle avait décidé que Gage serait celui du moment et, comme d'habitude, il avait été incapable de dire non à un joli visage et à un corps de rêve.

Il avait eu tort de faire l'imbécile avec Nancy. Sacrément tort. L'âge et son expérience avec Edie ne lui avaient donc rien appris ? Apparemment non. Et maintenant elle était morte.

Gage envisagea un moment d'aller dans sa remise, de prendre sa Harley et de sortir pour une longue promenade. Après tout, la puissante moto était en excellent état. Il ne s'en servait que tous les deux mois environ, puis la lavait, la recouvrait d'une bâche, et la laissait appuyée sur sa béquille sur le sol en ciment de la remise.

Pourtant il ne la conduisait jamais lorsqu'il avait bu, pas parce qu'il craignait pour sa propre sécurité, mais parce qu'il avait peur d'abîmer l'engin qu'il aimait presque autant qu'il avait jamais aimé quelqu'un. Peut-être même plus.

Non, cet après-midi, pas de promenade à moto, se dit Gage. Il but encore un peu de sa bière, sachant que quatre ne lui suffiraient pas aujourd'hui. Peut-être six, et un peu de bourbon. Ou bien, beaucoup de bourbon.

Et c'est ce qu'il allait faire.

3

Chyna était tellement habituée au rythme effréné de l'hôpital qu'elle ne savait pas trop quoi faire d'elle-même lorsqu'elle était de repos. Elle avait emmené Michelle se promener, prenant cette fois la direction des collines derrière la maison, au lieu de descendre vers le lac Manicora. Elle avait lessivé la cuisine, qui était déjà impeccable avant cette opération. Elle avait réorganisé l'étagère à épices car les bocaux n'étaient plus tout à fait dans l'ordre alphabétique. Finalement elle essaya de jouer du piano, comme sa mère aimait le faire. Michelle, loyalement, s'assit tout près d'elle mais lorsque Chyna, baissant les yeux, vit l'expression malheureuse de la chienne, elle dut admettre que son talent ne s'était pas amélioré avec le temps. « J'ai bien fait de devenir médecin, dit-elle à Michelle. J'aurais eu du mal à gagner notre vie à toutes les deux comme pianiste dans un restaurant. »

Lorsqu'elle se leva du tabouret de piano, Michelle fit un bond joyeux. « Contente que l'épreuve soit terminée ? demanda Chyna. Je te promets que je ne jouerai plus. Je vais mettre de la vraie musique. »

Elle chercha dans la boîte de CD et en choisit un des Carpenters. Chyna se souvenait comme son frère se moquait d'elle lorsque sa mère mettait l'un de leurs disques — c'était bien trop gentillet, « Amérique du dimanche » pour lui — mais leur père Edward l'appréciait et Vivian souvent chantait en même temps que Karen Carpenter. Sa voix était loin d'avoir la qualité de celle de la chanteuse, mais au moins, elle ne massacrait pas les chansons, comme le faisait Chyna lorsqu'elle braillait *Superstar*, ce qui provoquait les hurlements de leur ancien chien courant.

C'était trop tôt pour dîner, surtout après les gâteaux qu'elle avait mangés plus tôt. Elle décida de lire. Après avoir feuilleté un *National Geographic*, puis un *Vogue*, puis un *Newsweek*, passant d'un article à l'autre, lisant trois fois une page sans enregistrer un seul mot, elle abandonna. Elle fit ensuite une tentative avec la télévision, mais fut tout autant incapable de se concentrer.

Finalement, elle regarda par la fenêtre. À six heures moins le quart, le ciel avait déjà perdu ses tons de jaune, remplacés par un gris pâle qui bientôt deviendrait d'une déprimante teinte granit. « Eh bien, si moi je n'ai pas encore faim, je suis certaine que toi, si », dit-elle à Michelle, couchée à ses pieds.

Elle prépara un bol bien rempli de nourriture pour chien — plus que Michelle n'aurait dû manger car il fallait qu'elle perde quelques kilos — mais Chyna se dit que Michie ne devait pas être mise au régime pendant les vacances. Et ce serait, malheureusement, leurs seules vacances de l'année. Alors qu'elle posait le bol sur le sol de la cuisine, les yeux de Chyna se remplirent de larmes à la pensée de sa mère. « Oh, maman, pourquoi a-t-il fallu que ça se passe ainsi ? demanda-t-elle à voix haute, essuyant son visage de la main. Tu étais si jeune, si pleine de vie, tellement ma *maman*, même à plus de mille kilomètres de distance. »

Michelle ne toucha pas à sa nourriture mais s'assit, avec un regard que Chyna interpréta comme de l'inquiétude pour sa maîtresse. « Tout va bien, dit-elle à la chienne, lui adressant un sourire plein de larmes, et lui donnant un de ces biscuits au jus de bœuf qu'elle aimait tant. Tu sais comment sont les humains : un grand tourbillon d'émotions. »

Chyna se mit à aller et venir dans la cuisine, regrettant qu'un biscuit ne puisse suffire à lui remonter le moral. Je finirai bien par toucher terre, se dit-elle. Sa mère était morte. Plus jamais elle ne jouerait du piano, ne rirait, ne rouspéterait après Ned qui passait des heures au téléphone, n'appellerait Chyna « sa superbe petite fille ». Vivian était partie pour toujours, ou du moins pour tout le restant de la vie de Chyna, ce qui, pour elle, signifiait toujours.

« Ta chambre. »

Chyna fit un bond en direction de la voix de Zoey.

Mais bien sûr, Zoey n'était pas dans la cuisine. Personne ne savait où était Zoey, ou plutôt, où se trouvait la dépouille mortelle de Zoey. Chyna détestait la pensée de sa mère à la morgue, entre les mains, peut-être, d'Owen Burtram avec ses yeux baladeurs et ses manières doucereuses, mais même cela valait mieux que de penser aux horreurs que le corps introuvable de Zoey avait probablement subies.

« Chyna… ta chambre. »

Chyna se retourna à nouveau, et regarda de l'autre côté de la salle à manger. Rien, sinon la desserte, les placards bien cirés, une fougère suspendue, et la porte de la cuisine donnant sur l'extérieur, toujours bien verrouillée. Dans cette pièce, aucune voix ne lui parlait. Et pourtant Michelle s'était arrêtée de manger et, oreilles dressées, parcourait la cuisine du regard exactement comme Chyna.

« Zoey ? » demanda Chyna presque en chuchotant, tout à la fois effrayée et incrédule. Puis, plus fort : « Zoey ?

— N'aie pas peur », fit la voix de Zoey.

Le cœur de Chyna s'emballa. « N'aie pas peur ? Zoey, je sais que tu es morte. Tu ne peux pas être là, comme tu ne peux être près du lac, ta mère ne peut pas être au téléphone, Nancy Tierney ne peut pas me parler à la morgue. »

Un petit rire nerveux. « Va dans ta chambre, s'il te plaît. »

Chyna couvrit ses yeux de la main, comme un enfant aux moments trop effrayants d'un film. Personne n'est ici, personne n'est en train de me parler. Mon Dieu, qu'est-ce qui ne va pas chez moi ?

Michelle s'était éloignée de son bol de nourriture.

Elle se tenait tout près de Chyna, les poils de son épine dorsale hérissés, les pattes raidies.

La chienne est simplement en train de réagir à *mon* attitude, voulut se convaincre Chyna. Elle sentit un début de vertige. Elle aurait désespérément voulu quitter la pièce mais elle était bien trop effrayée pour bouger. « Je ne vais pas te faire de mal. » Le cœur de Chyna sembla ralentir jusqu'à retrouver un rythme presque normal, tandis qu'elle se souvenait du sens de la camaraderie et de l'amour que Zoey et elle avaient partagés.

« Chyna, ta chambre. Regarde bien, essaie de *ressentir.* »

Chyna décida de cesser de combattre ce qu'elle pensait entendre. La situation était ridicule, impossible, risible peut-être. Mais elle était trop fatiguée, trop bouleversée, trop effrayée pour argumenter avec la voix désincarnée d'une vieille, d'une si chère amie. De plus, il n'y avait personne ici pour voir à quel point elle se conduisait de manière absurde.

Les mains glacées, le souffle trop rapide, Chyna sortit de la cuisine, traversa le salon, et se dirigea vers l'escalier qui menait à sa chambre. La nuit était tombée — une nuit fraîche, sans lune, qui enveloppait la maison d'une obscurité soyeuse — mais Chyna ne prit pas la peine d'allumer. Elle connaissait la maison par cœur. Elle pouvait la parcourir les yeux fermés sans se cogner nulle part.

À présent la maison semblait la conduire directement vers l'escalier. Elle commença à monter les marches avec une sorte d'aisance immatérielle. Elle n'entendait rien d'autre que le halètement de

Michelle, ses longues pattes trottinant derrière Chyna à travers la maison.

Chyna s'arrêta un instant devant la porte de sa chambre, s'attendant à voir la jeune fille en blanc à l'intérieur. Mais il n'y avait que l'obscurité. Elle finit par allumer le plafonnier. Après tout, Zoey lui avait dit de *bien* regarder. Elle ne pouvait le faire dans le noir. Elle resta devant l'entrée un long moment, scrutant la pièce. Tout semblait normal — la moquette de la même couleur que ses yeux, bleu-gris, un voilage extrafin derrière des rideaux retenus par une embrasse, des meubles en cerisier reluisant, une boîte à bijoux, une lampe Tiffany, une petite ballerine en céramique.

Une photographie de format 18 × 25 dans un cadre d'argent. Une photographie qui ne se trouvait pas sur sa commode ce matin.

Chyna garda parfaitement son calme. Michelle se frotta contre sa jambe. Chyna baissa les yeux, vit ses poils hérissés. Elle se demanda une fois de plus si c'était elle qui provoquait la frayeur de la chienne, puis elle sut avec une totale certitude que ce n'était pas le cas. La maison elle-même semblait exhaler un souffle puissant d'anticipation, vibrer d'anxiété, et la pousser à traverser la pièce pour regarder l'image dont Chyna était sûre qu'elle avait été posée là pour elle.

Même avant de voir clairement la photo, Chyna avait reconnu le cadre. Elle ne l'avait pas vue depuis des années, mais elle se souvenait de chaque détail. À présent elle était posée là, l'image nette, le cadre sans poussière, sur la commode de Chyna, et ce n'était pas elle qui l'y avait mise.

Chyna avait toujours aimé sa chambre, qui était féminine sans être apprêtée et qui, la journée, semblait capter chaque parcelle de lumière disponible, la rendant si accueillante. Mais ce soir la chambre ne semblait pas accueillante. Elle semblait avoir absorbé le silence, s'être repliée sur elle-même et remplie d'ombres.

La chambre semblait l'attendre.

Avançant malgré elle, Chyna s'approcha de la photo, puis la prit et la regarda attentivement à la lueur de la lumière artificielle, bien qu'elle n'eût pas besoin de la regarder pour la reconnaître. Après la disparition de Zoey, elle était restée un certain temps sur cette commode, à cette place exactement. Chyna ne pouvait la regarder, même un instant, sans se mettre à pleurer. Sans rien dire, Vivian l'avait un jour retirée. Elle n'avait jamais dit à Chyna où elle l'avait mise — simplement qu'elle était à l'abri, et qu'un jour elle la lui redonnerait, lorsque Chyna pourrait la regarder avec joie, et non plus avec tristesse.

La photo avait été prise lors du barbecue du 4 Juillet que les Greer donnaient chaque année. Aucune invitation n'était envoyée. La rumeur s'était simplement répandue au fil des années : tous ceux qui voulaient s'amuser, bien manger, et assister à un feu d'artifice la nuit étaient les bienvenus. En vingt-cinq ans, il n'avait été nécessaire de renvoyer quelqu'un pour mauvaise conduite qu'à deux occasions. Le père d'Edie Larson, Ron, qui avait déjà trop bu en arrivant, avait bu encore pendant le barbecue, et s'était mis à peloter les seins et les fesses des femmes tout en vantant la dimension d'une partie de son anatomie. Chyna se souvenait comme Zoey et elle, adolescentes, s'étaient amusées de voir l'oncle Rex maintenir Larson, tandis que quelqu'un appelait un taxi. En l'espace de dix minutes, Rex et deux invités avaient fourré un Ron braillant à l'arrière du véhicule. Chyna se souvint qu'elle avait été heureuse que Ron soit venu sans sa femme et sa fille Edie, qu'elle connaissait de vue, pour les avoir aperçues au marché de fruits et légumes, où les Larson tenaient un stand.

La photo en couleurs avait été prise ce soir-là, juste après le coucher du soleil. Chyna et Zoey, debout, chacune un bras autour de la taille de l'autre, souriaient, heureuses, les étoiles d'or échappées du feu d'artifice illuminant le ciel d'un gris perlé derrière elles. Toutes deux portaient leur pendentif en forme de trèfle à quatre feuilles, un jean coupé et un tee-shirt en coton, celui de Zoey plus serré que celui de Chyna pour montrer ses courbes tout juste épanouies.

Bras et jambes bronzés, leur visage était plus clair car Vivian leur avait expliqué comment éviter les rides en se protégeant avec de l'écran total. Les cheveux de Chyna étaient longs et détachés, mais l'humidité avait frisé les mèches blondes de Zoey, ce qu'elle détestait. En regardant de plus près, Chyna put voir qu'elles avaient toutes les deux du rouge à lèvres rose, et elle s'était appliqué une légère touche de bleu à paupières, ce que Vivian interdisait. Zoey, avec son visage rond, ses taches de rousseur, ses grands yeux bruns aux cils naturellement recourbés, semblait un an ou deux plus jeune que Chyna et… et quoi ? Chyna fronça les sourcils, essayant de découvrir ce qui différenciait les deux jeunes filles si proches en âge. C'est leur expression, décida-t-elle finalement. Chyna semblait déjà légèrement sophistiquée, et posséder de l'expérience, une certaine sagesse. Zoey paraissait beaucoup plus crédule. Innocente. Abordable.

Vulnérable.

Oh mon Dieu, pensa Chyna. Zoey semble si ouverte, si confiante. Brusquement les mains de Chyna se mirent à trembler de peur car même si personne d'autre n'apparaissait sur la photo, Chyna put sentir un regard, qui avait été braqué sur elles ce soir-là, le soir précédant la disparition de Zoey. Non pas le regard d'un adulte amusé. Non pas le regard d'un adolescent admiratif mais inoffensif. Le regard d'un prédateur. D'une personne, hors cadre, qui les avait examinées attentivement, avait analysé leur personnalité en se basant sur leur expression et, froidement, avait jugé leur capacité à se laisser émouvoir.

Avec horreur, Chyna comprit qu'à l'instant même où la photo avait été prise, Zoey avait été choisie comme l'irréfléchie et confiante victime.

CHAPITRE VI

1

« Plongée dans les souvenirs ? » Chyna se retourna brusquement, et faillit laisser tomber la photo encadrée. Elle poussa un soupir de soulagement en voyant son oncle, Rex Greer, debout dans l'embrasure de la porte de la chambre, souriant.

« Oh, oncle Rex ! » cria-t-elle, se précipitant vers lui. C'était un homme de haute taille — plus d'un mètre quatre-vingt-dix — solidement bâti. Chyna sentit ses biceps musclés sous sa veste lorsqu'il l'étreignit.

En dix ans, il n'avait dû prendre que quelques centimètres autour de la taille, Chyna l'aurait juré. Son frère aîné, Edward, avait toujours fait son âge — bel homme, oui, mais un peu guindé, les premiers cheveux blancs très tôt, et le sourire rare. Rex n'avait que cinq ans de moins qu'Edward — ce qui lui faisait cinquante-trois ans aujourd'hui —, mais on lui en aurait facilement donné dix de moins, avec ses cheveux d'un brun foncé qui ne grisonnaient qu'aux tempes, et ses yeux bleus pétillants, comme ceux de

Ned, cernés de rides de rire. Sans oublier un sourire auquel la plupart des femmes ne savaient pas résister. En fait, elles n'essayaient même pas.

« Tu es venu avec ta femme ? demanda Chyna. Attends, laisse-moi compter, s'agit-il de la numéro sept, ou bien est-ce la numéro huit ?

— Quelle irrévérence ! » Il lui fit un petit sourire proche de la grimace : « Elle serait devenue la numéro *quatre* si elle ne s'était pas fait la malle il y a un mois ou deux. » Rex la souleva dans ses bras et la regarda au fond des yeux : « Mon petit, je suis tellement désolé pour ta mère. Tout le monde l'aimait, mais toi... » Il s'interrompit, serra les lèvres. « Tu représentais tout pour elle. Je veux que tu te souviennes toujours de cela, Chyna. Tu étais son enfant de rêve. Elle t'adorait. »

Les yeux de Chyna se remplirent de larmes et Rex l'étreignit de nouveau. « Je suis tellement heureuse que tu sois là, oncle Rex. Ned est anéanti mais tu sais comme il est avec la mort et les enterrements...

— Ce qui fait qu'il ne t'aura pas aidée pour les dispositions à prendre, je parie, dit Rex avec agacement. Et ne me dis pas que ça t'est égal de t'en occuper toute seule. Je suis sûr que ce n'est pas vrai, tu auras beau me dire le contraire. J'aurais aimé être là plus tôt, mais j'étais au lit avec la grippe lorsque j'ai appris la nouvelle pour Vivian.

— Je t'avais bien dit de ne pas aller t'installer dans le Maine.

— J'en partirai bientôt, maintenant que je suis de nouveau célibataire. Les plages de sable et les vagues déferlantes me manquent.

— Et les filles en bikini. »

Il rit. « À mon âge, je me contente de regarder, mais ce ne serait déjà pas si mal. Après deux hivers dans le Maine, j'ai vu assez de bottes et de vestes molletonnées pour le restant de ma vie. » Il regarda en direction de la photo qu'elle tenait toujours à la main. « Je me souviens du jour où elle a été prise. Ce jour-là je me disais que c'était le meilleur barbecue du 4 Juillet qu'on avait jamais eu ici. Ton papa était dans tous ses états à cause du poivrot qui pelotait les femmes.

— Ron Larson.

— Je ne me souviens pas du nom — seulement de sa conduite ridicule. Je me serais sûrement battu en bonne et due forme avec lui si ton père n'était pas entré dans la pièce et ne m'avait pas arrêté.

— Papa a toujours su mettre un terme aux situations difficiles. »

Rex regarda de nouveau la photo. « Toi et cette chère petite Zoey. Mon Dieu, que vous avez l'air jeunes. Je ne veux pas dire que tu n'as plus l'air jeune — si je ne connaissais pas ton âge, jamais je ne te donnerais vingt-huit ans —, mais à l'époque tu avais encore cet air d'innocence dans le regard. »

Chyna se crispa. Elle venait juste de penser à quel point Zoey avait l'air plus innocent qu'elle et, ce soir-là, quand la photo avait été prise — son air avait semblé tellement plus innocent et malléable que le ravisseur l'avait choisie, plutôt que Chyna. « Rex, est-ce que tu trouves que Zoey avait l'air plus jeune que moi ?

— Plus jeune ? » Il regarda attentivement la photo. « Eh bien, plus jeune, pas exactement, mais… différente, en quelque sorte. Peut-être un peu plus… » Chyna retint son souffle, attendant la suite…

« Ouverte, enfantine. Crédule. Elle ne m'a jamais frappé comme étant une fille perspicace comme toi tu l'étais, Chyna, même avant que tu commences à avoir tes visions.

— Je n'ai pas eu de vision depuis l'âge de treize ans environ, mentit Chyna sans aucun scrupule. Ce n'est pas que je racontais des histoires, mais je pense que j'ai dû avoir une légère lésion cérébrale, qu'ils n'ont pas décelée au moment de l'accident de bateau, et qu'elle a provoqué ce trouble. Quoi qu'il en soit elle s'est guérie toute seule. » Elle répétait le même mensonge que celui qu'elle racontait à tous ceux qui l'avaient connue à l'époque où elle avait innocemment révélé qu'elle avait des visions. « Je ne suis plus qu'une femme banale aujourd'hui.

— Rien chez toi n'est banal.

— Je ne suis pas d'accord. Mais enfin... Je regardais cette photo et je pensais à Zoey. Elle a été enlevée la nuit suivante et on a tous supposé que c'était par le garçon qu'elle devait rencontrer près du lac. Mais, juste à l'instant, en pensant au nombre de personnes qui se trouvaient au barbecue, qui ont vu comme elle était mignonne, et douce, et aussi... crédule comme tu l'as dit... Peut-être n'a-t-elle pas été enlevée par le garçon du lac. Ce soir-là je l'ai vue rencontrer quelqu'un et ensuite je me suis endormie. Je n'ai pas vu ce qui s'est passé, mais le garçon et elle se sont peut-être séparés. Elle a peut-être pris le chemin du retour, en passant par la colline, et quelqu'un — qu'elle avait vu à la fête ou bien qui était fou de rage parce qu'elle avait rencontré ce garçon — l'attendait. Cette personne l'a peut-être entraînée et... et... »

Rex tendit la main et mit ses doigts sur les lèvres de Chyna. « Pauvre Chyna, toujours hantée par cette nuit-là. J'avais espéré qu'avec le temps la douleur aurait commencé à s'atténuer.

— Rex, il y a eu d'autres filles ! Ce n'était pas un accident isolé. De plus, la douleur d'avoir perdu Zoey ne s'atténuera jamais. Peut-être, si je savais ce qui s'est passé, cela irait un peu mieux, mais ne pas savoir est insupportable !

— Je sais, mon petit. Tu as toujours ressenti les choses si profondément, mais ne m'en veux pas. Je ne voulais pas avoir l'air condescendant en disant que le temps atténuerait la douleur. C'était un souhait plus qu'une croyance, je suppose. » Il soupira et Chyna se rendit compte qu'il était plus pâle que d'habitude, et que ses yeux étaient légèrement injectés de sang. Il venait d'avoir la grippe. Il était certainement épuisé par le voyage. « Je suis sûre qu'un verre et un peu de repos devant le feu ne te feront pas de mal, fit-elle. Le salon est tellement plus chaleureux que cette pièce et les bûches dans la cheminée sont prêtes. Je vais te préparer un Martini-vodka — il ne sera pas aussi bon que ceux de maman, mais je vais faire de mon mieux. Installe-toi tranquillement, et on n'abordera plus le sujet de Zoey. »

Il lui sourit et elle se dit qu'il ressemblait tellement à son frère — le père de Chyna — tout en étant si différent. La forme des yeux était la même ; l'esprit qui les animait était totalement dissemblable. « Tu es la femme rêvée, Chyna. Si tu n'étais pas ma nièce, je te demanderais de m'épouser, dit Rex avec chaleur.

— Pour que je puisse être numéro cinq ? Merci bien, répliqua Chyna d'un ton faussement acerbe.

Oh, j'y pense… Lorsque tu entreras dans le salon tu verras que je ne suis pas venue seule. »

Rex leva un sourcil. « Un jeune homme ?

— Non, une jeune femme. Blonde. Très belle. Intelligente. »

Rex sourit. « Elle semble merveilleuse.

— Et elle aime jouer au Frisbee et aussi à "rapporte-le-bâton". »

L'ombre d'un doute apparut sur le visage de Rex. « Elle s'appelle Michelle. Je suis sûre qu'entre vous deux le courant passera à merveille. »

Dix minutes plus tard, Chyna apportait deux Martini-vodka dans le salon, où elle trouva Rex assis sur le canapé à côté de Michelle, lui parlant en français. « Est-ce qu'elle te répond ? demanda Chyna.

— Avec passion. Je crois que nous sommes fiancés. »

Chyna lui tendit le Martini. « Elle est adorable.

— Je sais. Et maman tomberait à la renverse si elle la voyait installée sur le canapé comme ça.

— Vivian n'avait qu'une seule manie de vieille fille : pas d'animal sur le mobilier.

— Oh, parce que cette "manie" est réservée aux vieilles filles, monsieur le sexiste ?

— J'ai dû faire une gaffe. J'essaie de faire en sorte que ma légère tendance sexiste reste un sombre et profond secret. » Rex sirota sa boisson. « Presque aussi bon que celui de ta mère, Chyna.

— Merci. Je sais qu'elle était imbattable pour les cocktails, ce qui est drôle puisqu'elle venait d'une famille qui ne buvait jamais d'alcool.

— Une famille avec laquelle elle ne s'entendait pas et dont elle avait décidé d'être aussi différente que possible. »

Chyna acquiesça. « J'avais oublié que tu l'avais rencontrée avant papa. Elle avait vingt ans, non ?

— Dix-neuf. Nous nous sommes rencontrés à l'une de ces confréries du vendredi soir où il faut boire le plus de bières possible. » Rex sourit. « Toutes les filles étaient jalouses d'elle. Non seulement elle était splendide, mais elle pouvait boire plus que tous les autres, tout le monde roulait sous la table et elle, elle se comportait encore comme si elle était complètement sobre, et avec une classe d'enfer.

— Alors tu lui as demandé de sortir avec toi.

— Bien sûr. » Rex but encore une gorgée. « On s'est beaucoup amusés pendant un temps, et puis je lui ai présenté mon frère aîné. Je n'aurais jamais imaginé qu'il tomberait amoureux d'elle. Franchement, j'avais beau admirer Edward, à l'époque je pensais qu'il était l'un des types les plus guindés qui soient — intelligent et fort et honorable, etc. — mais guindé.

— Et maman n'était pas de cet avis.

— Eh bien, je suppose que cette bague qu'elle a laissé Edward lui passer au doigt six mois plus tard prouve qu'elle ne l'était pas. Parfois je me demande si les choses auraient duré si c'était moi qu'elle avait épousé. Il me faut environ une minute pour trouver la réponse.

Non. Nous nous ressemblions trop. On avait tous les deux besoin d'une influence stabilisante. Elle, elle l'a trouvée avec Edward. Malgré tout l'amour que j'ai pour toi et pour Ned, et tout le plaisir que j'ai à venir ici, je ne crois pas que j'aurais été capable de m'adapter un jour à cette vie. J'aurais été un père nul. *J'ai été* un mari nul. Quatre fois.

— Peut-être parce que tout ceci — la maison, les

enfants, être directeur de banque comme l'était papa, faire partie d'au moins cinq associations —, tout ce qu'implique la vie dans une petite ville — tout ça n'était pas fait pour toi, Rex, dit Chyna. Et ça ne l'est toujours pas. Ça ne fait pas de toi quelqu'un d'horrible. Tu es simplement différent de ton frère. Et le monde ne serait-il pas ennuyeux sans la diversité ?

— Je suppose, oui, mais j'ai quand même fait beaucoup d'erreurs dans ma vie.

— Oh, fit Chyna d'un ton déçu. Je ne le savais pas. Comme c'est bizarre. Je suis sûre que les autres n'en font jamais. »

Rex se mit à rire. « Et qui dit que les génies n'ont pas le sens de l'humour ?

— Je ne suis pas un génie et, si quelqu'un me dit ça une seule fois encore, je lui donne un bon coup de poêle à frire sur la tête.

— C'est parce que tu réagis comme ça lorsqu'on te traite de génie que les gens continuent à le faire. Ils te font marcher — bien que tu sois réellement un génie.

— Je suis sûre que si tu poses la question à Owen Burtram, des pompes funèbres, il ne sera pas de cet avis. Je ne l'ai pas vraiment impressionné cet après-midi.

— Je suis allé à l'école avec Owen. Il a toujours été un répugnant personnage. Et fier comme un coq. Est-ce qu'il a été vache avec toi ?

— Non. Il s'est simplement comporté comme si j'étais grippe-sou parce que je demandais que maman soit incinérée. »

Les yeux de Rex s'agrandirent. « Vivian va être incinérée ?

— Moi aussi j'ai été surprise, mais c'est ce qu'elle

voulait. Ned et Beverly m'ont donné une lettre qu'elle a laissée, où elle demande à être incinérée, qu'il n'y ait pas de cérémonie, et que j'emporte l'urne avec moi au Nouveau-Mexique. » Rex la regardait fixement. « Je n'invente rien. Cela me semble aussi fou qu'à toi, mais je peux te montrer la lettre. »

Rex secoua la tête. « Je sais bien que tu n'inventes rien, Chyna. Je n'ai pas besoin de voir la lettre, et je ne le veux pas. Je suis seulement surpris que Vivian ne veuille pas même de cérémonie. Qu'elle ne veuille pas être enterrée près d'Edward me surprend un peu moins. » Rex soupira. « Et ce qui ne me surprend pas du tout, c'est qu'elle ait laissé ses instructions explicites à *toi*. Je ne veux pas dire que Vivian n'aimait pas Ned, mais c'était à toi qu'elle faisait confiance, plus qu'à quiconque. Elle a pu avoir peur que Ned ne fasse pas ce qu'elle demandait. Je ne sais pas ce qui ne va pas chez lui, mais il a fallu le forcer à assister à l'enterrement de votre père. Alors, *lui* laisser le soin de l'incinération… » Rex leva les bras. « Elle a dû penser qu'il n'aurait pas la force de prendre des dispositions pour quelque chose qui lui semblerait si radical. Pour lui, être enterré est déjà suffisamment terrible. Alors, être réduit en cendres… »

Chyna crispa le visage, puis acquiesça. « Je suppose que tu as raison.

— Mon petit, j'ai toujours raison.

— Sauf quand arrive le moment de te choisir une épouse », dit-elle doucement.

Au bout de la table, du côté de Rex, le téléphone se mit à sonner. En souriant, Chyna lui fit signe de répondre, tandis qu'elle se levait pour lui préparer un autre Martini. Lorsqu'elle fut de retour, il lui tendit le récepteur : « C'est ta sympathique belle-sœur Beverly. » Il ajouta dans le combiné : « Je te passe Chyna, Bev, mais je peux t'assurer que ma conversation est généralement bien plus distrayante que la sienne. »

Chyna put entendre le petit rire de Bev lorsqu'elle prit l'appareil. Beverly adorait le style cosmopolite et l'humour de Rex. « Si un jour ma femme s'enfuit avec un autre homme, je saurai immédiatement avec qui, disait Ned en plaisantant. Si seulement j'avais un peu du *savoir-faire** de Rex moi aussi. »

« Salut, Chyna, fit Beverly presque joyeusement. Je suis heureuse que Rex ait fini par arriver.

— Moi aussi. Nous avons eu une très intéressante discussion.

— Et quelques Martini.

— Un seul. Je n'ai pris qu'un seul Martini.

— Oh, Chyna, ne te défends pas comme ça. Je te faisais juste marcher.

— Et moi aussi.

— Bon. Je suis heureuse qu'on ne se dispute pas, car j'ai une faveur à te demander. »

Oh non, pensa Chyna. Elle était fatiguée. Ébranlée par ce qui s'était passé à la morgue. Elle voulait passer un peu de temps encore avec Rex, qui avait toujours eu le don de lui faire oublier ses soucis. « Quelle faveur, dis-moi.

— Eh bien, j'ai été chargée d'un troupeau d'enfants, en plus de Ian et Kate, pour la tournée de Trick-or-Treat. Ned devait rester à la maison pour distribuer les bonbons, mais il vient d'appeler, il a un client qui arrive vers sept heures — l'heure de Trick-or-Treat, évidemment — et qui veut voir une

Lincoln neuve pour lui, et une Mercury d'occasion pour son fils. L'employé qui d'habitude reste jusqu'à huit heures est malade, alors Ned a dû y retourner. Il ne peut pas laisser passer l'occasion de vendre *deux* voitures.

— Non, bien sûr. Alors, que veux-tu que je fasse ? Que je vende les voitures à sa place ? »

Beverly eut de nouveau un petit rire. « Mais non, tu es bête, même si avec les hommes tu ferais une bien meilleure vendeuse que lui. Oh, ne lui dis pas que je t'ai dit ça, mais tu pourrais prendre des poses sexy sur les capots des voitures pour attirer l'attention des clients mâles.

— Oui, je suis bien connue pour poser sur les capots de voiture.

— C'est ce que j'ai entendu dire », Bev rit, tandis que Rex fronçait les sourcils. « Ce que je pensais, c'était te proposer le choix entre deux choses, continua Beverly. Tu sors avec les enfants…

— Le troupeau d'enfants en costumes ?

— Oui. Oh, Chyna, ils sont adorables. Ou bien tu peux rester à la maison ici, et distribuer les bonbons. Je sais que, chez toi, pratiquement personne ne vient, mais ici nous avons des tonnes d'enfants tous armés de papier toilette pour décorer les arbres du jardin si on ne leur donne pas de bonbons.

— Les enfants sont vraiment de charmantes créatures, fit Chyna plutôt sèchement.

— Je déteste te demander, mais…

— Tu emmènes le troupeau dans le quartier et moi je reste chez toi pour distribuer les bonbons.

— Oh, Chyna, merci mille fois. Il y a plein de bonbons à la maison. Tu verras, ce sera super.

— C'est ce qu'ils ont dit aux personnes qui avaient réservé une cabine à bord du *Titanic*.

— Ne dis pas de bêtises. Les enfants sont très gentils, le temps est censé être très doux, et Trick-or-Treat ne dure que deux heures. Je suis sûre que Ned sera rentré pour te libérer avant même que ce soit fini.

— Bien sûr, Beverly. J'imagine que l'homme qui veut acheter deux voitures n'existe même pas. Ned veut juste avoir une soirée tranquille et il sait qu'il peut compter sur une bonne poire incapable de refuser de t'aider.

— Oh, Chyna, ne ronchonne pas comme ça. » Bev soupira. « Je suis tellement soulagée. Tu travailles avec des enfants tout le temps. Je suis sûre que tu sais très bien t'y prendre avec eux. J'ai différentes sortes de bonbons. N'oublie pas d'apporter un blazer ou une veste, si jamais il faisait un peu plus froid que le journaliste météo l'a prédit. »

Trois heures plus tard, Chyna le maudissait, ce journaliste météo. Chaque fois qu'elle se retrouvait obligée d'ouvrir la porte aux enfants, elle grelottait, avec sa simple veste en velours côtelé. La température finit par atteindre sept degrés de moins que celle annoncée. Tandis que, l'un après l'autre, les groupes de squelettes, fantômes, vampires, loups-garous, se présentaient à la porte avec leur panier pour les bonbons, Chyna composa mentalement une lettre acerbe à monsieur météo, lettre qu'elle avait l'intention d'écrire dès son retour chez elle et de poster le lendemain matin.

Elle remarqua alors un enfant déguisé en Petit Chaperon rouge qui la fixait avec un mélange de fascination et de frayeur. Elle se rendit compte qu'elle avait commencé à parler toute seule, ou plutôt à monsieur météo, lui expliquant à quel point elle lui en voulait de sa si mauvaise prédiction. La moitié de ces enfants seraient malades demain parce qu'ils n'auraient pas été convenablement couverts. La petite fille en cape rouge la regardait de ses grands yeux bleus et finit par lui demander : « Est-ce que vous parlez à quelqu'un d'invisible ? »

Chyna se força à sourire et dit d'un ton joyeux : « Tu m'as prise sur le fait ! Est-ce que je t'ai fait peur ?

— Heu... oui, fit la petite fille, mais il y a des gosses qui vivent un peu plus bas qui disent que ça fait longtemps que vous parlez à des gens invisibles. Je voulais m'en rendre compte moi-même. » Oh, merveilleux, se dit Chyna, plutôt amèrement. Je suis le sujet de conversations dans le quartier. Beverly sera ravie. Chyna donna à la petite fille un rouleau de bonbons à la menthe et un Tootsie Roll de plus, fit un autre grand sourire qu'elle espérait normal, et maudit de nouveau monsieur météo.

Elle avait laissé Rex à la maison pour s'occuper d'éventuels quémandeurs de bonbons. « Mais on n'a qu'un demi-sachet de caramels durs et ils ont l'air d'avoir au moins un an, s'était-il plaint.

— Oncle Rex, nous n'avons jamais plus de dix gamins chaque année pour Trick-or-Treat. Ils n'aiment pas grimper la colline. Et si quelques âmes intrépides le font, prépare-leur un de tes Martini. Je te garantis qu'ils repartiront satisfaits. »

Lorsque Beverly fut de retour avec les enfants, à huit heures et demie, Chyna en aurait pleuré de soulagement. Kate boudait parce que sa mère lui avait fait mettre une veste en jean par-dessus sa robe de princesse, et Ian était en larmes parce que des « grands » s'étaient moqués de lui à cause de son costume de Donald Duck.

Pour couronner le tout, sur le chemin du retour, Kate s'était fourré dans la bouche un bonbon non enveloppé, juste pour ennuyer sa mère. Tandis que Chyna fouillait dans son sac à la recherche de ses clés de voiture, Kate devint brusquement toute blanche, et se retrouva couverte d'une sueur glacée. Elle vomit dans le vestibule avant même d'arriver dans la salle de bain. Paniquées, Chyna et Beverly embarquèrent les deux enfants dans la voiture de location de Chyna et se précipitèrent aux urgences de l'hôpital de la ville.

Ils auraient probablement été relégués dans la salle d'attente si Kate ne s'était pas remise à vomir, avec Beverly qui criait « Je crois qu'elle a été empoisonnée » et semblait prête à s'évanouir. Les deux personnes avant eux s'empressèrent de céder leur place pour permettre à Kate d'être prise en priorité. « Reste là avec Ian », dit Beverly à Chyna, qui, terrifiée, regarda le petit garçon en costume de Donald Duck et se sentit complètement impuissante. Elle ne perdait pratiquement jamais le contrôle d'elle-même lorsqu'elle était de service à l'hôpital d'Albuquerque, mais ce n'était pas sa propre famille qui était concernée. « Je vais appeler Ned », dit-elle à Beverly, qui s'engouffrait le long d'un couloir avec une infirmière et la pauvre Kate qui avait toujours des haut-le-cœur.

« J'ai vu son portable sur la commode de la chambre, en train de se recharger, et je n'arrive pas à me rappeler le numéro de son bureau. » Beverly se mit à pleurer. « Oh, impossible de me souvenir. »

En voyant sa mère paniquée, Ian commença à hurler. « Ça ne fait rien. » Chyna fit un signe à sa belle-sœur, lui intimant de suivre l'infirmière qui entraînait Kate. Puis elle se pencha vers son neveu : « Ian, tu sais que je suis un médecin et je te promets que tout va bien se passer, fit-elle d'une voix qu'elle espérait convaincante.

— Kate va mourir, crut bon d'asséner Ian. Elle a mangé un bonbon au poison.

— On ne sait pas si le bonbon était empoisonné. C'est peut-être simplement que Kate y est allergique.

— Ça veut dire quoi, lergic ?

— Allergique veut dire : qui ne lui convient pas. Qui la rend malade.

— Mais ça pourrait la tuer et alors avec qui je vais jouer ? Les garçons ne veulent pas de moi passe que je suis un canard. » Ian sanglota de plus belle, puis fut pris d'un accès de hoquet.

Chyna ne savait pas si elle devait être ennuyée ou amusée de voir que le plus grand souci de Ian était la crainte de perdre une camarade de jeu. Elle choisit d'être amusée, il n'avait que trois ans, après tout. On pouvait lui pardonner d'être égoïste à cet âge-là.

Elle était sur le point de suggérer de prendre quelque chose au distributeur de bonbons, puis se dit que c'était la pire des idées possibles après ce qui venait d'arriver à Kate. Au lieu de cela, elle prit Ian dans ses bras et dit : « Viens, on va regarder par la fenêtre, toutes les jolies lumières dans la rue », les jolies lumières venant d'une maison où la famille laissait les décorations de Noël toute l'année. Ian renifla et fut d'accord. Bientôt, il regardait, fasciné, un traîneau géant tiré par un cerf étonnamment bien imité qui servait de monture au Père Noël. Devant les fenêtres de la façade, trois arbres artificiels étaient chargés de décorations scintillantes et de guirlandes à lumignons, et chaque corniche de la maison semblait étinceler de douzaines de petits glaçons blancs.

Ian sourit et tendit le doigt. « Joli ! »

Chyna regardait fixement elle aussi, et bientôt les lumières commencèrent à se confondre, se transformant en tourbillons de couleurs brillantes. « À jamais, murmura-t-elle. À jamais, jamais, *jamais*. »

Ian l'ignora, son attention captivée par l'énorme nez rouge de Rudolph. Mais Chyna ne vit pas ce nez à la couleur voyante. Chyna vit un massif d'arbustes, haut et sombre. Elle tendit la main et toucha une feuille, épaisse et verte. Puis elle vit du blanc. Un éclair de blanc. « Un fantôme ? murmura-t-elle.

— Quoi ? demanda Ian avec un mélange d'excitation et de peur. Un fantôme ? Où ça ? »

Brusquement, Chyna eut le souffle coupé. Une douleur dans la tête la traversa, comme si elle avait été frappée. Elle étendit les deux bras et laissa tomber Ian, droit sur son derrière bien rembourré. Elle se sentit secouée violemment, quelque chose lui écorcha la peau sur les bras, la brûlant vivement, quelque chose se resserra autour de son cou. Elle sentit alors une odeur douceâtre. Ne respire pas ! se dit-elle. Comme de très loin, elle entendait Ian pleurer, mais ne pouvait se concentrer sur lui, une seule chose comptait, ne pas respirer. Ne respire pas ! Ne respire pas ! Je ne peux pas m'en empêcher. Peux pas m'en…

« Vous vous sentez mal ? » Quelqu'un l'avait prise par l'épaule et la secouait doucement. « Madame ? »

Elle fit un violent mouvement du bras gauche. Une

main d'homme se referma sur son poignet avant qu'elle puisse se frapper le menton. « Madame, qu'est-ce qui ne va pas ? Madame ? » Soudain les traits de son visage buriné se précisèrent devant les yeux de Chyna. « Infirmière ? Quelqu'un ? » cria-t-il.

Chyna ferma un instant les yeux, puis les ouvrit d'un coup. Une femme tenait Ian, son regard fixé sur Chyna avec indignation : « Vous l'avez fait tomber ! »

Chyna chancela, et l'homme l'aida à s'asseoir. « Jeune dame, qu'est-ce qui ne va pas ? »

La salle d'attente, l'homme au visage buriné, la femme au regard furieux, le pauvre Ian en pleurs dans son ridicule costume, tout lui apparut nettement. « Oh, mon Dieu, haleta Chyna. Je ne sais pas ce qui s'est passé. Je... Ian ! Ian, est-ce que tu t'es fait mal ?

— Non, mais ce n'est pas grâce à vous ! lança la femme d'une voix rageuse, pressant Ian si fort qu'il pouvait à peine respirer. Qu'est-ce qui ne va pas ? Vous êtes saoule ?

— Saoule ? Non ! Ma nièce. Elle est là-bas... »

L'homme, qui ne s'était pas éloigné de Chyna, lança un regard dur à la femme : « J'étais ici quand cette dame est arrivée avec sa sœur. Sa nièce a probablement été empoisonnée. Je crois que le choc a dû l'ébranler.

— Oui. Le choc... » marmonna Chyna, sachant très bien qu'elle ne souffrait pas du choc. Elle avait eu une vision. Une vision bouleversante, plus intense qu'aucune de celles qu'elle avait pu avoir ces dernières années. « Je vais bien maintenant. » Elle leva les yeux sur la femme : « Puis-je avoir mon neveu ?

— *Non* », fit la femme avec agressivité. Ses yeux

rapprochés et froids fixèrent Chyna. « Qu'allez-vous lui faire maintenant ? Le jeter contre le mur ? »

Ian lutta pour se libérer de la femme. « Tante Chyna, arriva-t-il à dire, presque à bout de souffle. Je veux tante Chyna.

— Donnez-lui *l'enfant* », dit l'homme. La femme le regarda avec un air de défi. « Donnez-lui l'enfant, madame, répéta-t-il d'un ton sans appel. Il s'agit de son neveu et elle va tout à fait bien maintenant. » La femme, l'air furieux, regarda l'homme, puis Chyna, puis l'homme de nouveau. « Madame, faut-il que j'appelle la sécurité ? demanda-t-il à la femme d'une voix basse et sévère.

— Bon, d'accord, mais si elle lui fait du mal, ce sera votre faute. » La femme tendit Ian à l'homme qui, avec un sourire rassurant, l'installa doucement sur les genoux de Chyna. « Vous aviez l'air d'être prête à vous évanouir, et je n'ai pas réussi à faire venir une infirmière pour vous aider, dit-il à Chyna.

— Je n'ai pas besoin d'une infirmière. Je suis tout à fait bien maintenant. Je vous assure.

— Entendu. Alors, une tasse de café à la place ? Ce sera seulement ce distributeur automatique…

— Ce serait merveilleux, fit Chyna avec un sourire incertain. Et merci de votre gentillesse. »

Vingt minutes plus tard, après que la femme aux yeux rapprochés eut raconté à voix haute à chaque nouvel arrivant la manière dont Chyna avait fait tomber Ian, une infirmière entra et demanda à Chyna de venir rejoindre sa sœur dans la salle d'examen. Chyna saisit Ian et se précipita hors de la salle d'attente, toujours bouleversée par son expérience mais plus inquiète encore pour Kate. Mon Dieu, se dit-elle. Que cette vision n'ait rien à voir avec elle. Que tout aille bien pour elle.

Et tout allait bien. Beverly était aussi livide et effrayée que si sa fille avait frôlé la mort, mais le médecin leur expliqua que Kate avait simplement ingéré de l'ipéca, le fameux vomitif. « Une grande dose peut être fatale, mais votre fille a avalé juste de quoi la rendre malade, précisa-t-il à Beverly. C'est une sale blague que certaines personnes s'amusent à faire aux gamins la veille d'Halloween, ce n'est pas la première fois que je vois ça. » Puis il assura que Kate se sentirait mieux le lendemain matin.

Tous les quatre regagnèrent la voiture. Beverly et Chyna se sentaient toutes deux flageolantes, un peu assommées, mais tellement soulagées. Il en allait tout autrement pour Kate : elle avait abîmé sa robe de princesse, et c'est ce qui la fit pleurer et crier de désespoir pendant tout le chemin du retour. Ian pleura de concert avec elle, pour tenir compagnie à sa sœur.

Ned arriva à la maison peu de temps après eux. « Où donc étais-tu passé ? voulut savoir Beverly. Il est presque dix heures ! »

Ned avait l'air fatigué, frustré, légèrement débraillé, et les rides entre ses sourcils semblaient plus marquées que lorsqu'il était parti pour le garage. « De ma vie je n'ai jamais travaillé aussi dur pour vendre deux voitures ! Le père et son fils voulaient tous les deux la même Lincoln et j'ai cru qu'ils allaient en venir aux mains, mais l'enfant gâté a renoncé et a *donné la permission* à son père de lui acheter quelque chose d'autre. » Puis il vit ses deux enfants barbouillés de larmes et cria : « Mais que diable s'est-il passé ici ce soir ? »

Épuisée et secouée par son expérience de l'hôpital, Chyna laissa à Bervely le soin d'expliquer la soirée désastreuse. Elle traversa rapidement la ville, où une poignée de quémandeurs Trick-or-Treat traînaient encore, puis s'engagea sur la route d'asphalte mal éclairée qui menait à sa propre maison. C'était la première nuit depuis le passage à l'heure d'hiver, ce qui voulait dire que l'obscurité était tombée une heure plus tôt que d'habitude et elle se prit à souhaiter que la rue soit mieux éclairée, bien que les étoiles semblent briller spécialement fort.

Dès qu'elle ouvrit la porte de la maison, Michelle bondit vers elle. Elle semblait tout à la fois euphorique et effrayée. Le cœur serré, Chyna appela « oncle Rex », deux fois, mais, avant même d'avoir regardé si sa voiture était dans le garage ou non, elle sut qu'il était parti. Sur une petite table près de la porte, contre une lampe, il avait laissé un mot. À huit heures, aucun quémandeur de bonbons ne s'étant encore présenté, il avait décidé de rendre visite à un vieil ami qui venait de perdre sa femme. Peut-être sortiraient-ils tous les deux boire quelques bières.

Chyna reposa le mot et hocha la tête. Typique de Rex — charmant, mais impossible de compter sur lui. Que personne ne soit encore venu réclamer les bonbons d'Halloween ne signifiait pas que des adolescents chahuteurs n'allaient pas décider de venir faire quelques dégâts dans une grande maison non éclairée, la veille d'Halloween, *All Hallows Eve*. « Mais jamais Rex ne penserait à ça », dit-elle à Michelle, un peu nerveuse parce qu'elle était restée seule dans un environnement différent de celui auquel elle était habituée, et bien décidée à ne plus quitter Chyna d'un centimètre. « La principale préoccupation d'oncle Rex, c'est de passer du bon temps. Il a toujours été comme ça. » Elle ébaucha un semblant de sourire à l'intention de Michelle. « Mais ce n'est pas à un vieux singe qu'on apprend à faire la grimace. Ni à un vieux chien… »

Michelle, d'un halètement, exprima son accord.

Encore bouleversée par ce qui était arrivé un peu plus tôt, Chyna fit le tour de la maison, vérifia que toutes les portes et toutes les fenêtres étaient bien fermées. Puis elle prépara une vodka-tonic et s'assit sur le canapé du salon pour regarder un film. Mais elle fut incapable de se détendre et de se concentrer. « Ne respire pas. » Les mots qu'elle avait entendus dans la salle d'attente de l'hôpital résonnaient encore dans son esprit, comme une voix presque familière. Pas celle de Zoey, assurément. Puis il y avait eu l'éclair blanc, la sensation de brûlure sur ses bras, puis l'odeur douceâtre, irrésistible. Rien de tout cela n'allait ensemble. C'était une sorte de fatras, rien d'autre qu'un fatras. Des images au hasard comme celles d'un rêve, se dit-elle. J'étais fatiguée et inquiète, j'avais froid et…

« Et il y a quelque chose qui ne va pas, dit-elle à voix haute, désespérée. Impossible de prétendre le contraire. Quelque chose d'horrible s'est passé ce soir. »

Chyna attendit jusqu'à une heure du matin, mais Rex ne revenait toujours pas. Si elle avait su à quel ami il avait rendu visite elle aurait téléphoné, tant elle était désespérée. Cette nuit la maison semblait très grande et solitaire et — elle en détestait la seule idée — hantée. Michelle, ressentant sa détresse, se lova tout près d'elle dans le lit. Chyna serra la chienne contre elle, reconnaissante de ne pas être, cette nuit-là, complètement seule.

2

Deirdre Mayhew sortit de la maison pour fumer une cigarette. Son père aurait une attaque s'il savait qu'elle fumait. Et qu'elle buvait, même modérément, pendant une soirée de veille d'Halloween chez des amis. En fait, il aurait même aimé qu'elle ne vienne pas à cette fête, mais comme elle avait été obligée de travailler pour lui au salon de thé L'Étoile pendant sa dernière année de lycée et comme, de plus, elle avait été d'un grand secours pendant que sa mère se mourait, et qu'elle avait ensuite eu la déception d'apprendre qu'il était trop tard pour qu'elle s'inscrive à la fac cette année avec ses amis, il s'était senti incapable de lui refuser absolument tout plaisir. Non pas que cette fête soit si amusante. Sans Nancy, ce n'était pas possible, c'était toujours elle l'âme des soirées. Deirdre savait qu'un grand nombre de personnes présentes ce soir ressentaient la même chose, mais celles qui étaient parties étudier à l'université, à moins de deux heures de là, étaient malgré tout venues car la fête d'Halloween était une tradition.

Pour Deirdre, si cette soirée était manquée, ce n'était pas seulement à cause de l'absence de Nancy. Elle se sentait plus âgée de plusieurs années que les amis du lycée qu'elle connaissait. Les parents de la fille chez qui se donnait la fête étaient absents pour la soirée et tout le monde s'était attendu à ce qu'on s'amuse tout particulièrement, puisque c'était la première fois qu'ils pouvaient se retrouver ainsi sans être chaperonnés par des parents rôdant autour d'eux. Mais ils avaient beau essayer d'agir comme si c'était la fête, leur gaieté était de toute évidence forcée. Oh bien sûr, pensa Deirdre, même cette triste soirée était mieux que rester à la maison avec son père, à regarder les programmes éducatifs sur les mœurs des gnous, l'une de ses émissions préférées. Quel changement avec l'homme qu'il était avant… avant le cancer et la mort de la mère de Deirdre, l'année dernière.

Deirdre tira une nouvelle bouffée de sa cigarette, écouta les rires et les voix animées des quelques personnes à l'intérieur qui avaient réussi à s'enivrer. Pour être honnête, les gens de son âge avaient l'air d'une bande d'adolescents. Elle tira sur la robe de soirée complètement désuète, avec sa jupe bouffante, qui avait appartenu à sa mère et qu'elle avait choisie comme déguisement d'Halloween, et pensa à Chyna Greer. Elle savait que la mère de Chyna venait de mourir, mais la vie de Chyna ne changerait pas autant que celle de Deirdre après la mort de sa propre mère. Chyna avait déjà quitté la maison, elle était déjà sur le chemin d'une carrière admirable et couronnée de succès. Et elle était si belle, et si intelligente.

Les années passant, Deirdre avait entendu parler de tout ce qui concernait la vie de Chyna, elle avait même vu des photos des nombreux prix de science qu'elle avait remportés adolescente, et aussi une photo dans le hall du lycée, lorsqu'elle était présidente des élèves de dernière année. Mais elle était tellement plus jolie quand on la voyait en personne. Et à l'âge qu'elle avait maintenant. Elle n'avait plus l'air d'une adolescente. Elle avait l'air d'une femme, vaguement exotique même, en pull à col roulé et pantalon. Pas étonnant que Scott Kendrick la regarde de cette façon. Lorsqu'ils s'étaient trouvés au café, il n'avait vu personne dans la pièce sinon Chyna. Personne, pas même moi, se dit tristement Deirdre, bien qu'il se soit montré assez poli pour me parler et me présenter à Chyna. C'était tout à fait lui, cette politesse. Le physique, l'intelligence, les manières : tout était bien chez lui. Il était parfait, le type d'homme que les femmes rêvaient d'avoir comme mari.

Mais il ne serait jamais le sien, songea-t-elle. Il avait plus de trente ans, le même âge que son père à une année près. Et il ne pensait pas à *elle* comme à une femme. Il l'appelait « petite », c'était à pleurer ! De plus, même s'il avait été plus jeune d'une dizaine d'années, même s'il ne l'avait jamais rencontrée auparavant… si elle s'y connaissait un tant soit peu en histoires d'amour, ce qu'elle avait vu aujourd'hui lui montrait que Scott était fait pour une femme comme Chyna Greer, plutôt que pour Deirdre Mayhew.

En plus, je serai à L'Étoile l'année prochaine, et non pas dans un établissement supérieur comme celui que Chyna a fréquenté. Même Lynette partira pour la fac en septembre, bien que ni ses notes ni son ambition ne puissent se comparer aux miennes, se dit Deirdre, tout en se sentant un peu coupable. Après tout, Lynette était sa meilleure amie.

Malgré son excellent dossier scolaire, Deirdre n'avait pas même demandé une bourse. Papa ne trouvera personne qui lui convienne pour l'aider. Si je m'en allais, je lui manquerais. Il oublierait de manger. Depuis la mort de sa femme, il a déjà perdu neuf kilos, qu'il n'avait absolument pas besoin de perdre. Deirdre comprenait son immense chagrin. Ses parents s'étaient rencontrés à l'école primaire, fréquentés depuis leurs quinze ans, et mariés à dix-sept. Ben Mayhew avait passé plus de la moitié de sa vie avec la mère de Deirdre. Il ne sortirait même pas avec des amis, ajouta Deirdre à la liste des choses que son père ne ferait pas pour essayer de s'en sortir. Il travaillerait et rentrerait à la maison regarder la télévision, et cela jusqu'à sa mort. Ou jusqu'à se sentir tellement seul qu'il laisserait Irma Vogel s'imposer dans sa vie. Cette pensée la rendait presque malade. Elle ne pouvait supporter Irma, qui avait tourné comme un vautour attendant que la mère de Deirdre meure, pour pouvoir fondre sur Ben Mayhew et se saisir de lui. Aucun homme dans un état normal ne voudrait d'Irma. Seul un homme ravagé par le chagrin ou fou au point de ne pas savoir ce qu'il faisait pourrait épouser Irma avec sa petite cervelle et ses manières sournoises.

Non, je suis la seule bouée de sauvetage de papa, décida Deirdre. Je suis sa seule protection contre une personne comme Irma. Je vais simplement rester ici à Black Willow à jamais. À jamais, jamais, *jamais*.

Elle tira une nouvelle fois sur sa cigarette et regretta de ne pas avoir apporté une bière avec elle dehors. Ç'aurait été agréable de la siroter, seule et tranquille, en regardant la nuit claire, parsemée d'étoiles, même s'il faisait froid. Retourner à l'intérieur dans ce repaire d'adolescents qui s'acharnaient à essayer de s'amuser ce soir autant que les années précédentes et s'étourdissaient de musique tonitruante semblait insupportable à Deirdre.

Elle jeta sa cigarette par terre et marcha en direction d'une haie de rhododendrons qui bordait la pelouse à l'arrière de la maison. Au printemps, les massifs étaient hauts de deux mètres et chargés de fleurs, blanches ou de couleurs vives. À présent, ils ne portaient pas de fleurs, mais avaient gardé leur épais feuillage. Deirdre tendit la main vers un robuste buisson vert sombre, et toucha l'une des feuilles parcheminées qui ne tomberaient pas avant le retour de la chaleur.

Sa mère avait été une excellente jardinière. Grâce à elle, la pelouse des Mayhew restait magnifique pendant le printemps, l'été et l'automne. Ni Deirdre ni son père n'avaient la main verte, malheureusement, et pour Deirdre c'était comme si leur pelouse était morte en même temps que sa mère.

Il faisait beaucoup plus froid que l'avait annoncé le présentateur du journal. Elle tira sur son pull, regrettant de ne pas avoir mis une veste. De toute manière, elle avait décidé de rentrer chez elle dans un quart d'heure environ. Deirdre tendait de nouveau la main pour toucher un bourgeon de rhododendron qui, au printemps, donnerait une fleur lorsqu'elle entendit un grattement, le bruit de branches qui se frôlaient. Elle retira sa main, écouta. Le même bruit. Elle se raidit. Puis elle sentit l'odeur d'une pomme caramélisée et vit un éclair blanc.

Deirdre se détendit aussitôt. « Mon Dieu ! s'exclama-t-elle avec emphase. Un abominable *fantôme* se cache-t-il dans ces buissons ? »

Il lui sembla entendre un petit rire nerveux. De

toute évidence, un enfant déguisé en fantôme essayait de lui faire peur. Elle allait jouer le jeu. « Oh la la, j'ai tellement peur des fantômes. Depuis toujours. Vraiment j'espère qu'aucun fantôme ne va me sauter dessus ! »

Un nouveau bruissement dans les buissons. Quelque chose lui frôla les jambes si rapidement qu'elle faillit laisser échapper un cri, puis elle se rendit compte que le fugitif n'était autre que le petit chat noir de Lynette. Deirdre sourit. L'enfant devait être ravi de voir qu'un chat noir se portait volontaire pour ajouter encore au suspense du moment. Halloween semblait fait pour les chats n…

Soudain tout devint silencieux. L'air autour de Deirdre se figea, comme suspendu, en attente, en attente… Puis, instinctivement, Deirdre sut qu'un danger la guettait. Elle entendit un souffle juste derrière elle, suivi d'un bruit qui ne pouvait être que celui de pas précipités — des pas d'adulte. En une seconde, terrifiante, aveuglante, Deirdre comprit que ce n'était pas un enfant qui se tenait caché dans les buissons. Alors qu'elle commençait à s'enfuir, quelque chose de dur s'écrasa à l'arrière de sa tête. Deirdre s'écroula, heurta le sol froid et dur avec un bruit sourd, encore consciente mais assommée par la douleur de son cuir chevelu, et sentit un filet de sang chaud couler à travers ses cheveux. Une motte d'herbe sèche et de terre tomba dans sa bouche lorsqu'elle l'ouvrit pour crier. Malgré tout, elle parvint à pousser un grognement indistinct. Un bras encercla sa gorge, tira d'un coup sec, si fort qu'elle ne put émettre le moindre son. Elle agita les bras mais, malgré son pull, les épaisses branches de rhododendrons lui écorchèrent la peau.

Elle se débattit pour essayer de se remettre debout, enfonça l'un de ses talons dans la terre humide tout près du buisson, mais le talon se cassa et la chaussure tomba, tandis que Deirdre était tirée et traînée sur le sol mouillé de rosée.

Brusquement, elle ne fut plus tirée. Elle lutta pour se libérer des bras qui la retenaient mais, presque aussitôt, elle entendit un grondement, une sorte de ricanement macabre, puis un chiffon à l'odeur douceâtre recouvrit complètement sa bouche et son nez. Elle essaya de ne pas respirer mais ne put s'en empêcher, son besoin d'air ayant été renforcé encore par sa lutte. Ses poumons se remplirent de l'arôme douceâtre qu'elle reconnut d'après ses cours de science : du chloroforme.

Étourdie après une seule inspiration, elle essaya de ne plus inhaler, mais elle luttait avec tellement de force que l'oxygène lui manquait encore plus. Ne respire pas, s'exhorta-t-elle. Ne respire pas. Mais son besoin d'air fut le plus fort. Elle tenta d'inspirer le plus légèrement possible, mais c'était encore trop. Elle réussit à tourner la tête une dernière fois, et sentit une douleur lui transpercer le lobe de l'oreille. Le chiffon était maintenu très fort, et elle ne put faire autrement qu'inspirer une nouvelle fois. La combativité lentement la quitta, elle eut le très bref aperçu d'un visage, puis le monde froid et parsemé d'étoiles s'évanouit en tournoyant dans l'obscurité.

CHAPITRE VII

1

Les battements de son cœur résonnaient dans les oreilles de Scott. Il se cramponna au manche tandis que l'avion cahotait et tressautait. Il essaya de tourner à droite. Pas de réaction. Il essaya les freins. Pas de réaction. Il regarda par la vitre et vit une plaine — pas de ville, pas de montagne, pas d'océan —, la plaine seulement. Et Dieu merci, car ils étaient en train de perdre rapidement de l'altitude, descendant en piqué, le nez de l'appareil prêt à toucher le sol en premier, ce qui provoquerait l'explosion de l'avion. Que ressent-on lorsque les flammes consument un corps vivant ?

Scott s'écrasa visage contre le sol et une femme cria : « Scott ! Scott ! Réveille-toi ! C'est juste un cauchemar ! Réveille-toi ! »

Scott ouvrit les yeux. Il ne voyait ni terre ni herbe, son corps n'était pas baigné de sueur, brûlant d'une douzaine d'entailles ou d'une douleur lancinante causée par une jambe disloquée, gisant, d'une bien improbable manière, à angle droit par rapport au pelvis. Il n'entendait pas le grincement du métal contre le métal, l'explosion du carburant suivie du bruit alarmant de flammes crépitantes, les cris de personnes souffrant le martyre. Il sentit que quelqu'un se penchait sur lui, lui secouant l'épaule, jacassant d'une voix stridente.

« Juste ciel, tu as failli me faire mourir de peur lorsque je suis entrée ce matin et que je t'ai entendu crier quelque chose au sujet des hydrauliques. Le temps que j'arrive dans ta chambre tu t'envolais du lit pour tomber sur le sol — Scott Kendrick — tu ne possèdes donc pas la moindre paire de pyjamas ? — et j'ai entendu ta tête cogner et si tu n'as pas une commotion cérébrale, c'est un miracle. »

Scott grogna et ajusta son regard sur le visage qui le bombardait de mots comme une mitraillette. Irma Vogel. Elle avait utilisé sa propre clé. La veille au soir, il avait oublié qu'aujourd'hui serait l'un des jours où Irma venait faire le ménage — ou plutôt, le suivre à la trace, en parlant, chantant, tournant autour de lui, bref, en lui rendant la vie impossible. Oh mon Dieu, pensa-t-il presque désespérément avant de refermer les yeux. S'il te plaît, fais-la partir d'ici !

« Debout. Non, ne te relève pas, attends que je vienne t'aider. Tu as pu te casser quelque chose. Où est ta robe de chambre ? Pourquoi es-tu encore au lit si tard ? Il est dix heures. D'habitude tu ne dors pas si longtemps. Voilà, drape-toi dans la couverture et je vais appeler les urgences.

— Je ne veux pas des urgences, rétorqua Scott, s'asseyant au bord du lit tandis qu'Irma l'entourait d'une couverture. Ce n'est pas la peine de faire tant d'histoires, Irma. Je ne suis pas blessé.

— Dis cela à la bosse sur ta tête. Et tu saignes du nez. »

Scott se toucha le front et, en effet, sentit qu'une légère bosse se formait déjà. Il passa le doigt sous son nez. Un mince filet de sang, non pas un flot.

« Pose ce téléphone, Irma, dit-il. Je n'ai pas besoin d'une équipe des urgences. Je suis simplement tombé du lit.

— Si tu étais au mieux de ta forme, ça ne serait pas dangereux. Mais dans l'état où tu es, avec toutes tes blessures…

— Mes blessures sont presque guéries. Je vais bien. J'ai simplement besoin d'un linge froid pour mon nez et d'un peu de… » Il allait dire « de paix », mais elle se sentirait blessée — « de café. S'il te plaît, prépare-moi une tasse de ce merveilleux café comme tu sais le faire, Irma. Si après ça je ne vais pas mieux, j'irai à l'hôpital. D'accord ?

— C'est *moi* qui t'emmènerai à l'hôpital. » Irma, un mètre cinquante, quinze kilos en trop — certainement parce qu'elle travaillait à L'Étoile et goûtait souvent les plats —, se précipita dans la salle de bains, revint avec un gant de toilette humide qu'elle voulut tenir sous le nez de Scott, mais il le lui arracha des mains. « Irma, du café, s'il te plaît », fit-il, d'une voix qui donnait l'impression qu'il était enrhumé. Avec la grâce d'un bison, elle se leva d'un bond et se mit à dévaler bruyamment l'escalier, à une telle vitesse que Scott eut peur qu'elle plonge tête la première.

Une minute plus tard, Scott se débarrassa du gant, prit une profonde inspiration, passa les mains sur ses épais cheveux noirs et regarda le soleil qui pénétrait à flots par l'une des fenêtres de sa chambre. En général, il se levait tôt. Mais ce matin il avait dormi tard, d'un mauvais sommeil. Il avait mal partout et tout ce qu'il voulait, c'était une douche brûlante car il se sentait sale, presque crasseux. Il se souvenait d'avoir marché dans la nuit froide — épuisé, bouleversé, ayant peur que quelqu'un l'ait vu.

Brusquement, il chassa le souvenir de son esprit. Il se débarrassa de la couverture dont Irma l'avait enveloppé comme d'un linceul et espéra avoir le temps de prendre une douche et d'enfiler une robe de chambre avant qu'elle arrive avec le café.

Une fois dans la douche, il laissa la buée en obscurcir les parois, poussa un gémissement et tourna le dos en direction du jet. L'eau brûlante déferla sur son cou raide et ses épaules. Il se savonna, et le savon piqua les dizaines d'écorchures sur ses bras. Il avait enlevé la veille les bandages et les pansements, car certains le démangeaient, et d'autres commençaient à se décoller. De toute manière, les lacérations et les égratignures sous les pansements étaient pour la plupart cicatrisées. Mais pas toutes.

« J'arrive avec le café ! » annonça Irma avec force trilles dans la voix. Scott sursauta, et faillit déraper sur le sol glissant du bac. À travers la paroi vitrée de la douche, il pouvait voir la solide silhouette d'Irma dans l'encadrement de la porte.

« Merci, Irma. Veux-tu juste le déposer à côté du lit, s'il te plaît ?

— D'accord. » Il entendit le bruit de tasses entrechoquées, mais pas celui de pas s'éloignant et redescendant l'escalier. Magnifique. Irma avait l'intention de rester dans la chambre et de lui tenir compagnie pour le café. Il se dit qu'en effet elle avait *cet air-là* ce matin, l'air qui, en général, signifiait qu'elle avait d'importantes informations à lui révéler.

Scott sortit de la douche, sécha son corps et ses cheveux, et se glissa dans son épais peignoir en tissu-éponge. Lorsqu'il sortit de la salle de bains, il eut un mouvement de recul en voyant Irma assise sur la délicate chaise, qui accompagnait un bureau orné ayant prétendument appartenu au prince Albert. La mère de Scott chérissait particulièrement ces deux meubles et avait exigé de les placer en face de la double porte vitrée, dans la chambre de Scott. Elle exigeait également qu'on ne s'installe jamais à ce bureau. C'était tout juste si elle n'interdisait pas à Scott de le regarder tellement elle avait peur qu'il soit abîmé. Scott soupira. Ce n'était que l'une des joies d'avoir comme mère une ancienne conservatrice de musée.

Irma commença à verser le café dans les délicates tasses en porcelaine — Scott pour sa part préférait les mugs, plus isolants — et il ne put s'empêcher de remarquer que ses cheveux, déjà fins et très clairs au naturel, ressemblaient, au soleil, à une toile d'araignée effilée recouvrant son cuir chevelu, et que son rouge à lèvres d'un ocre tirant sur le bleu s'était étalé. À part le rouge à lèvres, elle ne portait aucun maquillage, une première d'après les souvenirs de Scott. Elle était également très pâle, ses yeux bleu clair cerclés de rouge, plus globuleux encore que d'habitude. De toute évidence, elle avait une nouvelle atterrante à annoncer.

« Qu'est-ce qui ne va pas ce matin, Irma ? demanda-t-il.

— Je suppose que tu n'as pas entendu parler de ce qui s'est passé.

— Je viens juste de me réveiller, tu le sais bien.

— Bon… Accroche-toi bien. »

Scott reposa la ridicule tasse de porcelaine, qui heurta bruyamment la soucoupe. « Il est arrivé quelque chose à mes parents ?

— Tes *parents* ?

— Ils vont bien ? Ils devraient être de retour dans trois jours. Papa a un souffle au cœur. Maman se dépense trop. Ils sont blessés ? Malades ? » demanda Scott d'une voix très forte.

Irma parut effrayée, prête à fuir de la pièce. « Non, Scott, tes parents vont bien. Juste ciel, si j'avais su que tu allais t'inquiéter comme ça… Ça doit être ce fameux syndrome post-traumatique ou quelque chose comme ça… »

Irma avait tout à fait raison. Six mois plus tôt, il l'aurait laissée continuer à parler au lieu d'imaginer instantanément des catastrophes. Mais six mois plus tôt, avant l'accident d'avion, il était un homme différent. « Je suis désolé, Irma, mais si tu me disais simplement ce qui est arrivé ? »

Irma venait de poser la main sur son cœur qui devait battre aussi vite que celui d'un colibri, se dit Scott. « Il s'agit de Deirdre, Scott. Deirdre Mayhew.

— Deirdre ? Que lui est-il arrivé ?

— Hier soir, elle est allée à une fête d'Halloween. Ben ne voulait pas qu'elle y aille, mais je… » Les grands yeux pâles d'Irma commencèrent à se remplir de larmes. « Je lui ai dit qu'elle travaillait dur et qu'une jeune fille devait être autorisée à s'amuser de temps en temps. Alors, il a fini par dire oui. C'est *moi* qui l'ai convaincu d'accepter ! »

Scott recommença à respirer normalement. Ce

n'était sûrement rien de plus qu'un incident, Deirdre qui peut-être avait bu un peu trop de bière, Ben explosant de rage et mettant Irma à la porte, mais dans une semaine il lui demanderait de revenir travailler, au grand soulagement d'Irma. Scott était persuadé qu'Irma gardait un œil sur Ben en tant que possible mari. « Bon, à quelle fête Deirdre est-elle allée ?

— Celle donnée par sa meilleure amie, Lynette Monroe.

— Lynette… je ne la connais pas. »

Irma prit un air revêche. « Elle est du même âge que Deirdre. J'ai entendu des gens dire qu'elle est jolie, mais je trouve que, à part des cheveux décolorés, du maquillage et des habits trop moulants, tu sais, le style pacotille… fit Irma avec dédain. Si j'étais Ben, je ne laisserais pas Deirdre traîner avec elle. Je lui ai dit qu'elle était du genre à créer des ennuis, mais il n'a pas voulu m'écouter. »

Scott doutait que Ben écoute un seul jugement d'Irma sur les autres, mais il garda le silence. Irma continua : « Quoi qu'il en soit, la fête devait commencer à huit heures et j'ai entendu Ben demander à Deirdre d'être rentrée à onze heures. À minuit et demi, mon téléphone a sonné et m'a réveillée. C'était Ben qui cherchait Deirdre. Je lui ai demandé : “Mais que pourrait-elle donc faire ici ?” Et il a dit : “Eh bien, elle n'est pas là et j'ai pensé qu'elle avait peut-être bu de l'alcool alors que je le lui interdis et elle aurait pu aller chez toi pour le cuver.” Tu imagines ! Comme si j'avais l'habitude d'accueillir des adolescentes ivres ! protesta Irma avec indignation. Je lui ai dit de téléphoner là où avait lieu la fête. »

Un instant, Irma sembla un peu perdue, et les larmes qui depuis longtemps lui étaient venues aux yeux avaient commencé à rouler sur ses grosses joues. « Il l'a fait, et elle n'y était pas, Scott. Personne ne l'avait vue partir. Les gamins qui étaient encore là-bas ont commencé à la chercher. Les parents ont fini par rentrer — Ben a failli avoir une attaque quand il a compris qu'il n'y avait aucun adulte présent — et les voisins sont arrivés, et finalement... finalement... »

Scott s'était levé, pleinement conscient que son peignoir fermait mal et tout aussi conscient qu'il était sur le point d'étrangler Irma pour qu'elle se décide à lâcher le morceau. « Finalement *quoi* ?

— Au fond du jardin il y a une haie de rhododendrons, et à côté d'un des massifs ils ont trouvé des signes de lutte. Il y avait des branches cassées, le sol était éraflé, et... » Irma inspira profondément. « Et ils ont trouvé une chaussure de Deirdre... *une seule* ! »

Irma éclata brusquement en sanglots retentissants. Scott rajusta lentement son peignoir et s'assit sur le lit, sa main se posant machinalement sur les nouvelles écorchures de son poignet, et le joli visage de Deirdre, avec ses yeux d'ambre et ses fossettes, apparut devant lui.

« C'est toujours pareil, renifla Irma. J'ai déjà discuté de tout cela avec quelques personnes et elles sont d'accord avec moi. »

Scott eut l'impression de revenir lentement à la réalité de la chambre baignée de soleil. « Tu as dit à des gens que Deirdre avait disparu et tu as discuté *de quoi* avec eux, Irma ?

— De Deirdre qui a disparu exactement comme les autres adolescentes toutes ces dernières années.

On ne les a jamais revues et on ne reverra jamais Deirdre. » Ses yeux rougis plongèrent dans ceux de Scott. « Et je sais à cause de qui ! Chaque fois que Chyna Greer revient, une fille est portée disparue. Zoey Simms, Heather Phelps, Edie Larson, et maintenant la petite Deirdre Mayhew. »

Scott recula, son regard se durcit, mais Irma ne sembla pas s'en apercevoir. La voix de plus en plus haute, elle se pencha en avant, ses horribles yeux pleins de méchanceté. « Je te le dis, Scott, avec Chyna Greer, ce sont les ennuis assurés. Et les ennuis, c'est peu dire, car rien au monde ne pourrait me convaincre, et je ne suis pas la seule dans ce cas, loin de là, qu'il n'y a *pas* un lien entre elle et toutes ces pauvres filles disparues. »

2

« Il m'est arrivé de faire la baby-sitter pour Deirdre Mayhew », dit Beverly en s'asseyant dans la grande cuisine ensoleillée de la villa des Greer. Ned l'avait amenée avec les enfants pour voir Rex et Chyna, mais chacun put se rendre compte que Beverly voulait avant tout discuter de la disparition de Deirdre avec Chyna, et Rex sortit gentiment avec Ian, Kate et Michelle dans le jardin derrière la maison, où les enfants s'amusèrent à lancer un Frisbee à la chienne.

« Lorsque Irma Vogel a téléphoné ce matin en annonçant que Deirdre avait été enlevée, je n'arrivais pas à y croire », continua Beverly. Ses yeux marron étaient rougis et elle avait un mouchoir trempé à la main. « Je n'ai pratiquement pas dormi de la nuit à cause de Kate, et quand j'ai entendu que Deirdre avait disparu j'ai craqué. J'aime beaucoup Deirdre, et depuis deux ans les Mayhew ont déjà la vie tellement dure. Et maintenant, ça. Ned m'a aidée à me reprendre pour ne pas effrayer les enfants. Je sais que tu es épuisée à cause de la nuit dernière, toi aussi, mais il a proposé que je vienne ici. Je lui ai répondu que j'étais trop nerveuse pour conduire, alors il nous a déposés. Lui, il va rejoindre ceux qui recherchent Deirdre.

— Mon Dieu, murmura Chyna, une étrange sensation d'oppression dans l'estomac. Elle n'a disparu que depuis hier soir. Il y a des tas d'explications possibles au fait qu'elle ne soit pas rentrée à la maison.

— Comme par exemple ? Chyna, elle est dévouée à Ben. Elle ne lui imposerait jamais l'inquiétude de le laisser attendre toute la nuit sans appeler. Si seulement la police pouvait la trouver.

— La police ? Cela ne fait même pas vingt-quatre heures que Deirdre a disparu. Et ils la recherchent déjà ?

— Bien sûr. Après toutes les filles qui ont disparu dans les parages, personne ne prend à la légère une nouvelle disparition, et surtout celle d'une fille mûre, responsable comme Deirdre. »

Lentement, Chyna hocha la tête. Ses mains lui semblaient glacées, bien qu'elle les tînt serrées autour d'un mug de café fumant. Elle avait passé une mauvaise nuit, mais pas pour la même raison que Beverly. Son expérience dans la salle d'attente à l'hôpital l'avait profondément bouleversée et elle n'avait cessé d'y penser — l'éclair blanc, la sensation de brûlure sur les bras, l'odeur douceâtre qui l'avait plongée dans l'inconscience. Ou plutôt, qui avait plongé quelqu'un d'autre dans l'inconscience. Était-il possible que l'expérience vécue par Deirdre soit celle ressentie par Chyna hier soir ? Elle aurait aimé croire que le temps avait changé les choses pour elle, qu'il ne lui arriverait plus jamais de vivre la vie d'une autre personne, ne serait-ce qu'un instant, et elle n'était toujours pas disposée à accepter la possibilité d'exister dans la réalité de quelqu'un d'autre.

« On ne sait pas si Deirdre a disparu comme les autres jeunes filles, dit Chyna avec détermination, autant pour elle-même que pour Beverly.

— Alors que lui est-il arrivé ? » répliqua Beverly.

Chyna se sentit aussitôt sur la défensive. Beverly, de toute évidence, pensait que sa belle-sœur jadis clairvoyante gardait une information pour elle, et Chyna, les mains toujours étonnamment glacées, rougit. « Je n'en sais pas plus que toi, dit-elle, sentant que c'était une demi-vérité. Deirdre était à une fête. Tu dis qu'elle est sortie de la maison, mais il y avait une douzaine de personnes à proximité. Elle n'était pas seule.

— Heather Phelps, la deuxième disparue, n'était pas seule non plus. Elle était dans le centre-ville, argumenta Beverly, sur un ton presque agressif.

— Mais il faisait terriblement froid ce soir-là et la ville était pratiquement déserte. De plus, Heather était dehors, avec un grand espace autour d'elle. Elle a pu prendre la Grand-Rue du côté nord et ensuite aller dans une autre direction. Ou bien du côté sud, et traverser pour rejoindre Elm... » Chyna haussa les épaules, déconcertée. « Ce que je veux dire, c'est qu'elle n'était pas dans un espace clos. D'après le peu que tu m'as dit, le jardin où se trouvait Deirdre est petit. La fête se déroulait au rez-de-chaussée, et des baies vitrées coulissantes donnent sur ce jardin. Si quelqu'un a emmené Deirdre, il avait de grandes chances d'être vu par au moins l'un des adolescents qui regardaient par la vitre.

— C'était éclairé à l'intérieur et noir dehors, riposta Beverly. De plus, je doute qu'une bande d'adolescents éméchés s'amuse à regarder une pelouse éclairée par les étoiles. Et que dis-tu des branches cassées dans le buisson ? Ou du sol qu'on avait raclé ? Et de la chaussure ? Est-ce qu'elle serait partie avec une seule chaussure, par une nuit froide, pour l'amour de Dieu ! » Beverly lui lança un regard furieux, puis posa les mains sur le front. « Oh, Chyna, je crie après toi comme si c'était de ta faute. Je suis désolée. Je suis tellement inquiète pour Deirdre.

— Je sais…

— Et surtout, je dois l'avouer, j'ai peur parce que j'ai une fille qui un jour sera adolescente et que ce genre de choses se répète sans cesse », lança Beverly, les larmes jaillissant et coulant sur ses joues. « Et si cela arrive à Kate ?

— Tu ne dois même pas *penser* une chose pareille », fit Chyna en hurlant presque, surprise de la force de sa réaction. Beverly sursauta, abasourdie, et Chyna ferma les yeux. « À mon tour de m'excuser de te parler sur ce ton, mais enfin, tu es là à te ronger le sang parce que tu es persuadée que quelque chose de terrible est arrivé à Deirdre et tu anticipes un destin horrible pour Kate, alors qu'il n'est peut-être rien arrivé de grave à Deirdre. Pour l'amour du ciel, Bev, Deirdre a été vue à la fête pour la dernière fois vers dix heures hier soir. Il n'est pas encore midi. Il peut y avoir de nombreuses raisons pour expliquer que personne ne l'a vue pendant quatorze heures.

— Par exemple ?

— Elle est partie avec un petit ami.

— C'est ce que tout le monde avait dit pour Edie Larson. Ils pensaient qu'elle s'était enfuie avec Gage Ridgeway, mais ce n'était pas vrai. » Beverly avait réduit son mouchoir en miettes et faisait machinalement un tas de tous les petits morceaux trempés. « Mais Deirdre n'était pas du genre à partir avec un petit ami même si elle en avait un, ce que je ne crois pas. Son père dépend tellement d'elle depuis que sa mère est morte. Elle est tout pour lui.

— C'est peut-être ce qui l'a poussée à fuir, que ce soit avec un petit ami ou seule, suggéra Chyna, essayant de ne pas laisser voir à quel point elle était troublée. J'ai rencontré Deirdre hier. Elle est jolie, et de toute évidence, intelligente. J'ai bien vu qu'elle était déçue de ne pas aller à la fac cette année même si elle essayait de ne pas le montrer. Je crois que cette jeune fille est pleine de rêves qu'elle est terrifiée de ne jamais pouvoir réaliser, que ce soit cette année ou plus tard.

— C'est ce qu'elle avait à l'esprit lorsque tu l'as vue hier ?

— Ce qu'elle avait à l'esprit ? fit Chyna en se raidissant. Je ne lis pas dans les pensées.

— Mais si.

— Il y a longtemps, je paraissais capable de savoir ce que les gens avaient à l'esprit. Maintenant je n'en suis plus capable. Plus du tout. » Chyna mentit sans le moindre scrupule. Laisser Beverly savoir qu'elle possédait toujours ses « pouvoirs spéciaux » ne pouvait que créer des problèmes, se dit-elle, essayant de préserver l'apparence d'une personne parfaitement ordinaire aux yeux de tous, sinon de Scott. « Et même à cette époque-là, je ne savais pas *toujours* ce qui se passait dans l'esprit des gens, précisa-t-elle d'un ton ferme à Beverly. Tout ce que je veux dire, c'est qu'hier j'ai eu le sentiment que Deirdre se sentait prise au piège. C'est tout — un sentiment que toute personne un tant soit peu réceptive pouvait détecter. » Beverly la regardait toujours d'un air dubitatif. « De plus, j'ai entendu dire à quel point Ben compte sur elle, ajouta Chyna presque désespérément.

— Ben ne lui aurait jamais demandé de rester avec lui, Chyna, s'écria vivement Beverly. Ce n'est pas un égoïste.

— Il ne l'aurait pas fait consciemment, bien sûr, mais tu as dit toi-même qu'elle était toute sa vie. Apparemment, il ne s'est pas reconstruit une vie personnelle sans sa femme, et Deirdre m'a semblé le style de fille à essayer de combler tous les manques.

— Alors pourquoi se serait-elle enfuie ? »

C'était difficile de continuer à argumenter avec autant d'obstination avec Beverly, alors qu'elle semblait avoir tout à fait raison, mais Chyna ne pouvait supporter de la voir devenir de plus en plus angoissée. Chyna désirait tellement la rassurer que les mots semblaient jaillir sans effort, des mots en lesquels elle ne croyait pas une seconde. « Hier, Scott et moi étions là, au café. Deirdre parlait de son désir de faire des études de médecine. Penser ainsi à ce qu'elle aurait aimé faire de son avenir, ou bien être avec ses amis la nuit dernière, la plupart d'entre eux allant probablement à la fac, ou peut-être même le fait d'avoir trop bu, tout cela peut l'avoir amenée à agir sur une impulsion. Elle s'est dit que si elle ne partait pas *maintenant*, elle ne partirait jamais. »

Beverly fronça les sourcils. « Alors elle est partie dans l'inconnu sans autres vêtements que ceux qu'elle avait sur elle, sans argent, et avec une seule chaussure ?

— Tu m'as dit tout à l'heure que la chaussure avait un haut talon cassé, fit Chyna. Elle était peut-être de mauvaise humeur, ou bien un peu pompette, comme je viens de le dire, et elle s'est dit au diable cette vieille chaussure abîmée, et l'a laissée derrière elle exprès.

— Mais Ben a dit qu'elle n'avait pas d'argent…

— Elle a très bien pu en mettre de côté, sans le dire. Les adolescentes ne disent pas tout à leur père. Et même si elle n'avait pas d'argent, elle a pu partir avec une personne qui, elle, en avait. »

Mais Beverly ne voulait pas se laisser berner. « Chyna, tu inventes toutes ces excuses ridicules parce que tu es aussi inquiète que les autres mais tu essaies de ne pas le montrer. Ou bien, tu veux juste essayer de me faire taire, et si c'est ça, je n'apprécie pas que tu me prennes si peu au sérieux, comme si je n'étais qu'une de ces gamines idiotes qui font tout un monde de rien. Et ce n'est pas tout… »

Kate épargna à Chyna d'entendre la suite des griefs de Beverly : elle déboula dans la cuisine, ses joues rosies par l'air vif de l'extérieur, ses longues boucles blondes flottant sur ses épaules au-dessus de sa veste en laine. Personne n'aurait pu deviner qu'hier soir elle était si pâle, en sueur et vomissant. Chyna savait que Beverly tremblait encore de sa brève terreur à l'idée que l'enfant soit empoisonnée. Elle était persuadée que Kate se souciait plus de sa robe de princesse abîmée que de l'inquiétude de sa mère qui avait cru qu'elle frôlait la mort.

« Maman, est-ce que moi et Ian et Michelle on peut aller se promener dans les bois avec oncle Rex ? demanda Kate sans reprendre son souffle.

— Tu t'en sens le courage ? » demanda Chyna.

Kate la regarda, l'air surpris : « Bien sûr. Pourquoi pas ?

— Eh bien, tu as été malade hier soir... »

Avant même que Chyna ait terminé, Kate avait mis son index sur la bouche en laissant échapper un énorme chuintement : « C'est un secret. Je ne veux pas que les autres gosses apprennent que j'ai fait tant d'histoires.

— Je ne l'ai dit à personne, la rassura solennellement Chyna, sauf à oncle Rex, et il ne dira rien.

— Je sais. Je lui ai fait prêter sergent.

— *Serment* », corrigea Beverly tandis que l'esprit de Chyna retournait en arrière, au souvenir du serment que Zoey et elle s'étaient mutuellement prêté. « Et j'aimerais mieux que vous les enfants, vous restiez sur la terrasse.

— Mais on en a marre de cette terrasse à la noix ! » s'écria Kate, agressive. En voyant l'expression de sa mère se transformer en un « non » définitif, elle changea néanmoins de ton. « Maman, *s'il te plaît*. Tout se passera bien, je te le promets. On restera tout près d'oncle Rex, je le jure, promis, juré... »

Kate adressa à Beverly la plus irrésistible des

expressions implorantes, et Chyna sut que Beverly avait perdu la partie.

« Entendu, vous pouvez aller vous promener, finit par accepter Beverly. Mais n'allez pas trop loin et n'oubliez pas votre promesse de rester avec oncle Rex. Ne courez pas, ne vous cachez pas. Vous ne voulez pas qu'il soit obligé de vous chercher partout. Et il vaut mieux que Ian et toi teniez la main à Rex. Et je veux que vous soyez rentrés dans vingt minutes.

— Moi et Ian on n'a pas de montre.

— Ian et moi, corrigea de nouveau Beverly. Oncle Rex en a une. Dites-lui que j'ai dit vingt minutes. Bon, à la rigueur une demi-heure. Sans jouer à cache-cache. Et n'enlève pas ton manteau.

— Pourquoi je l'enlèverais ?

— Je ne sais pas. Tu pourrais courir et avoir chaud et… N'enlève pas ton manteau, c'est tout. Est-ce que je t'ai dit de ne pas t'éloigner, et de ne pas te cacher ? »

Kate roula les yeux. « Oui, maman, seize fois au moins. » Kate, depuis quelque temps, était généreuse avec les nombres, pour montrer qu'elle en connaissait déjà beaucoup. « On sera sage comme une image, comme disait Grand-ma. »

Sage comme une image, se rappela Chyna. Oui, sa mère avait l'habitude de le répéter si souvent que ça lui tapait sur les nerfs. À présent, elle aurait été si heureuse d'entendre Vivian le dire ne serait-ce qu'une fois.

« D'accord, fit Bev à contrecœur, en se forçant à sourire. Amuse-toi bien, Katie. »

Posément, Kate se dirigea vers la porte et la ferma en silence derrière elle, avant de se mettre à hurler :

« Elle a dit qu'on pouvait y aller, oncle Rex ! On va la retrouver, cette fille disparue ! »

Un instant, Beverly eut l'air sidéré. Puis elle dit presque à voix basse : « Nous avons fait tellement attention à ne pas faire allusion à Deirdre devant les enfants.

— Tu veux dire, tu as parlé de Deirdre lorsque tu croyais que les enfants n'étaient pas dans les parages. Mais, si j'ai bon souvenir, espionner les parents est l'une des grandes joies de l'enfance. Je suppose que je le faisais sans arrêt. »

Beverly soupira. « Et moi aussi, sans doute. Je crois que lorsqu'on devient parent, on oublie toutes les choses interdites qu'on a pu faire quand on était gamin, dans l'espoir que ses enfants ne les feront pas à leur tour. » Son regard se tourna vers la porte que Kate venait de refermer. « De l'espoir pour ses enfants. La plupart des parents en ont tant. L'espoir qu'ils seront heureux. L'espoir que tout se passera bien. » Ses yeux se remplirent de larmes. « L'espoir que rien de mal ne leur arrivera. »

Chyna était déterminée à ne pas laisser Bev revenir à l'enlèvement. « En parlant de mal, sais-tu qui a trafiqué les bonbons de Kate avec l'ipéca ? demanda-t-elle vivement.

— On est pratiquement sûr qu'il s'agit de M. Perkins, qui habite un peu plus bas dans notre rue. Il a plus de quatre-vingts ans et il est mauvais comme une teigne depuis que sa femme est morte. D'autres enfants ont été malades. Et comme par hasard il n'est pas là aujourd'hui. Hier il a annoncé à tout le monde qu'il partait ce matin en Floride, rendre visite à sa fille. Je suppose qu'il n'a pas résisté à la tentation d'une dernière mauvaise action. Vers Noël il déménagera à Miami, pour se rapprocher de sa fille, et l'idée a l'air de l'enchanter.

— Mais *elle*, est-ce qu'elle est enchantée ? répliqua sèchement Chyna, ce qui lui valut un sourire de Beverly en retour. Qu'elle le soit ou non, en tout cas, l'année prochaine à Halloween il ne sera plus dans les parages pour ennuyer les autres. » Chyna tendit la main pour toucher celle de Beverly. « Nous devons être reconnaissants des plus petits bienfaits.

— N'utilise pas ce genre de lieu commun pour m'empêcher de m'inquiéter de Deirdre ! s'énerva Beverly, de manière si inattendue que Chyna recula. Je n'apprécie pas, et ça ne marche pas avec moi de toute manière. » Ses yeux se plissèrent légèrement. « Ce n'est peut-être pas *toi* le médium finalement, Chyna. C'est peut-être *moi*, parce que je sais qu'il est arrivé quelque chose d'horrible à cette fille ! »

3

Une demi-heure plus tard, lorsque Rex fut de retour avec les enfants, Chyna proposa qu'ils aillent déjeuner au McDonald's, essentiellement pour distraire Beverly de Deirdre Mayhew et faire baisser d'un cran ou deux son niveau d'anxiété. Rester là à parler de la jeune fille disparue ne ferait rien pour améliorer leur humeur, ni à l'une ni à l'autre.

Les enfants furent enchantés, surtout lorsque Chyna suggéra d'emmener Michelle avec eux, d'aller chercher la nourriture au comptoir drive-in, puis de manger au petit abri prévu pour les pique-niques, à un bloc du restaurant. Rex ne se joignit pas à eux, il avait besoin de faire un somme après avoir veillé aussi tard (il n'était pas rentré avant trois heures du matin). Les enfants et Michelle s'engouffrèrent bruyamment dans la voiture pour ces festivités de déjeuner tandis que Chyna et Bev essayaient de se comporter comme si rien au monde ne pouvait leur faire plus plaisir que d'aller au McDonald's.

Après de brèves chamailleries devant le micro du comptoir pour choisir ce qu'ils allaient commander, chamailleries ponctuées par quelques aboiements de Michelle, ils rassemblèrent tous les sachets de nourriture. Dix minutes plus tard, ils étaient arrivés sur la zone réservée aux pique-niques, tout près de la bibliothèque. Chyna se souvint qu'adolescente, elle prétendait souvent devoir travailler toute la journée à la bibliothèque, pour en fait venir ici, acheter un hot dog et un soda au marchand ambulant installé là de mai à septembre, et manger dans le parc en appréciant le décor.

La bibliothèque était un magnifique bâtiment, de style colonial, avec une grille en fer forgé. Elle semblait provenir de la ville restaurée de Williamsburg, en Virginie. La grande horloge du tribunal marquait parfaitement le temps et les carillons, parfaitement accordés, sonnaient d'une manière en quelque sorte lancinante. Le soleil brillait sur une fontaine érigée dans le square au début du XIXe siècle, et parfois un certain Billy Newhouse, véritable institution dans le quartier, venait jouer des chansons folk pour recueillir des dons. Malgré la température plutôt fraîche, Billy était justement en train de chanter *Puff, the Magic Dragon* pour le plus grand plaisir des enfants.

Chyna et Beverly défirent les emballages de nourriture, dont une part de beignets au poulet pour Michelle, et prirent place à l'une des tables de piquenique. Les deux enfants se jetèrent sur la nourriture comme s'ils n'avaient jamais mangé de leur vie. « On a du mal à croire que Kate vomissait toutes ses tripes hier soir, marmonna Beverly. Les enfants sont tellement plus résistants que nous.

— Heureusement, fit Chyna. Sinon, ils n'arriveraient jamais à l'âge adulte. »

La température ne devait pas dépasser les cinq degrés, mais au moins il y avait du soleil. Peu à peu Beverly sembla se détendre, en sirotant un Coca et regardant les enfants manger avec voracité et donner des morceaux de nourriture à Michelle. Mais Chyna ne pouvait détourner ses pensées de Deirdre Mayhew. Son père était-il assis dans son café, paralysé de frayeur à l'idée de perdre sa fille juste après avoir perdu sa femme ? Bien qu'elle ne l'ait revu qu'une fois depuis des années, et ne lui ait même pas parlé hier lorsqu'elle était à L'Étoile avec Scott, Chyna avait senti une aura de vulnérabilité émaner de lui. Il est du genre à toujours s'attendre au pire, et généralement le pire arrive, se dit-elle. Contrairement à Scott, dont la ténacité ne lui permettrait jamais de cesser de combattre, Ben renoncerait facilement, non parce qu'il le voulait, mais simplement parce que la confiance lui faisait défaut.

« Je n'aurais pas dû prendre ce sundae au caramel, dit Beverly, obligeant Chyna à ne plus penser à Ben

Mayhew. Il faut que je perde un ou deux kilos. Ou plutôt six ou sept.

— Tu es très bien comme ça, répondit Chyna.

— Tu dirais la même chose même si j'avais dix kilos de trop.

— Pas du tout. » Chyna regarda Beverly dans les yeux — de beaux yeux bruns. « Franchement, je ne dirais pas ça. Si tu avais besoin de perdre du poids, j'essaierais de te le dire avec tact…

— Sans me traiter de tonneau ou de baleine ?

— Que dirais-tu de *bébé* baleine ? »

Elles éclatèrent de rire toutes les deux et Ian, qui venait juste d'apparaître à côté de sa mère, voulut savoir : « Où est le bébé baleine ?

— En face de toi si ta maman n'arrête pas de manger des sundaes au caramel, répondit Bev.

— J'aime bien les bébés baleines, protesta Ian.

— Mais ton papa, lui, ne les aime pas. Du moins, il ne veut pas être marié avec. »

Ian fronça les sourcils et regarda sa mère avec la plus totale perplexité. « Papa va se marier avec un bébé baleine ?

— Eh bien, je ne voudrais pas rater la cérémonie. »

Chyna et Beverly se retournèrent et virent Rusty Burtram, des Pompes funèbres Burtram & Hodges, qui se tenait derrière elles. Il portait un jean, une parka jaune, et des chaussures de course. Ses cheveux bruns parsemés de fils d'argent lui couvraient partiellement le front, au lieu d'être tirés en arrière comme lorsqu'il était sur son lieu de travail. Chyna se dit qu'en tenue décontractée et loin de l'atmosphère des pompes funèbres, il avait l'air plus jeune d'au moins cinq ans.

« Maman dit que papa va épouser un bébé baleine, l'informa Ian d'un ton offensé, mais je crois que ce n'est pas vrai parce que papa ne connaît aucun bébé baleine. »

Rusty leva les yeux au ciel, en exagérant la mimique, puis les baissa sur Ian, et dit solennellement : « Tu sais, je crois que je n'en connais pas non plus. »

Kate, le temps de s'adresser à Rusty, daigna s'arrêter de manger. « N'écoutez pas Ian, fit-elle avec un profond mépris. C'est juste un bébé, et il est pas très malin.

— Je suis super-malin », protesta Ian, lançant une frite à sa sœur.

Beverly prit son air le plus sévère. « Ça suffit, tous les deux. Vous sortez de table et vous allez jouer avec Michelle. Ne vous énervez pas, ne vous mettez pas à crier. N'allez pas dans la rue. Ne laissez pas la chienne aller dans la rue non plus. Et pas de chamailleries. »

Kate lança à sa mère un sourire plein de lassitude et de mélancolie, et marmonna : « D'accord. » Elle quitta la table, tirant Ian derrière elle tout en répétant à son petit frère chacune des instructions données par Beverly.

« Ils vous donnent du fil à retordre, on dirait, fit Rusty en riant.

— Entre vous et moi, il y a des jours où je me mettrais à pleurer si je devais entendre une seule dispute ou une seule revendication de plus, commença Beverly. Mais lorsqu'ils partent dans l'Iowa, chaque année, chez mes grands-parents pour une semaine, je me sens tellement seule que j'ai du mal à le supporter. »

Rusty sourit. « Je crois que la plupart des parents ressentent cela. Enfin, d'après ce qu'on m'a raconté. Étant célibataire depuis…

— Je connais plusieurs charmantes jeunes femmes avec lesquelles je peux vous arranger un rendez-vous », coupa Beverly.

Rusty et Chyna rougirent, sachant que Beverly était une marieuse acharnée et qu'ils étaient célibataires tous les deux. Rusty fut le premier à reprendre contenance. « J'ai toujours pensé que l'amour frappe au hasard. On ne peut pas l'organiser ou le prévoir. Il arrive, c'est tout.

— Moi aussi, dit aussitôt Chyna. C'est exactement ce que je pense. »

Beverly les regarda tour à tour, amusée. « Vous êtes vraiment deux cas désespérés. Je parie que ni l'un ni l'autre ne se mariera et ne connaîtra les joies du mariage et surtout celles procurées par d'adorables enfants… »

À cet instant, Kate poussa un hurlement. Tout le monde sursauta, puis elle cria : « Ian m'a tiré les cheveux !

— Ian Greer, tu arrêtes tout de suite ! » Beverly se dirigea vers les enfants. « Si vous ne pouvez pas jouer tranquillement ensemble… »

Rusty regarda Chyna et fit une mimique : « Tu vois ce que nous ratons ?

— J'en ai le cœur brisé. »

Rusty se mit à rire et de nouveau Chyna fut frappée par la manière dont le temps et la chirurgic csthétique avaient amélioré son physique. Il n'était toujours pas un bourreau des cœurs, comme Scott Hendrick, se dit-elle, néanmoins…

« Je suis certain que tu es au courant pour Deirdre Mayhew », était en train de dire Rusty.

Chyna chassa Scott de ses pensées. « Oui. J'espère que rien de grave n'est arrivé. Même mon frère Ned participe aux recherches.

— Tu penses sûrement que je suis nul de n'avoir pas rejoint l'équipe de recherches, fit Rusty. Elle n'a pas disparu depuis si longtemps, et elle a dix-huit ans, ce n'est pas une gamine.

— Je ne pensais pas que tu étais nul. Personne ne croit qu'elle ait pu s'enfuir volontairement, soupira Chyna. Mais si elle n'a pas réapparu et si son père n'a pas eu de nouvelles demain à la même heure, alors je dirai qu'on a des raisons de s'inquiéter.

— C'est ce que je pense. Et dans ce cas, je participerai aux recherches mais, Dieu merci, nous n'en sommes pas encore là. » Des rides apparurent entre ses sourcils et son regard se fit lointain. « Bon, j'ai une tonne de courses à faire. On a un enterrement prévu cet après-midi, mais papa a insisté pour s'en occuper, comme pour celui de Nancy.

— Ah oui, Nancy Tierney », fit Chyna, qui se rendit compte que sa voix tremblait un peu. Ce qui n'était pas étonnant, pensa-t-elle. Elle avait entendu de façon certaine la fille morte prononcer les mots *Star light, star bright, first star I see tonight.* Elle avait été terrifiée et elle était sûre que Rusty avait perçu la terreur dans son expression, mais il avait été assez gentil pour ne rien dire. « Est-ce que ses obsèques se sont bien passées ? demanda Chyna de façon maladroite.

— Eh bien, il n'y a pas eu d'impair, répondit sans

hésiter Rusty. Le pasteur a dit de belles choses, bien que Nancy ne soit pas allée à l'église depuis sa petite enfance, je crois bien. Sa mère a pleuré toutes les larmes de son corps, mais elle ne s'est pas évanouie. C'est ce qu'on craignait tous. Elle s'évanouit très souvent, ou bien elle fait semblant, dès que quelque chose la contrarie. Et surtout, aucun de ceux qui portaient le cercueil ne l'a lâché. Quand ça arrive, c'est toujours un désastre. Les bruits du choc, les fleurs écrasées, les exclamations des proches, ou même les cris. L'année dernière le vieux Simpkins — quatre-vingt-dix ans au moins, et maigre comme un clou — a insisté pour faire partie des porteurs à l'enterrement d'un de ses amis. Il a fait deux pas, mais le cercueil était particulièrement lourd. Le vieux Simpkins est tombé, et s'est mis à crier : "Par toutes les flammes de l'enfer, Arthur a toujours pesé une tonne !" »

Chyna éclata de rire. « Et comment ont réagi les invités ?

— La plupart ont essayé d'étouffer un petit rire nerveux. D'autres ont franchement ri. Et certains ont été choqués, et ont dit qu'on n'aurait jamais dû *demander* à M. Simpkins de porter le cercueil, comme si c'était nous qui l'avions voulu ! Papa n'a pas très bien pris la chose, c'est le moins qu'on puisse dire.

— Oui, j'imagine tout à fait. Il n'était pas enchanté non plus que ma mère doive être incinérée au lieu d'avoir un enterrement traditionnel.

— Il m'a raconté. » Rusty la regarda, ses yeux gris pleins de gentillesse. « Mais ce n'est pas sa décision. C'est celle de votre famille.

— Non, c'est celle de maman. Je n'étais pas au courant. Honnêtement, je n'avais jamais pensé à tout ça.

Je croyais qu'elle serait toujours là. C'est idiot, n'est-ce pas ?

— Non. Qui veut s'attarder sur l'idée de la mort ? Pas moi, même si je ne peux pas faire autrement puisque je vais hériter de Burtram & Hodges. »

Chyna, sans vouloir le brusquer, remarqua : « Tu n'aimes pas ton travail, n'est-ce pas, Rusty ? »

Il baissa les yeux, ne répondit pas tout de suite, et serra le poing. « Je le déteste, dit-il d'une manière tranquillement venimeuse. Je le déteste absolument.

— Alors quitte-le. »

Le regard de Rusty croisa le sien. « Le quitter ? Juste comme ça ?

— Pourquoi pas ?

— Eh bien... Je... » Il détourna les yeux. « Mon père compte sur moi. »

Chyna pensa à la manière dont Owen avait écarté Rusty lorsqu'il pensait avoir à organiser un bel enterrement pour Vivian Greer. « Peut-être ne compte-t-il pas sur toi autant que tu le penses. Et de toute manière, je suis sûre qu'il voudrait que tu sois heureux, et si tu ne l'es pas en travaillant aux pompes funèbres...

— Mais je suis l'héritier de Burtram & Hodges. » Rusty rougit légèrement. « C'est comme ça que papa m'appelle. L'*héritier*.

— Eh bien, si tu penses que tu le dois, reste jusqu'à sa mort. Et ensuite, vends l'entreprise. »

Rusty la regarda, ses lèvres esquissèrent un drôle de demi-sourire. « Chyna, tu l'as vu. Il prend tellement soin de lui, il est parti pour devenir centenaire.

— Qui est parti pour devenir sans tenaire ? demanda Ian.

— Nous tous, répondit joyeusement Rusty. Et peut-être même plus… Cent dix ans. Ça te plairait ?

— Peut-être. Est-ce qu'il faudra que je sois un canard à Hal'ween ? »

Rusty eut l'air désorienté, mais Chyna hocha la tête. « Tu pourras être tout ce que tu veux, Ian.

— Je veux être Spideyman.

— D'accord. Quand tu auras cent dix ans, tu pourras être Spiderman. » Beverly venait d'arriver et d'entendre leur échange. « Tu le laisseras être Spiderman à Halloween, n'est-ce pas ? » demanda Chyna.

Beverly sourit. « Sûrement, mais j'insisterai toujours pour l'accompagner afin d'être sûre que tout va bien. Voyons donc, est-ce que c'est moi qui pousserai le fauteuil roulant de Ian, ou bien lui qui poussera le mien ? »

Ils se mirent tous à rire, sauf Ian, qui ne comprenait pas pourquoi quelqu'un devrait être dans un fauteuil roulant. Brusquement, il cessa d'essayer de comprendre la logique des adultes et repartit jouer avec Michelle.

« Il faut que j'aille à la quincaillerie, dit Rusty. Ce n'est pas que ça m'amuse. Je ne suis pas très bricoleur, mais j'essaie de m'y mettre de temps en temps. J'ai été content de vous voir, Beverly. Les gosses sont adorables.

— Merci, Rusty. Vous devriez venir dîner à la maison un de ces soirs. Et amenez quelqu'un, ce sera avec plaisir.

— Papa ?

— Je pensais plutôt à une compagnie féminine, répondit Beverly en souriant.

— Alors il faudra que je fasse appel à une agence

d'hôtesses pour la soirée. » Rusty se mit à rire, mais Chyna perçut la trace de chagrin dans sa voix. Pauvre de toi, se dit-elle. Tu as dépensé des milliers de dollars pour améliorer ton apparence et Dieu sait combien d'heures à essayer de te débarrasser de ta timidité et de ton manque d'assurance, et tu es encore un solitaire. Et tu le seras toujours, comprit Chyna dans l'un de ces inopportuns éclairs de perspicacité.

« Tout va bien, Chyna ? demanda Rusty.

— Mais oui, répondit-elle nerveusement.

— D'accord. Je ne voulais pas être indiscret. Tu as simplement eu l'air un peu mélancolique pendant une seconde. Mais je suppose que c'est normal dans ces circonstances. Je te le redis, je suis désolé pour ta mère. »

Rusty mit sa main sur l'épaule de Chyna. Brusquement, la table de pique-nique, les enfants, Michelle, Beverly — tout disparut à sa vue. Il lui semblait se tenir près d'un bouquet d'arbres, la plupart portant encore quelques feuilles ternies. Puis elle entendit le bruit de pas précipités, et elle recula derrière un des arbres, retenant son souffle tout en dirigeant son regard vers un sentier étroit. Une fille habillée en jogging bleu marine courait le long du sentier. Elle courait comme une professionnelle, ses pas et son souffle mesurés, l'expression de son visage — son beau visage d'adolescente — concentrée et déterminée, ses longs cheveux blonds tirés en queue-de-cheval. Je l'ai déjà vue, pensa confusément Chyna, perdue dans sa vision. Je l'ai déjà...

Dans un cercueil.

Nancy Tierney avec ses cheveux coiffés avec soin, les mains croisées, sa jolie bouche rose cousue mais qui prononçait malgré tout les mots *Star light, star bright, first star I see tonight…*

« Content de vous avoir rencontrés, vous tous. » Rusty retira sa main de l'épaule de Chyna et la vision s'évanouit. Alors qu'il leur disait joyeusement au revoir, Chyna réussit à lui adresser un sourire forcé, sachant que, pendant un fragment de seconde, elle n'avait pas vu à travers ses propres yeux, mais à travers ceux de Rusty — Rusty au moment où il observait Nancy en train de faire son jogging du soir, le jogging dont elle n'était jamais revenue.

CHAPITRE VIII

1

Beverly semblait de meilleure humeur lorsque Chyna la déposa chez elle avec les enfants. Kate et Ian supplièrent qu'on laisse Michelle passer l'après-midi avec eux, mais Chyna expliqua que la chienne ne se sentait à l'aise avec personne, sinon avec elle. Beverly lança à Chyna un regard de gratitude. Chyna savait que Bev se sentait plus détendue que tout à l'heure, mais pas au point de devoir s'occuper de deux enfants surexcités par la présence d'un chien.

Sur le chemin du retour à la villa des Greer, Michelle laissa échapper un énorme bâillement. « Tu as dû montrer absolument toutes tes dents, fit Chyna en riant. Mais je sais comme tu te sens. Moi aussi je ferais bien un somme. »

Mais toute velléité de somme disparut lorsque Chyna atteignit le lac Manicora. Plus de cinquante personnes semblaient s'être réunies non loin du belvédère — ou plutôt de ce qu'il en restait depuis qu'il s'était effondré. Quelqu'un avait garé un énorme

4 × 4 au pied de la colline, bloquant la route qui menait à la maison de Chyna. Elle s'arrêta derrière le 4 × 4, éteignit le moteur et sortit de la voiture avec Michelle. Plusieurs personnes regardèrent dans sa direction, puis tournèrent aussitôt la tête. Déconcertée, elle fit quelques pas, regardant du côté du belvédère, et faillit butter contre Scott Kendrick.

« Scott ! Que se passe-t-il ? » Elle s'interrompit, le visage perdant toute couleur : « Est-ce que c'est Deirdre ? Ils l'ont trouvée ?

— Non, c'est une bande de gens de la ville devenus frénétiques au sujet de Deirdre, ils se sont mis dans la tête qu'elle a été kidnappée, comme les autres filles, dit-il d'un air sombre. J'ai laissé Irma m'amener en voiture jusqu'ici, surtout parce que j'avais besoin de te voir.

— Moi ? Pourquoi as-tu besoin de me voir ?

— Où est Deirdre Mayhew, Chyna ? cria un homme dans la foule. Tu l'as planquée avec toutes les filles qui ont disparu ?

— Pourquoi tu fermes pas ta grande gueule, espèce d'ignare », répliqua Scott en criant lui aussi, avant de se tourner vers Chyna dont le visage défait trahissait son incrédulité. Scott la regarda : « Voilà pourquoi j'avais besoin de te voir. »

Un quart d'heure plus tard, ils entraient dans la villa des Greer. Chyna aurait pu remonter la colline en dix minutes, mais elle avait ralenti l'allure à cause de la jambe de Scott, même s'il semblait boiter moins fort que la première fois qu'elle l'avait vu. Le conducteur du 4 × 4 ayant refusé de déplacer son véhicule,

Scott et Chyna avaient été obligés de marcher. Dès qu'ils furent à l'intérieur, Scott dit : « J'ai déjà appelé la police avec mon portable. Ils devraient être là d'une minute à l'autre et faire sortir cette troupe du milieu de la route. »

Chyna n'avait pratiquement pas parlé sur le chemin, sinon pour demander à Scott si sa jambe ne le gênait pas trop. Elle n'en revenait pas. Non seulement qu'un individu bloque la route en refusant de bouger, mais qu'un autre lui demande si elle avait enlevé Deirdre Mayhew et si elle l'avait « planquée comme les filles qui ont disparu ? ».

Une fois à l'intérieur de la maison, Scott referma soigneusement la porte derrière lui et tira le verrou. « Tu ne crois pas qu'ils vont nous suivre jusqu'ici, non ? demanda Chyna.

— Un ou deux en seraient bien capables. Ou même plus qu'un ou deux. » Scott regarda par la fenêtre, puis se retourna et la regarda avec gravité : « À partir de maintenant, il te faut être prudente.

— Scott, pour l'amour du ciel, qu'est-ce que ces gens près du lac peuvent bien avoir en tête ? » Soudain, elle le regarda, écœurée : « Lorsque Zoey a disparu, certains ont pensé que *je* lui avais fait quelque chose. Et maintenant ils pensent que j'ai fait quelque chose à Deirdre, c'est ça ? »

Scott la regarda d'un air à la fois plein de pitié et de colère : « Quelques-uns de ces imbéciles, oui. »

Chyna le regarda fixement. « Et ça vaut aussi pour Heather Phelps et Edie Larson ?

— Je n'étais pas dans le coin quand elles ont disparu, mais ma mère m'a dit que quelques personnes ont fait remarquer que c'était vraiment bizarre que, chaque fois, tu sois ici, *toi*. Pour Noël et pour l'enterrement de ton père, fit-il à contrecœur. Maman a été scandalisée. De plus, les deux fois, tu n'es restée à Black Willow que deux jours. Et tu ne t'es pas éloignée de la maison, j'imagine.

— Tu as raison. Ce Noël-là je ne suis pas allée en ville une seule fois, et la disparition d'Edie n'a été signalée que le lendemain de l'enterrement de mon père. Le lendemain après-midi. Je suis repartie le matin suivant. C'est pour ça que je n'ai jamais entendu ce commérage, je n'ai jamais su que les gens *me* soupçonnaient… » Les yeux de Chyna se remplirent de larmes, et Michelle se rapprocha de ses jambes, sentant que sa maîtresse était bouleversée. Chyna fit tomber son sac par terre, puis s'agenouilla et étreignit la chienne. « Je ne peux pas croire que les gens pensent que j'ai fait du mal à ces filles, Scott. Zoey était ma meilleure amie. Je connaissais à peine Edie. Heather est venue une ou deux fois aux fêtes de Noël de mes parents quand elle était tout juste adolescente. Et Deirdre ? Je ne l'ai rencontrée qu'une seule fois. Qu'est-ce qui fait croire aux gens que je lui ai fait quelque chose, *à elle* ?

— Il vaut mieux se demander *qui* leur fait croire cela. » Scott serra les dents. « Irma Vogel. »

Chyna resta bouche bée. « Irma Vogel ! Scott, c'est absurde ! Je sais que lorsqu'elle travaillait ici, quand j'étais adolescente, elle ne m'aimait pas, mais je ne l'ai pas vue depuis…

— Depuis que Zoey a disparu. » Scott se dirigea vers le canapé, boitant légèrement depuis la pénible ascension de la colline, et s'affala avec un léger gémissement. « Elle te détestait parce qu'elle était jalouse de toi et je parie mon dernier dollar qu'elle répandait déjà cette rumeur à l'époque. Je sais qu'elle n'a jamais digéré cette histoire de perception extrasensorielle.

— Je n'ai jamais abordé le sujet avec personne depuis des années ! Sinon avec toi, s'exclama Chyna.

— Mais les gens ici s'en souviennent, Chyna. Ce n'est pas une grande ville où il se passe sans arrêt quelque chose. Les gens ressassent les vieux scandales, les vieux ragots, les vieux mystères, tout ce qu'ils ont sous la main. La disparition de Zoey est un mystère, Zoey était ta meilleure amie, elle a disparu sous ton nez. Prends tous ces éléments, mélange-les dans la tête d'Irma Vogel — pas spécialement attirante ni intelligente, violemment jalouse de chaque femme qui à ses yeux lui fait de la concurrence vis-à-vis de tous les hommes entre vingt-cinq et soixante ans, une dangereuse cancanière, et par-dessus le marché, superstitieuse —, tu prends tout cela et tu aboutis à une scène comme celle du lac tout à l'heure. Depuis l'aube elle est pendue au téléphone.

— En effet Beverly m'a dit que c'est Irma qui l'a appelée ce matin pour lui annoncer que Deirdre avait disparu, dit Chyna d'une voix éteinte.

— Tu vois ? Elle a dû s'asseoir et faire la liste de tous les gens à appeler. Ensuite elle s'est précipitée chez moi et m'a sorti du lit pour m'annoncer la nouvelle. Elle ne m'a même pas laissé le temps de m'habiller. »

En dépit de tout, Chyna ne put s'empêcher de sourire. « Tu ne diras pas qu'elle ne sait pas tirer profit d'une situation.

— Tu changes de sujet.

— Tu as rougi.

— Les hommes ne rougissent pas, Chyna. » Le regard sombre de Scott évita celui de Chyna. « Je déteste demander mais, puisque tu ne l'as pas proposé, est-ce que je peux avoir quelque chose à boire ?

— Oh mon Dieu, où sont mes bonnes manières ? Veux-tu une boisson non alcoolisée ou bien quelque chose de plus fort ?

— J'aimerais bien une bière.

— Tu auras une Corona à l'instant même, si oncle Rex n'a pas bu tout le stock.

— Rex est ici ?

— Il est arrivé hier », répondit Chyna en se dirigeant vers la cuisine, essayant désespérément de ne pas penser à la bande de gens amassés dehors, qu'elle pouvait encore entendre crier son nom, accompagné de quelques obscénités. « Lorsque Rex a appris pour maman, il était au lit avec la grippe, ce qui l'a retardé.

— Je suis heureux que tu ne restes pas seule ici. » Chyna se rendit compte que Scott l'avait suivie dans la cuisine. Scott *et* Michelle. Dans le réfrigérateur, elle trouva un pack non entamé de six Corona. Elle en prit une pour Scott, se prépara un verre d'eau glacée, et donna un biscuit à Michelle. Scott s'installa à la table de cuisine, et regarda dehors. La terrasse paraissait lugubre. « L'été, cet endroit est toujours si agréable.

— Il est magnifique. Ou du moins, il l'a été. Maman n'était pas si bonne jardinière que ça, mais elle faisait venir un paysagiste de Huntington. Il y avait des arbustes en fleurs, la tonnelle était recouverte de plantes aux couleurs éclatantes. Et la fontaine était toujours impeccable.

— Je m'en souviens. J'ai assisté à pas mal de barbecues ici lorsque tu n'étais encore qu'une gamine.

— Tu parles comme si j'avais été un bébé au berceau, Scott. Tu n'as que sept ans de plus que moi.

— Oui, lorsque j'avais dix-sept ans, tu en avais dix, tu pouvais bien être un bébé au berceau en ce qui me concerne.

— Il me semble me souvenir d'une fête du 4 Juillet où tu étais là, tu devais avoir à peu près vingt ans. » Chyna sourit à ce souvenir : il portait alors des jeans noirs très moulants, un tee-shirt noir, et il arborait un petit anneau d'or à l'oreille. Sa mère — celle de Scott — avait été horrifiée, surtout par la boucle d'oreille, et, devant tout le monde, lui avait dit qu'il avait l'air d'un loubard. Chyna, quant à elle, avait trouvé qu'il avait l'air incroyablement sexy, comme une rock star. Puis elle se souvint de la fête donnée la veille du jour où Zoey avait disparu. Son sourire s'effaça brusquement.

« Je me demandais quand tu allais te souvenir de la dernière fête donnée un 4 juillet, dit Scott. Désolé. Je n'aurais pas dû y faire allusion.

— Ce n'est rien. J'ai beau essayer de ne pas y penser, je ne peux pas m'en empêcher. C'était l'une des fêtes les plus réussies, avec Ron Larson qui s'est fait jeter dehors par oncle Rex. » Elle sourit. « Ça nous avait semblé tellement palpitant, à Zoey et moi. »

Scott eut un petit sourire. « Oui, c'était plutôt drôle. Larson s'est ridiculisé, mais c'était sa spécialité à l'époque. Les Larson vivent-ils encore dans les parages ?

— Je ne sais pas. Je ne suis pas restée en contact avec eux. » Elle soupira. « Je me demande s'ils attendent encore Edie.

— Mme Larson l'attend peut-être encore, si son

mari lui en laisse le temps entre deux raclées. Ça fait des années qu'on aurait dû boucler Ron. » Chyna acquiesça, pensant à quel point l'existence d'Edie avait dû être triste, avec comme seul rayon pour l'éclairer Gage Ridgeway. Pourvu que ce ne soit pas Gage qui lui ait fait du mal, implora-t-elle mentalement. Elle se souvint de les avoir vus un jour ensemble. Edie avait regardé Gage avec un air d'adoration.

Scott remarqua l'expression solennelle de Chyna et demanda : « Où donc est Rex ? Tu as dit qu'il avait fini par arriver. »

Chyna fronça les sourcils. « Oui, il est bien arrivé, mais la porte du garage est ouverte et sa voiture n'est pas là. Il est parti, apparemment.

— Pas de quoi s'étonner, avec l'attroupement près du lac.

— Oh, il n'aurait pas cherché à fuir ces gens, dit Chyna qui enfin se sentit prête à sourire. Il aurait appelé la police, et apprécié le spectacle de la meute éjectée des lieux. Tout simplement, Rex est incapable de rester en place. Je me demande s'il lui est arrivé de rester un jour entier à la maison, depuis qu'il est adulte. Il faut toujours qu'il soit en mouvement, qu'il parle à des gens, qu'il s'amuse. Je suis sûre qu'il a quitté la villa avant que cette bande de plaisantins arrive. »

Scott fit un drôle de sourire. « Rex Greer souffre d'agitation fébrile ?

— Je n'ai jamais vu les choses sous cet angle. J'ai toujours pensé qu'il était simplement extraverti.

— Il y a *extraverti* et il y a *obsessionnel*. L'attitude de Rex me semble plutôt obsessionnelle. »

Chyna regarda Scott d'un air faussement sérieux. « Je vais pouvoir dire à Rex que tu as établi le diagnostic de son problème.

— Et connaissant Rex, il viendra me trouver et me donnera un bon coup de poing. Si je me souviens bien, il n'a jamais apprécié la critique.

— Il n'a pas changé. » Chyna soupira. « J'aimerais pourtant bien qu'il soit là. Avec cet attroupement près du lac, je n'aime pas rester seule dans la maison. »

Scott leva un sourcil. « Et moi, je suis invisible ? Ou bien je ne compte même pas pour une personne à tes yeux ?

— Oh, Scott, je ne voulais pas t'offenser ! s'écria Chyna. C'est simplement que tu es blessé…

— J'ai été blessé il y a des semaines. Je n'ai plus qu'un petit problème avec ma jambe, c'est tout. » Il serra les poings. « Je suis encore capable de tabasser quiconque voudrait t'embêter, et je ne m'en priverais pas ! »

Chyna garda son sérieux un instant, puis ne put s'empêcher de rire. « Qu'y a-t-il de drôle ? demanda Scott.

— Tu me fais penser à mon neveu de trois ans, Ian, quand il veut fanfaronner.

— Je n'étais pas en train de fanfaronner… » Scott s'interrompit, et rougit légèrement. « Bon, peut-être que si.

— Il n'y a pas de peut-être qui tienne, Scott.

— D'accord. Donc j'avais l'air d'un gamin de trois ans. Puisque tu le dis. Mais il n'empêche que je peux te protéger. » Il brandit la superbe canne en bois dur. « Sans compter ça, n'oublie pas.

— J'en suis très heureuse et je te remercie, dit gravement Chyna. J'apprécie que tu sois prêt à t'en servir mais si tu l'abîmais, c'est sur *toi* que ta mère se livrerait à des voies de fait !

— Tu as raison, j'imagine. De toute manière je vais bientôt y renoncer. Ma jambe s'améliore de jour en jour.

— Je suis heureuse que tu l'aies encore eue aujourd'hui, cette canne. La montée de la colline aurait été vraiment difficile pour toi.

— J'imagine que je suis bon pour un peu d'arnica ce soir — ah, comme j'aime l'odeur de ce truc — mais ça va mieux. Vraiment mieux.

— Génial, Scott. Les dernières semaines ont dû être affreuses pour toi… » Chyna, voyant le visage de Scott s'assombrir, s'interrompit et changea complètement de sujet. « Je me demande si ces gens sont toujours attroupés près du lac ? Qu'est-ce qu'ils s'imaginent ? Que j'ai enlevé Deirdre et que je la cache au sous-sol ?

— Je ne sais pas ce qu'ils pensent, fit Scott, écœuré. Je suis simplement venu en voiture avec Irma parce qu'une fois habillé, j'ai entendu qu'elle organisait une petite réunion ici. Je voulais arriver chez toi pour te protéger. J'ai appelé avec mon portable, il n'y avait personne à la maison, alors j'ai dû attendre ton retour, en compagnie de ces joyeux drilles.

— Irma est certainement furieuse que tu sois venu ici avec moi. »

L'expression de Scott se durcit. « J'ai bien l'intention de ne plus jamais adresser la parole à Irma Vogel. Quand elle s'est mise à raconter toutes ces foutaises sur toi et les filles disparues, et qu'elle a insisté pour que je vienne et rejoigne les autres ici, ces gens remontés contre toi, je n'ai rien dit parce que j'avais besoin qu'on m'amène en voiture, et les trois taxis de Black Willow semblaient tous occupés. D'ailleurs les chauffeurs traînent peut-être avec les flics, qui ne se sont toujours pas montrés.

— Pourquoi n'es-tu pas venu avec ta propre voiture ?

— Elle est à New York, Chyna. J'ai passé une semaine à l'hôpital après l'accident, puis j'ai été rapatrié à Black Willow en avion. Je n'étais pas encore considéré apte à conduire, mais ces derniers jours j'ai utilisé la vieille voiture de papa. Et bien entendu, aujourd'hui où j'en aurais vraiment eu besoin, elle a un pneu dégonflé, et changer un pneu, ça, c'est encore trop pour moi. Je ne serais pas surpris que ce soit Irma qui l'ait dégonflé pour que je sois obligé de monter en voiture avec elle. » Scott s'interrompit. « Tu sais, même avant l'accident, j'avais l'idée d'acheter une nouvelle voiture. Je pense que je vais me décider. Tu crois que Ned me ferait un bon prix ? »

Chyna sourit. « J'imagine que Ned te laissera une voiture à prix coûtant. Ou même, qu'il t'en *donnera* une.

— Pas question de cadeau. Je veux juste une nouvelle voiture. Quelques dollars de réduction ne feraient pas de mal, c'est tout.

— Sais-tu déjà ce que tu veux ?

— Non, répondit Scott au bout de quelques secondes. Je me disais que cette fille que je connais pourrait m'aider à choisir. J'ai entendu dire qu'elle est intelligente et qu'elle a un goût excellent.

— Si c'est de moi que tu parles, je dois t'avertir que j'en sais beaucoup sur le fonctionnement d'un corps humain, mais très peu sur celui d'une voiture. J'ai toujours acheté la mienne sur une base esthétique.

— Ça me convient tout à fait. Nous avons Ned pour s'occuper des questions plus techniques. »

Soudain quelque chose sembla exploser dans le living. Chyna et Scott firent un bond sur leur siège. Michelle courut à l'autre bout de la cuisine, aboyant férocement.

Scott se précipitait déjà, pratiquement sans boiter, vers l'angle de la pièce. Chyna le suivit de près, désespérée du spectacle qui s'offrait à ses yeux : la superbe baie vitrée fracassée, du verre partout et, par terre, près de la cheminée, une pierre de la taille d'un melon qui, avant de retomber sur le sol, avait cassé un coin du manteau en marbre italien gravé.

Un homme cria : « Fiche le camp d'ici, Chyna Greer ! Disparais comme tu as fait disparaître ces filles ou bien tu vas connaître la colère de la ville ! »

Un brouhaha de voix suivit, certaines dominant les autres. Une femme cria : « Tu es la mort incarnée, Chyna. Fiche le camp ! Laisse les personnes pieuses et innocentes tranquilles ou bien je ne réponds pas de…

— Ça, c'était Irma, dit Scott avec une rage froide. Pieuses et innocentes, tu parles ! Le danger de cette ville, c'est elle. » Il fit face à Chyna. « Retourne dans la cuisine.

— Tu crois qu'ils vont essayer d'entrer ? demanda Chyna, un peu dépassée.

— Peut-être, répondit Scott en se dirigeant vers le téléphone. Je ne sais pas pourquoi la police ne s'est pas manifestée plus tôt, mais elle a intérêt à rappliquer tout de suite avant que l'un de ces imbéciles commette l'irréparable ! »

2

Deirdre Mayhew avait besoin d'uriner. *Uriner*, s'étonna-t-elle. Pourquoi était-ce ce mot qui lui était venu à l'esprit, plutôt que « faire pipi » ou bien, comme sa mère avait l'habitude de dire, « se rendre à la salle de bains » ?

C'est parce que j'ai tellement peur que je ne suis plus moi-même, se dit-elle. Je ne peux même plus *penser* comme d'habitude. Je veux mon père. Je veux être en sécurité dans ma chambre. Je veux rêver d'aller un jour à la fac. Je veux au moins un Noël encore. Bon sang, je serais même prête à supporter de voir Irma flirter avec papa.

Au lieu de cela, je vais sûrement rejoindre maman, et malgré tout mon amour pour elle, je ne veux pas la retrouver maintenant. Elle est morte. Les larmes jaillirent dans les yeux de Deirdre. Mon Dieu, maman, je suis désolée, mais je ne veux pas mourir même si c'est pour te revoir. Je n'ai que dix-huit ans.

Elle avait très mal à la tête à cause du coup reçu, la nuit dernière, sur son cuir chevelu. Elle était allongée sur une couverture mais dessous elle pouvait sentir un sol en ciment, recouvert de gravier. Du ruban adhésif — elle avait bien peur qu'il soit solide comme du chatterton — avait été collé sur sa bouche et ses yeux. Lorsqu'ils l'enlèveront, mes sourcils et mes cils partiront avec, se dit-elle. C'était une certitude. Qu'elle soit ou non encore vivante lorsqu'ils retireraient l'adhésif, c'était une autre affaire.

Deirdre ne savait pas trop pourquoi l'idée de son visage sans sourcils et sans cils lui donnait encore plus envie de pleurer. Après tout, dans l'état actuel des choses, ça devrait être le dernier de ses soucis. Et pourtant, elle savait à quel point son visage aurait l'air vide, sans expression, privé de ses sourcils arqués et de ses longs cils. Morte ou vivante, elle ne serait plus Deirdre Mayhew.

Ses yeux bandés ne lui permettaient pas de libérer ses larmes, et son nez était écrasé contre sa lèvre supérieure — une autre indignité. Hier encore, elle s'apitoyait sur elle-même. Elle avait vu Chyna Greer, une femme si belle, médecin, et de toute évidence le centre d'intérêt de Scott Kendrick. Elle s'était sentie malheureuse parce qu'elle devait travailler au lieu d'aller à la fac. Et sa mère lui manquait.

À présent, Deirdre aurait tout donné pour retrouver son ancienne vie, qu'importe le nombre d'heures où elle devrait travailler, qu'importe qu'elle ne puisse pas aller à la fac l'automne prochain comme ses amis, qu'importe — aussi terrible soit-il de penser cela —, qu'importe qu'elle ait perdu sa mère. Sa mère était morte jeune, mais au moins elle avait vécu, elle avait connu l'amour romantique d'un homme. Hier encore, Deirdre était persuadée qu'elle aussi, un jour, connaîtrait l'amour, aurait au moins un enfant. À présent, elle n'en était plus aussi sûre.

Deirdre avait été endormie par le chloroforme, puis quelqu'un l'avait amenée du lieu de la fête à cet espace froid et poussiéreux. Était-ce un garage ? se demanda-t-elle. L'adhésif la rendait peut-être aveugle et muette, mais elle possédait encore son sens de l'odorat. Elle ne décela aucune odeur d'essence ou d'huile de moteur. Les seules odeurs qu'elle pouvait identifier étaient celles de la poussière, de la moisissure, et des crottes de souris.

Son ravisseur avait été suffisamment prévenant pour jeter une couverture de laine sur le sol et en replier une partie sur elle, mais le froid du ciment s'infiltrait à travers la couverture, jetant des nappes d'air glacé sur son corps nu. Il l'avait déshabillée. Sa honte était pire encore que de savoir que l'adhésif emprisonnait ses chevilles et lui liait les poignets derrière le dos. Elle se contorsionna un moment, sachant que c'était un mouvement tout à fait inutile, mais sentant qu'il fallait qu'elle fasse *quelque chose* pour se libérer, au lieu de rester allongée, impuissante.

Dans l'attente de son retour.

La phrase atteignit Deirdre en plein cœur. Dans l'attente de son retour. Et que lui ferait-il alors ? Le viol serait déjà abominable, mais d'une manière ou d'une autre elle savait que le viol n'était pas l'objectif de son ravisseur. Il serait un prélude avant le but, mais pas le but lui-même.

Le but était la mort.

Sous l'adhésif, Deirdre laissa échapper un gémissement désespéré. Un gémissement que personne ne pouvait entendre, elle le savait. Après tout, cela faisait des heures qu'elle-même n'avait rien entendu — pas de voix, pas de voiture qui démarre, pas de chien qui aboie. Absolument rien, car elle était totalement seule.

Dans l'attente.

3

Dix minutes plus tard la police arrivait au lac Manicora et dispersait rapidement la foule en colère. La plupart des gens s'étaient regroupés près de la rive, mais une poignée d'âmes intrépides avait entrepris l'ascension de la colline pour se diriger vers la villa des Greer. Irma Vogel était du nombre. Ce fut elle que Scott remarqua en premier, ses cheveux blonds s'échappant dans toutes les directions, les yeux plus exorbités que jamais, la bouche à demi ouverte tandis qu'elle reprenait son souffle. Pour la première fois, Scott se dit que la laideur d'Irma n'était pas seulement due à la malchance de mauvais gènes. Elle était une fenêtre ouvrant sur une âme vacillante, remplie de haine, à la recherche d'une cible qui lui permettrait de prendre vie.

Résolument, Scott se dirigea vers l'entrée. « Que fais-tu ? lui demanda Chyna en le voyant ouvrir la porte.

— Ne reste pas dans le passage, lui intima-t-il.

— Scott, certains ont peut-être des pierres !

— Chyna, va dans l'autre pièce. » Sa voix était résolue et, même si elle ne quitta pas le living, Chyna resta éloignée des fenêtres et de la porte. À présent, Scott l'avait ouverte toute grande. Il se tenait là, de toute sa hauteur, immobile, sans même sa canne pour le soutenir. Ses yeux sombres se fixèrent sur Irma, qui ralentit son allure mais continua de s'approcher.

« Irma, fiche-le-camp-de-cette-colline. » Sa voix

était si glaciale que même Chyna tressaillit. Irma s'immobilisa mais continua à le regarder.

« Scott, tu ne comprends pas...

— J'ai dit : fiche le camp de cette colline.

— Mais Chyna est à l'intérieur. Et Deirdre a disparu. Il y a un lien...

— Chyna Greer n'a rien fait à Deirdre et tu le sais bien. Tu as juste trouvé une bonne occasion d'exprimer ta jalousie à l'égard de Chyna. Mais je ne suis pas dupe, Irma, et je suis sûr que personne ne l'est, à part une poignée de zélateurs. » Un murmure furieux s'éleva, et quelques personnes se regardèrent d'un air un peu ahuri, ne sachant pas ce qu'était un *zélateur*. Tout ce qu'elles savaient, c'est qu'elles avaient été insultées. La voix de Scott se fit entendre à nouveau, plus forte encore : « Maintenant, Irma, je veux que tu rassembles ton troupeau d'abrutis, que tu redescendes la colline, que tu rentres chez toi, et ne t'avise plus jamais de t'approcher de Chyna *ou* de moi.

— De toi ? cria Irma d'une voix ridicule. Ça n'a rien à voir avec toi, Scott. Ça ne concerne qu'*elle*. » Elle continua d'un ton larmoyant : « De plus, tu as *besoin* de moi.

— Je n'ai absolument pas besoin de toi, Irma. Et maintenant, va-t'en. Et la prochaine fois que tu entres chez moi sans y avoir été invitée, je te fais arrêter pour violation de domicile. »

Scott claqua la porte devant Irma, qui tomba à genoux et se mit à pleurer pitoyablement. Scott savait que c'était surtout pour se donner en spectacle devant son public qu'elle se comportait ainsi. En fait, elle devait déjà être en train d'imaginer comment elle allait se venger à la fois de Chyna *et* de lui.

CHAPITRE IX

Vingt minutes plus tard, l'attroupement avait été dispersé par la police locale. Scott était resté derrière la fenêtre, buvant de la bière à la bouteille tout en regardant les flics de Black Willow, qui avaient battu tous les records de lenteur, ordonner aux gens de s'en aller sous peine d'une amende. Il avait pensé que la police viendrait jusqu'à la maison constater les dégâts, mais les quatre agents s'étaient contentés de repartir avec leurs deux voitures de patrouille comme si rien ne s'était passé. Eh bien, il s'était passé quelque chose, et Scott avait l'intention d'appeler le shérif, qui était un ami personnel de M. et Mme Kendrick et qui, lui, ne se permettrait pas d'ignorer une plainte de leur « héros » de fils Scott.

Chyna était restée dans la cuisine. Il alla la rejoindre, et la trouva assise par terre, en train de siroter un Coca et de caresser une Michelle de toute évidence énervée. « Trop d'animation pour elle ? demanda Scott, désignant la chienne de la tête.

— Trop d'animation pour toutes les deux. Scott, tout cela est démentiel. Est-ce que ces gens sont encore là ?

— Non.

— Dieu merci. Ils avaient l'air de vouloir du sang. Si j'avais été seule ici...

— Tu n'étais pas seule, et je suis pratiquement sûr que la plupart d'entre eux ne se seraient pas approchés de la maison. Ils essayaient juste de t'effrayer.

— Irma faisait plus qu'essayer de m'effrayer.

— Attends que maman soit au courant pour Irma, dit sèchement Scott. Elle ne voudra plus entendre parler d'elle. Et si c'est Irma qui a lancé cette pierre qui a ébréché le manteau de marbre italien dans le living, alors que Dieu lui vienne en aide. Pratiquement rien ne rend maman plus furieuse que de voir des objets de valeur saccagés.

— Tu es sûr qu'Irma est partie ?

— Sûr et certain. » Scott resta un moment à regarder Chyna, puis lui demanda : « Eh bien, vas-tu te lever, ou passer le reste de la journée sur le sol de la cuisine ?

— Je ne sais pas trop.

— Allez, viens, dit-il d'un ton sévère. Tu n'as jamais été froussarde. Je ne supporte pas de te voir là recroquevillée comme une... comme une...

— Une froussarde ?

— Eh bien, oui.

— D'accord, fit Chyna d'une voix terne avant de se relever. Je suis debout.

— Tu te tiens encore appuyée contre le comptoir.

— Oh, bon sang, Scott ! fit-elle sèchement. Il faut peut-être que je me mette au garde-à-vous !

— Ça serait très bien. Ça te donnerait l'air courageux.

— Et ça mettrait en valeur sa silhouette, dit Rex

d'un ton joyeux depuis l'entrée de la cuisine. Je ne suis pas dupe, Kendrick. »

Scott sourit, mais Chyna se rendit compte qu'elle était terriblement contrariée que Rex n'ait pas été là plus tôt. « Où étais-tu passé ? » fit-elle d'un ton cassant.

Rex parut stupéfait. « Je suis allé voir un ami.

— Un ami ! Décidément tu as beaucoup d'amis à Black Willow ces derniers temps ! » Chyna entendit l'amertume dans sa propre voix. « Et comme c'est pratique pour toi d'être parti juste avant que la foule haineuse se rassemble. Sinon, elle aurait bloqué la route et t'aurait empêché de partir. »

Rex fronça les sourcils. « La foule haineuse ? Quelle foule ? Ici ? Pourquoi ? »

Chyna, toujours furieuse, répliqua : « Tu le saurais si tu avais pris la peine de rester une heure dans la maison où ta belle-sœur est morte cette semaine, au lieu de te conduire comme si tu étais en vacances, en te baladant dans toute la ville pour boire et faire ami avec Dieu sait qui…

— Toute une bande réunie au bas de la colline, interrompit Scott, assez fort pour couvrir le ton perçant de Chyna. Ils ont bloqué la route de la maison. J'avais eu vent de cette petite réunion organisée pour effrayer Chyna, et j'ai profité d'une voiture pour venir aussi. Lorsque Chyna est arrivée, ils n'ont pas laissé passer sa voiture, et je suis monté à pied avec elle. Ensuite quelqu'un a jeté une pierre par la baie vitrée et cassé un morceau de la cheminée. J'ai appelé la police qui a fini par arriver et par disperser la foule, mais ils n'ont pas semblé prendre la chose très au sérieux. »

Rex semblait abasourdi et, sous son bronzage perpétuel, il avait pâli. « Des gens rassemblés ici ? Quelqu'un a jeté une pierre dans le living ? Mais pourquoi ?

— Parce que Deirdre Mayhew a disparu, répondit Chyna de manière décousue. Parce que les gens de cette ville se sont mis dans la tête qu'une fille disparaît chaque fois que je reviens à la maison, alors ça doit être de ma faute. »

Rex était bouche bée. « C'est la... » Il ferma les yeux et secoua la tête. « C'est la chose la plus ridicule que j'aie jamais entendue.

— Tout le monde en ville ne souscrit pas à cette brillante théorie, dit très sèchement Scott. Simplement quelques personnes menées par une sorte de monstre aux yeux verts complètement détraqué qui se fait passer pour une âme charitable, mais qui prend plaisir à exciter les cinglés comme elle.

— Un nom, s'il te plaît, demanda calmement Rex.

— Irma Vogel.

— Ça me dit quelque chose, fit Rex.

— Elle a travaillé ici quand j'étais adolescente, cria presque Chyna. Et tu es sûrement sorti avec elle. Tu es sorti avec toutes les femmes de moins de cinquante ans de Black Willow ! »

Elle éclata alors en sanglots. Rex s'avança aussitôt et la prit dans ses bras. « Mon petit, je ne suis pas sorti avec *absolument* toutes les femmes de moins de cinquante ans. Il n'y a pas assez d'endroits à Black Willow où l'on peut se rendre avec une sans tomber sur une autre, et tu sais comme c'est embarrassant quand deux furies se crêpent le chignon. »

Chyna pleurait et riait en même temps. « Je suis désolée. J'ai eu tellement peur...

— Elle ne me considérait pas comme une protection suffisante, dit Scott d'un ton sec.

— Mais si, je t'assure, Scott. Mais la cheminée de maman — tu sais comme elle y tenait, Rex, et elle est abîmée à cause de moi…

— Oui, et je sais que tu as supplié que quelqu'un jette une pierre par la baie vitrée et casse le marbre de la cheminée de ta mère, dit Rex d'une voix apaisante. J'ai tout compris, maintenant.

— Il me faut un mouchoir, annonça Chyna presque en gémissant.

— En voilà un. » Rex se dégagea légèrement, sortit un mouchoir de sa poche, et eut un drôle de sourire. « Qu'est-ce qui t'ennuie le plus, Chyna ? La foule qui pense que tu as kidnappé la fille Mayhew, la cheminée abîmée de ta maman, ou bien que ton nez coule devant ton petit ami ?

— Ce n'est *pas* mon petit ami, pleurnicha Chyna, le nez dans le mouchoir monogrammé de Rex.

— Bien sûr qu'il ne l'est pas. Il prend les nouvelles tout à fait bien, il faut dire, stoïquement et virilement, ne laissant pas paraître une once de désolation. » Chyna était consciente des deux hommes qui se souriaient, mais ne put se forcer à regarder aucun d'eux. Rex la prit par le bras et la fit rapidement sortir de la cuisine. « Jetons un coup d'œil à ce manteau de cheminée qui te tracasse tant. »

Chyna comprit que Rex ne voulait pas lui laisser le temps de se sentir gênée par sa crise de larmes. Elle n'avait jamais été du genre nerveux, mais elle venait de perdre sa mère, et Rex se sentait coupable de ne pas avoir été présent alors que ces gens s'étaient rassemblés pour l'accuser d'être impliquée dans la disparition de Deirdre Mayhew.

Elle entendit Michelle, haletant juste derrière elle, puis le petit bruit de la canne de Scott sur le sol en vinyle de la cuisine. Ils traversèrent la salle à manger et se retrouvèrent dans le living. Rex s'approcha et regarda le morceau de marbre, de cinq centimètres sur huit environ, qui avait roulé sur le sol à côté d'une pierre de plus grosse taille et aux contours acérés. « En effet, Vivian serait tombée à la renverse en voyant ça, dit-il après avoir examiné la pierre. Vous dites que c'est Irma Vogel qui l'a lancée ?

— On était dans l'autre pièce quand on a entendu le bruit de verre brisé, répondit Scott. On n'a pas vu Irma la lancer, mais c'était elle la personne la plus proche. »

Chyna fronça les sourcils. « À quel point connais-tu Irma, Rex ?

— Je ne la connais pas vraiment. C'est juste une relation, Dieu merci. Il y a deux mois, j'étais là et je me suis arrêté dans ce petit café en ville. C'est elle qui m'a servi et, lorsqu'elle a apporté ma commande, elle s'est assise, sans y être invitée, et elle s'est présentée. Elle semblait penser que je me souviendrais d'elle. »

Chyna et Scott se regardèrent. « Chasse au mari, dirent-ils en même temps.

— Elle m'a dit qu'elle n'avait jamais eu l'occasion de me parler lorsque j'étais de passage ou de me saluer aux fêtes du 4 Juillet parce qu'elle était toujours avec, je cite, "un ami très possessif". J'ai répondu que c'était parfait parce que moi j'avais toujours été en compagnie d'une épouse *très* possessive.

— Laquelle ? demanda ironiquement Chyna.

— Je ne me souviens plus de toutes, mon petit. Il y en a eu tellement, comme tu n'arrêtes pas de me le rappeler. Quoi qu'il en soit, je ne pouvais penser à rien d'autre qu'à Irma en train de fixer ma main gauche avec ses gros yeux globuleux. Je le jure, si elle avait eu un microscope, elle aurait recherché les lignes moins bronzées sur mon annulaire gauche, vierge de toute alliance. Et son patron est venu lui demander si elle avait oublié qu'elle avait d'autres clients à servir.

— C'était Ben Mayhew, sans aucun doute, fit Scott. C'est le père de la fille qui a disparu, Deirdre.

— Deirdre… dix-sept ou dix-huit ans ? Cheveux auburn ? » demanda Rex. Scott acquiesça. « Elle est entrée dans le café ce jour-là elle aussi, mais elle est allée droit en cuisine. Elle était très jolie. Elle m'a également paru timide. » Il sembla se perdre en lui-même. « Quelle honte. Son père doit être fou d'inquiétude.

— Nous ne savons pas s'il lui est vraiment arrivé quelque chose, fit Chyna, sur la défensive. Cela ne fait même pas vingt-quatre heures qu'elle a disparu et tout le monde s'affole déjà ! »

Rex sembla revenir parmi eux et caressa doucement les cheveux de Chyna. « Tu as certainement raison. Ce n'est pas comme si elle avait disparu depuis deux ou trois jours. Quelque chose de parfaitement anodin a pu l'empêcher de rentrer chez elle ou de téléphoner. Du calme, du calme, Chyna. »

Elle put sentir une partie de la tension accumulée quitter son corps tandis que Rex parlait de sa voix apaisante. « C'est juste ces gens tout à l'heure qui me soupçonnaient, moi, d'être pour quelque chose dans la disparition de Deirdre… ça m'a bouleversée plus que je ne l'aurais imaginé. » Chyna s'interrompit. « Et je dois l'admettre, juste devant vous deux, cette coïncidence — une nouvelle fille qui disparaît quand je suis de retour à la maison — ne me laisse pas insensible. »

Rex lui prit le menton et lui fit lever la tête, la regardant dans les yeux. « Chyna, tu ne peux tout de même pas penser la même chose que ces deux ou trois tarés en ville.

— Deux ou trois "tarés" pensent que je suis pour quelque chose dans la… disparition de Zoey. Même sa mère le croyait.

— Anita Simms ne pensait pas que tu avais fait *du mal* à Zoey.

— Mais elle m'a reproché de ne pas avoir pris mieux soin de Zoey ! »

Rex fit un signe de tête. « Oui, elle te l'a reproché, j'en ai bien peur, mais c'était stupide. Zoey avait ton âge, ce n'était pas une sale gosse dont tu étais la baby-sitter. Et c'est Zoey qui a insisté pour se faufiler dehors ce soir-là. Tu dis tout le temps que, sans toi, elle ne serait pas sortie, mais je crois qu'elle l'aurait fait de toute manière, puisque ce garçon qu'elle devait rencontrer comptait autant pour elle. Anita n'a pas voulu comprendre tout cela, mais ce n'était pas une lumière. Je n'ai jamais compris pourquoi elle et Vivian étaient de si bonnes amies.

— Anita n'était peut-être pas aussi brillante que maman, mais elle était douce, gentille, et…

— En adoration. Anita trouvait que ta mère était merveilleuse, et Vivian ne pouvait tout simplement pas résister à ceux qui s'extasiaient sur elle.

— Rex ! le réprimanda Chyna. C'est terrible ce que tu dis là.

— C'est la vérité, tu le sais bien.

— Non, je ne le sais pas, et je pense que c'est terrible de ta part d'accuser maman de cultiver l'amitié des gens juste parce qu'elle pensait qu'ils l'admiraient ! »

Rex, toujours aussi calme, sourit. « Je ne dis pas que la seule raison qui poussait Vivian à cultiver l'amitié était de rassembler un groupe de fans autour d'elle, mais même toi, tu ne peux nier qu'elle avait terriblement besoin d'adoration. Nous en avons peut-être tous besoin, mais pas autant que Vivian, et je ne vais pas me disputer avec toi au sujet des faiblesses de ta mère, Chyna. Tu es déjà bien assez tracassée comme ça. De plus, je déteste réduire à néant tes illusions, car moi non plus, je ne suis pas parfait, loin s'en faut. » Il se pencha et l'embrassa légèrement sur la joue. « Je vais emporter mes remarques candides et non désirées à l'étage, et te laisser tranquille avec Scott. Si l'un de ces gens revient vous harceler, vous n'avez qu'à crier ! »

Rex se dirigeait déjà vers le large escalier, en faisant un petit signe d'adieu. Chyna et Scott le regardèrent en silence atteindre le haut des marches et disparaître dans le couloir. Chyna se tourna alors vers Scott et dit, plutôt agressivement : « Je ne sais pas ce qui lui a pris. Ma mère n'utilisait pas les gens ! »

Scott s'approcha d'elle. La fenêtre brisée laissait passer une lumière grise et froide qui découpait les traits aristocratiques de son visage, des intenses yeux sombres au menton à la forte ossature. « Rex n'a pas voulu insulter ta mère, Chyna, fit-il doucement. Je crois que tout ce qu'il voulait dire, c'est que ta mère était extravertie et charmante et très belle, et parfois ce type de personnes attire celles qui n'ont pas autant de chance. » Il sourit. « Tu sais, même quand j'étais adolescent, je me disais que ta mère avait vraiment tout pour elle.

— Et qu'est-ce que ça veut dire exactement ? demanda Chyna, ne sachant pas trop si elle devait se sentir offensée.

— Ça veut dire qu'elle était jolie, sympathique, qu'elle portait des vêtements qui mettaient en valeur sa superbe silhouette sans lui donner l'air vulgaire, qu'elle se conduisait comme si elle était plus jeune… » Il s'interrompit, puis dit en riant : « Chyna, ta mère ne ressemblait pas à la mienne, ou à aucune de celles de mes copains. Elle était branchée, elle était, eh bien… sexy. Si elle avait eu quelques années de moins, j'aurais pu avoir le béguin pour elle.

— Vraiment ? » Chyna se représenta sa mère — si belle, riant, l'air plus jeune en effet que toutes les mères qu'elle connaissait — et tout à coup elle comprit ce que Scott voulait dire. Mais elle ne pouvait le laisser s'en tirer comme ça. Elle inclina la tête et dit : « Je croyais que, lorsque tu étais adolescent, c'était sur *moi* que tu avais des vues. »

Scott rougit et dit d'une voix très forte : « Je pensais que tu étais une *gamine* intéressante, qui en grandissant deviendrait une femme intéressante. Mon Dieu, Chyna, je ne suis pas un pervers !

— Je vois, répondit Chyna comme si elle réfléchissait profondément. Tu pensais que j'étais intéressante pour mes sept ans. Et tes amis, que pensaient-ils de moi ? »

L'instant de gêne ressenti par Scott était passé. « Ils pensaient que tu étais une jolie gamine futée. » Il sourit. « Et tu as grandi en devenant une jolie adulte futée. Non, laisse-moi me corriger. Tu es devenue une *splendide* adulte futée. » Il lui fit un clin d'œil. « Et si tu m'apportais une autre bière, *chérie** ? Moi je vais appeler chez Ridgeway et leur dire d'apporter un morceau de contreplaqué pour recouvrir la fenêtre en attendant que tu puisses la faire remplacer. »

Chez Ridgeway. Chyna repensa à l'expression du visage de Gage Ridgeway hier, sur son échelle, alors qu'il nettoyait la gouttière. Il avait clairement lu dans les yeux de Chyna sa peur soudaine, au moment où elle s'était souvenue qu'il avait été le petit ami d'Edie Larson. Edie, l'une des filles disparues. Deirdre était-elle une autre disparue ?

Scott la suivit dans la cuisine et tandis qu'il feuilletait le répertoire téléphonique, cherchant le numéro de Ridgeway Construction, Chyna ouvrit le réfrigérateur. Elle se pencha vers l'étagère du bas et s'apprêtait à sortir une bouteille de bière lorsque, soudain, elle perçut une odeur de poussière et de moisissure et sentit ses bras attachés dans son dos, les poignets liés avec de l'adhésif, tout comme ses chevilles. Elle avait froid en dépit d'une vieille couverture rêche qui avait été jetée sur elle, elle avait une peur terrible de la mort qui pouvait survenir d'une minute à l'autre. Mais elle savait que ce n'était pas *elle* qui vivait cette expérience. Elle était liée psychiquement à une autre personne qui la vivait. À voix haute, elle balbutia : « Deirdre ? »

Scott la regarda. « Chyna ? Chyna, que se passe-t-il ? »

Lentement, la sensation de l'adhésif, l'odeur de poussière et de moisissure, et l'impression de danger imminent disparurent. Un peu étourdie et affaiblie, Chyna revint mentalement dans la cuisine étincelante de sa mère, tenant une bouteille de bière froide et, levant les yeux, elle rencontra ceux de Scott Kendrick, sombres et inquiets.

« Chyna ? demanda-t-il à nouveau, doucement comme s'il ne voulait pas l'effrayer. Que se passe-t-il ? »

La gorge de Chyna était incroyablement nouée. Son cœur devait battre au moins à cent la minute, se dit-elle, et elle se sentait si oppressée qu'elle était incapable de répondre.

« J'appelle le 911 », dit Scott, saisissant le téléphone. Chyna hocha violemment la tête et voulut lui prendre l'appareil. Les mains de Scott se refermèrent sur son bras, puis il l'attira tout près de lui. Si bienheureusement près, se dit-elle, se serrant contre lui en recherchant réconfort et sécurité. Elle ne pouvait le quitter des yeux, s'apaisant grâce à la sensation de ses mains vigoureuses sur ses bras à elle, grâce à la proximité de son visage et du sien, grâce à la sensation réconfortante de son souffle chaud sur sa joue.

Finalement, Chyna prit une profonde inspiration. « Deirdre Mayhew est vivante. »

Scott, doucement, l'éloigna un peu de lui, tout en lui tenant encore les bras. « Tu n'as pas arrêté de dire qu'elle n'était absente que depuis peu de temps, qu'il n'y avait pas de quoi paniquer. Et en fait tu pensais qu'elle était morte ?

— Oui, fit simplement Chyna, d'une voix très basse.

— Je savais bien que tu paraissais trop calme à son

sujet, que tu insistais trop pour dire qu'il ne fallait pas paniquer, dit lentement Scott. Je me rends compte maintenant que tu avais peur…

— … de dire qu'elle avait été enlevée par celui qui avait enlevé les autres filles, et que ça se révèle vrai.» De nouveau, Chyna inspira profondément. «Elle a bien été kidnappée, mais maintenant je sais qu'elle n'est pas morte. Elle est retenue prisonnière. Ses chevilles et ses poignets sont attachés. Je crois qu'elle a de l'adhésif sur la bouche et les yeux. Elle est terrifiée. Et elle a si froid. Je crois qu'il y a une couverture sur elle mais, sinon, elle est nue.» Chyna frissonna et lui lança un regard désespéré: «Scott, je ne sais pas où elle est, mais je *sais* que la personne qui l'a kidnappée la torture en la laissant dans l'attente du moment où elle va la tuer.»

CHAPITRE X

1

Scott la fixa. « Tu es sûre qu'elle va être tuée ?

— Je ne sais pas si c'est ce qu'elle est en train de penser à l'instant même, mais c'est ce qu'elle *a pensé* à un moment donné. Ou plutôt, elle en est certaine et moi j'en ai été presque sûre depuis le matin où Beverly m'a dit que Deirdre avait disparu. J'ai peut-être eu un doute auparavant, je ne sais plus. Deirdre est une nouvelle disparue de Black Willow, tout comme Zoey, et Edie, et Heather, et… et peut-être Nancy Tierney ! »

Scott ne put cacher sa réaction : « Nancy ! Chyna, Nancy Tierney est morte suite à une chute.

— Je sais, mais c'était plus qu'une simple chute.

— Plus ? Que veux-tu dire ? Elle a été poussée ?

— Non. Elle a bien trébuché. Mais… »

Elle ne put continuer, voyant le regard de Scott devenir de plus en plus dubitatif, et sachant qu'il ne la suivait pas sur ce terrain-là. « Tu ne crois rien de tout cela, n'est-ce pas ? »

Scott ferma les yeux un instant, puis la regarda fixement. « Je ne pense pas que tu mentes ou que tu délires, Chyna. Mais tu viens de traverser un moment plutôt difficile avec ces gens qui ont crié toutes ces choses au sujet de Deirdre. Cette bande de cinglés t'a peut-être effrayée au point de te faire imaginer tout cela, même au sujet de Nancy Tierney, tu ne crois pas ? Nancy n'a rien à voir avec Zoey ou Deirdre ou les autres.

— Si, je crois que si. » Chyna sentit qu'elle retrouvait pleinement confiance en elle. « Scott, je ne suis pas impressionnable. Pas du tout, même si parfois j'ai essayé de me convaincre que je l'étais. Je veux bien admettre que l'attroupement devant la maison m'a énervée, mais ça ne m'a pas effrayée au point de me faire croire à quoi que ce soit concernant Deirdre auquel je ne croyais pas auparavant. Et aucune de ces personnes n'a mentionné Nancy. »

Scott lui prit le bras et l'emmena devant la table de la cuisine. « Assieds-toi, détends-toi, dit-il doucement. Explique-moi ce que tu veux dire, Chyna. Je ne crois pas que tu sois folle et je ne cherche pas à te ménager. Je veux réellement savoir ce que tu ressens au sujet de Deirdre *et* de Nancy. »

Chyna prit une des chaises, l'éloigna de la table en bois de chêne bien ciré, la disposa de biais, s'assit et regarda le visage sérieux de Scott. « Tu es sûr que tu veux *vraiment* savoir ? Après tout, tu ne m'as jamais dit que tu croyais dans le don de seconde vue.

— Mais j'ai dit que je veux garder l'esprit ouvert. C'est ce que j'essaie de faire. Je veux te croire. Alors aide-moi. »

Elle s'assit plus confortablement, prit deux profondes inspirations, et essaya d'ordonner ses émotions. Finalement, elle lui adressa ce qu'elle espérait être un regard résolu. « Tu as raison. Je ne t'ai donné aucune preuve que Deirdre a bien été enlevée comme les autres filles parce que je n'en ai aucune. Tout ce que j'ai, c'est une conviction basée sur un incident dont je ne t'ai pas parlé plus tôt parce que…

— Parce que ?

— J'allais dire parce que je n'en ai pas eu l'occasion, dit Chyna à contrecœur. Mais ç'aurait été un mensonge. Et je suis fatiguée de mentir — à moi-même et aux autres. Et pour une raison ou une autre, spécialement à toi. »

Le regard de Scott se fit particulièrement attentif. Puis il demanda doucement : « À quel sujet as-tu menti ?

— Au sujet de ce que je vois, de ce que je sais : *à quel point* je vois, *à quel point* je sais. » Chyna sentit le désespoir et le soulagement l'envahir simultanément. « Scott, je t'ai parlé de la voix près du lac et de quelques autres choses que j'ai ressenties. J'en ai parlé comme si je n'étais pas certaine de ce que j'avais entendu ou ressenti. Mais j'en suis certaine. Tant pis si tu penses que je suis folle à lier, mais je peux sentir mon pouvoir, ma seconde vue — quoi que ça puisse être — plus intensément que jamais dans ma vie. » Elle le regarda brièvement, d'un air de défi. « Bon, tu ne vas pas me dire à nouveau que je suis juste bouleversée à cause des cris de la foule tout à l'heure ? »

Un sourire apparut et disparut aussitôt sur le visage de Scott. « Non, je ne vais pas te redire cela, Chyna. Je suis soulagé que tu finisses par reconnaître ce que tu as ressenti, et je suis heureux que ce soit *à moi* que tu le reconnaisses.

— Bon, fit-elle, brusquement découragée. Tu ne me pousses pas aux confidences pour ensuite essayer de me faire entendre raison ? »

Il hocha la tête. « Le premier venu s'imagine qu'il entend raison. Toi, tu es celle qui entend *au-delà* de la raison.

— Je croyais que tu étais sceptique ?

— Je le suis peut-être moins que je voulais te le faire croire. » Scott se pencha vers elle. « Je ne cherche pas à te ménager, Chyna. Je n'essaie pas de te faire dire des choses pour les ridiculiser ensuite. En fait, je crois que lorsque j'ai exprimé mes doutes au café, j'essayais simplement de cacher le fait que j'ai un peu peur de ce que tu es capable de faire avec ton esprit. C'est un brin effrayant pour un type ordinaire comme moi.

— Tu n'es pas un type ordinaire.

— Si, j'en suis un. Mais ce n'est pas de moi qu'on parle. Enfin je l'espère, étant donné que tu crois que quelqu'un a kidnappé Deirdre dans l'intention de la tuer. »

Chyna acquiesça et murmura : « Bien sûr que non.

— Raconte-moi chacune de ces choses dites surnaturelles que tu as ressenties ces derniers jours, fit Scott, avant de s'écrier : Non, attends. » Il s'approcha de la porte de la cuisine, et regarda en direction des marches montées par Rex tout à l'heure. Puis il revint. « Bon, maintenant, raconte-moi.

— Tu étais en train de vérifier si Rex ne s'était pas caché pour nous écouter ?

— Oui. J'imagine qu'avec ces gens devant la maison tout à l'heure, je devrais plutôt fouiller partout à la recherche de micros, mais ils ne m'ont pas paru assez sophistiqués pour savoir en reconnaître un s'ils l'avaient sous les yeux, alors à plus forte raison pour en placer dans la maison ! »

Chyna se mit à rire, enfin. « Mon Dieu, Scott, moi j'ai peut-être l'air dingue, mais toi, tu es encore pire !

— Au moins ça te fait sourire. Et puis, j'ai mes raisons. » Scott tendit le bras et prit la main glacée de Chyna dans la sienne. « Dépêche-toi avant que Rex revienne.

— Bon, allons-y. » Chyna se passa la langue sur les lèvres, comme elle le faisait toujours avant de se lancer dans une histoire longue ou compliquée. « Le soir où Deirdre a été enlevée, j'étais chez Ned, pour la distribution de bonbons. Beverly était dehors avec les enfants pour Trick-or-Treat. Ned était au garage. Lorsque Bev et les enfants sont revenus, Kate s'est mise à vomir et à transpirer, et Beverly et moi avons foncé à l'hôpital. Je suis restée dans la salle d'attente avec Ian. Il était effrayé alors je l'ai amené à la fenêtre pour regarder cette maison près de la route où ils n'enlèvent jamais les décorations de Noël. » Elle s'interrompit. « Je me suis mise tout d'un coup à balbutier “À jamais”, mais il ne me semblait pas être en train de parler. Il me semblait que… eh bien, que je transmettais les mots de *quelqu'un d'autre.* »

Elle rougit, ayant l'impression d'avoir l'air d'une idiote. Ou pire encore. Mais Scott la regardait attentivement, sans aucune trace de dérision sur son visage ni de doute dans ses yeux, alors elle continua. « Ensuite, j'ai vu, ou plutôt la personne dont je transmettais l'expérience a vu quelque chose de très pâle. Entr'aperçu plutôt. Et j'ai dit: "Un fantôme ?"

— Un fantôme ?

— Oui. Mais tout en parlant, c'était comme si ce n'était pas moi qui parlais, et pourtant, je devais parler puisque je crois que Ian a répété: "Fantôme." Je ne suis pas sûre. Ensuite je l'ai fait tomber.

— Tu l'as fait *tomber* !

— Oui, répondit-elle piteusement. Comme il portait un costume de Donald Duck avec un coussin sur les fesses, il ne s'est pas fait mal. Il a simplement eu peur. »

Scott fit un drôle de sourire. « Un coussin ?

— Oui. Tu sais comme les canards ont le derrière rebondi ? Le coussin était sous son costume et…

— Passons. Je sais à quoi ressemble un canard. Pauvre Ian. Même à l'âge de trois ans, je suppose qu'il y avait de quoi se sentir mortifié. » Scott réussit à réprimer son sourire. « Continue.

— J'ai commencé à m'agiter dans tous les sens. Je m'en rendais compte, mais j'étais incapable de m'en empêcher. J'ai eu la sensation de quelque chose qui m'écorchait les bras. Puis j'ai senti une odeur douceâtre. Je me répétais "ne respire pas" mais je ne pouvais pas faire autrement. » Chyna s'interrompit. « Puis je suis revenue brutalement à la réalité. Quelqu'un est venu me demander si j'avais besoin d'aide. Tout à coup j'étais de retour dans la réalité de la salle d'attente, avec Ian et une femme qui criait après moi. » Elle ferma les yeux. « Scott, ce n'est *pas moi* qui ai vu comme dans un éclair une forme pâle, ce n'est pas moi non plus qui ai murmuré "fantôme". Rien n'a écorché *mes* bras. Je n'ai aucune marque.

Et personne dans la salle d'attente ne portait un parfum quelconque. Ce n'est *pas moi* qui ai senti une odeur douceâtre.

— Mais tu penses que quelqu'un a eu une sensation d'écorchure, et senti quelque chose de douceâtre.

— Lorsque j'ai entendu qu'ils avaient trouvé des signes de lutte près des massifs de rhododendrons, à côté de la maison où se tenait la fête, et aussi la chaussure de Deirdre… » Chyna, les yeux baissés, ne termina pas. « Voilà, je crois que j'ai ressenti son expérience. Je crois qu'elle était là près de ces massifs — les rhododendrons ne perdent pas leurs feuilles en hiver, tu sais. Ce sont des feuilles très dures, et les branches sont très solides. Je pense qu'à cet endroit-là, quelqu'un l'a frappée à la tête et a voulu s'emparer d'elle. Elle s'est débattue pour se libérer, et les branches lui ont écorché les bras. Et je suis sûre que l'odeur douceâtre qu'elle essayait de ne pas respirer était du chloroforme. Elle était très bonne en chimie. C'est toi qui me l'as dit. Elle aurait reconnu l'odeur du chloroforme. Elle aurait également su qu'il ne faut pas l'inhaler. C'est pourquoi je me répétais : "Ne respire pas." Mais bien sûr elle n'a pas pu s'en empêcher et le produit lui a fait perdre conscience. »

Chyna finit par relever les yeux, et croisa le regard de Scott. Ses yeux étaient comme fixes, son souffle suspendu. Il se pencha encore plus près d'elle et murmura : « As-tu vu qui s'est emparé d'elle ? »

Chyna secoua la tête. « Non ! Bon sang, j'ai vu tellement de détails, mais pas la chose la plus importante — la personne qui a kidnappé Deirdre Mayhew. »

2

Irma Vogel se gara en face de L'Étoile, jeta un coup d'œil dans le rétroviseur pour vérifier que son rouge à lèvres rose vif n'avait pas débordé, que son nez un peu fort ne luisait pas, et que ses cheveux de chaque côté de sa frange formaient de parfaits rouleaux au-dessus de son large front. Pleinement satisfaite de son apparence comme elle l'était toujours, elle sortit de la voiture et lentement monta l'escalier qui bordait ce côté de l'établissement et menait à l'appartement du premier où vivaient Ben et Deirdre Mayhew. Le shérif lui avait dit que Ben ne voulait pas de visiteurs, mais elle était certaine qu'il serait heureux de la voir, elle. Après tout, elle était presque de la famille.

Elle frappa à la porte. Rien. Elle frappa plus fort. Rien. La troisième fois, elle martela encore plus fort et cria : « Ben, c'est Irma ! »

Au bout d'un certain temps, elle entendit la voix défaite de Ben : « Pas aujourd'hui, Irma. Rentre chez toi. »

Irma se sentit piquée au vif, puis se souvint que Ben était fou d'angoisse. « Ben Mayhew, il ne faut pas que tu restes seul dans un moment pareil », cria-t-elle. Un adolescent qui passait sur le trottoir la regarda et sourit d'un air suffisant, comprenant que sa visite n'était pas la bienvenue. Ce qu'il lui faudrait, c'est une bonne gifle, pensa Irma, refusant de lui donner le plaisir de la voir obligée de s'éclipser. Alors elle cria de nouveau : « Ben, tu me laisses entrer !

— Irma, rentre chez toi, *je t'en prie.*

— Non. Pas question. Tu as besoin de moi. Je resterai assise sur les marches jusqu'à la nuit s'il le faut. »

Au bout de trois longues minutes, Ben ouvrit la porte, avec un regard qui disait clairement « puisque-tu-ne-partiras-pas », mais Irma se dit que c'était juste une réaction à l'inquiétude et à la peur. Il avait besoin d'elle plus qu'il ne s'en rendait compte.

Sans transition elle se jeta contre lui, l'encercla de ses bras et dit en gémissant : « Oh, mon Dieu, Ben ! Pauvre Deirdre ! »

Ben resta impassible, les bras le long du corps. Puis il leva les mains et repoussa Irma. Elle s'était attendue à ce qu'il l'enlace lui aussi, à ce qu'il soit reconnaissant de sa présence, mais il se contenta de la fixer, ses yeux noisette injectés de sang, ses cheveux de travers, et son haleine sentant légèrement le gin. Ben Mayhew n'avait pas l'habitude de boire, se dit Irma. Il avait dû se tourner vers l'alcool par désespoir, et c'était ce qui expliquait son attitude froide envers elle. « Oh, Ben, s'écria-t-elle, fondant sur lui pour une deuxième tentative d'enlacement. Je sais que tu n'as toujours pas la moindre nouvelle de Deirdre et je suis tellement, tellement désolée.

— Merci de ta sollicitude et aussi d'être venue, fit Ben d'une voix éteinte. Il faut que j'aille m'asseoir maintenant. Je ne me sens pas trop bien.

— C'est bien pour ça que tu ne dois pas rester seul. » Irma, avec son mètre cinquante et ses quatre-vingts kilos, passa devant Ben et se planta au milieu du living. Il n'aurait pu se débarrasser d'elle, à moins de la tirer jusqu'à la porte et de la pousser sur le porche et au bas des marches. « Tu as besoin de parler de la pauvre Deirdre à quelqu'un, déclara-t-elle.

— Je n'ai pas besoin de parler de la pauvre Deirdre, dit-il avec impatience. Je parle à des gens de la pauvre Deirdre depuis minuit. Je l'ai cherchée absolument partout, dans tous les endroits que j'ai pu imaginer, pendant seize heures et il a bien fallu que je rentre me reposer.

— Bien sûr ! cria Irma. Tu es épuisé et tu as eu besoin de la chaleur de la maison après le froid. Je veux dire, il ne fait pas froid, juste maintenant, mais il faisait froid cette nuit lorsque tu étais dehors en train de la chercher, dans toute la ville, et aussi piétinant à travers champs où tu pensais que peut-être tu pouvais tomber sur elle, sur son corps sans vie, les yeux fixés sur le ciel, peut-être violée, nue et mutilée, ou même décapitée…

— Irma ! hurla Ben. Bon sang ! Je ne veux pas penser à Deirdre morte et mutilée ou Dieu sait quoi encore. C'est aussi pour ça que j'ai voulu me retrouver seul. Les gens comme toi n'arrêtent pas de rabâcher les horreurs qui ont pu arriver à ma fille. Tu ne peux donc pas comprendre que j'ai besoin d'un peu de paix, là, maintenant !

— Et aussi, apparemment, d'un peu plus qu'un petit gin ! rétorqua Irma, vexée et blessée qu'il n'apprécie pas le souci qu'elle avait de lui.

— Oui, j'ai pris un ou deux gin-tonic. Et je vais peut-être en prendre un autre.

— Ce n'est pas d'alcool que tu as besoin, c'est de nourriture et de café. » Et déjà Irma enlevait son encombrante veste rose rembourrée. « Je vais te préparer un bon petit repas…

— Non ! Je *ne veux pas* manger ! »

Irma recula, l'air prête à pleurer, et un peu de tension disparut du visage de Ben, bouffi par l'épuisement et aussi, selon toute apparence, par des larmes de peur, de frustration et sans aucun doute, d'autoflagellation pour avoir laissé Deirdre se rendre à la fête.

« Je suis désolé, dit-il d'une voix faible. Je ne voulais pas heurter tes sentiments. Mais je suis fatigué, je suis malade d'inquiétude, et je ne peux plus penser de manière normale. De plus, tu sembles un peu fatiguée toi-même. Ou peut-être… un peu malade. Tes joues sont en feu !

— Je vais tout à fait bien », protesta Irma, qui sentit que ses joues rosissaient encore davantage au souvenir de la rixe devant la villa des Greer, de la pierre qu'elle avait ramassée et jetée contre la fenêtre, et des choses qu'elle avait criées à Chyna. Si ses joues étaient brûlantes, c'était à cause de l'excitation à la pensée de cette scène qui avait failli tourner à l'émeute, et non pas parce qu'elle avait honte. Pourtant, elle ne voulait pas que Ben apprenne ce qui s'était passé tout à l'heure. Il aurait pu ne pas comprendre ce qu'elle avait fait et il détestait les histoires. « Je suis simplement inquiète au sujet de Deirdre, renifla-t-elle.

— Eh bien, moi aussi. » Ben prit une profonde inspiration. « J'ai besoin d'aller m'étendre un moment, Irma. Je vais peut-être faire un somme.

— Oui, oui, voilà ce qu'il te faut, affirma aussitôt Irma. Un somme. Pose ce verre de gin ; va au lit. Je vais te border et rester juste à tes côtés.

— Juste à mes côtés ? » Ben semblait horrifié.

« Je veux dire, dans un fauteuil. » Irma de nouveau se sentit offensée, mais s'en remit vite. « Je serai dans un fauteuil à côté de ton lit pour veiller sur toi, t'apporter tout ce dont tu auras besoin, répondre au téléphone et ouvrir la porte. Tu n'auras plus qu'à fermer les yeux et rêver à Deirdre, saine et sauve, de retour ici dans ton petit appartement et pas du tout étendue quelque part…

— Stop, Irma. Je vais faire un somme, je te le promets. Mais je n'ai pas besoin qu'on veille sur moi.

— J'insiste ! » Irma commença à le pousser tout doucement vers sa chambre, comme un solide remorqueur guidant un navire vers le port. « Va directement au lit. Sous l'édredon. Repose ta tête douloureuse sur un doux oreiller. Je vais tirer les rideaux pour te protéger du soleil, bien qu'aujourd'hui on n'en ait pas tellement, et le peu qu'on a eu est en train de faiblir, ce qui va rendre les recherches de Deirdre encore plus difficiles… »

Ben gémit d'accablement et laissa l'implacable Irma le houspiller jusqu'à sa chambre, le pousser pratiquement jusque dans son lit, et le recouvrir de son édredon presque jusqu'à son menton non rasé.

Dix minutes plus tard, Ben Mayhew était plongé dans un demi-sommeil agité, pendant lequel il ne cessait de marmonner. Irma, qui avait tiré un lourd fauteuil d'un coin de la chambre au côté du lit, se penchait au-dessus de Ben et le regardait tendrement. Elle détestait le voir souffrir autant, mais elle ne pouvait s'empêcher d'être heureuse de pouvoir être si proche de lui dans d'aussi intimes circonstances.

Ce qui n'aurait jamais été possible si Deirdre avait été dans les parages. Deirdre aurait pris soin de son père, comme elle l'avait fait lorsque la femme de Ben avait fini par mourir après un combat de deux ans contre un cancer qui l'avait rendue invalide. À ce moment-là également, Ben avait été malade. Irma se souvint que Deirdre avait dit qu'il avait dû garder le lit, avec de la fièvre et des frissons pendant presque une semaine, juste après l'enterrement. Deirdre avait eu tellement peur de perdre son père qu'elle n'avait pratiquement pas quitté son chevet et avait refusé de laisser quiconque « donner un coup de main », comme l'avait tenté Irma. « Je peux prendre soin de papa, avait répondu Deirdre avec fermeté. *Je* vais lui préparer du bouillon, pour le maintenir hydraté. Merci, mais je n'ai pas besoin de ton aide, répétait Deirdre tandis qu'Irma continuait de lui proposer ses services. *Je* peux changer les draps de papa. *Je* peux prendre sa température. *Je* l'emmènerai à l'hôpital s'il semble aller plus mal. » Refus sur refus, encore et encore. C'est tout ce qu'Irma avait obtenu de Deirdre lorsqu'elle avait proposé, supplié presque, d'être auprès de Ben dans ce moment difficile.

Irma regarda le visage de Ben, pâle et recouvert de sueur. Elle se pencha au-dessus de lui, lui toucha doucement le front avec un gant de toilette froid et humide, essuya ses joues. Puis elle chercha dans son sac son baume à lèvres. Elle en mit un peu sur son index puis lentement, sensuellement, de ses doigts replets et amoureux, elle passa l'onguent parfumé sur les lèvres de Ben. Si Deirdre avait été là, elle n'aurait pas pu faire cela pour Ben.

Mais voilà. Deirdre n'était plus là.

CHAPITRE XI

1

Gage Ridgeway s'engagea dans l'allée des Greer, arrêta la camionnette, et regarda d'un sale œil la fenêtre fracassée du living. Cela faisait des heures que Rex Greer avait appelé le père de Gage et demandé qu'on vienne couvrir de planches la vitre endommagée. Peter Ridgeway avait aussitôt appelé son fils, qui avait répondu qu'il était occupé et qu'il faudrait envoyer quelqu'un d'autre. Mais deux heures plus tard, Peter l'avait rappelé. Aucun ouvrier n'était disponible ce dimanche après-midi, et Gage devait se rendre là-bas immédiatement. Après tout, lui avait dit Peter d'un ton acerbe, les Greer étaient de bien trop bons clients pour qu'ils s'en fassent des ennemis.

En temps normal, Gage serait venu s'occuper de la fenêtre des Greer aussitôt après avoir entendu parler de l'incident, de la pierre jetée contre la vitre. Mais il n'arrivait pas à oublier la manière dont Chyna l'avait regardé l'autre jour, lorsqu'il se tenait sur l'échelle. Tout se passait bien, puis elle avait tout à coup paru nerveuse. Ou était-ce autre chose qu'il avait vu dans ses yeux ? La peur ? L'horreur ?

Gage frissonna légèrement en sortant de sa camionnette. Et maintenant Deirdre Mayhew avait disparu. Un de ses amis l'avait appelé tôt ce matin pour lui parler des réactions que cette disparition avait déjà suscitées et pour le prévenir d'une éventuelle visite de la police. Mais elle n'était pas encore venue car, même si la fille n'avait toujours pas été retrouvée, ce que Gage supposait, il ne s'était pas écoulé vingt-quatre heures depuis sa disparition. Par contre, si elle n'avait toujours pas été retrouvée dans la soirée, Gage savait qu'il devrait s'attendre à voir les gyrophares s'engager sur la route qui menait chez lui. Bon sang de bon sang.

Gage se sentit soulagé en voyant Rex Greer sortir de la maison et marcher à sa rencontre, souriant. Gage essaya à son tour de sourire et Rex lui serra la main. « Content de te voir, Gage. Ça fait un bail.

— Au moins trois ans. » Gage avait la bouche sèche. Il aurait aimé avoir le courage de demander quelque chose à boire, ne serait-ce qu'un verre d'eau, mais il ne voulait pas avoir l'air nerveux. « Tu n'étais pas dans les parages les jours où je travaillais pour Mme Greer, et puis il n'y a plus de barbecue le 4 Juillet depuis... »

Gage ne termina pas sa phrase, et regretta de ne pas s'être tu une seconde plus tôt. Mais Rex, comme d'habitude, ne se laissa pas démonter et dit simplement : « Depuis la disparition de Zoey. » Il sourit de nouveau et Gage remarqua à quel point il avait l'air plus jeune que son propre père Peter. Peter était irritable, nerveux et se mettait sans arrêt dans tous ses états, que ce soit à cause de Gage ou du travail.

« J'avais peur qu'on soit obligé de dormir cette nuit avec cette fenêtre grande ouverte, continua tranquillement Rex. Ou bien qu'on soit obligé d'entasser des cartons devant, ce qui n'aurait pas servi à grand-chose pour protéger du froid.

— Désolé d'avoir été aussi long, fit rapidement Gage. C'est mon jour de congé et je croyais qu'un autre type allait venir.

— Pas de problème. On a tenu le coup. » Rex sourit. « Et comment marche Ridgeway Construction en ce moment ?

— Ça va. Mieux que jamais, en fait. » Gage se reprit. « Je ne veux pas dire que Grandpa ne savait pas s'en occuper. Et bien sûr papa aussi... »

Rex se mit à rire. « Ton grand-père avait trop bon cœur, ce qui annulait complètement son sens des affaires. Il faisait sans arrêt des boulots pour rien. Ce qui n'arrange pas les finances, mais il s'en tirait quand même. Quant à ton père ? » Rex haussa les épaules. « Tout le monde sait bien que Ridgeway Construction repose sur toi, et que tu t'en occupes très bien. »

Gage répondit sans conviction : « Oh, ça, je ne sais pas trop.

— Moi je le sais. Je ne vis pas ici, mais je me tiens au courant. J'ai des vieux amis dans le coin, et bien sûr, il y avait Vivian, qui savait absolument tout ce qui se passait ici.

— Je suis désolé au sujet de Vivian... Mme Greer, monsieur. Je l'aimais beaucoup.

— Appelle-moi Rex. Moi aussi je l'aimais beaucoup. Elle manquera à beaucoup de gens, c'est certain. Chyna est anéantie. Et Ned... avec Ned, c'est toujours difficile de savoir. Je ne veux pas dire qu'il n'aimait pas sa mère, mais je trouve honteux qu'il ait tout laissé sur le dos de la pauvre Chyna — les dispositions pour l'enterrement, ce genre de choses. » Il s'interrompit. « Comme moi-même je ne suis pas arrivé à temps pour aider, je ne devrais pas le critiquer. Et comme si la mort de Vivian ne suffisait pas, maintenant il y a ce nouveau problème. »

Gage acquiesça et regarda par la fenêtre. « Bon sang, laissa-t-il échapper, surpris. Je savais que vous aviez une vitre cassée, mais je n'imaginais pas l'étendue des dégâts. Et c'est une baie vitrée, en plus. Chère à remplacer.

— Oui. La pierre qui a fracassé la vitre a aussi touché le manteau de la cheminée du living. Ce qui ne sera pas bon marché non plus à remplacer, ni même facile. »

Gage ne savait pas comment demander ce qui s'était passé. Son père lui avait fait un récit confus et quelque peu fébrile, où il était question d'une foule en marche vers la villa des Greer, un peu comme la populace prenant d'assaut le château de Victor Frankenstein. C'était sûrement exagéré. Pourtant la pelouse avait été salement piétinée, et quelques symboles dessinés représentant ce que Gage devina être le diable avaient été abandonnés. Et c'était un coup violent que le verre épais de cette grande baie vitrée avait reçu.

Rex parut comprendre que Gage n'osait pas poser de questions. Il commença à raconter d'un ton désinvolte : « J'ai raté l'action, mais d'après ce que j'ai entendu, Chyna rentrait à la maison après un pique-nique avec sa nièce et son neveu, et elle est tombée sur un attroupement qui l'attendait. L'un de cette bande de bien-pensants avait bloqué la route et elle a dû remonter la colline à pied. Certains parmi ces indésirables ont crié que Deirdre Mayhew avait disparu exactement comme les autres filles ces dernières années, et que ces filles ne disparaissaient que lorsque Chyna était là, de retour chez elle. Ils ont décidé que deux et deux font quatre, et donc que Chyna avait kidnappé et peut-être même tué toutes ces victimes. Elle était selon eux “la mort incarnée”.

— Oh mon Dieu, murmura Gage, de toute évidence scandalisé. Ils ne sont pas entrés dans la maison, j'espère ? Ils n'ont pas fait de mal à Chyna ?

— En fait, Scott Kendrick était avec ces gens, il a fait semblant d'être l'un des leurs, mais c'était pour protéger Chyna qu'il s'était fait conduire là. En ce moment, il n'a pas de voiture. Je suis heureux qu'il ait pu être là, alors que moi je n'y étais pas. Personne n'est entré, même si les flics ont pris tout leur temps pour arriver.

— Quelqu'un a été arrêté ?

— Non. Et celui qui a lancé la pierre n'a pas été identifié. Je ne crois pas que nos forces de la loi aient tenté la moindre chose sinon de disperser la foule. Le shérif va en entendre de toutes les couleurs, de la part de Kendrick et de la mienne. Dieu sait ce qui aurait pu se passer si cette bande de cinglés était restée un peu plus longtemps.

— On est dimanche et il n'y a pas beaucoup de flics de service », dit Gage, se demandant pourquoi il prenait la défense de ceux-là même qui l'avaient harcelé dans le passé, et qui allaient forcément le harceler de nouveau si la fille Mayhew ne réapparaissait pas bientôt. Peut-être s'imaginait-il qu'ils se montreraient moins durs avec lui s'il les défendait maintenant ? « Les quelques flics en service ont peut-être été appelés ailleurs — un cas de violence conjugale ou… bon sang, je ne sais pas. »

Rex haussa les épaules. « J'ai tendance à oublier que nous ne sommes pas la seule attraction de la ville. Compte tenu des circonstances, je pense quand même qu'ils auraient pu en faire un peu plus pour Chyna. Et s'ils n'étaient pas assez nombreux à être de service, ils auraient pu appeler du renfort. »

Soudain ils entendirent une voiture approcher à toute allure de la maison. Dans un crissement de pneus, Ned immobilisa sa Mercury blanche pile derrière la camionnette de Gage et sauta hors de son véhicule. Il était en jean et on aurait dit qu'il n'avait pas peigné ses cheveux blonds une seule fois depuis le matin. « Que se passe-t-il donc ici, bon sang ? cria-t-il. Quelqu'un a voulu blesser ma sœur ?

— Du calme, Ned, dit posément Rex, tandis que Ned traversait en courant la pelouse jusqu'à la baie vitrée cassée. Apparemment, pendant que Chyna était sortie avec Beverly et les enfants, un attroupement s'est formé en bas de la route. Lorsqu'elle est rentrée, ils ont bloqué le passage. Scott Kendrick a été assez gentil pour remonter la colline à pied avec elle et s'est assuré qu'elle pouvait entrer sans danger.

— Qui a cassé la fenêtre ? voulut savoir Ned.

— On ne sait pas. Quelques âmes intrépides ont gravi la colline, crié diverses choses désagréables à Chyna et jeté une pierre d'assez grosse taille contre la fenêtre. Elle a cogné le manteau de marbre que ta mère aimait tant, en cassant un coin. Gage est ici pour mettre des planches sur la fenêtre en attendant qu'un vitrier vienne la remplacer. »

Ned fixa Gage : « Merci d'avoir démoli ma cabane au début de la semaine, sans ma permission. »

Gage le regarda, impassible : « Désolé, Greer, je ne savais pas que toi et ta bande utilisiez encore l'endroit.

— La dernière fois qu'elle m'a téléphoné, Vivian m'a dit que la tempête avait pratiquement détruit la cabane et qu'elle allait demander à Gage de venir nettoyer et débarrasser les débris, dit Rex d'un ton désinvolte, avant de se tourner vers un Ned à la mine hargneuse. Arrête de te conduire comme un gamin de sept ans, Ned. »

Ned foudroya son oncle du regard, puis demanda : « Pourquoi ces gens s'en sont-ils pris à Chyna ? »

Rex soupira. « Réfléchis un peu, Ned. Ils sont venus parce que Deirdre Mayhew a disparu. » Rex essayait d'être patient, mais Gage se dit que ce n'était pas facile pour lui. Un peu plus tôt, Rex avait semblé contrarié que Ned ait laissé toutes les dispositions funéraires concernant Vivian sur les épaules de Chyna. Son neveu était peut-être *toujours* une source de contrariété pour lui. « Ils sont arrivés à la conclusion que ce n'est pas une coïncidence si chaque fois que ta sœur revient à la maison, une jeune fille disparaît. »

Ned regarda son oncle avec incrédulité : « Et ils pensent que Chyna est responsable ? »

Rex acquiesça. « Irma Vogel semble le chef de file.

— Je me souviens quand cette garce travaillait ici. Elle a toujours été jalouse de Chyna. » Ned regarda Rex. « Où étais-tu pendant tout ce temps ?

— Chez un ami », répondit calmement Rex. Puis,

d'une voix plus dure, il questionna à son tour : « Et toi, où étais-tu, et pourquoi as-tu mis si longtemps pour venir ici ?

— J'étais au garage. Le comptable s'est encore emmêlé les pinceaux. Je le fiche dehors demain. » Ned se tourna vers Gage. « Et toi tu étais là, avec les autres ?

— Bien sûr que non ! » Gage se mit à rougir. Il avait l'air à la fois furieux et blessé. « Tu penses que je suis un cinglé comme cette bande de tout à l'heure ? Ta sœur, je l'aime bien, moi. »

Ned ferma les yeux et inspira profondément. « Oh bon sang, je le sais bien. Désolé. La semaine a été infernale. Beverly m'a juste téléphoné en disant qu'on venait de l'avertir qu'il s'était passé quelque chose d'ennuyeux ici. Je viens juste de perdre ma mère. J'ai paniqué en pensant à Chyna. Je ne voulais pas te tomber dessus comme ça, Gage. »

Gage haussa les épaules. « Eh bien, je sais que j'ai la réputation d'être un mauvais garçon par ici, même si je suis un peu vieux pour être appelé un garçon. M. Greer dit que ta sœur n'a rien, de toute façon.

— Elle est à l'intérieur avec Scott Kendrick, fit Rex. Et si on entrait, tu pourrais voir par toi-même qu'elle est tout à fait bien.

— Bon, d'accord, dit Ned d'un air encore un peu affolé. Vraiment je n'arrive pas à croire que les gens puissent se conduire comme ça. »

Rex leva un sourcil, jeta un coup d'œil en direction de Ned puis de Gage, et dit d'une voix mi-amusée, mi-sévère : « Vous seriez étonnés de ce que les gens sont capables de faire, sous une façade parfaitement normale. »

2

« Génial, Rex ! C'est très réconfortant ce que tu viens de dire », fit Ned d'un ton glacial, en se dirigeant d'un pas incertain vers la porte. Comme si les choses n'allaient pas déjà assez mal, son oncle éprouvait encore le besoin de faire des remarques dangereusement à double sens. Il imagine sans doute être drôle, se dit Ned. Il fallait espérer qu'il n'avait pas pris Chyna comme cible de ses reparties spirituelles.

Dès qu'il fut à l'intérieur, il appela : « Chyna, c'est moi, Ned.

— Nous sommes dans la cuisine », répondit Chyna.

Ned entra et trouva Chyna et Scott installés devant la grande et belle table en chêne. Michelle, installée aux pieds de Chyna, leva la tête en lui jetant un regard méfiant, jusqu'au moment où Chyna la caressa derrière l'oreille. Ned supposa que Michelle interprétait ce geste comme le signe qu'il ne représentait pas une menace, car elle reposa la tête sur ses pattes et laissa échapper un soupir.

« Mon Dieu, Chyna, je viens juste d'apprendre ce qui s'est passé ici. » Il se dirigea droit vers elle. « Je suis désolé de n'avoir pas été là pour t'aider.

— Tu n'avais pas de raison d'être là, fit Chyna d'un ton léger. Tu n'habites pas ici.

— Non, je sais, mais j'ai mis beaucoup de temps à arriver. J'étais au garage. Et Bev m'a téléphoné il y a tout juste un quart d'heure, c'est pourquoi je n'étais même pas là pour t'aider.

— M'aider à quoi ? » Chyna lui souriait, mais Ned put voir qu'elle n'était pas si rassurée que ça. « Scott était avec moi, Dieu merci. C'est lui qui a appelé la police. Personne n'a été blessé. » Elle s'interrompit. « Mais notre mère serait effondrée, si elle voyait sa fenêtre et sa cheminée !

— Oui, enfin, elles peuvent être réparées. Si jamais ils t'avaient blessée… »

Chyna regarda attentivement Ned. Il avait l'air fatigué, le visage en feu. La sueur perlait sur son front et sa lèvre supérieure, et ses yeux bleus étaient brillants de fièvre.

« Tu vas bien ? demanda-t-elle. Tu as l'air malade.

— Merci, rétorqua-t-il d'un ton cassant.

— Mais si, tu sembles malade. » À cet instant, il éternua, puis toussa une ou deux fois. « D'accord, je ne suis pas en superforme. Je me suis levé tard, et pourtant j'ai eu l'impression de n'avoir pas dormi de la nuit, et ça ne s'est pas amélioré de la journée. J'ai peut-être attrapé quelque chose. »

Chyna acquiesça. « Il n'y a pas de peut-être qui tienne, tu *as* attrapé quelque chose. Tu as souvent la grippe en automne et c'est comme ça que ça commence — on transpire, on éternue, on tousse. Tu devrais peut-être aller à l'hôpital, aux urgences.

— Je ne vais pas mal à ce point », fit-il sèchement. Puis il regarda Scott, assis avec un verre de thé glacé devant lui. « Merci d'avoir pris soin de ma petite sœur.

— Je l'ai fait avec plaisir, même si, à cause de cette satanée canne, personne n'a dû me trouver particulièrement menaçant ! » La canne était posée contre le mur, et Scott lui lança un regard qui semblait signifier que son dernier jour était arrivé. Chyna la regarda à son tour, et remarqua de minuscules taches couleur de rouille inscrustées dans l'ivoire gravé à l'effigie d'Henry VIII. La mère de Scott aurait une attaque s'il abîmait sa précieuse antiquité, se dit-elle. Scott continua : « Et bien sûr, Chyna avait Michelle. »

La chienne leva la tête et regarda autour d'elle d'un air craintif, comme si on allait lui demander d'exécuter un acte de bravoure. Même Ned ne put s'empêcher de sourire, en lui disant : « Tout va bien, ma fille. Ta maîtresse ne craint rien. Tu peux te remettre à dormir.

— Ne t'attends pas à ce qu'elle se rendorme sur le coup, fit Chyna. Elle semble de nouveau effrayée.

— Je croyais que les chiens étaient censés vous protéger, fit remarquer Ned.

— Le devoir d'un chien est avant tout d'être notre meilleur ami, lui répondit Chyna. À certains chiens, on demande qu'ils protègent leurs maîtres. Moi, je ne lui demande pas ça. Je peux me débrouiller toute seule.

— Ça, je n'en suis pas sûr. » Ned ouvrit le réfrigérateur, en fixa le contenu, puis sortit une canette de 7-UP. « Chyna, étant donné ce qui s'est passé ici tout à l'heure, tu ne crois pas que ce serait plus sûr que tu restes avec Bev et moi ? »

Chyna fronça les sourcils. « Ned, vous n'avez pas de place pour moi.

— Bien sûr que si. Il y a trois chambres.

— Oui, mais l'une est la salle de jeux des enfants, une autre leur chambre, avec deux lits superposés. Tu as l'intention de chasser l'un des gosses de son lit pour me le donner ? Ou bien veux-tu que je dorme avec toi et Beverly ? »

Ned ouvrit la canette et en but aussitôt une bonne

partie. Chyna savait que cela signifiait qu'il avait mal à la gorge et se sentait déshydraté. « Toi et moi et Bev dans un seul lit ? » demanda-t-il après avoir bu une si longue et bruyante gorgée que Chyna crut qu'il allait finir par s'étrangler. « Je ne sais pas. Toutes les deux vous passeriez la nuit à parler de coiffures, de garçons, et à ricaner. Et moi je ne pourrais pas dormir du tout. » Chyna lui fit une grimace. « Je suppose que l'un de nous deux pourrait dormir sur le canapé. »

Chyna chercha la formule la moins vexante, mais elle savait qu'elle n'aurait jamais le tact de sa mère, qui savait ne jamais blesser personne. « Ned, merci vraiment de me le proposer, mais je ne vais pas te chasser de ton lit, surtout à un moment où tu es en train de tomber malade, et je ne dormirai pas non plus sur le canapé. Je ne veux pas te vexer, mais on dirait qu'il est rembourré avec du gravier.

— C'est la mère de Bev qui nous l'a donné, elle se sentirait insultée si on s'en débarrassait. Je sais qu'il est loin d'être le canapé le plus confortable de la création, fit Ned d'un air malheureux.

— Maman aussi avait la spécialité de choisir un meuble sur la base de la beauté plutôt que sur celle du confort, le rassura Chyna. Ces chaises dans le living par exemple. Si c'était l'une d'elles que la pierre avait heurtée tout à l'heure, elle aurait aussitôt ricoché sur la fenêtre.

— Et avec un peu de chance elle aurait rebondi sur la tête de l'un de ces croisés de Black Willow », répliqua Ned d'un air féroce. Puis il soupira. « Tu es bien décidée à ne pas quitter cette maison, n'est-ce pas ? »

Chyna réfléchit et dit lentement : « Oui, même avec toute l'agitation d'aujourd'hui. C'est peut-être parce que je ne veux pas déserter la maison de maman. Ou peut-être simplement parce que je sens sa présence ici. » Elle se rendit compte que Ned et Scott la regardaient tous deux d'un air inquiet. « Je veux dire, je ne crois pas voir son fantôme ou quelque chose comme ça, ajouta-t-elle précipitamment. Je ne me balade pas en parlant à son esprit, je ne m'imagine pas non plus que cet esprit traîne quelque part ou bien... »

Elle inspira profondément. « J'ai l'air d'une démente. Ce que j'essaie de dire, c'est qu'il y a des choses que j'ai besoin de faire ici, comme... comme trier ce qu'il y a dans le réfrigérateur, payer la pile de factures que j'ai vue sur le bureau, réunir les papiers personnels qu'elle n'a pas mis dans le coffre. Je dois aussi m'occuper de ses vêtements, voir ce qui doit être donné au Secours populaire et ce que Bev aimerait peut-être garder. Il y a au moins une douzaine de choses à faire ici. Après tout, maman n'est pas passée par un séjour à l'hôpital ou en maison de retraite. Nous ne nous sommes pas du tout préparés à fermer cette maison ou... » Chyna sentit sa gorge se serrer. « Ou à disposer de ses affaires, finit-elle d'une voix étranglée. De plus, Rex est ici.

— Bev peut t'aider à t'occuper de tout ça », dit Ned. Chyna surprit le regard sévère que Scott lançait à son frère. Ned offrait les services de sa femme, mais pas les siens, et de toute évidence Scott n'appréciait pas. Mais Ned ne sembla rien remarquer. « Et je ne compterais pas sur Rex comme protecteur. Il n'est jamais là. Mais si vraiment tu ne veux pas venir chez Bev et moi, je ne vais pas te forcer.

— C'était très gentil de ta part, Ned, mais vraiment c'est plus pratique pour moi de rester ici. Surtout avec

Michelle. Les enfants ne vous laisseraient plus un instant de paix à Beverly et toi avec elle dans les parages.

— Ça, c'est vrai, ils deviendraient dingues avec la chienne. Et la pauvre en ferait sûrement une dépression nerveuse. » Ned but une gorgée de son soda, puis continua : « Si tu es décidée à rester, je suppose que rien ne te fera changer d'avis. Tu as toujours été la femme la plus courageuse que j'aie jamais rencontrée. Et la plus têtue aussi.

— Mon Dieu, Ned. Je suis la femme la plus intelligente, la plus courageuse, la plus têtue de ton univers. Tu me donnes trop de croix à porter.

— Mais tu es capable de les porter toutes, et plus encore sûrement.

— Tout le monde a ses limites. » La voix coupante de Scott les surprit tous. « Elle n'est pas invincible, Ned, même si elle pense l'être.

— Je ne peux pas la forcer à venir chez moi si elle ne le veut pas, riposta Ned. Qu'est-ce que tu proposes, Scott ? De rester ici avec elle ? »

Chyna sentit ses joues s'empourprer à cette idée, surtout parce que Ned savait que, depuis qu'elle était gamine, elle avait le béguin pour Scott. « Vraiment j'apprécie que tout le monde parle comme si je n'étais pas dans la pièce, dit-elle d'une voix très forte pour dissimuler sa gêne. À vous deux vous me rendez plus nerveuse que l'attroupement de tout à l'heure. Arrêtez de vous faire du souci pour moi. L'un comme l'autre.

— On aurait dit maman ! marmonna Ned d'un air contrarié.

— Très bien. Elle était un exemple merveilleux, riposta Chyna.

— Si vous voulez dire que Vivian Greer était un bon exemple, personne ne pourrait être plus d'accord que moi. »

Chyna, Scott et Ned levèrent les yeux et virent Owen Burtram, debout près de la porte à côté de Rex. Alors que l'allure de Rex était tout à fait décontractée, avec ses kakis et son pull jaune torsadé, Owen était vêtu d'un pantalon de laine grise et d'un manteau noir en cachemire s'ouvrant sur une chemise de soie bleue. Chacun de ses cheveux teints était bien en place — en fait, on aurait dit qu'il avait mis de la laque. Au-dessus de l'un de ses sourcils noirs il y avait quelque chose qui ressemblait à un bleu de petite taille, qu'il avait essayé de dissimuler sous un fond de teint trop clair, mais à part ce détail il avait l'air parfait, son expression soigneusement travaillée pour montrer ce qu'il fallait tout à la fois d'inquiétude et de compassion.

« Chyna, ma chère, commença-t-il de sa voix forte mais parfaitement modulée, Russell et moi venons juste d'apprendre ce qui s'est passé tout à l'heure ici et je viens voir si tout va bien pour vous. »

Rusty Burtram, portant toujours le jean et la parka qu'il avait dans le parc près du McDonald's tout à l'heure, apparut, juste derrière son père, et fit : « Salut, Chyna. Scott. Ned. »

Burtram senior ne bougea pas, bloquant la porte qui menait à la cuisine, et Rusty disparut de nouveau derrière lui. Chyna était sur le point de dire à Rusty d'entrer lui aussi dans la cuisine, quand Owen entama un nouveau soliloque : « Je ne sais pas ce qui s'est passé dans l'esprit de certains membres de notre communauté, mais c'est une honte. C'est impardonnable.

Ils ont détruit le bien d'autrui, sans parler d'avoir effrayé une pauvre jeune fille orpheline depuis peu. » Il s'interrompit pour laisser le pathos de cette dernière image faire son effet, Chyna étant bien entendu « la pauvre jeune fille, orpheline depuis peu ».

« Je parlerai dès ce soir de ce déplorable événement au maire. Lui et moi sommes de très proches amis, confia-t-il d'un ton suffisant. J'ai une grande influence sur lui et ensemble nous veillerons à ce que ces gens soient punis pour avoir ravagé le foyer d'une des plus respectables familles de la communauté. »

Owen avait l'air si ridiculeusement égocentrique et pompeux que Chyna faillit éclater d'un rire incoercible. Ned avait ouvert de nouveau la porte du réfrigérateur, et Chyna savait que, derrière, il réprimait un ricanement. Owen regarda Scott, qui le fixa en retour sans broncher, mais son regard exprimait clairement sa pensée, à savoir qu'il trouvait qu'Owen se conduisait comme une baudruche arrogante. Owen, hautain, détourna les yeux pour regarder Chyna, bannissant de manière symbolique Scott et le reléguant dans le néant.

« Merci, monsieur Burtram, dit Chyna qui faillit s'étrangler à force de se retenir de rire. C'est très aimable de votre part. Très… empressé.

— Voyons ! Tout simplement nous ne pouvons permettre aux gens de s'en tirer après s'être conduits de cette manière barbare !

— Non, je suppose que non », dit Chyna d'une voix éteinte.

Rex sentit manifestement qu'Owen, non seulement se rendait ridicule, mais portait sur les nerfs de tout le monde, et même de la chienne qui avait filé se cacher plus loin sous la table. « Owen, viens donc jeter un coup d'œil à la cheminée, dit-il, en le prenant par l'épaule et en l'obligeant à se retourner. Je veux savoir si ça peut être réparé convenablement et c'est ton domaine, tu t'y connais tellement mieux que moi en matière de marbre.

— Je m'y connais en marbre pour pierres tombales, Rex, protesta Owen. Pas en marbre destiné aux églises ou aux maisons.

— Je suis certain que tu en sais plus que tu ne le crois sur toutes sortes de marbres, insista Rex, poussant Owen en direction du living. Tu peux au moins me donner quelques indications. À moi qui n'y connais absolument rien. »

Lorsqu'ils eurent disparu tous les deux, Ned referma la porte du réfrigérateur, souriant toujours, et regarda Scott. « Je dois partir maintenant. Chyna va bien. Moi j'ai attrapé quelque chose et il faut que je rentre à la maison avant d'être trop malade pour prendre le volant. Je sais que tu n'as pas ta voiture. Veux-tu que je te raccompagne ? Pour l'instant je suis encore tout à fait en état de conduire, je t'assure. »

Scott hésita. Chyna ne voulait pas qu'il parte et elle pensait que lui non plus n'avait pas envie de partir tout de suite, mais Owen avait sûrement entendu Ned proposer à Scott de le reconduire. Si Scott insistait pour rester, Owen le remarquerait et se ferait un devoir d'en avertir tout le monde.

« Merci, Ned, fit Scott en se levant lentement. C'est Irma qui m'a conduit ici. Je suis sans voiture en ce moment. Je vais d'ailleurs m'en acheter une autre. Tu peux peut-être me donner des conseils en me raccompagnant.

— Avec plaisir », dit vivement Ned. Il s'approcha de Chyna, allait l'embrasser lorsqu'il se recula. « Je ne veux pas répandre tous mes microbes, même si je dois te secouer les puces d'être têtue au point de rester ici. Je t'aime, prends soin de toi, petite sœur.

— Je n'y manquerai pas. » Elle lui adressa un grand sourire plein de courage : « Ces gens ne reviendront pas.

— C'est ta seconde vue qui parle ?

— C'est le bon sens. La police les a déjà dispersés aujourd'hui, et même s'ils avaient envie de revenir à la charge, je suis sûre qu'ils n'oseraient pas m'ennuyer à nouveau, surtout avec Owen Burtram jouant de sa considérable influence pour tenir en main la situation. »

Ned lui fit un clin d'œil. Scott attrapa sa canne, la regardant de nouveau d'un sale œil. Il est frustré et furieux, se dit Chyna. Que ce soit parce qu'il a besoin de cette canne, ou parce que cet énergique individu ici présent vient de le forcer à quitter cette maison, elle n'aurait su le dire. « Si tu as besoin de quoi que ce soit, appelle-moi, fit Scott. Physiquement je ne semble peut-être pas très utile, mais mon cerveau est encore en état de marche.

— Merci pour tout ce que tu as fait aujourd'hui, Scott. Malgré ce que tu crois, avec tous ces gens dehors qui criaient après moi, je ne pense pas que j'aurais pu remonter seule la colline. » Elle décela un peu de gratitude dans le sourire de Scott. De la gratitude, et quelque chose d'autre aussi, quelque chose d'extrêmement agréable qu'elle n'était pas tout à fait sûre de reconnaître. « Mais tu as réussi à tacher le pommeau de cette canne. Tu ferais mieux de le nettoyer avant que ta mère le voie. »

Scott leva la canne au niveau de son regard, et examina les taches sur le pommeau sculpté. Son visage se figea et perdit toute couleur. Ce n'est pas possible que la réaction de sa mère l'inquiète à ce point, se dit Chyna. Un instant, il eut l'air prêt à s'évanouir. Que se passait-il donc ?

Avec un sentiment proche de l'horreur, Chyna se rendit alors compte que les taches incrustées dans les rainures gravées ressemblaient exactement à du sang séché.

CHAPITRE XII

1

Deirdre comprit qu'elle avait dû s'assoupir un moment dans la matinée. Elle put deviner quelle partie de la journée on était grâce à la température, et à quelques sons amortis qui parvenaient jusqu'à sa prison — des oiseaux qui pépiaient tout près de là, et les cloches d'une église au loin. Au début, elle n'était pas certaine que ces cloches soient bien celles d'une église, puis elle se souvint de s'y être déjà rendue un samedi soir, pour une quelconque cérémonie. Elle aurait aimé se dire que le son des cloches signifiait qu'elle n'était pas loin de Black Willow, mais les églises étaient sûrement éparpillées dans tout le comté, à quelques kilomètres de distance les unes des autres.

Deirdre se demanda si les gens étaient en train de la chercher comme ils avaient cherché les autres filles toutes ces années, et comme ils avaient cherché Heather Phelps. C'était il y a combien de Noëls ? Deux ? Trois ? Deirdre était trop fatiguée, avait trop froid pour s'en souvenir. Elle avait connu Heather — pas très bien, juste assez pour parler avec elle en passant. Heather était intelligente et jolie. Très jolie, mais timide et peut-être un peu trop parfaite.

Deirdre n'avait pas du tout connu Edie Larson, mais la plupart des gens croyaient qu'il lui était arrivé la même chose qu'à Heather. Et ensuite venait Zoey.

Deirdre se souvenait d'avoir entendu ses parents parler de Zoey, lorsqu'ils croyaient qu'elle n'écoutait pas. Zoey avait été la première disparue de Black Willow, il y a longtemps. Deirdre était encore enfant. Zoey, la meilleure amie de Chyna Greer, venait lui rendre visite une fois par an. Des tas de gens croyaient que Chyna avait fait quelque chose à Zoey, mais Deirdre se souvenait que ses parents disaient qu'ils connaissaient un peu Chyna et qu'elle était douce et gentille. Ils disaient que Chyna n'aurait jamais fait de mal à Zoey et se fâchaient chaque fois que quelqu'un suggérait que la disparition de Zoey avait quelque chose à voir avec Chyna.

Et Scott Kendrick non plus ne pensait rien de mal au sujet de Chyna, pensa Deirdre, se rappelant comme il l'avait regardée hier. Était-ce seulement hier ? On aurait dit qu'il s'était écoulé une semaine depuis qu'ils étaient passés à L'Étoile et qu'elle avait vu cette expression dans les yeux de Scott lorsqu'il regardait Chyna — une expression qui signifiait qu'il admirait plus que sa beauté. Deirdre s'était sentie blessée, bien qu'elle ait toujours su que Scott n'éprouvait aucun attrait romantique pour elle, même depuis qu'elle n'était plus une enfant. C'est pourquoi elle avait insisté pour se déguiser et se rendre à la soirée de veille d'Halloween, alors qu'elle n'en avait pas vraiment envie, si peu de temps après la mort de Nancy Tierney. Elle avait pensé que la fête l'aiderait à se sentir un peu mieux, en dépit de son amie perdue et de sa brutale prise de conscience de l'après-midi : ses rêves de vivre un jour une histoire d'amour avec Scott étaient plus que ridicules.

Au lieu de cela, elle s'était sentie aussi déprimée à la fête qu'à la maison. Et pour couronner le tout, se dit-elle avec un humour macabre, je me suis fait kidnapper. Comment la semaine avait-elle pu tourner en cet insondable cauchemar, c'est ce qu'elle n'arrivait pas à comprendre. Pas seulement à cause de Nancy et de Scott, mais aussi parce que, pour la première fois de sa vie, elle doutait de la sagesse de sa mère. Sa mère lui avait toujours dit que Dieu est un être bienveillant qui aime tous ses enfants. Lorsqu'elle était morte, Deirdre s'était raccrochée à cette croyance. Elle avait même pu continuer de s'y accrocher à la mort de Nancy. Maintenant elle se posait des questions. Comment aurait-Il pu laisser sa mère souffrir autant avant de l'arracher à la vie ? Comment aurait-Il pu aimer Zoey, Edie, Heather, et Nancy, et pourtant leur prendre la vie alors qu'elles étaient si jeunes ? Et comment diable pourrait-Il l'aimer, *elle* ? Et pourtant elle avait toujours essayé de bien se conduire, comme ses parents le désiraient.

Deirdre sentit des larmes se former dans ses yeux bandés serré. Elle avait tellement peur. Elle avait tellement faim. Elle était effrayée à en perdre l'esprit. Mais le pire, c'était le froid. Elle n'avait plus aucun vêtement, la vieille couverture en laine que lui avait laissée son ravisseur ne servait pratiquement à rien. Qu'espérait donc cette personne ? Qu'elle soit complètement gelée et n'arrive plus à faire le moindre mouvement ? Ou quelque chose de plus sombre encore ? Elle avait lu une fois que les tueurs en série aiment garder un signe de leurs proies. Le lobe de son oreille lui faisait mal, là où l'une de ses boucles — un petit cube en zirconium — avait été arrachée, mais peut-être voulait-il plus : un vêtement. C'était absurde, mais elle était ennuyée à l'idée que les objets gardés en souvenir par le tueur de Deirdre Mayhew puissent être l'une des vieilles robes « de soirée » de sa mère et des sous-vêtements bon marché en coton blanc.

Une souris courut sur son pied nu et engourdi. Deirdre gémit, et son besoin de pleurer lui donna un haut-le-cœur sous sa bouche recouverte d'adhésif.

2

Chyna se leva et commença à débarrasser les canettes vides sur la table de la cuisine. Lorsqu'elle se retourna, Rusty était debout dans l'entrée, les yeux fixés sur elle. Ils se regardèrent un moment, puis Rusty lui sourit timidement.

« Je suis vraiment désolé de tout ce que tu as dû supporter aujourd'hui, fit-il.

— Oh, ça va. » Chyna sentit que sa voix manquait de naturel. Elle pensait encore au sang séché sur la canne de Scott. Et aussi à la vision de tout à l'heure, lorsqu'elle avait touché la main de Rusty dans le parc, et compris qu'elle « voyait » Nancy Tierney foulant le sentier dans les bois. Ce qu'elle avait vu était encore présent dans son esprit : le survêtement bleu marine de la jeune fille et ses cheveux, brillants, blond cendré, tirés en queue-de-cheval, tandis qu'elle respirait en rythme et gardait ses bras le long du corps, comme une parfaite coureuse professionnelle. « Je ne pense pas que ces gens m'auraient vraiment fait du mal.

— Je n'en suis pas si sûr. » Chyna regarda Rusty, intriguée. « Je veux dire, je crois qu'ils sont venus simplement pour t'effrayer, mais parfois les gens se laissent emporter et font des choses qu'ils ne feraient pas normalement. Un accident aurait pu se produire. Cette pierre aurait pu te heurter la tête… » Il pâlit, et ne termina pas sa phrase.

« Oui, tu dois avoir raison. » La tête de Nancy a heurté une pierre, aurait-elle voulu lui crier. Tu as assisté à la scène. Au lieu de cela, elle lui demanda : « Veux-tu boire quelque chose ? »

Rusty la fixa un instant. Puis il dit précipitamment : « Ce que j'aimerais, c'est te parler. Seul à seule.

— Seul à seule ? » Chyna s'efforça, en vain, de garder un ton léger. « De quoi veux-tu parler ?

— Il faut que je t'explique quelque chose. Est-ce qu'on peut aller dehors ?

— Dehors ? Pourquoi veux-tu aller dehors ? Il fait froid, il y a du vent…

— Chyna, s'il te plaît. » Le regard honnête, les yeux gris de Rusty, tout son visage l'implorait, même s'il parlait d'une voix basse et contenue. « Je sais que ça peut sembler idiot. Ou même inquiétant dans ces circonstances.

— Quelles circonstances ?

— Viens juste quelques minutes avec moi, sur la terrasse. Si tu ne te sens pas à l'aise, tu peux rentrer aussitôt. Ou même crier si tu veux. Il y a trois hommes ici. »

Rusty avait l'air si pâle, si pathétique, et si inoffensif, que Chyna ne put lui dire non, bien qu'elle ait su qu'elle n'aurait pas dû. Après tout, c'est à travers *ses* yeux qu'elle avait vu Nancy Tierney courir le long d'un sentier — Nancy qui était tombée, s'était fracassé la tête sur une pierre, ce qui avait provoqué un hématome subdural qui l'avait tuée. Chyna savait qu'il était possible qu'elle ait vu Rusty observer Nancy une semaine plus tôt, ou deux, ou même la veille seulement. Mais quelque chose lui disait que ce n'était pas le cas. Rusty avait vu Nancy le jour de sa mort. Quelques minutes avant sa chute. Et s'il n'avait pas été celui qui la pourchassait, alors pourquoi n'avait-il pas appelé les secours en voyant qu'elle était profondément blessée ? Pourquoi avait-il laissé passer toutes ces heures, jusqu'au moment où une équipe de recherches l'avait trouvée ?

« Rusty, tout ce que tu peux vouloir me dire, tu peux le dire ici même. » Elle entendit le léger tremblement dans sa voix, alors qu'elle aurait voulu s'exprimer d'un ton ferme. « Si c'est quelque chose de confidentiel, tu n'as pas à t'inquiéter. Les autres sont dans le living. Ils ne peuvent pas t'entendre.

— Mon père peut se déplacer comme un chat quand il le veut. Il pourrait se retrouver tout près et nous écouter, sans même qu'on s'en rende compte. Chyna, je ne vais pas te faire de mal, mais *il faut* que je te parle, à toi seule. Pour l'amour de Dieu, je t'en supplie… »

Chyna se sentit fondre lorsqu'elle vit des larmes jaillir dans les yeux gris de Rusty. Mon Dieu, il va se mettre à pleurer, pensa-t-elle, horrifiée. Le pauvre Rusty, avec ce cœur tendre et ce père terrible, qui me supplie de le laisser me parler et moi je le traite comme un paria.

« Passons par la porte de derrière, allons voir la fontaine, dit-elle d'un ton désinvolte. Ça ne te fait rien si la chienne vient avec nous ? »

Rusty eut l'air si reconnaissant que Chyna sentit sa gorge se serrer, et elle dut ravaler ses larmes elle aussi. Il s'était passé trop de choses dans la journée. Elle savait qu'elle perdait le contrôle de ses émotions, agissait de manière ni prudente ni sage, mais elle ne pouvait s'en empêcher.

Rusty demanda : « La chienne, c'est Michelle ? » Elle acquiesça. « Ça ne me fait rien qu'elle vienne. J'aime les chiens. »

Michelle s'était endormie sous la table de la cuisine. Chyna la poussa légèrement pour la réveiller et lui fit signe de la suivre. Si Rusty se révélait réellement dangereux, elle était certaine que Michelle ne l'attaquerait pas — elle était bien trop craintive —, mais au moins elle aboierait au premier signe inquiétant.

Rusty suivit Chyna et Michelle en direction de la terrasse. L'air était lourd et humide — déprimant — alors que tout à l'heure, lorsqu'elle avait parlé à Rusty dans le parc, il était léger et ensoleillé. Elle se demanda si c'était un présage. Courait-elle à sa perte comme Zoey et Heather et Edie ? Et peut-être Deirdre, aussi ? La partie rationnelle d'elle-même lui disait qu'elle était stupide, mais ses émotions prenaient le contrôle.

À pas lents, ils se rapprochèrent de la vieille fontaine. « Cette fontaine était très belle avant », fit Chyna, essayant de paraître tout à fait à l'aise. Elle ne voulait pas faire pression sur Rusty, le forcer à parler avant qu'il soit prêt. « C'est mon grand-père qui l'a conçue. J'aimais beaucoup l'ange, au sommet. Quand j'étais petite, je pensais que c'était mon ange gardien. Et il y avait des poissons rouges. D'énormes poissons rouges. Un mois après la mort de Grand-père, la fontaine s'est fêlée. Un matin nous avons trouvé la terrasse pleine d'eau et de poissons morts. Je me souviens que je pleurais et ma mère a dit à mon père qu'il fallait la réparer tout de suite. Il l'a fait, et chaque été l'eau était changée, mais il n'a jamais remplacé les poissons. Il a dit que si la fontaine se fêlait de nouveau et que d'autres poissons mouraient, il ne pourrait pas supporter de me voir désespérée comme je l'avais été ce jour-là.

— Il semble avoir été un homme plein d'attentions.

— Il l'était.

— Est-ce que tu étais... intimidée par lui ? » demanda Rusty.

Le regard de Chyna traversa rapidement celui de Rusty. Il avait dit « intimidée », mais c'était « effrayée » qu'il avait voulu dire. Chyna s'assit sur le rebord du bassin vide et le regarda de nouveau. « Non, Rusty, je n'étais pas du tout intimidée par mon père. Il était plutôt distant, mais toujours gentil et aimant. » Rusty secoua lentement la tête, de toute évidence bien décidé à ne rien dire de son propre père. Chyna lui demanda doucement : « Que voulais-tu me raconter, Rusty ? »

Rusty resta debout, regarda ses chaussures, puis les arbres sans feuilles, et finalement fixa un point juste à côté de Chyna. « Lorsque nous étions dans le parc cet après-midi et que tu as touché ma main, tu as eu une vision, ou tu as lu dans mon esprit, ou, enfin… tu as *vu* quelque chose me concernant, n'est-ce pas ?

— J'ai eu… une sensation, répondit prudemment Chyna.

— C'était plus qu'une sensation. » Rusty la regarda enfin directement. « Je l'ai vu dans tes yeux. J'ai vu que *tu* as vu… » Il s'interrompit et soupira pitoyablement. « Tu sais que j'observais Nancy le soir où elle a été tuée. »

Chyna hésita. Était-ce sage de sa part d'être sincère ? Puis elle comprit qu'elle n'avait pas le choix car, d'une manière ou d'une autre, Rusty était déjà persuadé qu'elle avait eu une vision de lui et Nancy. Peut-être était-il un peu médium lui-même.

« Je t'ai vu entouré d'arbres, en train d'observer Nancy qui courait sur le sentier. Lorsqu'elle s'est approchée de toi, tu as reculé derrière l'un des arbres.

— C'est tout ? demanda Rusty.

— Oui. Ça n'a duré qu'un instant. Je ne savais même pas si c'était une vision de la soirée où elle est morte. Ç'aurait pu être un autre soir.

— Non, ce n'était pas un autre soir. C'était bien ce soir-là — le soir de sa mort. Mais tu ne l'as pas vue tomber ou… ou rien d'autre ? »

Le désespoir sur son visage s'accentua et on aurait dit qu'il était presque déçu. « C'est tout ce que j'ai vu, Rusty. Sincèrement. » Chyna s'interrompit, essayant de décider si elle devait chercher à en savoir plus. Rusty, de toute évidence, voulait parler avec elle, peut-être même faire des aveux. Comme elle serait lâche de fuir, et rater une confession de meurtre, alors qu'elle était parfaitement en sécurité. Tout au moins, relativement en sécurité, avec les hommes si proches. Elle essaya d'avoir l'air serein et demanda calmement : « Tu veux me raconter cette soirée, Rusty ?

— Oui, même si je suis sûr que tu vas penser que je suis une sorte de pervers. » Il fourra les mains dans les poches de sa parka. « Et je suis peut-être un pervers. Ce soir-là, je me suis conduit comme si j'en étais un. »

Il redevint silencieux, le regard tourné vers l'intérieur. Est-ce que je devrais l'interrompre maintenant ? se demanda Chyna. Ou au contraire l'inciter à parler encore, même si je ne veux pas entendre ce qu'il a à dire ? Elle revit, comme dans un éclair, la magnifique jeune fille allongée dans un cercueil, et elle sut qu'elle devait tenter de découvrir ce que Rusty avait à dire, même si c'était quelque chose d'effroyable.

« Je ne crois pas que tu sois un pervers », dit Chyna avec sincérité. Quoi qu'il se soit passé entre Rusty et Nancy le soir de sa mort, d'une certaine manière Chyna savait que cet homme n'était pas un dépravé. Mais il continuait à la regarder avec hésitation. « Je n'essaie pas de te rassurer pour te soutirer des informations, Rusty, dit-elle, toujours avec sincérité. Je dis ce que je pense. »

Ses yeux gris semblèrent chercher son regard. Puis une partie de la tension qu'il avait en lui le quitta. Au-delà de Chyna, il regarda le ciel qui avait pris la couleur de l'étain. « J'étais beaucoup plus âgé que Nancy, mais elle me fascinait depuis qu'elle était toute petite. Ce n'était pas du désir. Honnêtement, Chyna, ce n'était pas ça. »

Chyna fut déconcertée par sa voix pleine de ferveur. « Je te crois.

— On pourrait peut-être dire que je l'enviais. Je n'ai jamais été très agréable à regarder. Tu te souviens de moi au lycée, avant que je passe par la chirurgie esthétique. J'étais affreux.

— Tu n'étais pas affreux, Rusty.

— Tu n'as pas besoin d'être condescendante.

— Je ne le suis pas. Je l'admets, tu es mieux maintenant, mais tu n'étais pas mal à l'époque. » Elle s'interrompit. « J'étais adolescente quand j'ai fait ta connaissance, et la plupart des gosses de cet âge ne sont pas réputés pour leur bienveillance, spécialement au sujet du physique des personnes du sexe opposé. Pourtant, même à l'époque, je ne pensais pas que tu étais affreux. Absolument pas. Simplement, tu n'étais pas un bourreau des cœurs.

— Comme Scott Kendrick ? » Chyna rougit, heureuse que Rusty regarde de nouveau les arbres. Elle ne savait plus quoi dire, heureusement Rusty continua : « Ma famille était déçue par mon physique, ma timidité, ma gaucherie. Surtout mon père. Puis Nancy a fait son apparition. C'était un très beau bébé, qui est devenu une très belle fille. Pas simplement belle — extravertie, amusante, athlétique. Alors qu'elle grandissait, j'ai pris l'habitude de l'observer car tout le monde était fou d'elle. Je me disais que si je l'observais suffisamment, je pourrais apprendre à être comme elle. Non pas féminine, mais avoir du charme, réussir, devenir quelqu'un que les gens admirent. » Il se décida à regarder Chyna. « C'était stupide, n'est-ce pas ? Les qualités de Nancy ne sont pas de celles qu'on apprend.

— Je ne crois pas que ce soit stupide, dit Chyna. Moi j'essayais d'imiter ma mère parce que tout le monde l'aimait.

— Mais tu n'avais pas besoin d'imiter *qui que ce soit*, parce que tu étais déjà belle, intelligente, admirée.

— Je ne crois pas avoir été admirée, une fois passé l'âge de sept ans, lorsque les gens ont commencé à penser que j'étais une cinglée parce que je prétendais avoir ce qu'on appelle des perceptions extrasensorielles. » Elle en rit toute seule. « De plus, je ne crois pas que ceux qui se sont rassemblés sur ma pelouse aujourd'hui et ont lancé une pierre contre la fenêtre en m'appelant "la fille du diable" aient la moindre admiration pour moi. »

Rusty sourit légèrement, puis retrouva son expression triste. « Je sais que les choses n'ont pas été faciles pour toi plus tard. Mais enfin, tu es exceptionnelle. Nancy l'était, elle aussi, d'une autre manière. » Il regarda de nouveau le ciel. « Revenons-en à ma honteuse histoire. Une fois que j'ai pris l'habitude d'observer Nancy, je n'ai pas su comment m'arrêter. Je voulais juste comprendre ce qu'elle avait qui attirait les gens à elle alors que moi, ils semblaient vouloir m'éviter, même quand j'ai amélioré mon physique. »

Il soupira. Chyna sentit qu'elle aurait dû dire quelque parole sensée, mais aucune ne lui vint à l'esprit. De plus, elle ne voulait pas rompre l'humeur loquace de Rusty. « J'ai pris l'habitude de la regarder courir. Elle était si souple, et si *élégante*, même lorsqu'elle courait et soufflait et transpirait… je n'en revenais pas. Je savais quelle direction elle prenait tous les soirs, et je me cachais et regardais comme un sale voyeur, simplement pour voir comment elle arrivait à être si charismatique même en faisant du jogging. »

Une pomme de pin tomba d'un conifère tout proche et s'écrasa sur la terrasse. Rusty donna un coup de pied mais la rata alors qu'elle était à quelques centimètres seulement de sa chaussure. « J'ai commencé à faire un peu d'introspection et j'ai compris que je me conduisais de manière stupide. Observer Nancy n'allait pas m'aider à être plus charismatique. De plus, cela semblait bizarre, presque… sale.

» Alors j'ai décidé d'emprunter un autre chemin pour ma promenade du soir, continua Rusty. Cela faisait deux semaines que je faisais comme ça, lorsqu'un soir j'ai entendu quelqu'un qui courait derrière moi. Vite. Je ne sais pas ce qui m'a pris. » Il s'interrompit. « Bon, c'est vrai, j'ai eu peur. Une autre de mes admirables qualités, c'est que j'ai facilement peur. Alors j'ai quitté le sentier et je me suis plus ou moins caché derrière des arbres. Une minute plus tard, *Nancy* est passée en courant. Je n'arrivais pas à y croire. Mais elle ne courait pas comme d'habitude, avec ce style professionnel. Elle courait comme quelqu'un qui courrait s'il fuyait quelque chose. C'est du moins ce que j'ai pensé. Je n'ai pas voulu l'effrayer, alors après qu'elle m'eut dépassé, j'ai avancé et je me suis caché derrière un autre arbre. Et je suis resté là.

— Nancy ne t'a pas vu ? demanda Chyna.

— Je ne crois pas. Elle allait si vite, et regardait droit devant elle, à part une ou deux fois où elle a jeté un coup d'œil derrière son épaule. Son visage… »

Il secoua la tête. « Je ne faisais que l'apercevoir, mais elle avait l'air d'être inquiète. Paniquée, en fait. Et puis… » Il s'interrompit, ferma les yeux. « Et puis elle est tombée. Oh, elle n'est pas juste tombée comme ça, il y avait un trou dans le sentier, elle a trébuché et s'est écrasée par terre. Je suis certain d'avoir entendu un bruit sourd lorsque sa tête a heurté cette pierre. Je pourrais jurer avoir entendu les os de sa cheville se briser mais ce n'est peut-être que mon imagination. Par contre, avant sa chute, j'ai entendu quelque chose d'autre. J'ai entendu quelqu'un courir derrière elle. C'étaient des pas lourds, qui martelaient le sol. Ils n'étaient pas aussi rapides que les siens. En fait, ils semblaient maladroits, pesants. Mais ils continuaient d'avancer. Lorsqu'elle est tombée, les pas ont ralenti, puis ils se sont arrêtés. »

Pendant un moment, Chyna garda le silence. Rusty est en train de mentir, se dit-elle. Il invente une histoire, pour se couvrir. C'est forcément ça.

Pourtant elle s'interrogeait : et si ce n'était pas le cas ? Tu ne peux pas tout simplement ne pas tenir compte de ce qu'il dit. Tu ne *peux pas*. Doucement, elle demanda : « Rusty, as-tu vu qui courait derrière Nancy ?

— N-non. » Chyna le regarda attentivement, essayant de sentir s'il était en train de mentir. Il avait l'air sincère, mais elle n'avait aucune certitude. « Je n'ai vu personne, dit Rusty d'une voix éteinte. Juste un sentier vide. Et personne.

— Entendu », fit Chyna d'un ton léger, ne voulant pas avoir l'air de le questionner. Elle devinait que cela l'aurait aussitôt réduit au silence. « Qu'as-tu fait, *toi*, après la chute de Nancy ? »

Rusty ne répondit pas tout de suite. Il regardait dans le lointain, et la tristesse envahit son visage. « Je suis resté derrière cet arbre, à la regarder. Je suis simplement *resté* là ! Je n'avais pas mon portable avec moi mais j'aurais pu partir chercher de l'aide. J'aurais pu, mais je ne l'ai pas fait !

— Et pourquoi ? demanda Chyna, toujours d'un ton léger.

— Parce qu'alors tout le monde aurait su pour moi. Parce que tout le monde dans ma famille, bon sang, tout le monde en ville, aurait dit : "C'est bien là cet horrible Rusty Burtram. Il se cache et *espionne* les filles." Je ne pouvais pas supporter la honte. Je ne pouvais pas supporter la colère de mon père, l'indignité, je ne pouvais pas supporter qu'il soit dégoûté de moi et, crois-moi, il aurait été dégoûté de moi. Il aurait ressenti de la répulsion chaque fois qu'il m'aurait regardé, encore plus que maintenant, et je ne pouvais pas le supporter, c'est tout.

—Il t'aurait mis à la porte ?

— À la porte ? » Rusty en rit presque. « Non. Pire que ça. En public, il m'aurait soutenu. L'image publique, c'est ça qui compte, tu sais. Il aurait chanté mes louanges et inventé une histoire pour expliquer pourquoi je n'avais rien fait pour Nancy. Mais en privé… »

Rusty frissonna. On dirait un petit garçon, se dit Chyna. Un petit garçon terrifié par son père.

Rusty, la gorge nouée, continua : « Alors je suis simplement resté là, à la regarder. J'ai vu que son pied était tordu d'une manière bizarre, qui indiquait que son genou était cassé. J'ai vu le sang tomber en gouttes de son cuir chevelu sur la pierre. Tellement de sang. » Il frissonna de nouveau, puis regarda Chyna. « Il m'avait semblé entendre les bruits de pas s'éloigner, mais je n'en étais pas sûr, alors j'ai attendu au moins dix minutes. Ensuite je suis parti. Nancy était encore vivante, elle respirait, elle saignait, elle avait si désespérément besoin d'aide, et moi tout simplement, je-suis-parti ! »

Rusty s'était mis à parler de plus en plus fort. Ses yeux doux avaient l'air égarés et il se frappa la bouche avec une main, comme pour refouler d'autres mots, peut-être des pleurs. Sentant que quelque chose n'allait pas, Michelle se leva et se rapprocha de Chyna, sans quitter Rusty de ses yeux ambrés. Chyna aussi gardait les yeux sur lui. Elle ne pouvait imaginer que l'homme qu'elle avait devant elle — un homme torturé, qui avait honte de lui — était le même que le type nonchalant, souriant, qu'elle avait vu tout à l'heure dans le parc. Elle savait qu'une émotion forte peut modifier l'aspect physique d'une personne de façon remarquable, mais la différence était presque incroyable.

« J'ai laissé mourir Nancy parce que je me préoccupais de *moi*, finit par dire Rusty. Tu ne vois pas comme c'est abominable ? »

Le silence se prolongea quelques instants avant que Chyna n'arrive à répondre : « Je ne dirais pas que c'était héroïque, Rusty. » Elle était heureuse que sa voix paraisse douce et normale alors qu'elle se sentait frissonner intérieurement aussi violemment que Rusty tremblait extérieurement. « Mais personne n'est parfait. Nous avons tous fait, ou pas fait des choses que nous regrettons.

— Comme laisser mourir quelqu'un ? As-tu déjà

laissé mourir quelqu'un, Chyna, parce que tu avais peur de ce que les gens pourraient penser de toi ? »

Chyna prit une profonde inspiration et se demanda quelle chose anodine et apaisante elle pourrait dire à cet homme hystérique. Mais elle n'en eut pas besoin, car Rusty continua de cette horrible voix rendue rauque par le supplice : « Et le pire, c'est que je sais que sa mort n'était pas juste un accident ! Lorsque Nancy est passée devant moi en courant, elle avait l'air effrayée. Et lorsque j'ai entendu les autres pas, j'ai compris pourquoi. Elle s'enfuyait. Mon Dieu, Chyna, Nancy est morte parce qu'elle était *pourchassée* ! »

L'effort qu'il avait dû fournir pour parler avait rendu Rusty cramoisi, la sueur coulait de son front sur ses joues maigres, ses mains étaient tendues vers Chyna dans un geste presque suppliant, comme s'il lui demandait pardon pour sa lâcheté. Elle s'assit plus fermement sur le rebord de la fontaine et la chienne, inquiète, se poussa contre sa jambe droite. L'esprit vide, Chyna fut incapable de trouver une parole consolante, apaisante.

Brusquement la tête de Rusty se tourna en direction de la porte de la cuisine et ses yeux se remplirent d'effroi. Presque au ralenti, Chyna se tourna à son tour et vit Owen, Rex et Gage Ridgeway debout, immobiles, en train de les fixer.

Puis Owen, regardant Rusty avec des yeux froids comme de la glace, dit d'une voix tranquillement furieuse : « Il est temps pour nous de rentrer à la maison, fils. »

CHAPITRE XIII

1

À sept heures, l'obscurité recouvrait la villa des Greer et Chyna se demanda si elle n'avait pas fait une erreur en n'acceptant pas l'offre de Ned de rester avec lui et Beverly. Puis elle pensa aux enfants qui, sans aucun doute, auraient voulu rester debout plus tard que d'habitude sous prétexte qu'ils avaient une invitée spéciale — Michelle, bien entendu, et non pas Chyna. Beverly tiendrait à respecter l'heure du coucher, ce qui donnerait lieu à des disputes et peut-être des larmes, et Beverly, déjà bouleversée à cause de Deirdre Mayhew, n'avait besoin ni des unes ni des autres. Ned, pendant ce temps, regarderait n'importe quel programme de sport, ce qui ne serait pas difficile étant donné qu'ils captaient près de deux cents chaînes grâce à leur antenne satellite. Chyna, à la rigueur, regardait de temps en temps un match, mais entendre Ned crier et manifester sa joie devant la télévision serait trop pour elle.

Oui, décidément, elle avait pris la bonne décision

en choisissant de rester dans cette maison. Mais elle devait reconnaître qu'elle se sentait légèrement mal à l'aise. Michelle à ses côtés, elle s'affala sur le canapé. Ce qu'il lui fallait, c'était sa chienne, un dîner léger, du temps pour lire, ou écouter de la musique, mais avant tout, un peu de paix.

De la paix. Le mot sonnait bien, mais comment aurait-elle pu être en paix alors que sa mère était partie pour toujours ? Elles avaient été si proches. Tous les trois ou quatre jours, elles se parlaient au téléphone. Parfois, lorsque Chyna devait supporter une nuit de garde particulièrement éprouvante à l'hôpital, ou lorsqu'un enfant auquel elle s'était attachée mourait, elle appelait sa mère qui, toujours, réussissait à lui remonter le moral. Ou du moins à lui procurer un peu d'apaisement. Vivian avait toujours été là pour elle, jour et nuit, sachant toujours ce qu'il fallait dire. Et maintenant elles ne pourraient plus jamais se parler.

Les yeux de Chyna se remplirent de larmes et sa gorge se noua. Plus jamais elle n'entendrait sa mère rire, plaisanter, consoler, encourager, répandre son amour. Vivian était partie et, pendant quelques instants, Chyna eut l'impression que, tout simplement, elle ne pouvait pas continuer sans elle. Michelle, ressentant sa détresse, posa sa tête au pelage mordoré sur le genou de Chyna. Chyna lui frotta les oreilles et la tête et, en retour, Michelle lui lécha doucement la main. « Je suis tellement heureuse de t'avoir amenée », dit Chyna à la chienne. Une nouvelle fois Michelle lui lécha la main, puis leva les yeux sur elle, l'air d'attendre quelque chose. « Et j'exprime ma gratitude en oubliant ton dîner. Tu as faim ? » C'était peut-être son imagination, mais la chienne lui parut soudain joyeuse. « Le dîner, donc, ma fille, dit Chyna. Peut-être qu'un peu de nourriture nous fera du bien à toutes les deux. »

Pour Michelle en tout cas, la nourriture était exactement ce qu'il fallait, et elle mangea avec enthousiasme. Chyna, elle, n'arriva pas même à terminer son bol de soupe, ni le sandwich qu'elle s'était confectionné. Elle avait cru avoir faim, mais la nourriture ne passait pas. Chaque fois qu'elle essayait d'avaler, le visage torturé de Rusty Burtram lui apparaissait comme dans un flash. Puis elle se souvint des yeux froids et durs d'Owen fixés avec dégoût sur son fils. En voyant l'expression d'Owen, Chyna avait eu peur pour Rusty. Et Rusty avait eu peur lui aussi. Bon sang, ils avaient tous eu peur, se dit-elle, repensant au regard brusquement si vulnérable de Gage, et à la manière dont l'expression habituellement insouciante de Rex s'était évanouie en une seconde.

Chyna avait été heureuse de voir Rex inventer un prétexte pour accompagner Owen chez lui — il voulait soi-disant discuter des possibilités d'investissement dans les pompes funèbres. Rusty ne vivait pas avec son père, mais il était clair qu'Owen avait de très mauvaises intentions concernant son fils — une punition quelconque, comme si Rusty était encore un petit garçon. Le prétexte de Rex était plutôt vaseux, mais il avait adroitement obligé Owen à accepter sa compagnie pour la soirée. Grâce à Rex, Owen ne pourrait pas décharger immédiatement sa colère sur Rusty, il lui faudrait attendre le lendemain. Chyna était fière de Rex, de son intervention qui avait permis de retarder ou même, qui sait, d'éviter ce qui peut-être aurait dégénéré en situation honteuse, voire violente.

Elle avait observé les trois hommes tandis qu'ils partaient. Owen, lèvres serrées, pincées même, se dirigeait vers sa Lincoln noire d'un pas mesuré, assuré. Tout le monde pouvait voir qu'il bouillonnait de rage. Rusty, tête basse, tremblant toujours, marchait à la traîne derrière lui. Son père et lui étaient venus dans la voiture d'Owen, et Chyna intérieurement n'en menait pas large, s'inquiétant de les voir monter dans le même véhicule, lorsque Rex avait soudain pris le bras de Rusty en lui disant : « Pourquoi ne prendrais-tu pas le volant à ma place ? J'ai bu plusieurs verres et je ne veux pas être arrêté pour conduite en état d'ivresse. Tu habites à quelques rues de ton père. Tu peux passer d'abord chez toi, et me laisser là, j'arriverai bien à faire le reste du trajet sans provoquer d'accident. » Rusty avait paru fou de gratitude.

Pauvre Rusty, se dit Chyna, se sentant presque malade en pensant à son visage angoissé et à son tremblement incontrôlé. Il n'avait pas eu la bonne réaction lorsqu'il avait vu la jeune Nancy tomber et il se sentait coupable.

Elle lâcha brusquement sa cuillère à soupe. La bonne réaction ?

Laissant refroidir son bol de soupe, Chyna repassa dans sa tête chacun des mots que Rusty lui avait dits. D'abord, il avait raconté que Nancy l'avait toujours intéressé, « fasciné » était le mot qu'il avait employé. Il avait dit qu'il se savait laid et maladroit, une déception pour sa famille. Chyna n'avait aucun mal à croire que, pour Owen, Rusty était une déception. C'était un homme qui, se croyant parfait, attendait de son enfant qu'il le soit aussi. Soudain elle se souvint du moment où Rusty lui avait demandé si elle avait été intimidée par son père. La question l'avait surprise, parce qu'elle s'était référée à sa propre enfance. Edward Greer avait été distant, mais aimant et tolérant. L'expérience de Rusty a dû être bien différente, se rendit compte Chyna. En grandissant, Rusty s'était mis à craindre son père. La manière dont il avait regardé Owen, lorsqu'il se tenait à l'entrée de la cuisine, froid et inflexible, montrait bien que Rusty le craignait toujours.

Nancy avait été différente. Rusty avait dit qu'elle n'était pas seulement belle, mais aussi extravertie. Elle semblait exceller dans tout ce qu'elle faisait. Rusty avait dit qu'il pensait que s'il l'observait suffisamment, il pourrait apprendre comment elle parvenait à toujours faire ce qu'il fallait, comment elle amenait les gens à l'aimer. Il l'avait observée toute sa vie. Il gardait même un œil sur elle lorsqu'elle partait courir, car l'observer lui était devenu habituel.

Chyna se redressa. Elle comprenait qu'observer la conduite de Nancy en société ait pu devenir une habitude chez Rusty, s'il voulait comprendre comment elle s'y prenait pour charmer les gens, les séduire avec son intelligence et sa grâce. Mais la regarder chaque soir courir, en quoi cela pouvait-il être utile à Rusty ? Il ne voulait pas devenir coureur professionnel. Lorsque Nancy courait, surtout en été, elle portait certainement des shorts très courts et un tee-shirt serré sur un soutien-gorge de sport. Rusty observait-il ainsi Nancy en train de courir le soir parce qu'il la trouvait aguichante ? Après tout, même après les améliorations de la chirurgie, son physique ne semblait pas l'avoir rendu plus populaire auprès des femmes. Il s'était retrouvé pris de court lorsque Beverly lui avait demandé de venir dîner avec une amie. De toute évidence, il n'avait pas de petite amie en ce moment. Chyna se demanda s'il avait jamais eu une relation sérieuse avec une femme.

Elle eut un soupir compatissant pour lui. Tout au long de sa vie, il avait été considéré comme maladroit, laid, au mieux une déception, peut-être même, aux yeux de son père, un inadapté. Aucune chirurgie esthétique ne pourrait jamais effacer ces cicatrices mentales. Sur le plan affectif, il était certainement un invalide à vie.

Ces cicatrices affectives faisaient-elles de lui un objet de pitié, ou un danger ? Il avait observé Nancy sans arrêt. Certainement, ce n'était pas normal. Et malgré ce qu'il avait dit à Chyna sur la terrasse, ce n'était pas juste pour apprendre, imiter son style. À la morgue il avait dit : « Nancy en faisait à sa tête. Toujours. Je suppose que certaines personnes la considéraient comme gâtée. » Et Chyna avait su que lui-même pensait cela. Il avait admiré Nancy, mais l'avait détestée tout autant.

Et puis il y avait la question du sentier. Pendant des années Nancy avait emprunté le même. Rusty avait dit qu'il l'avait toujours observée sur ce chemin-là. Soudain il décide que son attitude est ridicule et se met à prendre, lui, un autre sentier pour se promener le soir. Et miraculeusement, deux semaines plus tard, c'est sur ce chemin-*là* qu'elle court, et non pas sur l'habituel ? Drôle de coïncidence. Un peu trop grande pour

Chyna. Elle était pratiquement certaine que Rusty ne s'était *pas* trouvé par hasard sur le sentier que Nancy n'avait jamais emprunté sinon le soir de sa mort. Et il avait dit qu'il n'avait pas appelé à l'aide parce qu'il ne voulait pas qu'on apprenne qu'il l'observait. S'il avait utilisé un portable, ou appelé le 911 depuis sa maison, la trace de son appel aurait pu être retrouvée. Mais il aurait facilement pu appeler d'une cabine.

S'il avait vraiment voulu l'aider.

Et si la mystérieuse personne invisible pourchassant Nancy n'avait jamais existé ?

Et si la personne responsable de la chute de Nancy était en fait Rusty lui-même ?

Chyna se leva brusquement. Elle s'était sentie désolée pour Rusty, cet après-midi. Elle avait été heureuse que Rex ait raccompagné Owen chez lui, dans le but de protéger Rusty de la fureur d'Owen.

Mais peut-être Rusty n'avait-il pas besoin d'être protégé d'Owen. Peut-être Owen avait-il besoin de protéger d'autres personnes de son propre fils, et dans ce cas Rex avait seulement abouti à procurer à Rusty sa liberté, la liberté dont il avait besoin pour se sauver lui-même, parce qu'il avait vu quelque chose dans le regard de Chyna tout à l'heure, quelque chose qu'il avait essayé de réparer en se dépeignant devant elle comme l'homme qui avait commis une terrible erreur et se considérait lui-même indigne de pitié. Ça avait marché un moment, mais si tout à l'heure Rusty avait senti qu'elle avait pris connaissance de ses souvenirs de la dernière soirée de Nancy, alors peut-être comprendrait-il également qu'en dépit de tous ses efforts pour lui « expliquer » ses actions aujourd'hui, elle les analyserait plus tard et reconnaîtrait que l'histoire ne tenait pas debout. Et s'il se disait qu'il avait fait plus de mal que de bien en lui débitant cette histoire tout à l'heure ?

Alors il arriverait à la conclusion qu'elle était un danger pour lui. Et elle, elle était là, dans cette grande maison, toute seule, avec un tueur potentiel qui la considérait comme la seule menace véritable pour lui.

2

Deirdre se réveilla en sursaut. Se réveiller sans être capable d'ouvrir les yeux était plus qu'étrange, mais cette sensation bizarre était vite remplacée par une autre : l'élancement douloureux dans tout son corps froid et raide. Elle était étendue sur le côté. Prenant une large inspiration, elle réussit à glisser sur le dos. La douleur irradia dans sa colonne vertébrale. Pendant un moment, elle ne sentit pratiquement plus ses pieds, ce qui la terrifia. Puis les pointes et les aiguilles de la circulation qui revenait se firent sentir, comme autant de coups de poignard. Elle poussa un gémissement, tout à la fois de souffrance et de soulagement à l'idée que ses pieds n'étaient pas gelés. Sinon, c'était l'amputation.

Je vais sortir d'ici, pensa Deirdre avec une férocité soudaine. Je ne vais pas rester étendue sur ce sol froid, attendant que Dieu sait qui revienne et me tue. Je *vais* vivre !

Avec l'énergie du désespoir, elle essaya de tourner

ses poignets et ses chevilles attachés avec de l'adhésif. Ses poignets, elle pouvait à peine les faire bouger, mais il lui sembla que le lien autour de ses chevilles n'était plus aussi serré que la nuit précédente, juste après qu'elle eut repris conscience et se retrouve étendue sur ce sol de ciment. Elle essaya de remuer les pieds, puis de les soulever et les abaisser.

Il lui semblait sentir un mouvement, non seulement de ses pieds mais aussi de ses chevilles. Elle essaya de nouveau. Oui ! Elle était sûre d'avoir senti un mouvement au niveau des chevilles.

Le froid, pensa-t-elle avec un sentiment de triomphe. La colle sur l'adhésif avait durci et commençait à perdre son pouvoir d'adhésion, à cause du froid. Le scotch autour de ses poignets était serré de manière presque insupportable, mais son kidnappeur n'avait pu serrer aussi fort autour des chevilles à cause de la structure de l'os. Les jointures intérieures étaient maintenues serrées, mais au-dessus et au-dessous il y avait de petits espaces où l'air froid avait pu pénétrer. Si son ravisseur avait utilisé plus de ruban, recouvrant la cheville au-dessus et au-dessous de la jointure, l'air n'aurait absolument pas pu pénétrer. Mais peut-être cette personne avait-elle été pressée. Ou était-elle négligente. Ou, tout simplement, ignorante de l'effet du froid sur la colle. Peut-être son ravisseur n'était-il pas un mordu de chimie, espéra-t-elle, et ce simple fait lui fournirait peut-être un plan qui l'aiderait à s'en sortir, à moins qu'il rate et pousse son ravisseur à la tuer pour de bon. Si elle s'échappait et racontait ce qu'elle savait, aucune fille après elle ne serait kidnappée et tuée.

Deirdre prit le temps de laisser sa respiration

retrouver un rythme plus lent. Ce dont elle avait besoin, c'était se concentrer, et non pas hyperventiler et perdre ses facultés d'attention. Qu'importe qu'elle ait froid, et faim, et peur. Tout ce qui comptait, c'était l'adhésif sur ses chevilles qui commençait à moins coller.

Elle bougea ses chevilles d'avant en arrière. Le mouvement était si infime qu'elle se demanda s'il en valait la peine. Mais c'était malgré tout un mouvement, et le moindre mouvement valait chaque parcelle d'énergie qui lui restait.

En se servant des muscles de ses cuisses, elle se mit à lever et baisser les jambes. De si minuscules mouvements, se dit-elle. Si minuscules, si pathétiques. Des mouvements malgré tout. Et à moins que son imagination ne lui joue des tours, la bande adhésive semblait s'être encore légèrement relâchée. Très légèrement, mais un peu quand même. Oui, c'était indéniable. Elle progressait. Un lent, très lent progrès, mais…

Deirdre entendit une porte grincer. Elle se tint parfaitement immobile, comme un jeune lièvre pris dans la ligne de mire d'un renard. Si je reste suffisamment tranquille, peut-être ne me verra-t-il pas, se dit-elle de manière tout à fait irrationnelle. Peut-être croira-t-il que je suis morte. Peut-être décidera-t-il que cette nuit n'est pas la bonne…

« Il fait frais ici. » Le cœur de Deirdre se mit à battre violemment au son de la voix désinvolte. « Bien sûr, il fait frais partout dans la région, même pour cette période de l'année. D'habitude, ce n'est pas avant fin novembre que les nuits sont aussi froides. La période de Thanksgiving. J'ai toujours aimé Thanksgiving. Je trouve ça drôle qu'on remercie pour tout ce que Dieu a fait pour nous. Les Indiens ont beaucoup fait pour nous, par exemple. On a montré notre gratitude en les tuant. Bien sûr, ils ont tué quelques-uns d'entre nous aussi. »

Un soupir. « Mais ainsi va le monde. En tout cas, c'est mon opinion. Et toi, quelle est la tienne ? » Un long silence. « Oh, tu ne peux pas répondre. Mais je parie que tu as une opinion, toi aussi. Je parie que tu as des opinions sur tout. Les filles intelligentes comme toi, ça s'imagine tout savoir. C'est comme être jolie. Les jolies filles s'imaginent qu'elles peuvent tout avoir — tout ce que le monde peut offrir. Et te voilà, toi, Deirdre — à la fois intelligente *et* jolie. Tu battrais tous les records, s'il n'y avait pas des gens comme moi pour t'empêcher de tout prendre pour toi, sans rien laisser pour les autres. »

Papa, papa, aide-moi, pensa Deirdre de toutes ses forces. Je sais que tu me sauverais si tu savais où je suis. Mais tu ne le sais pas. Et moi non plus. Une seule personne sait où je suis. Celle qui est devant la porte. Celle qui va me tuer.

« Je parie que tu as trouvé le temps long aujourd'hui, continua la voix implacable. N'avoir rien d'autre à faire que rester allongé à penser à la vie qu'on a vécue, à se demander ce qui va éventuellement vous arriver, ça doit être plutôt assommant. Tu ne dois pas avoir l'habitude. Ce n'est pas du tout de cette manière qu'une intelligente et jolie fille occupe son temps. »

Deirdre avait pris conscience que la voix se rapprochait. À présent elle sentait qu'on la touchait, des doigts traînaient sur son front tout près de ses cheveux, descendaient près des tempes, des joues, sur sa gorge. S'attardèrent sur sa gorge. Elle s'attendait à sentir les doigts de l'autre main se poser là, puis remonter vers son cou et serrer, coupant l'arrivée de l'air, l'étranglant. Est-ce ainsi que les choses se sont passées pour les autres filles ? se demanda-t-elle. Sont-elles mortes, toutes, par strangulation ? Si c'est cela qui doit se passer, que ça ne dure pas trop longtemps je vous en prie, pria-t-elle. Même si je ne meurs pas rapidement, que je puisse être inconsciente. Ne me laissez pas rester consciente pour sentir chaque horrible seconde de ce qui doit arriver.

Mais la deuxième main ne la toucha pas. Au lieu de cela, la première glissa plus bas, retira la fine couverture. L'air froid balaya son ventre et elle se mit à trembler.

« Si mince. Pas un gramme de graisse. Et la peau si douce, murmura la voix. La peau douce d'une *jeune* femme. Je déteste la peau des vieilles personnes, toute sèche et ridée. Et *l'odeur* des vieilles personnes. L'odeur de putréfaction. » Deirdre sentit un visage effleurer sa peau juste au-dessus du nombril, puis entendit une profonde inspiration. « Ça sent bon. Même après une nuit et une journée passées ici, tu portes encore la bonne odeur de la jeunesse. »

Deirdre sentit la panique l'envahir. Elle essaya de se concentrer sur un autre temps, un autre lieu. Elle pensa à un pique-nique avec ses parents quand elle avait dix ans. Sa mère avait étendu une couverture et posé dessus des boîtes, des assiettes, des récipients de toutes sortes. « Mon Dieu, ma chérie, s'était écrié son père, admiratif et amusé. Es-tu un génie ou quelque chose comme ça ? Comment es-tu arrivée à sortir autant de nourriture de ce petit panier de pique-nique ? » Sa mère s'était contentée de sourire. « On ne pourra jamais manger tout ça, avait dit son père en riant. Il y aura une tonne de restes. »

Mais il n'y avait pas eu de restes. Ils avaient tellement mangé qu'ils ne pouvaient plus bouger. Alors ils s'étaient allongés, fixant le ciel, essayant de discerner les formes des nuages. « Celui-ci, c'est un éléphant, avait dit sa mère. Et elle a son bébé éléphant avec elle, tu le vois, Deirdre ? » Et Deirdre avait dit oui, même si elle ne voyait rien sinon la masse indistincte d'un nuage. Sa mère était celle qui rendait tout magique et amusant, même les nuages. Sa mère était celle qui rendait l'univers entier magique et amusant, aux yeux de tous les deux, Deirdre et Ben.

Je vais peut-être lu revoir si tout ce qu'on raconte sur les retrouvailles avec les bien-aimés au ciel est vrai, se dit Deirdre, tandis que le répugnant personnage était toujours sur elle, reniflant sa « jeune chair », une chair qui maintenant se sentait souillée. La mort ne sera peut-être pas si désagréable, songea-t-elle. Il faut qu'elle soit plus agréable que *ça*.

Soudain Deirdre entendit un bruit. Un moteur de voiture. Un moteur bruyant. Une vieille voiture. Pas une voiture neuve dont le moteur ronronne. Les caresses s'interrompirent aussitôt. La personne au-dessus d'elle se raidit et laissa échapper un halètement qui trahissait la peur. Mon Dieu, quelqu'un est-il venu me sauver ? pensa, avec désespoir, Deirdre. Quelque chose de miraculeux s'est-il passé ?

Un souffle chaud près de son oreille. « Ne fais pas le moindre bruit. » Tout ce qu'elle aurait pu faire, c'était pousser un cri aigu à travers l'adhésif, mais aussi tentant soit-il de faire savoir qu'elle était là, Deirdre savait que le moindre mouvement, le moindre bruit lui serait fatal. Le bourdonnement du moteur se rapprocha. Je vous en prie, je vous en prie, *je vous en prie*, hurlait l'esprit de Deirdre. Des voix. Elle entendait des voix. Des voix d'hommes. La personne audessus d'elle semblait avoir arrêté de respirer. Ça y est, exulta mentalement Deirdre. Je vais être sauvée ! Maman a envoyé quelqu'un pour me sauver !

Son cœur battait si fort qu'elle crut qu'il allait éclater dans ses côtes. Puis, juste au moment où sa jubilation atteignait un point presque insupportable, elle entendit des rires, des filles qui poussaient des cris tout à la fois de frayeur et de plaisir.

Qui donc était là ? se demanda Deirdre. Une bande d'adolescents ? Une bande d'adolescents qui s'amusaient, comme ceux de la fête d'hier soir, pendant laquelle elle s'était fait enlever par ce dément qui maintenant la séquestrait ?

« Je ne veux pas entrer là-dedans, cria une fille. J'ai entendu un jour le propriétaire dire qu'il avait des fusils et que s'il nous trouvait ici…

— Et alors ? Il nous tuera ? défia l'un des garçons. Il peut essayer de nous faire peur, mais il va pas risquer de se faire arrêter pour meurtre. Viens, Cookie. Tu as besoin d'une autre bière ou quoi ? D'habitude tu ne te conduis pas comme une mauviette ! »

Une fille se mit à ricaner comme une folle. « D'accord, d'accord, si t'en fais tout un plat, je vais entrer. On va tous entrer, d'accord ? »

Une portière de voiture fut ouverte et refermée en claquant. Un brouhaha joyeux se fit entendre. Un brouhaha causé par combien de personnes ? Trois ?

Non, quatre, jugea Deirdre, et ils ont dit qu'ils allaient entrer ! Quelqu'un était déjà sorti de la voiture. Quelqu'un allait entrer ? Plus d'une personne. Et sûrement, Dieu merci ils feraient quelque chose. Ils la sauveraient !

Puis elle entendit de nouveau le moteur. Accélérer. Ralentir. Des rires encore. Des cris de protestation. De nouveau une portière claquée. Parce que quelqu'un d'autre sortait de la voiture ? Oui, il fallait qu'il en soit ainsi. Il le fallait.

« Oh, ça ne vaut pas la peine. Je viens de penser à un bien meilleur endroit pour ce soir, cria l'un des garçons.

— Oh oui, fit celle qui s'appelait Cookie. Allons ailleurs ! Un endroit plus chouette ! Tu penses à quoi ?

— Un endroit *hanté*. »

Les filles poussèrent un hurlement et leurs ricanements se firent presque hystériques. Puis le moteur accéléra. Ralentit, accéléra. Puis Deirdre entendit le bruit de gravillons projetés sous des pneus. Le moteur bourdonna de nouveau et la voiture partit au loin. Au loin ! Non, non, c'était impossible que des gens soient venus si près pour repartir ! S'empresser de repartir ! Ça ne pouvait pas arriver. Ils *ne pouvaient pas* l'abandonner !

Mais c'était bien ce qu'ils faisaient.

Fallut-il une ou cinq minutes à Deirdre pour se rendre compte qu'elle n'entendait plus du tout la voiture ? Elle aurait dû compter les secondes, se dit-elle. Elle aurait dû faire attention au temps passé là par la voiture, car si elle n'était partie que depuis quelques secondes, il était possible qu'elle revienne. Ils étaient peut-être juste en train de faire le tour du bâtiment, de chercher le meilleur moyen d'entrer. Si cela ne faisait qu'une minute que la voiture était partie, cela voulait dire qu'ils étaient juste en train de faire le tour. Mais si plus de temps s'était écoulé... si c'était plus de cinq minutes qui venaient de s'écouler, cela voulait dire qu'ils étaient partis pour de bon.

Deirdre, un instant, se sentit furieuse contre elle-même. Puis les ténèbres les plus noires descendirent sur elle. Quelle importance de savoir combien de temps la voiture était restée ? Personne n'était venu la sauver. Les gens dans la voiture n'étaient même pas à sa recherche. C'était juste une bande d'adolescents, on le devinait à leurs voix. Une bande d'adolescents qui s'amusaient. Et elle, elle était toujours là, sur ce sol de ciment froid, les yeux et la bouche bandés, les mains attachées dans son dos. Rien n'avait changé. Rien n'avait changé, sinon...

Deirdre retint son souffle et tendit l'oreille, se concentrant de chaque parcelle de son être, jusqu'au moment où elle en fut certaine.

La voiture était partie, mais son ravisseur aussi.

3

Vers huit heures et demie, Chyna avait complètement renoncé à manger, bien qu'elle ait su que son corps avait besoin de nourriture. Mais ce dont il avait besoin et ce qu'il désirait, ce n'était pas la même chose, jugea-t-elle, alors au diable la nourriture. Elle donna à Michelle ce qui restait du sandwich, et jeta la soupe froide.

Elle soupira et regarda Michelle. Après avoir avalé le sandwich en deux bouchées, la chienne s'était assise à côté de son bol et attendait patiemment le biscuit d'après dîner. « J'aimerais bien que mon dessert soit la seule chose dont j'aie à me soucier, lui dit Chyna. Enfin, ne t'en fais pas. J'ai été plutôt en dessous de tout ces derniers jours, mais je n'ai pas oublié *toutes* les choses importantes de la vie. »

Chyna chercha dans la cuisine le sachet de biscuits au jus de viande que Ned avait apporté en même temps que le Gravy Train. Il s'était de toute évidence souvenu combien le setter irlandais qu'ils avaient eu, il y a longtemps, aimait ces biscuits. Ned avait appris toutes sortes de tours au chien, et le récompensait toujours avec l'un de ces biscuits. C'était un chien de pure race qui valait une fortune, mais Chyna avait toujours su que Ned se fichait complètement de cette impressionnante lignée. Tout simplement, il aimait le chien. Il lui avait même autorisé l'accès à la sacro-sainte cabane démolie par le vent cette semaine. En ce qui concernait Ned, une invitation à la cabane était l'honneur suprême. Elle-même n'avait été autorisée à y entrer que deux fois. « Tu mettrais le bazar partout, lui avait-il dit d'un ton suffisant, à l'âge de dix ans. En plus, c'est pour les garçons. Je ne veux pas que tu répandes partout tes microbes de fille. »

Elle était partie en pleurant vers sa mère, qui s'était amusée des raisonnements de Ned. Mais elle avait dit à Chyna qu'elle devait se conformer aux règles de son frère. Après tout, la cabane avait été construite pour lui. Après cela, y accéder était devenu l'un des principaux buts de Chyna, mais Ned l'avait toujours soigneusement fermée. Et dès qu'elle s'en approchait un peu trop, il ne la quittait plus des yeux.

Chyna se dirigea vers les fenêtres qui donnaient sur l'arrière de la maison et regarda la terrasse — l'endroit où Rusty avait prétendument déversé son cœur devant elle cet après-midi. Du brouillard s'échappait du lac, flottant autour de la fontaine, silencieux et secret et, d'une certaine manière, effrayant, comme s'il décelait quelque chose qu'il gardait caché. Et peut-être Rusty lui avait-il, lui aussi, caché quelque chose. Ou peut-être avait-il été totalement sincère, peut-être avait-il juste désespérément besoin d'une amie, de quelqu'un à qui raconter son histoire avilissante, la manière dont il s'était enfui, avait laissé Nancy mourir parce qu'il ne voulait pas qu'on pense qu'il était un pervers.

Parce qu'il avait peur de ce que son père penserait de lui. Et si ce qu'il lui avait raconté était l'absolue vérité ? Et si quelqu'un avait pourchassé Nancy sur ce sentier ? Dans quel but ?

Pour faire d'elle la prochaine disparue, pensa brusquement Chyna. Ce n'était pas Deirdre Mayhew qui était supposée suivre Zoey et Heather et Edie dans l'oubli. La victime suivante aurait dû être Nancy Tierney. Mais quelque chose avait mal tourné ce soir-là. La personne qui avait pourchassé Nancy avait voulu l'attirer dans le néant comme les autres filles, et s'était retrouvée gênée par un voyeur.

Rusty. Malgré toutes les failles de son histoire, Chyna savait qu'il disait la vérité en affirmant avoir seulement regardé Nancy courir et tomber. Ce n'était pas lui qui la pourchassait.

Mais était-il totalement sincère lorsqu'il avait dit qu'il n'avait pas vu *qui* pourchassait Nancy ? Avait-il vu celui qui l'avait ainsi poussée à la mort, et avait-il peur de dire de qui il s'agissait ?

Chyna se sentit glacée. Glacée et frustrée, car elle ne pouvait pas *sentir*, ni *savoir*, si Rusty en savait plus qu'il ne le disait. Et savoir était important, se dit-elle. Savoir était…

La sonnette retentit à la porte. Ce n'était sûrement pas Rex, se dit Chyna, et elle n'avait vraiment pas envie de compagnie. Elle était en train de se demander si elle n'allait pas ignorer la sonnerie lorsqu'elle entendit Ned crier : « Chyna ! Je n'ai pas voulu te prendre par surprise après la journée que tu viens d'avoir, alors j'ai sonné. Mais j'ai utilisé ma clé. Comment ça va ? »

Chyna ne s'était pas rendu compte avant cet instant à quel point elle avait été tendue toute la soirée. Son corps se relaxa brusquement, et c'est presque en courant qu'elle se dirigea dans le living à la rencontre de son frère. « Ned, je suis heureuse de te voir. »

Il avait toujours le visage rouge et les yeux légèrement injectés, mais il la regarda avec son bon vieux sourire si familier : « Je ne m'attendais pas à un accueil aussi joyeux !

— Rex est parti — comme d'habitude — et ce n'était pas le plus beau jour de ma vie, loin de là ! Tu es un envoyé du ciel !

— C'est ce que je dis toujours à Beverly, mais elle ne semble pas d'accord.

— Bien sûr que si. Elle est folle de toi. Viens dans la cuisine me tenir compagnie un moment. »

Le sourire de Ned disparut. « J'aimerais bien, petite

sœur, mais il faut que je rentre sinon Bev va demander le divorce. Elle dit que je ne suis plus jamais à la maison. En plus, je ne me sens vraiment pas bien. » Devant l'air déçu et découragé de sa sœur, il se força à sourire : « Je suis juste venu te donner quelque chose. Je voulais le faire depuis ton arrivée, et j'ai tout le temps oublié. » Il sortit une petite boîte blanche de la poche de sa veste. « Le matin où j'ai trouvé maman morte... » Sa gorge se noua. Il reprit : « Le matin où j'ai trouvé maman morte, elle portait sa bague de fiançailles. Celle avec le diamant et les saphirs. Enfin, je n'ai pas besoin de te la décrire. Tu l'as toujours aimée et je savais que maman voulait que tu l'aies.

» Je sais qu'on est censé ne rien retirer sur un corps, mais j'avais peur que la bague se perde à la morgue ou au funérarium, continua Ned, alors ce matin-là je l'ai fait glisser de son doigt. Je l'ai rapportée à la maison, mise dans cette boîte, et maintenant je veux que tu la prennes. »

Chyna regarda la petite boîte blanche comme si elle contenait quelque chose d'étrange et d'interdit.

« Allez, petite sœur, fit Ned d'une voix un peu plus légère. Ne prends pas cet air effaré. Je ne l'ai pas volée. C'est ta bague maintenant. S'il te plaît, prends-la. »

Chyna sentit ses yeux se remplir de larmes. Elle tendit une main légèrement tremblante et Ned y déposa la boîte. Elle ne l'ouvrit pas. Elle se contenta de refermer la main autour. « Merci, Ned, dit-elle doucement. Tu ne peux pas savoir ce que cela représente pour moi. »

D'un air triste, il regarda Chyna, les larmes aux yeux lui aussi. « Si, Chyna, je sais ce que cela représente pour toi. C'est le dernier cadeau de maman pour toi. Quand tu la porteras, pense à elle.

— Je la porterai toujours. Tu es le meilleur frère du monde. »

Ned repartit presque aussitôt et Chyna venait juste de commencer à monter l'escalier pour déposer la bague dans sa chambre lorsque le téléphone sonna. Elle sursauta, tirée de ses pensées, à la fois tristes et heureuses, concernant la bague. Elle posa la boîte sur la table basse et décrocha le combiné. Rex sans aucun doute, se dit-elle, contrariée. Rex, qui aurait dû être rentré depuis deux heures au moins. Elle avait téléphoné chez Owen, prête à prétexter qu'elle avait besoin de savoir l'heure du retour de Rex pour préparer le dîner, mais personne n'avait répondu. Elle espéra ardemment que Rex était resté avec Owen au moins une demi-heure, même si ce n'était sûrement pas suffisant pour qu'il se calme après la scène avec Rusty. Où diable était donc Rex ? Qu'allait-il lui raconter lorsqu'il finirait par arriver ? Qu'il était avec un ami qui avait besoin de parler ? Elle ne le croirait pas. Il n'avait pas été du moindre secours pendant toute cette épreuve et brusquement elle se sentit furieuse contre lui.

Chyna s'empara du téléphone et dit agressivement : « Oui ?

— C'est Beverly. Tout va bien, Chyna ? »

Chyna se sentit aussitôt stupide. « Oui, ça va.

— On ne dirait pas. Ned m'a raconté ce qui s'est passé, l'attroupement devant ta maison. Ce n'est pas étonnant que tu sois sur les nerfs. Je voulais venir et être avec toi, mais il m'a dit que ce n'était pas sûr pour moi ou les enfants.

— Il a eu raison Je suis heureuse que tu sois restée en dehors de tout ça. Il était là il y a quelques minutes, il est sur le chemin du retour. Et je vais bien, je t'assure.

— Rex est passé en vitesse. Il a dit que tu t'es comportée en vrai soldat.

— En vrai soldat ? répéta ironiquement Chyna. Eh bien, apparemment il pense que je suis capable de me débrouiller en toute occasion car il n'est même pas revenu de chez Owen Burtram.

— Ce n'est pas possible ! s'exclama Beverly. Il était ici il y a une heure environ. Il a dit quelque chose à propos de Rusty racontant un tas d'inepties qui ont rendu Owen furieux, et qu'il a raccompagné Owen chez lui le temps qu'il se calme, mais quand il est sorti d'ici, il a dit qu'il allait directement te retrouver.

— A-t-il dit si Owen s'était effectivement calmé ?

— Il a dit qu'Owen n'avait pas fait allusion à ce que venait de dire Rusty — et là-dessus Rex n'a pas éclairé ma lanterne — mais Owen a reçu un coup de fil et a dû repartir. C'est pourquoi Rex a fait un saut ici pour dire bonjour avant d'aller te retrouver.

— Il va peut-être arriver d'un instant à l'autre, fit Chyna, bien qu'en fait elle n'ait pas beaucoup d'espoir de voir Rex avant un certain temps, ce qui l'exaspérait.

— Ces horribles individus ! » Chyna se rendit compte que Beverly avait changé de sujet pour revenir au rassemblement sur sa pelouse. « Rex dit que c'est Irma Vogel la meneuse de troupe. Je ne l'ai jamais vraiment aimée même si, pour une raison ou une autre, elle semblait s'imaginer que si. Elle m'appelle chaque fois qu'elle peut glaner le moindre potin. J'ai souvent pensé qu'elle était un peu folle. Maintenant je sais qu'elle l'est vraiment et je ne veux plus avoir à faire avec elle. » Beverly changea à nouveau de sujet. « Chyna, qu'est-ce que Rusty a raconté qui a rendu Owen si furieux ? »

Chyna n'avait pas l'intention de bouleverser Beverly en lui répétant tout ce que Rusty lui avait confié. « Je crois que la mort de Nancy a été un grand choc pour lui. De temps en temps il prenait le même sentier qu'elle pour courir, et il s'est mis dans la tête l'idée absurde qu'il aurait pu l'aider, s'il était arrivé un peu plus tôt, s'il avait été là, ce genre de choses. »

L'explication parut incroyablement boiteuse à Chyna, et apparemment à Beverly aussi, car elle demanda : « En quoi cela pourrait-il rendre Owen furieux ?

— Je ne sais pas. Parfois je pense qu'Owen est aussi fou qu'Irma. Et tu sais comme il a toujours été dur avec son fils. » Je ne peux pas rester aussi vague, se dit Chyna. Beverly va comprendre que je lui cache quelque chose. « Je suis vraiment contrariée à cause de Rex, dit-elle soudain d'un ton brusque. J'aurais pensé qu'après une journée comme celle que j'ai passée, il aurait pris la peine de revenir pour rester avec moi. Au lieu de ça, il est probablement dans un bar en train de passer en revue toutes les femmes disponibles.

— Chyna ! fit Beverly en riant. Tu n'es pas à prendre avec des pincettes ! » Puis elle reprit son sérieux. « Mais je comprends que tu ne veuilles pas rester seule. Quand Ned sera rentré, veux-tu que je lui dise de retourner chez toi ?

— Non. Je crois qu'il est en train de tomber malade. La grippe peut-être. Assure-toi qu'il boive beaucoup de liquide, de préférence du jus d'orange, pas de la bière. Moi je vais prendre un des somnifères de maman et me coucher tôt.

— Oui c'est vrai, Ned n'a pas été bien de la journée. Je vais... » Beverly s'interrompit et se mit à crier : « Ian Greer, tu es censé être au lit ! » Beverly baissa la voix et s'adressa de nouveau à Chyna : « Je suis sûre que Rex va bientôt arriver, de toute façon. Et sinon, tu m'appelles et je viens te tenir compagnie.

— Entendu », fit Chyna, sachant qu'elle ne dérangerait en aucun cas Beverly, même si elle ne se sentait pas bien du tout.

Quarante minutes plus tard, Chyna était assise, seule, en train d'attendre Rex, bien décidée à ne pas prendre de somnifère. Elle voulait rester éveillée et faire savoir à Rex, lorsqu'il serait enfin de retour, qu'elle était furieuse. Le téléphone sonna de nouveau, la faisant sursauter. C'est lui qui m'appelle avec une excuse idiote, murmura Chyna, avec une rage assassine, à l'intention du téléphone. Elle s'empara du combiné sans même regarder l'écran d'identification de numéro. « Eh bien, ce n'est pas trop tôt », fit-elle d'une voix cassante. Rien. « Si c'est toi, Rex, je veux que tu reviennes tout de suite à la maison. » Sa voix était dure et froide. « Et si c'est l'un de ces idiots qui étaient sur ma pelouse tout à l'heure, dégradant le bien d'autrui, m'insultant, et pensant me faire peur, eh bien vous ne perdez rien pour attendre ! »

Toujours rien.

Puis elle entendit le bruit de vent lointain, comme

lors d'un appel longue distance, dans le passé. « Qui est-ce ? » demanda Chyna, essayant de ne pas trahir l'effroi et l'épouvante qui l'envahissaient. Elle réussit à soutenir d'un ton assuré : « Vous ne me faites pas peur. Que voulez-vous ? »

Un autre silence. Elle finit par entendre : « Ton aide, Chyna. J'ai besoin de ton aide. »

Mon Dieu, se dit Chyna. Elle était pratiquement certaine d'entendre de nouveau la voix d'Anita. La première fois, malgré le bruit du vent, la voix avait paru légère et mélodieuse. Cette fois-ci, le timbre était faible, pathétique. Ce n'est pas possible, pensa Chyna. Et pourtant…

« Tu sais que c'est moi, Bubble Gum.

— Non, Anita, ce n'est pas vous. Ce n'est absolument pas possible… » *Puisque vous êtes morte*, avait failli dire Chyna, mais elle s'était arrêtée à temps. À présent elle tremblait, ses mains étaient glacées, sa respiration bruyante et trop rapide. « Anita, que voulez-vous ?

— *Star bright, star light, first star I see tonight…*

— Anita, fit Chyna d'une voix étranglée. Que voulez-vous dire ?

— Il faut que tu le comprennes, Bubble Gum. » Chyna ferma les yeux, le cœur battant. « Il faut que tu aides Zoey. *Je t'en prie*, Chyna. » Un autre silence, puis la voix se fit plus faible encore. « *Star bright, star light…* » La voix s'estompa tandis que le bruit du vent augmentait, noyant les dernières notes de la pitoyable voix d'Anita : « *First star I see tonight…* »

Chyna reposa le téléphone longtemps après que la voix d'Anita se fut tue, longtemps après qu'elle fut certaine que personne, de ce monde ou d'un autre, ne s'accroche plus à elle, n'essaie plus de l'atteindre à travers cet instrument si matériel, si mal adapté, appelé téléphone.

Puis elle s'évanouit.

Tout d'abord Chyna eut l'impression d'être allongée sur une plage, de sentir les vagues rouler doucement sur son visage. Des vagues chaudes et caressantes. Elle garda les yeux fermés quelques instants, savourant la sensation, le sentiment d'amour déferlant sur elle.

Puis tout en elle sembla devenir vigilant. Cette sensation langoureuse, réconfortante était-elle tout simplement la mort, s'approchant furtivement, l'attirant dans les ténèbres inexorables, sans fond ? Eh bien, elle n'irait pas. Elle ne pouvait pas y aller. Elle avait quelque chose à faire. Elle le devait à Zoey. Elle le devait à toutes les jeunes filles qui avaient disparu comme des spectres dans la nuit. Zoey avait dit qu'elle était la seule qui pouvait y mettre fin. Chyna ne savait pas comme elle pourrait le faire, mais elle savait qu'elle essayerait de toutes ses forces, physiques et mentales.

Le feu de la détermination envahit son corps, et elle ouvrit les yeux. Après les avoir clignés deux ou trois fois, Chyna éclata d'un rire presque hystérique. Elle n'était pas allongée sur une plage, les vagues roulant sur elle, la tirant vers l'océan de la mort.

Elle était allongée sur le sol du living, avec Michelle qui lui léchait le visage.

4

« De ma vie je n'ai appelé un homme en lui demandant d'accourir à mes côtés parce que j'avais peur, dit Chyna lorsque Scott entra dans le living de la villa des Greer. J'ai presque honte de moi.

— Pas moi. Je me sens flatté au-delà de toute mesure. » Scott souriait, mais ses yeux sombres étaient emplis d'inquiétude. Il examina son visage puis rapidement son corps, comme pour chercher des signes de blessure. « En fait, Chyna, je suis surtout heureux d'avoir eu une voiture pour pouvoir venir quand tu m'as appelé. Sans Ned, je n'aurais pas pu conduire cette nouvelle auto rutilante et la garer dans ton allée. Lorsqu'il m'a raccompagné tout à l'heure, il est passé par le garage. Il m'a dit : "Tu as parlé de la possibilité d'acheter une nouvelle voiture. Choisis-en une et conduis-la pendant quelques jours. Si elle te convient, je te ferai un bon prix." Et donc, ce soir, je ne dépends plus de ceux qui me raccompagnent gratuitement, ni de la compagnie de taxis de Black Willow.

— Dieu merci. Si tu n'avais pas pu venir… » La voix de Chyna baissa d'un ton. « Oh, ne fais pas attention à moi, Scott. Je suis frustrée à cause de Rex, qui est parti, comme d'habitude, et bien sûr il n'a pas de portable. Ça faciliterait trop la tâche des diverses femmes de sa vie qui voudraient le suivre à la trace.

— Eh bien, je vois que Rex n'a pas la cote ce soir, fit sèchement Scott. Tu es sûre qu'il va bien ? Pas d'ondes négatives ?

— Non, je ne suis pas sûre qu'il va bien. Il devait

savoir que je m'inquiéterais, l'imbécile. Mais je n'ai pas de mauvais pressentiment concernant son bien-être physique.

— Je ne donnerais pas cher de son bien-être physique s'il rentrait à la minute même, fit Scott avec un petit sourire. Et ton frère ?

— Ned est en train de tomber malade et, à mon avis, il a également besoin de passer un peu de temps avec sa famille. » Chyna s'interrompit. « Écoute, Scott, si je m'impose…

— Mais non. Je suis extrêmement heureux que tu ne me considères pas comme un invalide, et que tu aies pensé que tu pouvais m'appeler à l'aide.

— Tant mieux. Je ne pouvais absolument pas rester assise ici pour le reste de la nuit à parler à des fantômes.

— Parler à des fantômes ? demanda prudemment Scott.

— Au téléphone. Anita Simms, la mère de Zoey. »

Scott garda le silence, fixant Chyna. Elle lui lança un regard sardonique. « Oh, je sais qu'elle est morte. Une drôle de soirée, tu vois.

— Wow, vraiment une drôle de soirée, Chyna.

— À qui le dis-tu. »

Elle essaya de sourire. « On dirait qu'un verre de vin te ferait du bien. Ou quelque chose de plus fort.

— Quelque chose de plus fort, s'il te plaît. Du bourbon, peut-être ? Ou un scotch. Ensuite tu pourras me raconter ta conversation au téléphone avec Anita.

— Ne me regarde pas comme ça, Scott, l'avertit Chyna. Tu voulais savoir ce qui m'a mise dans cet état. Je te raconte simplement ce que tu voulais savoir.

— Et je te prends au sérieux. Sincèrement. Mais

tout cela est nouveau pour moi, Chyna. Ne t'énerve pas si ça me déroute de temps en temps.

— Ça te déroute tout le temps. Mais je peux comprendre. » Elle haussa les épaules. « Tu veux quelque chose avec ton bourbon ?

— Non, je le prendrai pur. Et j'aimerais bien un double, s'il te plaît. »

Chyna rit et se dirigea vers la cuisine. « Tu es secoué à ce point-là ? Même après ce que tu as traversé durant l'accident d'avion ? » Elle s'interrompit brutalement et se retourna, l'air effaré. « Mon Dieu, je suis tellement désolée, Scott. Je n'ai pensé qu'à ce qui m'arrivait, et je viens de lâcher une chose terriblement insensible sur l'événement le plus horrible de ta vie. S'il te plaît, pardonne-moi, je suis...

— Tu es pardonnée, fit Scott d'un ton neutre. Il n'y a pas de mal. Je suis indemne, et je ne vais pas m'effondrer à cause d'une phrase qui t'a échappé, alors que tu as de toute évidence traversé toi aussi l'un des plus terribles événements de ta vie.

— Oui, je suis complètement bouleversée, cependant... » Elle ferma les yeux et pencha la tête. « Crois-tu qu'au moins l'un de nous deux vivra jusqu'à Noël ?

— Oui. Ça coincera peut-être un peu aux entournures, mais on y arrivera, malheureusement pour moi. Je déteste Noël.

— Moi aussi, s'écria Chyna. Je croyais être la seule dans ce pays, peut-être même dans la communauté chrétienne du monde entier, qui ne supportait pas de décorer un sapin, de manger un pudding aux fruits, de faire des paquets-cadeaux, de chanter des chants de Noël. Quel soulagement ! Je ne suis pas une excentrique, finalement !

— Oh, n'en sois pas si sûre, dit Scott d'un air solennel. Tu es peut-être une excentrique malgré tout. Simplement tu n'es pas *l'unique* excentrique qui n'aime pas Noël. »

Ils éclatèrent de rire tous les deux, au point d'en avoir les larmes aux yeux. « Je n'étais même pas si drôle que ça, finit par dire Scott en reprenant son souffle.

— Je sais. Mais ça fait tellement de bien de se laisser aller. Oh, ça m'arrive de temps en temps, mais pas devant témoin. » Elle jeta un coup d'œil à Michelle. « Sauf elle. En fait elle vient de me voir dans un drôle d'état, il y a une demi-heure de ça, après le coup de fil. »

Scott essuya une larme sur sa propre joue, renifla, puis regarda attentivement Chyna, son rire se transformant en sourire qui fut comme le signal du retour au sérieux. « Le coup de fil. Tu y as fait allusion quand tu m'as appelé. » Il s'approcha d'elle et posa doucement la main sur son épaule. « Oublions ces boissons et sortons d'ici un moment. Ensuite tu pourras tout me raconter au sujet de cet appel.

— Pour aller où ?

— Nulle part. On fait simplement un tour dans ma belle voiture neuve. »

Chyna hésita un instant, puis acquiesça. « Ça me semble une bonne idée, à une condition : Michelle vient avec nous.

— Elle va laisser des poils ? demanda Scott.

— Et alors ? » Chyna sourit. « La voiture appartient encore à Ned. »

« Il y a une superbe acoustique dans cette voiture, fit Chyna, un quart d'heure plus tard, alors qu'ils roulaient sur l'autoroute en direction du nord. J'aime cette chanson.

— C'est ce que j'ai cru comprendre quand tu as insisté pour emporter ce CD et mis le volume si fort.

— Trop fort ?

— Non, ça va.

— J'écoute toujours de la musique quand je conduis. Surtout la nuit.

— Eh bien, ce soir ce n'est pas toi qui conduis, mais moi, aussi je mets souvent de la musique. Les grands esprits se rencontrent, tu connais la suite », dit Scott d'un air absent tandis que *With Or Without You* du groupe U2 se répandait dans la chaude obscurité de la voiture.

Black Willow n'était pas grand, et il ne leur fallut que quelques minutes pour laisser derrière eux les lumières de la ville, après avoir quitté la villa des Greer. À présent, ils étaient entourés de champs — des champs où plants et épis se distinguaient encore dans la fraîche nuit d'automne, le maïs haut de deux mètres mais desséché, flétri et brun, et les plants de soja, beaucoup moins hauts, jaune sombre et sans feuilles. Chyna frissonna. « Crois-tu que Deirdre est par là, dehors, encore vivante ?

— Ce n'est pas moi le médium, répondit Scott sans trace de sarcasme dans la voix. Je pensais que tu serais peut-être capable de sentir si elle était en vie, et où elle se trouvait.

— C'est le problème avec ce fabuleux truc de perception extrasensorielle, répondit tristement Chyna. Ça se déclenche tout seul dans la tête quand on s'y attend le moins, et en général jamais quand on en a vraiment besoin. » De la main, elle se frotta le front. « Ce serait fantastique si je pouvais contrôler les visions et les voix. Comme celles de Zoey. »

Chyna avait déjà raconté à Scott l'appel qu'elle avait reçu plus tôt, pendant lequel Zoey lui avait une fois de plus répété qu'elle devait lui venir en aide, avant de disparaître avec cette voix mélodieuse et éphémère qui fredonnait cette comptine exaspérante. « Toi et Zoey, vous vous connaissiez pratiquement depuis la naissance, continua Scott. Tu es sûre que ce n'était pas une comptine que vous récitiez toutes les deux ? Ou bien que votre mère vous l'avait récitée quand vous étiez toutes petites ?

— Tu penses que ma mère me l'a récitée, et la mère d'Anita Simms à Zoey, quand nous étions des bébés ou juste après ? » Scott acquiesça. « C'est possible, mais qu'est-ce que ça signifie ? Si Zoey me la récite, c'est qu'il y a une raison, Scott, mais même si ma vie en dépendait, je ne pourrais pas trouver cette raison.

— L'une d'entre vous s'intéressait-elle particulièrement aux étoiles ?

— Pas moi. Zoey, à une époque, s'est passionnée pour l'astronomie, mais dès que ses parents lui ont acheté un télescope, ça ne l'a plus intéressée. À partir du moment où les gens ont attendu d'elle qu'elle étudie réellement l'astronomie, ce n'était plus du tout amusant. » Elle eut un sourire nostalgique. « Zoey était intelligente, mais ce n'était pas une bonne élève. Elle était trop impatiente pour rester tranquillement assise à lire des livres et faire des recherches, et elle détestait la discipline. Je suppose qu'elle serait allée à la fac pour faire plaisir à sa mère, mais elle n'a jamais exprimé d'intérêt pour un sujet particulier.

— Ce n'est pas comme toi avec ton enthousiasme pour la chimie et la physiologie. » Il s'interrompit. « Deirdre avait les mêmes centres d'intérêt. Elle était mûre pour son âge et "une vraie philosophe", comme Ben disait toujours, une intellectuelle. Et elle était particulièrement jolie. Toutes les deux vous vous ressemblez beaucoup.

— Vraiment il faut que je trouve où elle peut bien être ! » La peur qui s'était emparée de Chyna après l'appel téléphonique avait de nouveau laissé place au sentiment d'abattement qui l'avait hantée toute la journée. « Mon Dieu, je me sens inutile.

— Tu n'es certainement pas inutile, Chyna. Et ne perds pas tout de suite confiance en tes pouvoirs. Après tout, tu as de manière presque certaine vécu l'expérience de l'enlèvement de Deirdre.

— Tout est dans ce *presque*. Et même si c'est bien le cas, je ne vais peut-être rien expérimenter d'autre concernant Deirdre. Je n'ai même pas pu voir qui l'avait enlevée.

— Et maintenant, tu perds courage, dit Scott. Je ne connais peut-être pas grand-chose à la perception extrasensorielle, mais il me semble qu'être découragé ne doit pas être très favorable aux visions.

— Ce n'est favorable à rien sinon à se sentir une nullité.

— Ne parlons plus de nullité. » Les champs de maïs morts avaient laissé place à des plaines non cultivées. Chyna vit une grande forme carrée, baignée par le clair de lune, surgir au loin dans le paysage. « Qu'est-ce que c'est ? » demanda-t-elle en la désignant.

Scott se mit à rire. « Chyna Greer, ne me dis pas que tu as oublié que nous avions un drive-in ici !

— Si, j'avais bien oublié, dit-elle, l'air pensif, alors qu'ils s'en approchaient. Je n'y suis jamais allée.

— Tu devais avoir sept ou huit ans lorsqu'il a fermé. Tu n'as donc pas pu avoir trop de rendez-vous avec un garçon qui, sous prétexte de voir un film, voulait en fait… »

Elle leva les yeux sur lui. « Oui ?

— Poursuivre une histoire d'amour.

— Ah, tu donnes dans les euphémismes, dit-elle d'un drôle de ton. Et pourquoi ai-je donc la si nette impression que toi, tu as amené pas mal de filles ici ?

— Parce que tu es médium ?

— Parce que tu étais un véritable don Juan dans tes années d'adolescence. » Scott la regarda. « Ta mère l'a raconté à la mienne.

— Et Vivian te l'a raconté à toi ?

— Eh bien, il m'arrivait d'écouter aux portes !

— Quelle honte ! » Scott était en train de rire lorsqu'ils dépassèrent le drive-in. Le vieux chapiteau était encore visible, entouré de mauvaises herbes et d'une pelouse fanée. Le clair de lune brillait sur les douzaines de poteaux qui avaient servi de support aux mauvais haut-parleurs, rouillés à présent, que les gens attachaient à leur vitre pour pouvoir entendre les dialogues tandis qu'ils fixaient l'écran géant au-dessus d'eux. Même le vieux bureau de vente était toujours là, disparaissant presque complètement sous un lourd feuillage et un amas de lierre qui semblaient vouloir entraîner le bâtiment sous terre.

« Je n'arrive pas à croire que cet endroit soit resté comme ça pendant vingt ans, fit Chyna. Je sais qu'ici, ce n'est pas exactement La Mecque pour les affaires, mais on aurait pu penser qu'un promoteur veuille s'emparer du terrain et trouve un moyen de l'utiliser.

— Je crois que le propriétaire, le vieux M. Dickens, a un attachement sentimental pour cet endroit, même s'il a dû le fermer quand les drive-in sont passés de mode. Sa fille m'a dit qu'il est persuadé qu'ils feront de nouveau fureur un jour.

— Pas avec les complexes qu'on trouve partout, qui proposent six films dans le même cinéma, des sièges confortables, l'air conditionné, sans parler du son dolby stéréo.

— Oui », fit Scott d'un air absent tandis qu'ils laissaient derrière eux le vieux drive-in, dépassant la vitesse autorisée d'au moins trente kilomètres-heure, mais la police patrouillait rarement sur cette portion de route. Tous les habitants des environs le savaient et en profitaient. « En parlant de don Juan, Gage Ridgeway vit dans les parages, ajouta Scott. Pas mal de gens pensent qu'il est fou de vivre seul sur un aussi grand terrain, mais il ne veut pas bouger d'ici.

— Il n'était pourtant pas du genre solitaire, d'après ce que j'ai cru comprendre.

— Je crois qu'il a changé après l'histoire d'Edie Larson. Tout le monde était persuadé qu'il y était pour quelque chose.

— Tu es certain que ce n'est pas le cas ?

— J'ai toujours eu l'impression qu'il tenait beaucoup à elle — je crois même que je le taquinais à ce sujet. Mais les flics se sont mis dans la tête qu'ils tenaient leur homme. Ils lui ont mené une vie d'enfer. Mais ils n'ont pas trouvé l'ombre d'une preuve. Ce qui n'a pas empêché le père d'Edie, ce brave vieux Ron

Larson, de harceler Gage pendant des années. Alors que tout le monde savait que Ron se fichait complètement d'Edie. Je crois qu'il espérait que Gage serait arrêté et reconnu coupable de meurtre pour pouvoir lui intenter un procès.

— Il ne perd pas le nord, notre Ron Larson. Qu'espérer mieux que de s'enrichir sur le meurtre de sa fille ? fit Chyna, écœurée.

— Et j'aurais presque pu imaginer que Ron manigance quelque chose comme ça, s'il était assez intelligent pour mener à bien une telle entreprise.

— Tu veux dire : tuer sa propre fille ?

— Je ne sais pas s'il aurait vraiment eu le cran de la tuer, mais il aurait pu s'arranger pour qu'on pense qu'elle s'était fait assassiner. » Scott hocha la tête. « Mais comme je l'ai dit, il aurait fallu qu'il soit intelligent, et qu'Edie coopère avec lui. Il n'est pas intelligent, et Edie n'aurait jamais aidé son père à faire du mal à Gage.

— Si Edie s'était simplement enfuie, personne ne l'aurait blâmée, soupira Chyna. Mais bien sûr, elle ne s'est pas enfuie.

— Tu en es sûre ?

— Oui, je suis sûre qu'elle a connu le même sort que Zoey et Heather. Je n'ai jamais eu de visions la concernant, mais j'en suis sûre. » Ils restèrent silencieux un moment, puis Chyna aperçut une route transversale flanquée de colonnes blanches. « Le cimetière de Black Willow, les Saules noirs, fit Chyna à voix basse.

— J'ai toujours pensé que c'était un nom déprimant pour un cimetière, fit Scott.

— Tu en connais de joyeux ?

— Eh bien, aucun exemple ne me vient à l'esprit. Mais beaucoup ne semblent pas d'aussi mauvais augure.

— Mon père est enterré là, fit Chyna. J'ai toujours pensé que maman reposerait un jour près de lui, mais Ned et Beverly m'ont dit que, dans les dernières semaines de sa vie, elle a décidé qu'elle voulait être incinérée. Et que je garde l'urne. Je n'arrête pas de me demander si son esprit ne commençait pas à lui jouer des tours, comme son cœur, ce qui expliquerait cette drôle de décision. Cela semble si brutal. Et puis, eh bien… plutôt égoïste.

— Égoïste ? répéta Scott.

— Papa est dans ce cimetière, tout seul. Maman ne sera pas près de lui. » Comme Scott ne disait rien, Chyna ajouta : « Je suppose que j'ai l'air de m'exprimer comme si j'avais six ans. Après tout, ils sont tous les deux morts.

— De ta part, cela paraît un peu sentimental, Chyna, mais je suppose que lorsque les membres de sa propre famille meurent, on ne ressent pas la même chose que lorsque ce sont des inconnus. Je n'ai jamais perdu quelqu'un de proche, dans ma famille. » Il s'interrompit. « Après le crash, il y a trois corps qu'ils n'ont pas pu retrouver. Un enfant et deux adolescents. Je pense sans cesse à leurs parents. C'est déjà terrible lorsque trois personnes jeunes sont tuées, mais quand en plus elles ne peuvent même pas être enterrées normalement… C'est une pensée qui me ravage, Chyna, même si un enterrement normal ne les rendrait pas un peu moins morts.

— Je comprends ce que tu veux dire, fit doucement Chyna. Et je ne vais pas dire qu'un enterrement permettrait aux parents de *tourner la page*. Je déteste cette expression. Comme si, après l'avoir tournée, on pouvait penser à autre chose, alors que, bien sûr, les parents ne cesseront jamais de penser à eux. »

Scott la regarda. « Donc nous sommes d'accord pour détester Noël et aussi cette expression "tourner la page". Qui l'aurait imaginé ?

— On est comme deux gouttes d'eau, dit Chyna d'un ton léger. Les coïncidences sont tout simplement stupéfiantes ! » Scott fit un petit signe de tête, mais elle voyait bien qu'il pensait toujours à ces trois jeunes passagers disparus de l'horrible vol dont il avait été le pilote.

Chyna décida de changer le ton de leur conversation. « Te diriges-tu vers un endroit en particulier, Scott, ou faisons-nous simplement de la route en permettant ainsi à Michelle de laisser de belles empreintes de museau sur chaque vitre à l'arrière ?

— Les empreintes de museau n'ont aucune importance, car j'ai décidé d'acheter cette voiture. *Tu* pourras les nettoyer avec du Windex.

— Comme c'est chevaleresque », grommela Chyna.

Elle put voir le sourire de Scott se refléter sur la surface brillante du tableau de bord. « Et nous avons également une destination, docteur Chyna Greer. Un endroit où tu pourras t'amuser un peu et arrêter de ne penser qu'à ton incapacité à trouver Deirdre Mayhew. Pour le moment. »

Chyna se força à lui adresser un sourire éclatant, mais intérieurement elle se sentait déprimée et impuissante. Elle était persuadée qu'elle échouerait à trouver Deirdre Mayhew, tout comme elle avait échoué à trouver sa bien-aimée Zoey douze ans plus tôt.

CHAPITRE XIV

1

Pendant que Rusty était au volant pour l'accompagner chez Owen, Rex avait essayé d'engager une conversation anodine. Mais Rusty, rendu muet par la honte, était à peine capable de répondre. Il ne savait pas trop ce que les trois hommes avaient entendu de ce qu'il confiait à Chyna sur la terrasse, la manière dont il observait Nancy lorsqu'elle courait le soir et ce, même le tout dernier soir. Ils avaient au moins entendu le passage où il expliquait qu'il l'avait vue tomber et se cogner la tête, et qu'il s'était ensuite contenté de s'enfuir parce qu'il ne voulait pas qu'on apprenne qu'il l'observait. Gage Ridgeway avait sans aucun doute entendu une partie de l'histoire, car il n'avait plus regardé Rusty en face. Il avait marmonné quelque chose avant de retourner couvrir la fenêtre du living. Rex, lui, s'était conduit de manière insouciante, mais Rex se conduisait *toujours* de manière insouciante. Courtois. C'était le mot qui lui convenait. Courtois. Et opaque. Opaque ? Rusty ne savait pas trop pourquoi ce mot avait jailli dans son esprit. Il avait toujours été difficile de dire à quoi pensait Rex Greer.

Quant au propre père de Rusty, il en allait tout autrement. Chaque émotion ressentie par Owen Burtram s'exprimait d'une façon ou d'une autre, quel que soit l'effort qu'il faisait pour la cacher — ses yeux, ses lèvres, les traits blancs entre ses narines et sa bouche, sa gorge qui semblait se gonfler, ses poings. Rusty se mettait toujours à frissonner lorsqu'il pensait à ces poings, et lorsqu'il avait vu son père les ouvrir et les refermer dans les poches de son manteau, Rusty avait compris que Owen l'avait bel et bien entendu dire à Chyna qu'il avait vu Nancy tomber et n'avait rien fait pour l'aider.

Owen avait-il aussi entendu Rusty dire qu'il pensait que Nancy cherchait à fuir quelqu'un ? Qu'il était sûr que Nancy était pourchassée par une personne, lourde, quelque peu disgracieuse — qui pouvait tout à fait être un homme d'une cinquantaine d'années — et que cette personne qui pourchassait Nancy s'était éloignée lorsqu'elle était tombée ? Rusty se sentit envahi d'une sueur froide. Seigneur, son père l'avait-il entendu affirmer qu'il n'avait pas vu qui pourchassait Nancy ? Je vous en prie, je vous en prie, mon Dieu, pensa Rusty avec frénésie, faites qu'Owen m'ait entendu dire que je n'ai vu personne à part Nancy.

Même s'il avait bien entendu ces mots, Owen croirait-il son propre fils ? Si oui, ça serait une première, se dit amèrement Rusty. Puis la frayeur le submergea. Et si Owen avait entendu la plus grande partie de ce que Rusty avait dit mais sans croire à rien ? Que ferait Owen s'il apprenait que Rusty suivait systématiquement Nancy, l'observant, l'espionnant, la scrutant du regard dans ses moments les plus intimes ? Et s'il devinait que Rusty s'attardait même dans les buissons devant la maison de Nancy pour la regarder, la nuit, lorsqu'elle se déshabillait, souvent sans fermer ses rideaux ?

Mais il n'avait pas été le seul à la regarder se déshabiller. Il y en avait eu d'autres. Beaucoup d'autres. Si proches de sa maison.

Malgré tout…

Aussitôt rentré chez lui, Rusty avait pris un Valium. Il avait fait les cent pas, réfléchi, répété les discours qu'il ferait à son père demain, ou, si Dieu se montrait particulièrement cruel, ce soir même, lorsque Rex serait reparti de chez Owen. Mais aucun des discours ne semblait convenir. Évidemment, même s'il avait été Shakespeare, il aurait été incapable de trouver quelque chose d'assez éloquent pour apaiser la colère d'Owen. Personne ne le pouvait. Absolument personne, c'est pourquoi la belle et séduisante mère de Rusty était partie lorsqu'il n'avait que quatorze ans. Elle avait quitté Owen et l'avait quitté, lui aussi, Rusty. Il se souvenait si bien de ce soir-là — lorsqu'elle avait rangé trois valises dans sa Cadillac, puis tourné son regard vers son mari et son fils, avec ses yeux sombres, insondables, qui avaient toujours intrigué Rusty. « Ne prends pas cet air abattu, Owen, avait-elle dit de sa voix sensuelle, ses lèvres rouges esquissant un léger sourire, mais avec un ton railleur. Tu inventeras une bonne excuse pour mon départ, quelque chose que les voisins pourront croire.

» Et toi, Rusty, avait-elle continué, tu n'auras pas de mère pour surveiller le moindre de tes mouvements. Mais je n'aurais jamais fait ça, même si j'étais restée. Je ne suis pas ce genre de mère. Ni d'épouse. Spécialement pour vous deux. » Une pointe de cruauté apparaissait derrière son sourire. « Souvenez-vous de moi avec affection, les gars. Ou bien ne vous souvenez pas de moi. Ça m'est absolument égal. » Puis elle était tranquillement montée dans sa Cadillac, et s'était éloignée.

Pendant dix minutes au moins, Owen était resté figé comme une statue. Le seul son qui émanait de lui était sa respiration difficile. Rusty était resté debout à côté de lui. Il sentait qu'il aurait dû prononcer quelques mots de réconfort, mais il se disait que le départ de sa mère était entièrement de sa faute à lui, à cause des magazines qu'elle avait trouvés la veille dans sa chambre, même si, lorsqu'il était entré et l'avait vue feuilleter un exemplaire de sa réserve, elle s'était contentée de le regarder et de rire, en disant : « Tel père, tel fils. » Owen avait fini par se diriger vers sa propre voiture et, sans un mot pour Rusty, il était monté dedans et avait filé dans la même direction que celle prise par sa femme.

Rusty était rentré à l'intérieur. Il avait passé toute la nuit à regarder la télévision. À l'aube, son père était revenu, l'air débraillé, sale, les yeux presque fous. « Va te coucher », avait-il ordonné. Rusty avait couru dans sa chambre. Il n'en était pas sorti de toute la journée. Plus tard, il avait observé son père depuis sa fenêtre. Il était à présent habillé, peigné et rasé. Il était sorti, puis rentré à six heures, l'heure à laquelle il rentrait toujours de l'entreprise de pompes funèbres.

Et lorsque Rusty avait fini par descendre en catimini l'escalier, il avait trouvé son père dans son fauteuil, en train de lire le journal. « J'ai rapporté des hamburgers d'un de ces endroits où on peut les acheter de sa voiture, avait-il dit sans lever les yeux du journal. Ce n'est pas très bon, mais au moins ça remplit l'estomac. J'ai fait mettre une annonce pour une gouvernante. Il faudra un certain temps pour trouver quelqu'un de convenable, mais ça devrait être possible, même dans cette ville. »

Et Rusty n'avait plus jamais vu sa mère ni entendu parler d'elle.

Il ne l'avait pas aimée, mais il avait été fasciné par sa beauté, son éclatante sensualité, ses vêtements moulants, son attitude « Je-me-fiche-de-ce-que-vous-pensez ». Elle l'intriguait, bien qu'il sache qu'elle le méprisait autant que son père. Parfois, pourtant, elle l'enlaçait, l'embrassait sur la bouche et le caressait carrément, devant Owen. Rusty savait que c'était juste pour rendre son père furieux, malgré tout il avait aimé ces attaques contre Owen. Elles possédaient une telle charge érotique… Lorsqu'elle était partie, il s'était senti très triste car il savait que plus personne ne le câlinerait ainsi. Il s'était aussi demandé ce qui lui était arrivé. Avait-elle simplement repris sa liberté cette nuit-là, partant vivre le style de vie qu'elle avait toujours souhaité ?

Ou son père — son père si autoritaire, si fort, aux émotions si violentes — avait-il rattrapé sa femme en fuite, et celle-ci n'était-elle jamais allée *nulle part* ? Et si sa mère, et non pas Zoey Simms, avait été la première des « disparues » de Black Willow ?

Rusty se mit à trembler et se précipita vers le tiroir de sa table de chevet, cherchant comme un fou le flacon de Valium qu'il avait déjà eu en main moins de vingt minutes auparavant. Lorsqu'il finit par le trouver, il mit un nouveau comprimé dans sa bouche, les doigts tremblants. Puis, tout en s'étranglant parce qu'il essayait d'avaler sans boisson, il mit encore un comprimé dans sa bouche et courut dans la salle de bains boire tasse après tasse d'eau tiède.

Il redescendit au rez-de-chaussée et glissa un CD de musique classique dans son ensemble stéréo. Malheureusement, ce fut l'Adagio du *Concerto pour clarinette* de Mozart qui emplit la pièce. Le même morceau que celui qui était joué sans interruption dans la Salle de repos où Nancy avait été déposée avant son enterrement. Rusty faillit casser l'appareil, malmenant frénétiquement les touches jusqu'à ce que le tiroir soutenant le fâcheux CD de Mozart soit éjecté. Il arracha le disque et le jeta sur une table, sachant qu'il allait le rayer mais il s'en fichait. Lui, qui faisait toujours aussi maniaquement attention à la manière dont ses CD étaient tenus et rangés, ne se souciait pas d'abîmer celui-ci. Il ne l'écouterait plus jamais. Plus jamais !

Il reprit le contrôle de lui-même juste avant de casser le disque en deux, et chercha dans sa collection quelque chose qui lui rappellerait de meilleurs souvenirs. Mais il n'arrivait pas à se concentrer. Il n'arriverait pas à se souvenir quelles chansons il aimait ou n'aimait pas. Il prit un CD que son père lui avait offert au Noël dernier : *Les Grandes Valses.* C'était le seul cadeau qu'Owen avait jamais fait à son fils et Rusty le détestait. Il décida de se forcer à l'écouter, presque comme une punition.

Après avoir inséré le CD, Rusty se précipita dans la cuisine et trouva une bouteille de sherry. Son père disait que le sherry était une boisson de vieille femme et prenait l'air dégoûté chaque fois qu'il surprenait Rusty en train d'en boire. Mais Owen n'était pas là ce soir. Owen était avec Rex.

Pour le moment, du moins.

Rusty versa le sherry doré dans un verre et en but presque la moitié sans même reprendre son souffle. La boisson liquoreuse lui fit l'effet d'une bombe sur son estomac et, pendant un instant, Rusty crut qu'il allait vomir. Puis les crampes de son estomac cessèrent, et le sherry se répandit dans tout son organisme, le réchauffant, l'apaisant. « Nectar des dieux », dit-il à voix haute, avant de se frapper la bouche d'une main. Son père détestait qu'il emploie ce qu'il appelait des expressions « de mauviette » comme celle-là. Owen. Owen Burtram, toujours si parfait, si viril, si éloquent en public. En *public*. En privé… eh bien, ce n'était pas tout à fait la même chose. D'un air de défi, Rusty fit des yeux le tour de sa cuisine vide, leva son verre et dit presque en criant : « Nectar des dieux ! »

Il s'attendait à ce qu'un flot de puissance l'envahisse après avoir beuglé cette phrase. Au lieu de cela, il se sentit stupide. Stupide, insignifiant, oppressé. Il se sentit misérable, et ferma les yeux un instant. Puis il retourna dans le living, son verre d'une main, la bouteille de l'autre.

La pièce était étouffante. Il regarda le thermostat, qui marquait vingt-sept degrés, alors qu'il avait été réglé sur vingt et un. Bon sang, se dit-il. La chaudière de nouveau détraquée ! Demain il serait obligé d'appeler ceux qui s'occupaient de réparer les chaudières — il n'arrivait plus à se souvenir comment on appelait ce type de réparateurs — et ils devraient venir pour la deuxième fois depuis que la nouvelle chaudière avait été installée en septembre. Mais il refuserait de payer, pensa-t-il dans un esprit de rébellion, bien que la dernière fois qu'ils étaient venus, ils lui avaient dit que la chaudière était garantie un an et qu'il ne devait rien. Il supposa qu'elle était encore sous garantie.

Quoi qu'il en soit, cette fois-ci ils essayeraient de le faire payer, se persuada-t-il tout à fait arbitrairement. Oui, ils essayeraient de lui faire payer un paquet. Rusty inspira profondément et plissa les yeux jusqu'à ce qu'ils ne soient plus que deux fentes menaçantes, enfin le supposait-il. Eh bien, ils auraient une surprise ! Il n'était pas une bonne poire comme tout le monde le croyait. Il les remettrait à leur place. Il les *dénoncerait* ! À qui, il ne savait pas trop, mais la simple menace d'être *dénoncés* en général effrayait à mort les ouvriers. Il avait vu son père utiliser cette tactique au moins cent fois.

En répétant mentalement la tirade qu'il adresserait au réparateur de chaudière demain, Rusty déverrouilla et ouvrit de quelques centimètres l'une des portes vitrées coulissantes. L'air froid s'engouffra dans la pièce. C'était si agréable sur son corps en sueur qu'il ouvrit un peu plus grand. C'était encore plus agréable. C'était si bon.

Il bascula sur le divan qui se trouvait face à la porte ouverte, à deux mètres, et s'y affala. *Le Car-*

rousel de la valse était assourdissant et il savait qu'il aurait dû baisser la musique, surtout avec la baie vitrée ouverte — les voisins, etc. —, mais il lui sembla qu'il ne pourrait plus bouger du divan, maintenant qu'il était installé là avec son sherry. Le Valium commençait à agir, l'effet des trois comprimés accentué encore par le sherry. Rusty prit une nouvelle gorgée du sherry, et faillit s'étrangler. « Ce n'est pas une boisson de vieille femme ! déclara-t-il à la pièce vide. C'est une boisson de gentleman. »

La musique hurlait. Rusty vida la bouteille de sherry. Puis, lentement, il sentit le sommeil s'emparer de lui. Dieu merci, pensa-t-il. Le sommeil. L'oubli, au moins pour quelque temps. Il s'effondra sur le divan et sa tête tomba de côté, sur son épaule. Il rêva de sa mère, qui le regardait de haut en bas de ses yeux de biche langoureux, et même en dormant il ressentit un frisson.

C'est peut-être le silence soudain qui m'a réveillé, pensa Rusty qui, toujours sur le canapé, venait de sursauter. *Les Grandes Valses* s'étaient miséricordieusement tues. Le lecteur de CD de Rusty ne répétait pas le même disque lorsqu'il était achevé, tout simplement il s'interrompait. Sinon, *Les Grandes Valses* auraient été jouées toute la nuit. Ce qui aurait provoqué le soulèvement du voisinage, se dit Rusty, en riant tout seul, imaginant la maison assiégée à cause du disque préféré de son père.

Après avoir repris son sérieux, Rusty essaya de se mettre en position assise. Une douleur irradia dans son cou — il avait dû dormir dans une mauvaise position — et il poussa un gémissement. Il avait également froid. Tellement froid. Il avait dû dormir plus longtemps qu'il ne le pensait. La température avait chuté, car l'air qui s'était glissé par la baie vitrée ouverte n'était pas seulement vif, il était carrément glacé.

Avec peine, il se mit debout et se fraya un chemin vers les portes vitrées. Dans le living, une lampe était allumée, juste derrière lui, projetant son reflet sur le verre et l'empêchant de voir à l'extérieur. Il ouvrit un peu plus grande la porte et se pencha. Il vit que la pelouse, à l'arrière de la maison, était recouverte de pointes de givre. Bon sang, il fait vraiment froid cette nuit, se dit-il en se réfugiant à l'intérieur avant de refermer la porte. Il était en train de remettre le verrou lorsqu'il crut percevoir un mouvement derrière lui.

Rusty leva les yeux. Il lui sembla voir un reflet sur la vitre — une grande forme vague à moins d'un mètre derrière lui. Alors qu'il allait se retourner, il entendit un bruit précipité, puis quelque chose heurta son corps avec une telle force qu'il s'écrasa contre la porte coulissante et atterrit dans un océan d'éclats de verre brisé et d'herbes coupantes de givre.

« Ma tête », murmura-t-il, bien que sa tête ne soit pas le seul point douloureux. Son corps entier le brûlait. « Mort causée par mille coupures », chuchota-t-il, se souvenant de cette phrase entendue dans un film il y a longtemps. Ces mots venaient de lui donner le frisson, à travers toutes ces années. C'est peut-être une prémonition, se dit-il. Mais il ne s'attarda pas à cette pensée, et bientôt l'instinct de conservation prit le dessus. Il était gravement blessé. Il le savait. Il avait besoin d'aide.

Rusty essaya de crier, mais sa voix ne portait pas. Aucune lumière ne s'éclaira dans les maisons voisines. Après la musique étourdissante qui avait duré presque une heure, ils avaient peut-être fini par ne plus prêter attention au bruit provenant de cette maison. Il me faut un téléphone, pensa-t-il dans un brouillard croissant de douleur et de confusion. Il faut que je retourne à l'intérieur près d'un téléphone et que j'appelle le 911 pendant que j'en suis encore capable.

Rusty se releva un peu, puis faillit crier en sentant du sang chaud couler de son cuir chevelu sur ses yeux. Ses yeux. Il leva la main droite. Avec précaution, il se toucha le front et put sentir l'entaille de trois centimètres au-dessus de ses sourcils. L'estomac retourné, il essaya d'essuyer le sang autour de son œil, puis appuya fort sur la coupure pour empêcher que le sang continue de couler. Il pouvait en sentir la chaleur se répandre entre ses doigts.

Appuyé sur un coude, il essaya de se relever un peu plus, espérant qu'il pourrait se remettre sur pied. Même les yeux fermés, il arriverait à rentrer à l'intérieur de la maison, s'exhorta-t-il. Et le téléphone se trouvait juste derrière les portes vitrées. Dieu merci. Il arriverait bien jusqu'au téléphone…

« On va quelque part ? »

Rusty faillit crier lorsqu'une voix gronda au-dessus de lui. Il refoula son cri, mais aussitôt il se dit que c'était peut-être une erreur — quelqu'un pourrait venir à son aide s'il criait, et tant pis si c'était ridicule ou efféminé. Puis, d'instinct, Rusty sut que crier mettrait immédiatement fin à sa vie. « S'il te plaît, murmura-t-il.

— S'il te plaît, quoi ?

— S'il te plaît ne me fais pas de mal.

— S'il te plaît ne me fais pas de mal, fit la voix d'un ton maniéré, avant de redevenir normale. Est-ce que Nancy a dit s'il te plaît ? Non, je suis sûr qu'elle n'a rien dit du tout quand elle est tombée. Cette pierre l'a expédiée directement dans l'inconscience. »

Rusty essaya de déglutir, en vain. Les muscles de sa gorge semblaient occupés à refouler les larmes qui auraient été humiliantes. Ses yeux de nouveau se remplissaient de sang. Il essaya de les essuyer pour regarder son agresseur dans les yeux, se comporter comme un homme au moins cette fois, mais il y avait trop de sang. Beaucoup trop.

Quelqu'un se pencha près de lui. « Mon Dieu, quel gâchis. Et après toute cette chirurgie esthétique, en plus. Ça brise le cœur, vraiment. » Soudain Rusty sentit quelque chose de coupant, un long éclat de verre certainement, glisser avec fermeté le long de son cou, sous son oreille et autour de sa gorge. « Tu devrais être heureux d'être sur le point de mourir, Rusty, car la chirurgie esthétique ne peut plus rien pour toi, tu peux me croire. Tu vas bientôt ressembler au fichu monstre que tu es. »

Rusty retomba sur l'herbe froide et raide. Un monstre. Il s'était tellement efforcé de se faire aimer de ses parents, d'être poli, de travailler dur dans un métier qu'il détestait, de *se conduire* comme une personne bien, même s'il savait que beaucoup de gens trouvaient toutes ces peccadilles écœurantes. Il avait dépensé des milliers de dollars en chirurgie esthétique douloureuse, pour ressembler au fils agréable à regarder que son père désirait. Et tout cela allait prendre fin ici, chez lui, où on le découvrirait tailladé, ensanglanté, repoussant.

Rusty sentit le sang jaillir de son artère carotide sur son cou. Il ferma les yeux, bizarrement surpris de ne pas plus se soucier d'être en train de saigner à mort. En fait, il était bizarrement paisible, heureux, presque, que tout soit bientôt terminé.

Oui, la mort serait un don, pensa-t-il avec une sorte d'insouciance, dans ses derniers instants de conscience. La mort serait un merveilleux don de liberté parce qu'il n'aurait plus jamais besoin de *s'efforcer*.

2

Deirdre s'attendait à ressentir une bouffée d'exaltation si elle parvenait à libérer ses chevilles de l'adhésif. Mais lorsque enfin il se détacha et qu'elle put séparer ses deux pieds, tout ce qu'elle ressentit, ce fut de l'épuisement. Je vais m'endormir, se dit-elle, abattue. Je me suis acharnée pendant des heures, j'ai froid, je suis épuisée et j'ai tellement sommeil. J'ai bien mérité de dormir.

« Ne t'endors pas », sembla lui ordonner une voix éphémère tout près d'elle.

Mais je suis si fatiguée, répondit mentalement Deirdre à la voix fantomatique mais pressante. Je suis trop fatiguée pour bouger.

« N'abandonne pas. Reste forte un moment encore. »

Deirdre gémit, tout en pensant : je ne vous connais pas.

« S'efforce d'aider. Chyna s'efforce d'aider. »

Chyna ? se demanda Deirdre. Chyna Greer ?

« Chyna… s'efforce d'aider. »

Deirdre ferma son esprit à la voix, rassemblant son énergie, sa concentration. Elle resta allongée, face contre terre, immobile comme la mort, pendant un moment. Puis elle inspira profondément, roula sur le côté gauche, remonta ses genoux contre son abdomen, roula de nouveau dans sa position initiale et se releva sur les genoux. Puis elle posa son pied droit sur le sol et, lentement, laborieusement, elle se leva, tangua quelques instants en essayant de trouver son équilibre sur ses jambes froides et raides, dont elle ne s'était pas servie depuis presque vingt-quatre heures. Tout au moins elle espérait qu'il s'était écoulé au moins vingt-quatre heures, car cela signifiait qu'il faisait nuit à nouveau. Elle avait peur de tenter de s'échapper pendant le jour. Elle croyait qu'elle ne pourrait sortir d'ici, quel que soit cet *ici*, et se retrouver en sécurité, que dans l'obscurité. S'il faisait clair, son kidnappeur pourrait être sur elle en quelques minutes, si jamais il était dans les parages. La nuit était son seul refuge, son seul espoir.

Si seulement j'avais pu libérer mes mains, pensa Deirdre, frustrée. J'aurais pu retirer cet adhésif de mes yeux et voir où j'allais. S'échapper en aveugle est impossible. Non, cela *semble* impossible, dit-elle mentalement, essayant d'emprunter un peu de la confiance à la voix éphémère entendue plus tôt. La voix l'avait exhortée à faire un effort pour s'échapper car Chyna Greer tentait de l'aider. Deirdre était consciente que la voix ne pouvait être qu'une hallucination, mais elle lui avait néanmoins donné une parcelle de confiance. Au point où elle en était, elle était prête à croire qu'une personne comme Chyna était effectivement capable de la trouver. Elle ne savait pas pourquoi elle pensait cela. Simplement, lorsqu'elle avait rencontré Chyna, elle avait ressenti quelque chose. Mais quoi ? Une sorte d'étrange parenté ?

Tu es en train de perdre l'esprit, pensa Deirdre tout en tâtonnant et trébuchant dans la pièce qui la retenait prisonnière. Mais si je suis sur le point de mourir, qu'importe que je perde l'esprit. Ça n'a pas la moindre importance.

Brusquement elle se cogna contre un gros objet. Tous deux tombèrent avec fracas sur le sol. Elle ne savait pas du tout ce que pouvait être cet objet, mais d'après le son de la chute sur le ciment, elle devina qu'il était en métal. Si elle avait pu se servir de ses mains, elle aurait essayé de découvrir sa nature, mais elle n'allait pas perdre une précieuse énergie à retourner et explorer l'objet avec les mains attachées. Tout ce qui comptait, c'était qu'elle ne se soit pas sérieusement blessée. Elle était secouée et elle avait reçu un coup sur la cuisse droite, mais elle ne devait même pas s'être coupée. Elle avait de la chance. De la chance.

J'ai de la chance, se répéta-t-elle tout en se dégageant de l'objet en métal et en retrouvant son équilibre. J'ai beaucoup de chance. Je vais m'en sortir. *Je vais* m'en sortir !

CHAPITRE XV

1

« Le Whippoorwil Grill ? » demanda Chyna tandis que Scott s'avançait sur le gravier du parking. Un long bâtiment en bois s'étendait devant eux. Chaque fenêtre était éclairée d'un néon à l'enseigne d'une bière. De la musique country s'échappait de l'intérieur. Quelques personnes se tenaient sur la longue terrasse dehors, leur bouteille de bière à la main, riant aux éclats. « C'est un relais routier ?

— Ne me dis pas que tu n'es jamais venue ici *non plus* ? demanda Scott, prenant l'air totalement abasourdi.

— Non, je ne suis jamais venue.

— Dis donc, tu as vraiment passé tout ton temps à travailler sans jamais t'amuser quand tu étais adolescente.

— Mais non ! Seulement cet endroit a mauvaise réputation. On lit sans arrêt que les clients se bagarrent et que c'est ici que les Hell's Angels viennent quand ils sont en ville, et il y a même une soirée tee-shirts mouillés.

— Ouais, c'est super. Tu as bien ton tee-shirt ? » Elle regarda Scott, légèrement choquée. « Ne dis rien, Chyna. Je ne t'ai pas amenée ici pour participer à la compétition. En plus, il n'y en a pas ce soir.

— Eh bien. Dieu soit loué ! s'écria Chyna. Tu veux vraiment entrer là-dedans ?

— Oui, je veux vraiment. Tu vas t'amuser, Chyna. Ne sois pas si bégueule.

— Je ne suis pas bégueule.

— Alors entre avec moi, bois une ou deux bières, profite de la musique pour danser, et oublie tes soucis un moment. » Elle hésita. « Écoute, non seulement ce n'est pas une soirée tee-shirts mouillés, mais en plus je crois qu'il n'y a pas un seul Hell's Angel. D'ailleurs ils ne font aucun mal quand ils sont ici. En fait, avec eux l'ambiance est encore plus animée.

— Je n'en doute pas, fit Chyna d'un ton sec. Et que faisons-nous de Michelle ? »

Scott regarda sur le siège arrière. « Elle dort profondément. En ronflant, en plus. » Chyna vérifia à son tour. Il avait raison.

« Je ne sais pas… » objecta encore Chyna.

Scott poussa un profond soupir. « Bon, si tu prends les choses comme ça, on peut rentrer chez toi et ruminer des pensées noires en attendant le prochain appel d'outre-tombe. »

Chyna était déjà en train d'ouvrir sa portière. « Pas question, Scott Kendrick. J'aimerais encore mieux participer à un concours de tee-shirts que de rentrer à la maison tout de suite !

— À la bonne heure ! » fit Scott avec enthousiasme.

Lorsqu'il ouvrit la porte du relais routier, Chyna fut arrêtée par un barrage de lumières, de fumée de cigarettes, d'odeurs de bière, et de musique très forte. Elle parcourut la salle du regard et, sur une estrade, aperçut un groupe de country. La chanteuse, qui de toute évidence essayait de devenir la nouvelle Shania Twain, avait une longue chevelure brune. Le haut qu'elle portait lui laissait le ventre à découvert. Elle semblait inconsciente du fait que même son épais maquillage ne pouvait cacher qu'elle avait largement dépassé la cinquantaine, et que le haut trop court découvrait une taille épaisse et avachie dont la peau trop lâche pendait au-dessus de son pantalon et tressautait lorsqu'elle se balançait en chantant *Whose Bed Have Your Boots Been Under* ? Elle semblait néanmoins ravie de chanter de tout son cœur, et un tiers de la salle au moins dansait en l'écoutant ou chantait avec elle.

« Wow, et j'ai manqué *ça* pendant toutes ces années ? dit Chyna à l'oreille de Scott pour qu'il puisse l'entendre malgré le bruit.

— Eh oui. C'est génial, non ? »

Chyna était sur le point de répondre quelque chose d'ironique, mais elle remarqua l'expression heureuse de Scott. Elle ne lui avait pas vu cet air enjoué, insouciant, depuis qu'elle était revenue. « C'est vrai, ça semble pas mal, cria-t-elle en retour. Fraye-toi le chemin jusqu'au bar, cow-boy, et ramène-nous à boire.

— Une bière, ça ira ? »

Chyna n'avait jamais particulièrement aimé la bière, mais elle doutait qu'ici on serve des Cosmopolitans. « Une bière, c'est bon. Je veux m'adapter.

— Oh, c'est déjà fait », la rassura Scott. C'était

censé être un compliment, mais Chyna jeta un coup d'œil dubitatif sur son pantalon laine et soie, son pull bleu en cachemire et sa veste haute couture en daim. Elle se souvint également que le matin elle avait mis ses clous d'oreille, le cadeau de sa mère de Noël dernier, un bon carat chacun. Est-ce qu'elle ressemblait vraiment aux habitués de cette salle, avec leur jean déchiré et leur chemise de flanelle ?

Brusquement, elle comprit ce qu'elle avait voulu dire par « Je veux m'adapter ». À cause de ses visions, des voix qu'elle entendait, de ses incursions dans les expériences d'autres personnes, elle ne s'était jamais sentie « adaptée » nulle part. Dès qu'elle avait été en âge de prendre conscience que son sixième sens mettait les gens mal à l'aise, leur faisait même penser qu'elle n'était pas normale, elle avait constamment été sur ses gardes. Elle avait essayé de se protéger des choses dont son esprit lui parlait et dont personne n'avait connaissance. Elle avait tout particulièrement essayé de cacher son « pouvoir », quel qu'il soit, aux yeux de tous sauf de Zoey, disparue depuis longtemps. Et maintenant de Scott, dont elle savait qu'il n'était pas tout à fait certain qu'elle n'était pas simplement hyper-imaginative, malgré tous ses efforts pour la croire.

Oui, ce soir, Chyna voulait oublier le côté bizarre de sa vie, et simplement passer un bon moment avec ces personnes « ordinaires », avec leur bière et leur musique country. Elle ne s'était jamais trouvée dans un endroit où tant de monde semblait passer un moment merveilleux.

Scott revint avec un pichet de bière et deux verres. « J'aperçois une table là-bas dans le coin, cria-t-il par-dessus le boucan. Essayons de la prendre. Toutes les autres sont occupées. »

Il fonça devant Chyna, tenant le pichet au-dessus de lui pour que la bière ne se renverse pas lorsque les gens lui rentraient dedans. À chaque fois que cela arrivait, Scott disait « Désolé », les danseurs disaient « Désolés » et tout le monde souriait. Eh bien, toujours pas de bagarre ici, pensa Chyna, et personne n'a l'air de la chercher. Qui donc lui avait raconté qu'il ne se passait jamais grand-chose ici sinon des bagarres ? Ned ? Sa mère ? Mais ça n'avait pas d'importance. Elle vit Scott se mouvoir en douceur, esquiver habilement les épaules volantes et les pieds frappant en rythme. Il ne boitait plus. Ses épaules n'étaient plus légèrement affaissées, comme au moment où Chyna l'avait vu s'approcher, la canne à la main, près du lac Manicora. Peut-être le Scott d'avant le crash est-il de retour, se dit-elle, presque effrayée d'espérer un tel miracle. Peut-être la force d'esprit de Scott est-elle trop forte pour être broyée, même par un désastre.

Lorsqu'ils furent assis, Scott versa deux verres de bière, chacun avec un grand col de mousse. « On dit souvent qu'il faut verser lentement pour avoir le moins de mousse possible, dit-il en parlant très fort, mais en fait, avec la mousse, on se débarrasse de la plus grande partie du dioxyde de carbone. Et donc...

— Il reste moins de gaz, fit Chyna d'un air désabusé. Comme c'est romantique. »

Scott fit la grimace. « D'habitude, après avoir entendu cette information, aucune femme ne peut me résister.

— Si je comprends bien, cette information, comme

tu l'appelles, est l'une de tes recettes éprouvées et infaillibles pour faire du baratin. »

Scott fronça les sourcils « En fait, c'est l'une de mes *meilleures* recettes.

— Alors je suppose que ça ne doit pas souvent marcher. »

Scott fit mine de se renfrogner. « Tu préfères entendre parler de tes yeux magnifiques et de tes cheveux de soie.

— Ça non plus, ça ne marcherait pas avec moi. » Chyna but une gorgée de bière. « Et *je t'en prie*, ne dis pas que tu m'admires de vouloir aider les gens en devenant médecin.

— Je parie que tu as entendu ça souvent.

— Oui. En général par des types qui continuent en me demandant si je gagnerai beaucoup d'argent lorsque je serai oncologue diplômée.

— Alors ma tentative d'approche qui n'a rien à voir avec ta beauté, le sacrifice de toi-même et l'argent, a dû être une totale nouveauté pour toi.

— Oh, elle l'a été. Je te félicite pour ton approche non conventionnelle du prétendu beau sexe.

— Merci. Je n'aime pas l'approche trop directe. »

Chyna tendait la main pour prendre son verre de bière lorsqu'une femme bouscula la table. Elle s'excusa avec profusion et Chyna sourit, lui dit que ce n'était rien, bien que la bière ait éclaboussé son sac en daim tout neuf.

Scott eut l'air gêné lorsque la femme s'éloigna. « Désolé.

— Je suis sûre que je peux trouver un génie quelconque capable d'enlever les taches sur le daim », dit Chyna en souriant. Elle prit le sac qui se trouvait sur le bord de la table et le pendit au dossier de sa chaise, près du mur. Un morceau de papier s'envola d'une poche extérieure et Chyna se baissa pour le ramasser par terre. Lorsqu'elle se releva, son sourire avait disparu. « Deirdre Mayhew. 555-1212. N'importe quand après huit heures du soir. » Elle soupira. « Je n'ai jamais appelé Deirdre, Scott.

— Tu n'en as pas eu l'occasion.

— Mais…

— Mais quoi ? Si tu l'avais appelée, elle n'aurait pas été enlevée ? C'est ridicule.

— Ce n'est pas ce que je pensais…

— Si, c'est ce que tu pensais. Et je veux que tu arrêtes immédiatement. » La femme sur l'estrade chantait *Don't be Stupid*. « Viens, on danse, cria Scott en se levant déjà.

— Tu es assez en forme pour danser ?

— Bien sûr que oui.

— D'accord, fit Chyna sans enthousiasme. Mais je ne suis pas tellement d'humeur, juste maintenant.

— Mais si, tu l'es.

— De plus, je ne danse pas très bien, Scott, alors ne t'emballe pas comme certaines de ces personnes ici. »

En fait, Chyna avait suivi des cours de danse classique pendant des années lorsqu'elle était plus jeune et elle aimait beaucoup danser — le rock, la salsa, et même encore un peu de danse classique. Elle s'inquiétait à l'idée que Scott ne soit peut-être pas aussi bien qu'il le croyait, et qu'il soit préférable qu'ils y aillent doucement. Mais lorsqu'ils trouvèrent un petit espace libre sur la piste de danse, Chyna sut qu'elle n'avait pas besoin de se faire du souci. Il y avait tellement de monde entassé là qu'il était presque impossible de bouger, mais elle fit de son mieux et Scott aussi, apparemment.

Chyna se força à se concentrer sur Scott, puis à se détendre et se laisser porter par la musique. Au bout de cinq minutes, elle était parvenue à reléguer Deirdre tout au fond de son esprit. Puis, sur une impulsion, elle se mit à tournoyer et, se surprenant elle-même, à tournoyer de nouveau. Quelques personnes autour d'elle applaudirent tandis qu'elle sentait ses joues s'échauffer.

Scott la regarda, les yeux brillants : « Tu t'amuses ?

— Comme une folle, ou peut-être que je suis saoule, répondit Chyna en riant. Je crois que je vais venir ici chaque fois que je serai en ville. »

Scott eut un drôle de petit sourire : « J'espère seulement que je serai là pour venir avec toi. Particulièrement à la soirée de tee-shirts mouillés. »

2

Deirdre n'avait aucune idée de la distance qu'elle avait parcourue. Après sa chute sur le lourd objet métallique dans sa prison, elle avait avancé à très petits pas. Ses poignets étaient toujours solidement attachés derrière son dos et elle ne pouvait s'en servir pour vérifier qu'elle avait un espace libre devant elle. Si elle avançait avec précaution, en ne faisant que de minuscules pas, son pied toucherait, légèrement, le moindre obstacle. Elle ne pouvait prendre le risque de tomber une deuxième fois. Sa première chute avait fait un bruit énorme, mais sans faire accourir son ravisseur. Peut-être parce qu'il savait qu'elle était en partie libre. Et, heureusement, elle n'avait pas été blessée. Du moins pas vraiment. Mais une mauvaise chute pourrait être la fin pour elle. Elle devait faire attention, très attention.

Lorsque Deirdre sentit qu'elle était arrivée contre une porte, elle aurait laissé échapper un cri de joie si, heureusement, sa bouche n'avait été scellée par de l'adhésif. Elle se retourna, le dos à la porte. Ses mains rencontrèrent une poignée. Elle serait fermée à clé, bien sûr, se dit-elle. Il lui faudrait refaire le trajet à son allure d'escargot autour de la pièce dans l'espoir de trouver quelque chose qui lui permette d'essayer de l'ouvrir.

Machinalement, sa main droite agrippa la poignée et essaya de la tourner. C'est idiot, se dit-elle, elle ne va pas bouger, c'est fermé.

La poignée de porte tourna avec un léger grincement, la porte s'ouvrit et Deirdre, qui était appuyée contre elle, tomba hors de la pièce. Elle resta étourdie un instant. Pourquoi cette porte n'était-elle pas fermée à clé ? Son ravisseur ne l'aurait pas planquée dans un bâtiment non fermé.

Sauf s'il était parti à toute vitesse, comprit-elle. Elle pouvait encore sentir les doigts caressant son visage, le souffle chaud à son oreille, la pression d'un corps contre le sien — puis la voiture s'était avancée tout près du bâtiment. Une voiture avec au moins quatre personnes à bord. Les voix avaient semblé jeunes, mais de toute manière cela aurait fait quatre personnes contre une. Et ils avaient parlé d'entrer. Quelqu'un était descendu de la voiture. Deirdre comprit que la voiture s'était trouvée de l'autre côté de la porte. Sur le moment, elle s'était concentrée si fort sur ces voix qu'elle n'avait pas remarqué que plus personne ne touchait son visage ou son corps. Bien sûr. La peur d'être pris avait fait décamper son kidnappeur, qui s'était précipité en silence vers la porte. Et, paniqué comme il l'était, il ne l'avait pas fermée à clé.

Mais il finirait par s'en souvenir et, lorsque le lieu serait redevenu sûr, les adolescents repartis depuis longtemps, il reviendrait vérifier. Ce serait peut-être dans une heure. Ou dans quelques minutes seulement. Il fallait qu'elle s'éloigne d'ici le plus vite possible.

Deirdre de nouveau releva ses genoux, roula sur ses jambes, enfonça son pied nu dans l'herbe froide et le gravier, puis réussit à se mettre à genoux, puis debout. De nouveau elle tangua quelques instants, sans les mains pour se stabiliser, sans la vue pour l'aider à fixer un point. Elle se laissa tanguer, essayant de se faire le plus souple possible. Elle savait que si elle se raidissait, elle retomberait lourdement sur le sol. Le mouvement de tangage se fit de plus en plus lent, et elle se retrouva enfin fermement plantée sur ses deux pieds.

Deirdre tourna la tête de droite à gauche, bien qu'elle ne pût rien voir. De quel côté devait-elle aller ? se demanda-t-elle. Où trouver quelqu'un pour me venir en aide ?

La voiture. Lorsqu'elle s'était éloignée, le son lui avait semblé venir de sa gauche. Une impression seulement. Si, elle était pratiquement certaine qu'elle avait entendu le bruit du moteur du côté gauche.

Deirdre inspira profondément, s'exhorta à ne pas tenir compte du froid et de la peur, et commença à marcher.

CHAPITRE XVI

1

Chyna insista pour qu'ils s'assoient après la troisième chanson. « Je suis lessivée », fit-elle d'une voix très forte, même si, entre deux chansons, il n'était plus nécessaire de crier pour se faire entendre. Sur la scène, la chanteuse qui se prenait pour Shania, en sueur, profita de la pause pour boire une longue lampée de bière directement à la bouteille. « Il faut vraiment que je reprenne mon souffle, Scott.

— Non, tu veux que *moi* je m'asseye et reprenne mon souffle, dit Scott en souriant. Tu as raison. Je ne veux pas prendre le risque de blesser ces jambes qui servent à danser. »

Lorsqu'ils furent de nouveau à leur table, Chyna prit son verre de bière et but trois substantielles gorgées.

« Eh bien, tu étais fatiguée, finalement, fit Scott. Et assoiffée.

— Les deux. Cela faisait longtemps que je n'avais pas dansé.

— Tu ne vas pas régulièrement en boîte à Albuquerque ? »

Chyna se mit à rire. « Tu me fais marcher ? Je suis interne en médecine, Scott. Tout ce que je fais, c'est travailler et étudier.

— Pas de temps pour un petit ami ? » La voix de Scott était faussement décontractée. Il porta rapidement son verre à ses lèvres.

« Non. Pas de petit ami, répondit Chyna, heureuse, de manière absurde, parce que sa façon de poser la question montrait bien qu'elle n'était pas improvisée. Il n'y a que Michelle.

— Elle semble de parfaite compagnie — douce, avec un bon caractère, et elle n'est pas atteinte de suractivité comme le caniche de ma petite amie. » Chyna se sentit profondément déçue, mais déjà Scott ajoutait : « Je veux dire mon ex-petite amie. Le traumatisme du crash semble avoir embrouillé mon sens du temps. Nous nous sommes séparés il y a trois mois.

— Oh. » Chyna but un peu de bière à son tour et demanda d'un air dégagé : « Elle te manque ?

— Non, pas vraiment. » Il fronça les sourcils. « Eh bien, pour être sincère, pas du tout. L'admettre semble tellement…

— Cavalier ? »

Scott acquiesça. « C'était une femme charmante, mais on a pris conscience un jour qu'on restait ensemble simplement parce qu'on avait le même âge et qu'on était pilotes tous les deux. » Il sourit. « En fait, je crois que ce qu'elle cherchait vraiment, c'était un type que son caniche aimerait, et ce n'était certainement pas moi. Je ne pouvais pas le supporter, et pourtant j'aime les chiens.

— Je l'ai bien vu à la manière dont tu t'es conduit avec Michelle quand tu l'as vue la première fois, près du lac. » Chyna jeta un coup d'œil à sa montre. « Je me demande si je pourrais appeler et voir si Rex est rentré à la maison ?

— Rex ? Pourquoi ? Il y a un couvre-feu pour toi ?

— Non, et pour lui non plus, mais quelque chose d'autre encore s'est passé, qui concerne Rex. » Elle lui raconta brièvement comment Rusty avait admis avoir vu Nancy Tierney tomber pendant sa course et qu'il s'était juste sauvé en la laissant sur place. Scott plissa le front et Chyna sut que son opinion sur Rusty était irréversiblement modifiée. « S'il a dit la vérité, j'avoue que ça me déçoit de sa part qu'il n'ait pas fait la moindre chose pour aider Nancy. Mais peut-être ne m'a-t-il pas tout raconté, Scott. Il a dit que quelqu'un pourchassait Nancy et que c'est pour ça qu'elle allait si vite et ne faisait pas attention en courant. Il a prétendu ne pas avoir vu qui la pourchassait.

» Mais le pire, c'est que, lorsqu'il a eu terminé son récit, on a levé les yeux et on a vu que Rex, Gage et Owen étaient là, juste devant la porte, continua Chyna. Owen semblait sur le point d'exploser. Il était furieux. Rex a trouvé un prétexte pour rentrer avec lui. Je crois qu'il craignait qu'Owen, si on ne l'occupait pas pendant un certain temps, puisse frapper Rusty à mort ou quelque chose d'aussi horrible. »

Scott avait toujours une expression soucieuse. « Ce n'était pas rien, pour Rusty, d'avouer qu'il observait Nancy. Pourquoi t'a-t-il raconté tout cela ?

— Parce que je l'avais vu un peu plus tôt dans la journée. Il a posé la main sur mon dos et j'ai vu Nancy courir sur le sentier, je l'ai vue à travers ses yeux. Je suppose que j'ai montré que j'étais mal à l'aise, il s'est souvenu de tout ce qu'on disait sur moi quand j'étais jeune, la perception extrasensorielle et tout le reste, et ça l'a rendu nerveux. La mort de Nancy doit occuper son esprit en permanence.

— Alors tu penses qu'il a essayé de t'empêcher de le soupçonner d'être pour quelque chose dans la mort de Nancy ?

— Oui. »

Scott garda le silence un moment. Puis il demanda : « Est-ce que tu crois Rusty ?

— Que c'était par hasard qu'il se trouvait sur le sentier que Nancy avait pris ce soir-là pour courir ? Pas une seconde. Ce serait vraiment une trop grande coïncidence.

— Je voulais dire : lorsqu'il prétend ne pas avoir vu qui pourchassait Nancy.

— Ah. » Chyna réfléchit. « Oui. Je pense qu'elle était bien pourchassée mais je ne pense pas que Rusty ait vu par qui. Je ne sais pas pourquoi je crois cette partie de l'histoire et pas la totalité, mais c'est comme ça.

— Quelqu'un pourrait bien ne pas croire… soit que ce n'était pas lui qui la pourchassait, soit qu'il n'a réellement pas vu la personne qui le faisait.

— Exactement. » Chyna fronça les sourcils. « Dans les deux cas, il ne s'attendait pas à ce que son père entende cette histoire, et tu sais comme Owen se comporte lorsque la dignité de la prestigieuse famille Burtram est en jeu. Mon Dieu, savoir que Rusty était en train de me raconter qu'il traînait pour surveiller Nancy… » Chyna frissonna. « Si j'étais Rusty, je ne voudrais certainement pas me retrouver en face d'Owen après cette scène.

— Eh bien, même si Rex a réussi à tenir à distance ce vieil Owen pendant un moment, ce type ne va pas pour autant oublier ce qu'il a entendu Rusty raconter. » Il s'interrompit et la regarda avec gravité. « Je suis sûr que tu sais qu'Owen est connu pour espionner les jeunes femmes. Les très jeunes femmes.

— J'ai entendu des commérages, répondit vaguement Chyna.

— Eh bien, c'est la vérité. Owen est un type lubrique.

— Et il n'est plus tout jeune, murmura Chyna. Rusty a dit que les pas qui suivaient Nancy étaient lourds, maladroits.

— Comme ceux d'une personne plus âgée, comparés à la jeune et légère Nancy ? » Chyna acquiesça, et Scott ajouta : « Owen est également un sacré salaud sous ses dehors onctueux. » Scott fit un signe de tête. « Chyna, Owen va faire payer à Rusty ce qu'il t'a dit, surtout si c'était lui qui pourchassait Nancy, et s'il pense que Rusty l'a vu. »

2

Deirdre avait avancé avec précaution sur le gravier et l'herbe gelée, s'imaginant à chaque instant que son ravisseur allait lui sauter dessus. Au bout d'un moment, elle cessa de penser à la possibilité d'être suivie ou même observée. Elle était trop absorbée par la tâche de rester debout, de faire de tout petits pas, en se retenant de courir, pour pouvoir s'inquiéter de quoi que ce soit d'autre. De fait, elle buta contre une pierre qui lui laissa le pied droit endolori, trébucha sur un pied de vigne sans feuilles, et se cogna à un arbre. Elle aurait un bleu sur le front demain. Si elle avait la chance de vivre jusqu'à demain.

Son nez s'était mis à couler, sa respiration était difficile, elle avait si froid et si mal aux pieds qu'elle fut tentée de s'asseoir. Mais elle résista à la tentation de se reposer. D'une part elle avait peur, une fois assise, de ne plus pouvoir amener son corps endolori et épuisé à se relever, d'autre part elle craignait de ne pas s'être suffisamment éloignée de sa prison et d'être encore trop facile à retrouver. Alors, laborieusement, les yeux bandés, les poignets liés par des épaisseurs de ruban adhésif derrière son dos, et tout son corps tremblant de froid, elle continua. Elle n'avait aucune idée de l'endroit où elle était. Elle n'avait aucune idée de l'endroit où elle allait atterrir en continuant dans cette direction. Au moins, elle n'était plus allongée sur un sol de béton, victime silencieuse et impuissante attendant d'être assassinée.

Elle repensa à la voix qu'elle avait entendue, ou imaginé entendre, dans sa prison, la voix lui disant de ne pas abandonner, que Chyna s'efforçait de l'aider. La voix avait paru jeune, mais pas familière — ce n'était pas la voix d'une personne qu'elle connaissait. Cette voix n'existait probablement que dans son esprit. Elle avait tellement entendu parler de Chyna Greer, toute sa vie. Des gens l'admiraient et étaient persuadés qu'elle était bonne, et qu'elle avait un don spécial et merveilleux. D'autres personnes, en particulier Irma Vogel, haïssaient Chyna et racontaient qu'elle était anormale et même maléfique. Lorsque Irma se mettait à fulminer ainsi contre Chyna, Deirdre avait l'impression qu'elle ressemblait à une démente en plein délire.

Bien sûr, Deirdre pensait qu'Irma avait des problèmes, de sérieux et nombreux problèmes. Elle n'était certainement pas la femme gentille, serviable et attentionnée qu'elle faisait semblant d'être. Selon Deirdre, Irma était bornée, portait sur les autres un jugement souvent malveillant et, pire que tout, elle avait été secrètement heureuse lorsque la mère de Deirdre était morte. Irma avait jeté son dévolu sur Ben Mayhew à l'instant même où elle avait appris que sa femme avait une maladie incurable. Deirdre ne pourrait jamais pardonner à Irma d'avoir mimé le chagrin et la compassion à l'enterrement de sa mère, alors qu'elle savait que, secrètement, Irma était ravie.

Et elle ne m'aime pas plus qu'elle n'aimait ma mère ou Chyna, pensa Deirdre tout en avançant, pas à pas, toujours aussi attentive à ne pas tomber. Elle est sûrement heureuse que j'aie disparu. Maintenant, enfin, elle a papa entièrement pour elle.

Cette dernière pensée prit Deirdre de court. Irma avait voulu qu'elle dégage le chemin. Elle n'avait pas su cacher sa déception lorsqu'elle avait appris que Deirdre n'irait pas à la fac en septembre. Deirdre savait qu'Irma n'avait pas la moindre chance de gagner l'affection de Ben. Mais Irma, elle, se disait peut-être que, s'il n'était plus soutenu et protégé par sa fille, alors tout devenait possible. Puis, coup de théâtre, la mère de Chyna meurt et Chyna revient chez elle. Irma a toujours prétendu que les filles disparaissaient lorsque Chyna était dans les parages.

Vraiment, je n'aurais pas pu disparaître à un meilleur moment, se rendit compte Deirdre, tout en cherchant à s'extraire d'un enchevêtrement d'herbes qui lui arrivaient à hauteur des genoux, et l'obligeaient presque à marcher sur la pointe des pieds. Elle parvint à se dégager et se retrouva sur une sorte de gazon, de toute évidence bien entretenu. L'herbe, raidie par le froid, était courte, régulière. Mais aussi épaisse et abondante, comme une pelouse jamais déparée par les mauvaises herbes ou les pissenlits, celle d'un club de golf par exemple.

Perdue dans ses pensées, Deirdre s'était inconsciemment mise à marcher plus vite, et elle heurta brusquement une grande pierre. Un peu sonnée, elle se retourna pour pouvoir la toucher. Ce n'était pas une pierre ordinaire. Taillée en forme d'obélisque, à quatre côtés, elle était bien plus grande qu'elle. Qu'est-ce que ça peut bien être ? se demanda-t-elle, se tournant à nouveau, espérant qu'elle ne s'était pas cassé le nez.

Puis elle s'approcha et entreprit de faire le tour de l'obélisque, ayant un peu l'impression d'être dans un film de science-fiction, ce qui l'aurait amenée à éclater d'un rire à moitié ahuri, à moitié hystérique, si l'adhésif ne l'en avait pas empêchée. Titubant un peu, elle voulut sentir la texture de la pierre, malgré ses mains attachées derrière son dos. Inspirant profondément, elle ravala son rire intérieur, et se força à se concentrer, s'approcha un peu plus de la pierre et se tint debout à côté d'elle. Elle appuya sa tête contre la roche, et sentit qu'elle s'élevait bien plus haut que son propre mètre soixante-dix. Doucement, elle la toucha de la joue. Elle était froide, et légèrement rêche. Du *granit*. Soudain pleine d'espoir, elle continua à en faire le tour, jusqu'au moment où son front rencontra une surface gravée.

Si elle l'avait pu, elle aurait frappé des mains et laissé éclater un cri de joie. Car elle savait enfin où elle se trouvait.

3

Ils s'étaient levés de nouveau, et cette fois-ci se trouvaient au centre de la piste de danse, presque juste devant l'orchestre. Scott avait trouvé son rythme et, bien qu'il soit un tout petit peu plus lent que les autres danseurs, il semblait assuré, et parfaitement à l'aise.

« Tu danses très souvent, non ? cria Chyna par-dessus la musique.

— Comment l'as-tu deviné ?

— Parce que maintenant que tu t'es mis dans l'ambiance, ta grâce naturelle apparaît.

— Ma grâce naturelle ? fit Scott en grimaçant. Tu parles de moi comme d'une fille.

— Oh, excuse-moi. Je voulais dire qu'on voit que tu danses avec facilité.

— Tu veux une démonstration de ma cabriole façon Jerry Lee Lewis ?

— Non, sans façon.

— Chyna Greer, tu es jalouse.

— Et toi tu es fou. »

La chanson au rythme rapide s'acheva et le sosie de Shania enchaîna avec la ballade *From this Moment*. « D'habitude, je n'aime pas trop la musique country, fit Chyna, mais cette chanson… »

Scott lui sourit, et son regard s'adoucit. « Moi aussi, elle me fait de l'effet. Il faut à tout prix qu'on danse sur ce morceau, Chyna.

— Oui, allons-y. »

Chyna se glissa entre les bras de Scott. Il la tint serrée contre lui. Il dégageait de la chaleur, et elle pouvait sentir son cœur battre sous son pull. Les premiers instants, Chyna fut incapable de se détendre, tenue ainsi dans les bras de Scott. Elle n'avait jamais été si proche de Scott Kendrick — ce Scott Kendrick dont elle pensait être amoureuse depuis l'adolescence. Le Scott Kendrick auquel elle n'avait pu s'empêcher de penser pendant toutes ses années de fac puis de médecine et maintenant d'internat. Le Scott Kendrick qui s'était montré si gentil, si protecteur, essayant si fort d'être compréhensif, depuis qu'elle était revenue. Et tout cela en dépit de sa propre et récente tragédie.

Au bout d'un moment, elle prit conscience qu'elle s'était détendue, contre lui. Ses bras se resserrèrent autour d'elle et il pencha la tête, chantant doucement dans son oreille. Les paroles parlaient d'amour et d'engagement, et Scott les chantait avec une douce sensualité. Son souffle chaud à l'oreille, son corps vigoureux si près du sien, sa joue contre sa tempe réussirent presque à l'hypnotiser. Pour elle, plus personne d'autre n'existait dans la salle. Il n'existait qu'elle et Scott Kendrick. C'est ainsi que les choses sont censées se passer, se dit-elle comme dans un rêve. C'est ainsi que les choses sont censées se passer avec l'homme qu'on aime.

Tandis qu'elle flottait à travers la danse, elle garda les yeux fermés, laissant Scott la guider. J'aimerais que tu me guides toujours, pensa-t-elle. Comme dans la chanson, j'aimerais que tu me guides toujours, « dès cet instant ».

Lentement, Chyna ouvrit les yeux. Elle les cligna deux fois, mais elle eut l'impression que sa vision était devenue floue, presque comme si on avait jeté un morceau de gaze devant ses yeux. Au bout de dix secondes environ, la sensation disparut. C'est l'atmosphère, se dit-elle. Tout ce bruit, la fumée de cigarette, être si près de Scott. C'est tout simplement cela.

Mais elle ne put oublier cette sensation qu'elle avait eue pendant dix secondes — d'avoir été glacée, les pieds nus, et perdue.

« Il y a quelque chose qui ne va pas ? lui murmura Scott à l'oreille.

— Non. Est-ce que je t'ai marché sur les pieds ou quelque chose comme ça ?

— Tu t'es raidie et ensuite tu as trébuché. » Scott se recula un peu. « Tu es fatiguée ? Tu veux t'asseoir ?

— Je ferais peut-être mieux, dit Chyna d'une voix faible. Je ne sais pas ce qui m'est arrivé. J'ai simplement… »

Elle sentit son corps devenir rigide. La piste de danse, la salle entière disparurent à sa vue. Elle vit un paysage baigné d'argent, avec des statues, des fleurs et…

Et une haute pierre tombale qui s'élançait vers le ciel, grise dans le froid clair de lune. « L'obélisque de la famille Sternhaven…

— Tiens-toi à mon bras, dit Scott d'un ton apaisant. On est presque arrivés à la table.

— Quelque chose ne va pas pour elle ? demanda une femme aux longs cheveux rouges. Elle ne semble pas bien. »

Chyna entendit la femme, vit la femme, mais elle semblait très lointaine, une image comme en rêve, qui la dévisageait et lui parlait et lui prenait l'autre bras. Lâchez-moi, lâchez-moi, pensa Chyna presque violemment. Je ne vous connais pas. Lâchez-moi !

Elle se libéra à la fois de la femme et de Scott, et se mit à marmonner : « Il faut que je continue de bouger. Je sais où je suis maintenant. Plus qu'un mile… »

Chyna s'effondra brusquement sur le sol. Les gens se dispersèrent, et Scott se pencha aussitôt sur elle, le visage affolé. « Chyna, que se passe-t-il ? » demanda-t-il, lui tenant une main, tandis que, de son autre main, il repoussait ses cheveux pour dégager son front. « Que quelqu'un appelle le 911 », cria-t-il.

Chyna eut soudain l'impression de recevoir une décharge électrique. La pièce réapparut devant ses yeux et elle s'assit, en agrippant le bras de Scott. « Il faut y aller, cria-t-elle d'une voix perçante. Il faut y aller ! »

Scott lui frotta le bras. « Calme-toi, Chyna. Les urgences vont arriver dans dix minutes et on t'examinera. Tout ira bien, ma chérie. »

Chyna dégagea vivement sa main. « Je ne peux pas rester ici, Scott. Il faut qu'on l'aide !

— Qu'on l'aide ? répéta Scott d'un air interdit.

— Une jeune fille, dit Chyna en gémissant presque. Je pense que c'est Deirdre. Scott, je crois que je sais où se trouve Deirdre ! »

CHAPITRE XVII

1

Les gens s'écartèrent pour les laisser passer tandis qu'ils se précipitaient vers la sortie. Chyna savait qu'ils s'imaginaient qu'elle était malade et qu'ils partaient tous les deux pour l'hôpital. « Et qu'est-ce que je fais avec le 911 que je viens juste d'appeler ? demanda une femme derrière le comptoir.

— Lorsqu'ils arriveront, envoyez-les au cimetière de Black Hills, dit précipitamment Chyna. Dites-leur de prendre la première allée à gauche et ensuite tout droit vers le nord.

— Le cimetière ? » Chyna entendit, derrière elle, la femme répéter ce mot avec incrédulité, mais elle n'y fit pas attention. Lorsqu'ils furent enfin dehors, sur le parking du relais routier, elle serra plus fort la main de Scott.

« Chyna, qu'est-ce que ça veut dire ? demanda Scott, d'une voix chargée d'inquiétude.

— Je te l'ai dit. J'ai vu quelque chose. Une fille, et qui tombait.

— Mais tu as dit d'aller au cimetière.

— Oui. Je sais que ça semble absurde, mais fais juste ce que je dis, Scott. Si j'ai tort, eh bien j'ai tort, mais il faut que je sache si j'ai eu une hallucination, ou si j'ai vraiment vu quelque chose. » Elle s'interrompit, puis regarda à droite et à gauche. « Bon sang, où est ta voiture ?

— Au bout de cette rangée. » Chyna courut dans la direction, Scott la suivant de son mieux. Lorsqu'elle atteignit la voiture, elle vit Michelle toujours profondément endormie sur le siège arrière. Les portières étaient verrouillées.

« Scott, la portière…

— Une seconde. J'ai verrouillé pour que personne ne prenne Michelle. » Il fouilla dans sa poche, en retira un anneau avec une clé, ouvrit la porte côté conducteur, puis appuya sur un bouton qui déverrouilla toutes les portières. Ils sautèrent à l'intérieur, tandis que Michelle se réveillait avec un jappement.

« Tout va bien, ma fille. » Chyna se pencha pardessus le siège et frotta les oreilles de la chienne. « N'aie pas peur. »

Scott regarda Chyna. « Et moi alors ? Moi aussi j'ai sacrément peur. » Il démarra. « Pourquoi faut-il aller au cimetière ? »

Chyna inspira profondément, essayant de ralentir les battements de son cœur. « Pendant qu'on dansait, la pièce a disparu à mes yeux. J'ai eu froid, et très peur. C'était comme si je regardais à travers les yeux de quelqu'un à nouveau — ceux d'une jeune fille. Elle avait tellement peur, mais elle était en train de se dire que la pelouse était froide mais bien entretenue. Et j'ai vu une pierre tombale. Ou plutôt une sorte de tour. La pierre tombale de la famille Sternhaven. C'est un obélisque gravé, Scott, de presque trois mètres de haut. Maman pensait que c'était tellement prétentieux et elle plaisantait toujours en disant qu'il faudrait installer une lumière au-dessus pour guider les vaisseaux extraterrestres. » Scott eut un petit rire nerveux, mais il semblait toujours perplexe. « Et ce monument, qu'est-ce qu'il a à voir avec ta vision ?

— La fille est juste là, près de cette immense pierre tombale ! Je le sais. Je l'ai senti, lorsqu'on était au Whippoorwill. Et ensuite, j'ai eu cette sensation de chute — cette fille est tombée.

— Et c'est comme ça que tu es tombée, toi, sur la piste de danse ?

— Oui. Je ne pouvais pas me contrôler. Je n'ai même pas senti que moi-même je tombais. » Chyna ferma les yeux un instant. « J'ai dû avoir l'air complètement dingue.

— Non, tu avais simplement l'air d'être ivre, fit Scott d'un air impassible.

— Ah, merveilleux ! C'est peut-être embarrassant, mais un peu d'embarras ne compte pas si ce qui m'est arrivé nous aide à trouver la jeune fille. »

Scott freina brutalement. La ceinture de sécurité de Chyna se bloqua contre sa poitrine et sa taille, tandis que Michelle basculait et tombait sur le sol de la voiture. Dans la lumière des phares, Chyna vit deux grands cerfs qui couraient, juste devant eux. « Les cerfs se font toujours tuer sur cette route, dit Scott. D'habitude je roule lentement à cause d'eux. »

Les queues blanches des cerfs disparurent dans un buisson de l'autre côté de la route. « Tu as réagi vite ! »

Dans l'obscurité, Scott eut un demi-sourire. « On dirait que mes réflexes reviennent à la normale. Je me suis inquiété à leur sujet un certain temps. J'avais toujours l'impression de bouger au ralenti. » Scott regarda du côté gauche. « Voilà le cimetière. Tu es certaine…

— Oui ! Scott, la fille que j'ai senti tomber est peut-être Deirdre et il se peut qu'elle soit blessée. »

Scott tourna et s'engagea dans le cimetière de Black Willow. Tout de suite après les piliers de brique, la route bifurquait. « Tout à l'heure, au Whippoorwill, tu as dit "au nord".

— Oui. Le monument des Sternhaven se trouve environ à un kilomètre et demi de l'entrée du cimetière. Pas tout près de la route, mais derrière quelques tombes. En fait, la tombe de mon père est tout à côté.

— Je sais où se trouve la tombe de ton père. Je suis venu à l'enterrement, tu te souviens ? »

Oui, elle se souvenait. Mais à peine. Chyna avait été si triste et si surprise de la mort de son père que, pour une fois dans sa vie, la conscience d'avoir Scott tout près d'elle ne lui avait pas fait battre le cœur.

« Que ferait Deirdre, ou n'importe quelle fille, dans un cimetière la nuit ? demanda-t-il.

— Je ne sais pas. Elle s'est probablement perdue, Scott. »

Scott roula lentement sur la route recouverte d'un gravier blanc et Michelle se mit debout — pattes arrière sur le siège arrière, pattes avant sur le siège avant —, son souffle brûlant tout près des oreilles de Chyna. « Là ! s'exclama Chyna. Je vois le monument. Arrête-toi ! »

Scott gara la voiture sur le côté de la route. Ils sortirent, Michelle avec eux, et aussitôt un nuage cacha la pleine lune. Scott avait laissé ses phares allumés, mais ils semblaient ne pas suffire pour percer l'obscurité, et leur éclat était atténué par les rubans de brouillard qui s'échappaient de la rivière toute proche.

La peur transperça soudain Chyna. « Oh mon Dieu », murmura-t-elle.

Scott lui jeta un regard presque dur. « Qu'est-ce qu'il y a ?

— Ça donne froid dans le dos, ici.

— Sans blague ! Me retrouver la nuit dans un cimetière n'est pas ma distraction préférée, à moi non plus.

— Je sais, mais…

— Mais quoi ? »

Mais quelque chose ne va pas, se dit Chyna, qui se sentait indiciblement inquiète. Le danger était tout proche, elle le savait. Pendant un instant, elle crut qu'elle allait être incapable de faire un pas de plus.

« Chyna, tu as voulu venir ici, fit patiemment Scott. Qu'est-ce qui ne va pas ? »

Elle ne pouvait bouger, elle ne pouvait dire à Scott qu'elle se sentait environnée par le mal. Le mal à l'état pur, la malveillance même. Il penserait qu'elle était folle. Il perdrait toute foi en elle. « Je me demandais juste comment nous avons pu prendre une lampe électrique qui ne marche plus, perdre la clarté de la lune, et avoir du brouillard en même temps, réussit-elle à dire.

— Ce n'est pas l'idéal, mais ce n'est pas un drame. Ne t'inquiète pas — je suis paré à toute éventualité. » Scott se retourna et se pencha dans la voiture. Tandis qu'elle restait immobile comme une statue, il ouvrit le compartiment à gants, en retira une autre lampe de poche. « Pas très grosse, mais c'est mieux que rien. Et nous avons ça aussi. » Il prit la canne sur le siège arrière. Chyna ne savait même pas qu'il l'avait avec lui. La canne avec des traces de sang — elle était certaine que c'était bien du sang.

« C'est mieux comme ça ? » demanda Scott en allumant la lampe. Un faisceau de lumière blanche perça l'obscurité.

« Oh oui, beaucoup mieux, fit Chyna d'une toute petite voix.

— On ne le dirait pas, à t'entendre. » Scott promena le faisceau lumineux autour de lui. « Je vais me conduire en homme et te précéder. De plus, j'ai la canne si on se fait attaquer.

— Tu crois qu'on va se faire attaquer ? »

Scott la regarda, le visage étrangement découpé et creusé d'ombre car il tenait la lampe sous son menton. « C'est toi la médium. Est-ce qu'on va l'être ?

— Je ne sais pas. Je sens seulement... » Elle soupira. Elle n'avait pas réussi à le faire venir là assez rapidement. À présent elle se conduisait de façon ridiculement craintive. « Avançons, fit-elle, en ajoutant d'un ton qu'elle espérait léger : Mais si tu dois assommer quelqu'un, fais-le avec la lampe. Si tu cassais cette canne, ta mère te tuerait. »

Michelle, qui brillait rarement par son courage, ne caracolait pas devant eux, prête à avertir les humains d'un danger. Au lieu de cela, elle essayait de marcher entre eux deux, et finit par se ranger derrière Chyna après que Scott lui eut marché deux fois sur la patte.

Le nuage sombre s'était déplacé et la lune à présent baignait le paysage d'un éclat froid et argenté, qui aurait dû être beau, se dit Chyna, mais tout ce qui l'entourait semblait étrangement sans couleur, mort. Le calme de la nuit était surnaturel. Chyna n'entendait pas d'oiseaux, elle n'entendait pas de petit animal ou de cerf se déplacer dans les bois qui bordaient le cimetière, elle n'entendait pas de voiture sur la route derrière eux.

Et comme si ça ne suffisait pas, Chyna ne pouvait cesser de penser à tous les corps en décomposition qui reposaient là, les corps de personnes qui avaient ri, mangé, s'étaient disputées, avaient fait l'amour, été au travail, ressenti du chagrin, de la joie. À présent tout cela avait pris fin pour elles. C'était une pensée presque trop insupportable. Elle la chassa de son esprit, se disant qu'elle n'avait pas toutes les réponses. La mort peut-être n'était pas seulement l'oubli total comme elle l'avait toujours craint. Après tout, elle était certaine que Zoey était morte, et pourtant ces derniers jours Zoey lui avait parlé. Cette pensée aurait dû être réconfortante, mais elle ne l'était pas. Chyna ne supportait pas de penser à l'esprit de Zoey emprisonné dans quelque monde infernal, sans être en paix, sans être en repos, condamné à parler à Chyna, à la supplier d'aider une autre jeune fille que Chyna n'avait pas été capable d'aider.

« Qu'y a-t-il avec Zoey ?

— Quoi ?

— Tu as dit "Zoey" et le "monde infernal" et…

— Je parlais toute seule. » Chyna était gênée. Cela lui arrivait-il souvent de parler toute seule ? Les gamins de Trick-or-Treat la veille d'Halloween semblaient l'avoir remarqué. Se baladait-elle dans tout l'hôpital en tenant de longues conversations avec elle-même ? Les gens riaient-ils derrière son dos en disant qu'elle était bizarre et… « Voilà l'obélisque ! » cria-t-elle, reconnaissante de l'avoir trouvé, et aussi de pouvoir engager son esprit sur une autre voie.

En oubliant sa peur, Chyna courut et toucha la « tour » de marbre. Presque aussitôt, Scott fut à côté d'elle, et dirigea le faisceau de sa lampe sur l'inscription gravée : *Sternhaven.*

Brusquement, Michelle se mit à aboyer furieusement. Chyna sursauta, et glissa sur l'herbe gelée, tout en regardant vivement tout autour, cherchant des yeux un intrus, quelqu'un qui ne devrait pas se trouver dans un cimetière la nuit. Scott lui aussi scruta partout autour de lui. Et bientôt, il s'exclama : « Chyna, viens voir ! »

Elle se retourna. Tout d'abord elle ne vit qu'un grand morceau de contreplaqué. Tout à côté, une bouteille de bière et un sachet de chips vide. Michelle aboya de nouveau et, lorsque Chyna se tourna vers elle, elle enfonça sa patte de quelques centimètres dans le vide. « Michelle, reviens », lui ordonna Scott.

La sévérité de sa voix fit reculer la chienne, qui s'éloigna de ce qui se révéla être un large trou dans le sol. Un trou profond destiné à un cercueil, pensa Chyna avec un frisson. Elle se serait attendue à ce que Michelle, rappelée à l'ordre d'une voix si forte par Scott, vienne se réfugier auprès d'elle mais, au lieu de cela, elle continuait d'aboyer, fébrile, autour de la cavité. Il y a quelque chose au fond, se dit Chyna. Quelque chose que je ne veux certainement pas voir.

De fait, pendant un instant, Chyna eut envie de fuir toute la scène. Elle aurait voulu courir vers la voiture de Scott, verrouiller les portières, et s'éloigner d'ici, Scott et Michelle à la remorque. Mais bien sûr elle ne le pouvait pas. Elle n'était pas censée se conduire ainsi.

Elle ferma les yeux, essaya de puiser dans la réserve de force dont sa mère disait que chacun la possède au fond de soi. Puis, morte de peur, elle se rapprocha de Scott qui, avec sa lampe, éclairait la profonde cavité.

Et tout au fond gisait une jeune fille, face contre terre, nue, les poignets retenus dans le dos avec de l'adhésif. Sa jambe droite était pliée dans un angle qui n'était pas naturel et ses cheveux auburn, tout emmêlés, empêchaient le moindre aperçu de son visage. Et pourtant, Chyna la reconnut.

« Deirdre, murmura-t-elle. Mon Dieu, pourvu qu'elle soit vivante. »

2

Après avoir regardé Deirdre quelques instants, Chyna avait voulu descendre dans la fosse pour voir si elle vivait encore, mais Scott l'avait arrêtée. « Tu pourrais tomber et te blesser, lui dit-il, serrant fort le bras de Chyna. Ou tu pourrais tomber *sur* Deirdre. Et si elle est vivante, tu pourrais aggraver la situation, la blesser davantage. »

Chyna s'éloigna du bord. « Tu as raison. Mais c'est si dur d'attendre. Tu es sûr que cette femme au Whippoorwill a bien appelé les secours et donné les bonnes instructions ?

— Je suis sûr qu'elle a appelé, mais je n'ai pas

entendu ce qu'elle a pu dire. » Scott prit son portable dans sa poche. « Je vais vérifier. »

Pendant qu'il appelait les secours, Chyna essaya de calmer Michelle et de la tenir tranquille. Elle regrettait de ne pas avoir pris une laisse, mais ils étaient partis précipitamment et elle ne s'en était pas souciée car Michelle avait rarement besoin d'être mise en laisse. La chienne finit par s'approcher d'elle. Chyna s'agenouilla, la prit par le collier. Michelle haletait très fort, après avoir couru et couru tout autour de la fosse. Chyna ne l'avait jamais vue aussi agitée. Et aussi fébrile. Elle devait sentir que quelqu'un était blessé, et elle voulait aider plutôt que se cacher, une grande première pour elle.

« La femme du Whippoorwill a bien dit aux secours de se rendre au cimetière, fit Scott, remettant son portable dans sa poche. Ils arrivent.

— Dieu merci. » Chyna jeta un coup d'œil sur Deirdre à nouveau. « Oh, Scott, elle a l'air si minuscule, si vulnérable, là-bas tout au fond.

— C'est ce qu'elle est. » Il fronça les sourcils. « Depuis combien de temps penses-tu qu'elle est dans cette fosse ? »

Chyna le regarda, surprise. « Elle est tombée en même temps que moi je suis tombée, au relais routier. J'ai vécu son expérience, Scott. Je croyais que tu en avais pris conscience.

— Peut-être, mais tu ne vis pas toujours l'expérience au moment même où elle se passe. Comme avec Rusty. Tu as eu la vision de Rusty observant Nancy, alors qu'elle est morte quelques jours après sa chute.

— Rusty était *en train de penser* à la chute de

Nancy au moment où je l'ai touché. Du moins, je crois que ça s'est passé comme ça. Et au Whippoorwill, j'ai tenu à la main le bout de papier que Deirdre m'a donné au café. C'est peut-être comme ça que le "contact" s'est établi avec elle ce soir. » Elle haussa les épaules, dépassée. « Comme je te l'ai dit, je ne sais pas tout sur la manière dont ce pouvoir marche ou, souvent, ne marche pas.

— Tu ne vois rien, par là ? » demanda brusquement Scott.

Chyna scruta le cimetière. Puis elle le vit. Un mouvement dans les arbres, à quelques dizaines de mètres. Était-ce l'un des cerfs ? Elle jeta un nouveau coup d'œil. Peut-être. Ou bien c'est un être humain, se dit-elle, épouvantée. Quelqu'un d'autre dans le cimetière en pleine nuit, en train de chercher Deirdre peut-être, ou de les observer Scott et elle.

Elle passa la main sur ses yeux fatigués. « J'ai vu quelque chose mais je ne sais pas si c'est une personne ou un animal.

— Moi non plus. » Scott hocha la tête. « Ça a disparu derrière les arbres.

— Ça venait vers nous ?

— Non. En tout cas pas directement, mais peut-être que "ça" fait le tour... »

De nouveau, la peur gagna Chyna. Il fallait qu'ils s'éloignent de là car elle était pratiquement certaine que ce n'était pas un animal qu'ils avaient vu. Mais comment pourraient-ils abandonner Deirdre ?

Chyna fit un bond lorsque Scott annonça, presque en criant : « Dieu merci ! Voilà du renfort. »

Des phares fendirent l'obscurité. « Une équipe de secours », fit Scott. Il avait laissé ses propres phares allumés et ainsi les secouristes — une voiture de pompiers en l'occurrence — purent se diriger directement vers eux. Ils se garèrent derrière la voiture de Scott. Presque aussitôt, une ambulance suivit. Scott fit un signe avec sa lampe de poche, en criant : « Nous sommes par là. Il y a une jeune fille dans une tombe vide !

— Mon Dieu, comme ça paraît sinistre ! » murmura Chyna.

Scott haussa les épaules. « Y a-t-il une manière de faire paraître cette situation *moins* sinistre ? »

Non, pensa Chyna, surtout parce qu'elle croyait que la personne qui traînait à l'orée du bois était le kidnappeur de Deirdre, arrivé trop tard pour saisir la proie qui s'était échappée.

CHAPITRE XVIII

1

Rex s'engagea dans l'allée de la villa des Greer, chercha les clés dans sa poche, puis entra par la porte latérale. Il se dirigea droit vers la cuisine, se servit un verre de vodka, et le but en deux gorgées. Il avait froid, il était bouleversé et épuisé, mais il savait qu'il ne pouvait aller dormir. Pas maintenant. Pas avec tout ce remue-ménage dans son cerveau. Pour la première fois de sa vie, il se sentait vieux et faible.

Il se servit encore un peu de vodka, se dirigea vers le living, alluma une lampe et s'assit juste en face du portrait de Vivian et Edward. Comme ils semblaient solides. Privilégiés et sûrs d'eux. Edward, bel homme fort avec ses traits patriciens, ses cheveux argentés, Vivian belle et pleine de vie, ses yeux bleu-gris étincelant d'humour et de confiance, prêts à défier l'univers. Ce tableau avait été peint il y a neuf ans seulement, et déjà ils avaient disparu tous deux, chacun ayant trouvé la mort bien trop tôt. La mort de Vivian n'avait pas encore atteint réellement Rex, elle ne lui semblait pas encore réelle, mais brusquement son frère lui manqua violemment. Son frère, un homme dont les manières tranquilles masquaient en quelque sorte la force et la tolérance qui l'avaient soutenu jusqu'à la fin.

Minuit était passé depuis longtemps. Il s'était écoulé des heures depuis qu'il avait quitté la maison avec Owen et Rusty. J'aurais dû appeler Chyna, regretta Rex. Il savait qu'elle avait senti qu'il se passait quelque chose, au moment de leur départ. Elle avait eu l'air tellement inquiète. Il aurait dû lui faire savoir qu'il avait déposé Rusty en sûreté chez lui avant de se rendre chez Owen.

Bien que cette tactique n'ait pas été très utile. Rex avait eu l'intention de rester avec Owen pendant une heure au moins, peut-être plus. Mais, au bout de vingt minutes, Owen avait reçu un coup de fil, et déclaré ensuite qu'un travail urgent l'attendait à l'entreprise. Il avait pratiquement poussé Rex vers la porte. Rex était passé chez Ned pendant une demi-heure, mais Ned aussi avait reçu un appel et lui aussi avait dû se rendre sur son lieu de travail. Rex avait compris que Beverly voulait que les enfants prennent leur bain et se préparent à aller au lit, alors il n'était pas resté longtemps non plus.

Rex était repassé devant chez Rusty. La voiture d'Owen n'était pas devant la maison de son fils. Elle n'était d'ailleurs pas non plus devant l'entreprise de pompes funèbres. Si j'avais appelé Chyna, se dit Rex, qu'est-ce que j'aurais pu lui raconter ? Et comment lui dire où j'allais passer le restant de la soirée ?

Après son échec à localiser Owen, Rex s'était senti accablé, presque incapable de penser, et encore moins capable d'inventer des excuses plausibles pour justifier, devant Chyna, le fait qu'il n'allait pas rentrer avant un long moment. Alors il l'avait simplement laissée dans l'attente, sans qu'elle sache où il était ni quand il serait de retour.

Assurément, Chyna se sentirait abandonnée par lui, et à juste titre. Il n'était pratiquement jamais resté avec elle, alors même que sa mère venait de mourir. Au lieu de cela, il avait toujours été par monts et par vaux. Il avait inventé un premier mensonge quant à la cause de son arrivée tardive après avoir appris la mort de Vivian et, une fois arrivé, il avait continué à mentir en prétextant des visites à des amis d'ici. Il n'avait jamais été là quand Chyna avait eu besoin de lui. Elle avait même dû affronter la meute de ce matin — la meute qui l'avait insultée, accusée, qui avait jeté des pierres sur la maison. Au moins Scott Kendrick avait pu être là, pensa Rex avec gratitude. Et c'était Scott Kendrick — un homme se remettant d'un grand traumatisme émotionnel et physique — qui avait dû aider Chyna à affronter cette tempête. Pendant ce temps, Rex était occupé à d'autres choses, des choses qui choqueraient et rendraient malade son adorable et extraordinaire nièce.

Mais peut-être n'avait-il pas laissé tomber Chyna autant qu'il le pensait, parce qu'en fait elle n'attendait pas grand-chose de lui. Elle n'avait pas vraiment compté sur lui depuis qu'il était arrivé, peut-être parce qu'elle savait que compter sur Rex était une entreprise vouée à l'échec. Tristement, Rex sentit que décevoir les gens avait toujours été son point fort. Et aussi, garder des secrets. Il savait tant de choses, des choses qui auraient pu faire éclater ce qui restait de cette famille, des choses qui pourraient blesser ou détruire au moins une douzaine de personnes dans cette ville. Quelquefois il ne pouvait plus supporter la pression mentale de tout ce qu'il savait et de tout ce qu'il avait fait. Ce serait si agréable d'être capable de se débarrasser des compulsions qui avaient dirigé sa vie, des obsessions qui l'avaient hanté. Parfois, comme ce soir, Rex ne savait plus combien de temps encore il pourrait continuer de vivre comme il l'avait fait toutes ces années.

Mais il avait l'impression qu'il n'aurait plus à maintenir longtemps cette façade, parce qu'après ce soir il savait avec une effrayante certitude que Chyna y mettrait bientôt fin pour lui.

2

La voiture de pompiers et l'ambulance firent un tel ramdam en arrivant que Chyna se demanda si les morts n'allaient pas être dérangés dans leur sommeil. Des sirènes gémissaient, des projecteurs s'allumaient, des gens criaient. Cinq minutes plus tôt, l'endroit était silencieux, sombre, totalement sinistre. Et soudain il ressemblait à une scène de carnaval.

« Avant tout, nous allons descendre dans la fosse avec des cordes, et prendre ses signes vitaux, dit l'un des secouristes à Chyna et Scott.

— Vous voulez dire qu'avant tout vous allez voir si elle est vivante ? demanda Chyna, pleine de crainte. Elle n'a pas bougé d'un millimètre depuis que nous l'avons trouvée. »

Le jeune et brun secouriste lui sourit : « On est toujours le plus optimiste possible, madame…

— Docteur Greer. Chyna Greer. Et Scott Kendrick. » Chyna se dit brusquement que c'était absurde, et une perte de temps, de faire ces présentations. Un homme était déjà en train de faire descendre une corde dans la fosse. Deux autres, à une allure vertigineuse, se laissèrent glisser le long de cette corde. Chyna se crispa, et sentit le bras de Scott autour de ses épaules. Puis elle ferma les yeux, incapable de les regarder tandis qu'ils vérifiaient les signes de vie chez cette fille qui gisait comme une poupée cassée au fond de cette froide tombe. L'un d'eux, enfin, cria : « Elle est vivante.

— Merci, mon Dieu », dit Chyna dans un souffle, tout son corps se relâchant de soulagement. Scott lui sourit et ils attendirent que les secouristes continuent leur examen.

« Le pouls est un peu faible mais pas de signe de traumatisme sérieux, à part la perte de conscience, cria l'un d'eux aux autres. Faites descendre la planche et le collier cervical.

— Tu as entendu ? demanda Chyna à Scott. Pas de signe de traumatisme sérieux ! »

Il lui adressa un léger sourire un peu tendu. « Jusqu'ici ça va. »

Bien sûr il fallait qu'ils vérifient les autres dommages possibles, pensa Chyna. Qui sait combien de temps Deirdre avait erré, nue, avant de tomber dans cette fosse ? Et ce que son ravisseur lui avait fait avant qu'elle s'échappe ? L'avait-il violée ?

Une fois le collier cervical mis en place, ils sanglèrent Deirdre à la planche et la remontèrent à l'aide des cordes. Lorsqu'elle atteignit le sol, ils demandèrent à Chyna et Scott de la regarder. « Vous avez dit qu'il s'agissait de Deirdre Mayhew, mais vous ne pouviez voir son visage, fit l'un d'eux. Regardez-la bien maintenant. »

Scott et Chyna se penchèrent et observèrent la jeune fille inconsciente. Elle était extrêmement pâle et l'œil expert de Chyna discerna immédiatement qu'elle souffrait d'hypothermie, mais c'était bien Deirdre. « Il s'agit bien de Deirdre Mayhew, dit Scott avec assurance. Je la connais depuis toujours.

— Elle a besoin des fluides IV, indiqua Chyna, oubliant momentanément qu'elle n'était pas à l'hôpital. Et elle est certainement sous-alimentée. Vous êtes sûr que sa colonne vertébrale est bien immobilisée ?

— Oui, madame, nous savons ce que nous avons à faire, répondit patiemment l'un des secouristes.

— Oh, bien sûr… Je suis désolée, dit vivement Chyna. Je suis médecin…

— Vous l'avez dit.

— Oui. Je ne voulais pas interférer ainsi. C'est simplement que… » La gorge de Chyna se noua. Sur le point d'éclater en sanglots, elle dut s'interrompre. Elle connaissait à peine Deirdre, mais l'épuisement émotionnel dû au fait qu'elle avait ressenti sa déambulation sur le sol froid, nue, aveugle, avant de chuter dans la fosse — pour comble de tout, une tombe — avait fini par la submerger.

Scott resserra un peu son étreinte et dit aux secouristes : « Je vais avertir son père.

— Nous allons appeler le shérif, fit l'un d'eux, tandis qu'ils installaient Deirdre avec précaution dans l'ambulance. Nous devons savoir pourquoi cette tombe n'était pas recouverte. Elles le sont *toujours*. Laisser une fosse ouverte la nuit, c'est prendre le risque d'une action en justice.

— Oui, j'imagine », répondit Chyna d'un air absent, se demandant comment il pouvait penser à une action en justice dans un moment pareil.

Un autre secouriste les regarda tous les deux, Scott et elle, et sourit. « Beaucoup de gens vont se sentir soulagés cette nuit. On avait peur de perdre une nouvelle fille. »

Tandis que l'ambulance et la voiture de pompiers s'éloignaient, Scott prit Chyna contre lui et la serra très fort : « Tu as réussi, Chyna ! Tu as sauvé Deirdre ! »

Chyna ressentit enfin son soulagement, et même une pointe de triomphe. Mais plus encore que le triomphe, ce qu'elle sentait, c'était le regret de n'avoir pu faire de même pour Heather et Edie et, particulièrement, pour Zoey.

3

Il était presque deux heures du matin lorsque Scott raccompagna Chyna chez elle. La voiture de Rex n'était toujours pas dans l'allée mais, à présent, cela faisait plaisir à Chyna. S'il avait été là, et encore éveillé, elle ne se serait pas sentie d'humeur à lui parler. Elle ouvrit la porte, entra dans la maison, puis se retourna et vit que Scott attendait sur le seuil.

Il lui sourit un peu tristement, et tendit la main pour prendre la sienne. « Eh bien, je sais que tu es épuisée, fit-il doucement, l'air emprunté. Il te faut une bonne nuit de sommeil. Tu la mérites. »

La lueur de la veilleuse près de la porte d'entrée éclairait ses cheveux noirs, les traits finement dessinés de son visage, ses deux cicatrices, l'une à la joue droite, l'autre sur la mâchoire gauche, vestiges du crash qui avait failli lui coûter la vie. Chyna plongea son regard dans le sien — ses yeux sombres, profonds, si expressifs, portant encore le souvenir de l'horreur, et la tristesse d'avoir vu les débris en flammes du jet qu'il pilotait détruire soixante-douze vies.

Elle avait un attachement romantique pour cet homme depuis l'âge de quinze ans — un attachement qu'elle avait plus tard rabaissé à un simple béguin d'adolescente. Mais en cet instant, elle comprenait que ce qu'elle avait ressenti à quinze ans n'était qu'une version juvénile de ce qu'elle ressentait à présent — de l'amour.

Chyna se pencha en avant, se mit sur la pointe des pieds, et embrassa tendrement Scott sur les lèvres, le cou. Puis elle chuchota : « Je ne veux pas que tu partes. »

Le bras droit de Scott enlaça sa taille, l'attirant plus près encore de son corps long et mince. « C'est parce que tu ne veux pas te retrouver seule après avoir trouvé Deirdre ?

— La manière dont nous avons trouvé Deirdre a été éprouvante, mais enfin — elle est vivante. »

Chyna avait toujours été plutôt timide avec les hommes, les laissant faire le premier pas, et les arrêtant souvent avant que les choses aillent trop loin.

Mais à présent, presque contre sa volonté, ses lèvres s'attardaient sur la nuque chaude de Scott.

Scott inspira profondément, mit son deuxième bras autour d'elle et l'attira si près de lui qu'elle sentit les battements de son cœur. Ses lèvres touchèrent les siennes, légèrement d'abord, puis se pressèrent avec passion, sa main droite touchant les longs cheveux de Chyna. Ils semblèrent se fondre l'un dans l'autre et pour Chyna le temps s'arrêta. La langue de Scott touchait à peine la sienne — chaude, douce, légère.

Finalement, il se détacha d'elle, et elle sentit son souffle rapide caressant et réchauffant son visage, presque glacé par l'air froid de la nuit. Scott la regardait intensément, ses yeux sombres et pénétrants semblaient voir à travers elle, au plus profond. Chyna eut l'impression que jamais encore elle n'avait été embrassée, et que jamais elle ne se lasserait des baisers de Scott. Au bout d'un moment qui parut infini, il demanda doucement : « Veux-tu que je reste un moment ?

— Oui, je veux que tu restes, fit Chyna d'une voix rauque, rapprochant son visage du sien. Je veux que tu restes toute la nuit. »

Leurs lèvres se joignirent de nouveau et Chyna referma doucement la porte derrière eux.

4

Irma Vogel renifla bruyamment et s'essuya le nez avec un mouchoir déjà trempé. Écœurée, elle regarda le gros titre qui s'étalait sur le journal du matin : LA JEUNE DISPARUE RETROUVÉE VIVANTE.

Elle savait qu'il était inutile d'appeler Ben et de faire semblant d'être folle de joie. Il serait à l'hôpital avec Deirdre. Irma n'avait aucune intention de se rendre dans ce repaire empli d'amis de Ben, de policiers et de journalistes. De plus, elle avait appelé Ben sur son portable vers une heure du matin, pour lui dire que, n'arrivant pas à dormir, elle avait écouté la radio de la police, et entendu que Deirdre avait été retrouvée. « C'était Chyna Greer, s'était exclamé Ben, qui semblait en extase. Chyna Greer a eu une vision ou quelque chose comme ça — je n'ai jamais bien compris ce que les gens disent qu'elle est capable de faire — mais elle a su où trouver Deirdre ! » Puis il avait dit à Irma que Deirdre était toujours inconsciente, qu'ils ne savaient absolument rien sur la personne qui l'avait enlevée, et qu'il devait vite retourner près de sa fille. Il lui avait raccroché au nez.

Irma laissa le journal glisser et tomber sur le sol, et marcha en direction d'un miroir mural. Mon Dieu, elle avait un air affreux. Ses yeux globuleux étaient rouges, son nez gonflé, et son visage brillait de sueur, parce qu'elle commençait à avoir de la fièvre. Trop de temps passé dans le froid, se dit-elle, et le plus souvent sans manteau. D'habitude, elle faisait toujours attention à se couvrir convenablement. Mais ces derniers temps, elle avait été distraite, essayant de faire trop de choses. Et maintenant, en récompense de ses efforts, elle tombait malade. Elle eut envie de pleurer sur elle-même.

En traînant les pieds, elle se dirigea vers son fauteuil, en retira le reste du journal. Le sauvetage de

Deirdre avait été sa première préoccupation, mais elle voulait lire également l'article sur Rusty Burtram, qui apparemment était tombé à travers sa porte vitrée coulissante. Un des tessons de verre avait sectionné son artère carotide et il était mort d'avoir perdu trop de sang. Irma baissa le journal et réfléchit. On ne tombait pas « à travers » sa porte vitrée, à moins d'être ivre ou drogué, une conclusion à laquelle parviendraient la plupart des habitants de Black Willow, Irma en était certaine. Elle avait à peine connu Rusty, mais elle connaissait Owen et elle pouvait l'imaginer frémir de honte devant cette histoire imprimée en première page du journal. Son fils tombant à travers une porte vitrée parce qu'il était ivre ? Mon Dieu, le vieil Owen pourrait avoir une attaque, d'humiliation plutôt que de chagrin, car quiconque avait eu affaire à Rusty et Owen savait qu'Owen n'éprouvait aucun amour pour son fils. « Eh bien, monsieur Owen Burtram, vous ne serez plus obligé de supporter la grande déception de votre vie », fit-elle, pleine d'un mépris caustique qu'elle n'aurait jamais manifesté si Owen s'était trouvé devant elle. Comme elle aimait le son de sa propre voix, elle se mit à parler encore plus fort à l'inexistant Owen. « Tu n'as qu'à faire semblant de croire que Rusty est passé à travers cette vitre parce qu'il a trébuché, et aussi d'être malheureux qu'il soit mort. Mais la seule chose que tu vas ressentir, c'est le soulagement parce qu'il a bienheureusement disparu pour toujours de ta vie, exactement comme ta traînée de femme. »

Si elle ne s'était pas sentie aussi mal, elle aurait ri de sa macabre appréciation de la situation. Irma n'aimait aucun des deux Burtram, mais c'était encore Owen qu'elle aimait le moins. Plein de suffisance, voilà ce qu'il était. Il l'avait toujours regardée de haut, comme si elle était une nullité. Rusty, lui, s'était toujours comporté comme s'il la craignait un peu, comme s'il sentait qu'il y avait quelque chose qui n'allait pas chez elle et qu'il ferait mieux de l'éviter.

Mais *sentir* des choses était la spécialité de Chyna Greer. Lorsque Irma avait parlé à Ben, il avait dit qu'ils ne savaient absolument pas qui avait kidnappé Deirdre. Elle était inconsciente et ne pouvait donc encore rien raconter. Alors, comme ils ne savaient pas qui était le ravisseur, Chyna de toute évidence n'avait pas été capable de *sentir* cette importante information.

Irma se dirigea vers le téléphone, chercha le numéro de l'hôpital, et demanda le troisième étage. Elle voulait parler à l'infirmière Tally Jones. Lorsqu'elle entendit l'accent familier, un peu nasillard, de Tally, elle lui dit d'une voix sifflante : « C'est Irma. J'ai besoin de savoir quelque chose mais je veux que personne ne le sache, alors parle tout doucement.

— Oh, d'accord, Irma, répondit Tally de la même voix sifflante.

— Ne prononce pas mon nom ! Est-ce que la fille Mayhew a repris conscience ?

— Non, Deirdre est encore…

— Tally, parle doucement !

— Oui, oui. » Tally reprit son chuchotement sifflant. « Non, elle n'a pas repris conscience. En fait, elle est dans le coma.

— Le coma !

— Eh oui, le coma. Elle a pris un sacré coup sur la tête ! Elle est tombée dans une tombe creusée ! C'est atroce, absolument atroce ! Il paraît que la tombe a été creusée pour un enterrement ce matin et recouverte d'un morceau de contreplaqué, mais quelqu'un — sûrement une bande d'adolescents qui traînaient dans le coin — l'a enlevé. Je crois que les flics ont trouvé des traces de pneus et une bouteille de bière juste à côté de la fosse et…

— Tally, je me fiche de tout ça ! coupa Irma d'un ton cassant. Est-il possible que Deirdre meure ?

— Sais pas. Je suis encore qu'une stagiaire. Les médecins ne me tiennent pas au courant. Ils pensent que je suis juste bonne à vider les bassins. » Tally semblait profondément offensée et le ton de sa voix monta : « Ils s'imaginent qu'ils sont tout-puissants. Ils auraient les boules si Deirdre mourait, ça prouverait qu'en fait ils sont capables de sauver personne. » Elle s'interrompit. « Pourquoi veux-tu savoir tout ça ?

— Son père et moi nous sommes… épris. »

Tally en eut le souffle coupé. « Vraiment ? Tu en es sûre ? J'ai entendu dire qu'il n'avait pas regardé une seule femme depuis que la sienne était morte.

— Tally, ne parle pas si fort ! Eh oui, Ben et moi sommes profondément épris. Simplement on ne dit rien pour l'instant. » Mentalement, Irma mit Tally au défi de la contredire. « Je ne veux pas passer mon temps à l'appeler car il est tellement occupé avec Deirdre.

— À quoi faire ? Elle est complètement hors circuit.

— J'avais juste besoin de savoir, Tally. Cela me concerne, c'est tout.

— Eh bien, si tous les deux vous n'en faites qu'un, pourquoi ne viens-tu pas tenir compagnie à M. Mayhew ? Ça lui ferait sûrement plaisir.

— Je t'ai dit qu'on garde notre liaison secrète. De plus, j'ai un rhume terrible. Je ne voudrais pas le passer à Deirdre ou à quelqu'un d'autre. » Irma toussa et se moucha pour donner quelque crédibilité à son histoire. « Merci de m'avoir informée pour Deirdre et ne dis à personne que j'ai appelé.

— Pourquoi est-ce que je dois le dire à personne ? » fit Tally de son ton nasillard, mais Irma avait déjà raccroché.

Irma retourna d'un pas lourd dans le living et reprit le journal. Elle parcourut de nouveau l'article sur Deirdre. Chyna n'était pas mentionnée, mais les nouvelles circulaient vite dans les environs, et la moitié des habitants de Black Willow savait déjà que c'était elle qui avait retrouvé Deirdre. Ils allaient lui être reconnaissants. Ils allaient la respecter. Bon sang, Chyna pourrait même devenir une sorte d'héroïne.

Irma releva la tête et se mit à sourire. Oui, Chyna pourrait devenir une héroïne, à moins que les gens aient l'impression qu'elle avait retrouvé Deirdre parce qu'elle savait déjà exactement où la chercher. Et comment le saurait-elle à moins d'être responsable de l'enlèvement et de l'état désespéré de Deirdre ?

5

Chyna soupira et se retourna dans le lit, tâtonnant pour toucher Scott comme si cela faisait des années qu'il dormait à ses côtés. Mais l'autre partie du lit était vide. Elle jeta un coup d'œil au réveil sur la table de chevet : 4:15. Ce n'est pas possible qu'il soit parti, se dit-elle, tout à la fois déçue et mal à l'aise. Ce n'est pas possible qu'il ait simplement couché avec elle, attendu qu'elle s'endorme et soit parti. Ou même qu'il se soit *enfui*, avant qu'on ne remarque sa voiture dans l'allée. Oh non, il n'aurait pas fait ça, surtout après toutes les choses qu'il lui avait dites. Pas après la manière tendre et passionnée avec laquelle il lui avait fait l'amour. Ou bien était-il capable d'agir ainsi ? Cela faisait si longtemps qu'il ne lui était pas indifférent, avait-elle imaginé qu'il ressentait pour elle autre chose qu'un désir passager ?

À cet instant, Scott ouvrit la porte de la chambre et s'approcha doucement du lit. Il était pieds nus et ne portait qu'un jean. Dans la faible lumière de ces toutes premières heures de l'aube, elle pouvait voir son sourire très doux. Il quitta son jean, se glissa dans le lit et la prit dans ses bras.

« Où étais-tu ? demanda-t-elle, en essayant de prendre un ton désinvolte.

— J'ai fait un cauchemar, dit-il tranquillement. J'en fais souvent ces derniers temps. Je suis descendu, je me suis passé un peu d'eau froide sur la figure, et j'ai bu un verre de lait chaud.

— Du lait chaud ? Quel homme sauvage !

— Je sais. » Il fit la moue. « J'espère que cette information n'atteindra pas le Whippoorwill. Je n'oserais plus y remettre les pieds. »

Chyna tendit la main et toucha son visage couvert de sueur, un peu rouge, et ses cheveux humides : « Je croyais que tu étais parti. »

Il fronça les sourcils. « Tu veux que je m'en aille ?

— Oh, non ! fit-elle, affolée. Bien sûr que non », reprit-elle d'une voix plus calme.

Il sourit de nouveau, et l'attira plus près de lui. « Bon. Parce que moi, à cet instant, je suis plus heureux que je ne l'ai été depuis des années.

— C'est vrai ?

— Bien sûr. Croix de bois croix de fer, si je mens je vais en enfer.

— Ne dis pas cela », s'écria Chyna.

Scott se poussa, la regarda dans les yeux. « C'est une expression toute faite.

— Je sais, mais…

— Mais quoi ? »

Chyna enfouit sa main dans la chevelure noire et épaisse de Scott, et posa sa joue contre la sienne. « C'est juste que je n'aime pas penser à cela maintenant… l'enfer, la mort. »

Scott rit très doucement. « Aucun de nous ne va mourir, Chyna. C'est peut-être moi aujourd'hui qui suis doué de double vue, car je suis certain que nous allons être ensemble longtemps, très longtemps. Du moins, si les choses se passent comme je le souhaite. »

Chyna se détendit, et eut la sensation que son corps, chaud et nu, se fondait avec celui de Scott. « Alors j'espère que cela se passera comme tu le souhaites car je crois que c'est ce que je désire plus que tout », murmura-t-elle alors que les lèvres de Scott cherchaient les siennes.

« Satisfaction… oh no, no, no ! I cant get no… »

Chyna se réveilla en sursaut, ces paroles résonnant dans sa tête. La chanson des Rolling Stones. La voix qui chantait faux. L'homme séduisant sur l'échelle. Gage Ridgeway.

À ses côtés, Scott dormait profondément. Ses cheveux noirs étaient retombés sur son front, et l'un de ses bras reposait sur la taille de Chyna. Sa bouche était légèrement ouverte. Les rides qu'elle avait remarquées sur son front et autour de ses yeux étaient presque invisibles à la lumière du soleil. Si l'on oubliait les étroites balafres, en voie de cicatrisation, sur sa joue et sa mâchoire, il ressemblait, d'après son souvenir, à l'homme qu'il était dix ans auparavant — séduisant, calme, en paix avec lui-même. Elle détestait le réveiller, mais il fallait qu'ils aillent quelque part. *Tout de suite.*

« Scott », murmura-t-elle, ne voulant pas le faire sursauter. Il ne bougea pas. « Scott », chuchota-t-elle de nouveau. Rien. Finalement, elle dit « Scott » d'une voix forte, tout en lui secouant doucement l'épaule.

« J'ai sommeil, marmonna-t-il. Encore dix minutes, maman.

— Je ne suis pas ta mère, fit Chyna, plus fort encore. C'est Chyna.

— Chyna », dit-il d'une voix indistincte. Puis ses yeux s'ouvrirent grands et il la regarda d'un air complètement abasourdi : « Chyna Greer !

— Oui, c'est Chyna Greer. Heureuse de voir que tu te souviens avec qui tu as passé la nuit ! »

Il était tout à fait réveillé à présent, et se mit à rougir légèrement. « Ce n'est pas que je ne m'en souvenais plus, mais seulement… » Il cligna des yeux plusieurs fois, la regarda attentivement, puis dit : « Dieu soit loué. Pendant une minute, j'ai cru que tu étais encore une adolescente.

— Eh bien, non. Tout est parfaitement légal, bien qu'il me semble que Michelle t'en veuille un peu d'avoir pris son côté du lit.

— Désolé, Michelle », fit Scott en direction de la chienne qui s'était allongée sur le sol du côté de Chyna. Puis il se pencha et embrassa Chyna. « Est-ce que la nuit dernière est vraiment arrivée ou est-ce seulement le plus beau rêve de ma vie ?

— C'est vraiment arrivé et c'était merveilleux.

— On aurait dû le faire plus tôt.

— Je suis tout à fait d'accord. Cela fait environ seize ans que je fantasme sur cet instant.

— Si longtemps ? » Scott fit un drôle de sourire. « De mon côté, je me suis forcé à attendre que tu aies la majorité avant de commencer à fantasmer.

— Et tu n'as rien fait.

— Je suis lent. Lent et déterminé. Et le moment venu… je fonce. » Effectivement, Scott fonça, et Chyna se retrouva emmêlée dans les draps, tandis que Scott l'enlaçait, embrassait ses joues, son cou, ses lèvres. « Femme merveilleuse, fantastique. La fille de mes rêves.

— Et toi, l'homme de mes rêves. »

Ils se moquèrent d'eux-mêmes, puis Scott brusquement redevint sérieux et lui fit signe de ne plus faire de bruit. « Rex est dans la maison, fit-il à voix basse. Je l'ai entendu lorsque je me suis levé tout à l'heure.

— Pour ton verre de lait, je m'en souviens. » Scott rougit. « Et tu crois que Rex, le play-boy de l'Occident, serait choqué de savoir que tu as passé la nuit avec moi ? plaisanta Chyna. Il est sûrement soulagé. Je crois qu'il pensait que j'étais une étrange créature qui ne s'intéressait pas au sexe, seulement aux livres et au travail.

— Eh bien, sur ce point il se trompait, et ce n'est pas moi qui vais m'en plaindre ! Attends que je le raconte à ma mère.

— Scott Kendrick, comment osez-vous ! » Chyna se mit à rire, avant de redevenir sérieuse, grave même. « Ma mère n'y aurait vu aucun inconvénient du moment que ce n'est pas juste une aventure. »

Les yeux de Scott s'agrandirent. « Je croyais qu'on avait mis les choses au clair il y a quelques heures.

— Je sais très bien ce qu'on s'est dit, mais une nuit ensemble ne signifie pas que tu me dois quoi que ce soit, Scott.

— Et si moi je *veux* te devoir quelque chose. Je t'ai dit…

— Tu aurais pu être sous l'effet grisant du lait chaud. »

Scott retira l'oreiller de sous sa tête et fit mine de le lui lancer à la tête. « Tu vas arrêter de remettre ça sur le tapis. » Elle continua de rire. « Et si vraiment je veux te donner tout ce que j'ai à donner, Chyna ? Bien sûr, je dois te faire peur, en parlant de "tout te donner" comme si tu voulais quelque chose — quelque chose de moi en plus, alors que je ne suis pas vraiment au meilleur de ma forme. »

Chyna embrassa son cou. « Scott, cesse de babiller !

— Babiller ? » Il se dégagea, comme s'il se sentait offensé. « J'épanche mon cœur et tu dis que je babille ? »

Chyna sortit tant bien que mal du lit, rejetant en arrière son épaisse chevelure, et enjamba Michelle pour attraper sa robe de chambre. « Je ne voulais pas dire “babiller”. J’ai aimé chaque mot.

— Oui, j’ai bien vu.

— Mais je t’ai réveillé pour une raison précise. J’ai rêvé de Gage Ridgeway.

— Fantastique. Tu es au lit avec moi, et tu rêves de Gage Ridgeway.

— Il faut qu’on aille le voir, car le rêve avait un rapport avec Deirdre. » Chyna retira une paire de jeans de la commode et les enfila. « Tu as dit qu’il vivait près du cimetière. Il fréquentait Edie Larson, et elle a disparu. »

Scott jeta un coup d’œil en direction du réveil. « Chyna, il est sept heures trente. Tu veux aller voir Gage à sept heures trente ?

— Oui. » Elle batailla pour enfiler un pull à col roulé, se rendit compte qu’elle l’avait mis à l’envers et le fit tourner du bon côté. « Je peux y aller seule si tu as trop sommeil. »

Scott rejeta les couvertures. « Je ne vais pas te laisser aller chez Gage Ridgeway seule alors que, de toute évidence, tu penses qu’il a quelque chose à voir avec l’enlèvement de Deirdre. On devrait peut-être appeler la police.

— Et dire quoi ? Que j’ai rêvé de Gage ? Je ne crois pas.

— Qu’as-tu rêvé ? Est-ce que tu l’as vu retenir Deirdre prisonnière ?

— Non. J’ai vu Edie Larson. Elle était avec un homme, elle se disputait avec lui. Ensuite j’ai vu Nancy Tierney. Elle était allongée sur un lit, nue, et un homme était sur elle. Dans les deux scènes, je voyais nettement la fille mais l’homme était flou. J’ai insisté, je voulais à tout prix le voir et soudain je l'ai vu. Il était sur une échelle, il enlevait les feuilles et les débris d'une gouttière. Il chantait *Satisfaction*. Scott, c'est ce qui s'est passé le lendemain de mon arrivée ici. J'ai entendu chanter, j'ai regardé dehors, et Gage était en train de nettoyer les gouttières en chantant *Satisfaction*.

— Et qu'est-ce qu'on va faire ? » Scott attachait son jean et s'apprêtait à enfiler son pull. « L'arrêter, nous, simples citoyens ? Traîner Gage jusqu'au bureau du shérif où il crachera le morceau sans même demander un avocat ?

— On va essayer de le harceler un peu. Où sont mes bottes ? » Elle finit par les repérer dans un coin de la chambre, et ne remarqua pas l'expression railleuse de Scott. « J'ai l'impression que Gage ne sera plus chez lui, ni même dans les parages.

— Tu veux dire qu'il sait que Deirdre a été retrouvée. Elle est inconsciente mais il va s'envoler avant qu'elle se réveille et l'accuse ? »

Chyna fronça les sourcils. « Je ne suis pas sûre. Je ne sais pas ce qui se passe exactement. » Elle ferma les yeux et hocha la tête. « Tout ce que je sais, c'est qu'il faut que j'aille chez Gage, je ne peux pas faire autrement. »

CHAPITRE XIX

1

Le soleil brillait doucement sur le cimetière de Black Hills. À la lumière du jour, l'endroit paraissait triste mais non menaçant, avec ses pierres tombales et ses offrandes de fleurs pour les morts disposées avec soin sur un terrain bien entretenu. Cette nuit, son aspect était tellement différent, se dit Chyna : si vaste, d'un blanc spectral à cause de la lune, et si froid. Elle frissonna. Elle ne pourrait jamais oublier l'image du corps de Deirdre, mince et tout recroquevillé, au fond de la fosse ouverte.

« Je ne pourrai plus jamais regarder cet endroit comme avant, fit-elle.

— Tu devrais être fière de toi, riposta Scott. Sans toi, Deirdre serait restée là toute la nuit et elle serait peut-être morte de froid.

— Je l'ai senti lorsqu'elle s'est fait enlever, Scott. J'aurais dû être capable de la trouver dès ce moment-là, avant qu'elle passe une nuit Dieu seul sait où, prisonnière, n'arrivant à se libérer que pour errer aveugle, glacée, et finir par tomber dans cette fosse. » Elle frissonna. « Je me demande si elle est encore inconsciente.

— Je suppose qu'on le saura lorsqu'on aura terminé ce que tu veux faire concernant Gage. » Scott quitta la route principale et s'engagea dans une transversale qui menait à la ferme Ridgeway. « Tu ne m'as pas encore mis au courant de ta stratégie globale.

— Parce que je n'en ai pas. J'attends d'être frappée par une inspiration.

— Eh bien, essaie de faire en sorte qu'elle ne tarde pas trop, car nous sommes maintenant à moins d'un kilomètre de la maison de Gage.

— Ne me presse pas. Tu me rends nerveuse. »

Scott la regarda, moitié amusé, moitié stupéfait. « Je sais que tu penses que Gage a certainement enlevé Deirdre. L'idée que *nous* allons le capturer et le livrer à la police te rend nerveuse ?

— Je n'ai pas dit qu'il avait enlevé Deirdre.

— Non, tu ne l'as pas dit, mais j'ai présumé... » Chyna le regarda. « J'imagine qu'il vaut mieux ne rien présumer en ce qui te concerne.

— En ce qui concerne mon pouvoir ou tout ce qui touche la perception extrasensorielle, il vaut mieux que tu ne présumes rien. Même *moi*, je ne peux rien présumer, répondit Chyna, pensant à toutes les choses qu'elle lui avait dites pendant la nuit. En ce qui concerne mes sentiments... eh bien, là je me connais plutôt bien. Je pense exactement ce que je dis.

— Oh. » Elle entendit le soulagement, à peine voilé, dans sa voix. « Je suis heureux que tu saches où tu en es affectivement. » Il regarda droit devant lui. « J'ai entendu dire que Gage n'aime pas les visiteurs imprévus et qu'il garde un fusil de chasse près de la porte. Il ne va peut-être pas apprécier de nous voir débarquer avant huit heures du matin. Je crois vraiment qu'on devrait appeler la police.

— Étant donné que Gage était l'un des suspects lorsque Edie Larson a disparu, je suppose qu'ils sont allés chez Gage aussitôt que Deirdre a été retrouvée, dit Chyna.

— Alors il est peut-être déjà en garde à vue. »

Chyna hocha la tête. « Je ne pense pas. Et ne me demande pas comment je le sais, car je ne le sais pas.

— C'est trop compliqué pour moi. Je ne vais plus rien demander, fit Scott d'un ton résigné. Je vais juste obéir aux ordres comme un bon soldat. Je sais reconnaître quand je suis dépassé.

— Tu n'es pas dépassé.

— Oh si ! Totalement dépassé. C'est toi qui communiques avec les Autorités Constituées.

— Les Autorités Constituées. Je m'en souviendrai. Ça sonne beaucoup mieux que “le Monde des Esprits”. »

Scott ralentit tandis qu'il dépassait la grande étable rouge et se rapprochait de la maison à deux étages, blanche et imposante, aux volets verts. Elle semblait avoir été récemment repeinte et tout paraissait en parfait état, exactement comme Chyna s'y attendait de la part du propriétaire de Ridgeway Construction. La camionnette de Gage était garée devant la maison. Des moineaux et des cardinaux tournoyaient autour d'une mangeoire à oiseaux non loin du porche.

« Prête à partir à l'assaut ? demanda Scott, en garant la voiture.

— Je pensais qu'on pouvait d'abord simplement

frapper à la porte, dit Chyna. Si on partait à l'assaut, Gage pourrait sortir son fusil et tout ce que nous avons, c'est une lampe de poche.

— Tout à fait d'accord. » Scott éteignit le moteur. « Reste assise. Je vais t'ouvrir la portière et, cette fois encore, je vais passer le premier comme un vrai mâle qui protège sa femme. »

Sa femme. Chyna sentit un frisson la parcourir, mais essaya de ne pas montrer sa réaction de plaisir. Inutile de me conduire comme si j'avais seize ans, même si j'ai l'impression de les avoir. Et d'être heureuse. Et amoureuse.

Scott ouvrit la portière d'un grand geste de la main. D'un bond, elle sortit de la voiture. Il fit en sorte qu'elle reste derrière lui tandis qu'ils montaient les marches du perron. Scott frappa et ils attendirent, tous deux fixant la porte comme s'ils s'attendaient à ce qu'elle s'ouvre grande et laisse apparaître un homme au regard fou, un fusil à la main. Mais il n'y eut que le silence.

« Frappe encore, dit Chyna. Plus fort, mais pas au point de lui faire peur.

— Oui, madame. » Scott frappa. Ils attendirent de nouveau, lançant des coups d'œil à la véranda bien balayée, avec de vieux tonneaux qui l'été devaient servir de cache-pots et, dans un coin, un rocking-chair gris en bois, d'où Gage avait vue sur des acres de terrain non cultivé. « Encore une fois ? demanda Scott.

— Oui. Un peu plus fort. »

Les coups frappés à la porte. L'attente. Le silence. « Il n'est pas ici », fit Chyna, qui passa devant Scott et tourna la poignée de la porte. La porte s'ouvrit. « Il est parti sans sa camionnette et sans fermer à clé la porte de sa maison. »

Chyna ouvrit grande la porte et se glissa à l'intérieur. Scott essaya de la retenir. « On ne peut pas entrer, Chyna. C'est une propriété privée et nous ne sommes pas des représentants de la loi avec un mandat.

— Évidemment, nous ne sommes pas des représentants de la loi. Nous sommes des amis inquiets. Que des amis inquiets entrent et appellent, il n'y a rien de mal à ça, surtout si ces amis ont peur qu'il se soit produit quelque chose d'inquiétant.

— Quelque chose d'inquiétant ?

— Je te l'ai dit, Scott. J'ai rêvé de Gage et je me suis réveillée avec la sensation qu'il y avait quelque chose qui n'allait pas. Ça voulait peut-être dire qu'il était le responsable de l'enlèvement de Deirdre. Mais peut-être que ça voulait dire autre chose, qu'il était lui-même en danger par exemple.

— À cause de qui ?

— De quelqu'un qui pense qu'il a enlevé Deirdre, alors qu'il ne l'a pas fait. Ou à cause de la personne qui a enlevé Deirdre.

— Je croyais que tu pensais que la personne qui a enlevé Deirdre est la même que celle qui a enlevé Zoey, Edie et Heather.

— Oui, c'est ce que je pense. » Elle le regarda. « Ce que je ne t'ai jamais dit, c'est que je ne suis pas certaine qu'il s'agisse d'un homme. Oh, c'en est probablement un, mais personne n'a jamais vu ces filles se faire enlever. Pas même moi. J'ai senti Deirdre se faire saisir, chloroformer et entraîner, mais je n'ai pas vu qui a fait cela. » Scott la regardait, complètement ébahi. « Bon, d'accord, on peut parier que c'est un homme, mais ça ne veut pas dire qu'un autre homme ne doit rien craindre de lui, surtout s'il s'imagine qu'il est suspecté d'être le tueur de ces filles et le ravisseur de Deirdre.

— Je n'arrive pas à imaginer une femme… Chyna, pourquoi une femme enlèverait-elle ces filles ?

— La jalousie ? Elle choisit certaines filles qu'elle déteste. Je ne sais pas. » Elle plongea son regard dans celui de Scott. « Je ne fais qu'avancer une théorie qui m'a traversé l'esprit il y a quelques jours, alors que je regardais une photo de Zoey et moi prise au barbecue du 4 Juillet, la veille de sa disparition. Il n'y avait pas que des hommes à cette fête. Je crois qu'Irma Vogel était là.

— Tu penses que c'est *Irma* qui a kidnappé ces filles ?

— Tu as dit toi-même qu'elle était jalouse des jolies filles. Elle est plutôt forte, pour le dire poliment. On a vu, sur ma pelouse, qu'elle est d'un tempérament plutôt désagréable. En fait, il se peut qu'elle soit folle. » Chyna haussa les épaules. « Je ne sais pas, Scott, dit-elle avec impatience. Je n'ai pas de connaissance surnaturelle sur ce sujet particulier. C'est simplement une suggestion. » Scott la regardait toujours fixement, et elle s'avança de nouveau dans l'entrée et cria : « Gage ! »

Au bout de trente secondes, Scott lui demanda : « Tu ne t'attendais pas vraiment à ce qu'il réponde, n'est-ce pas ?

— Tu lis dans mon esprit ?

— Non. C'est simplement que tu ne t'es pas comportée comme si tu le croyais ici.

— J'espérais qu'il le ferait. » Chyna s'interrompit. « Il est peut-être ici mais blessé. Il faut entrer.

— Non, Chyna. Ce serait une effraction.

— Mais on ne va rien casser, ni fenêtre ni serrure. » Scott fronça les sourcils. « Bon, moi j'y vais, annonça Chyna. Tu peux attendre dans la véranda si tu veux.

— Et me conduire comme une gamine effrayée ? lui dit Scott d'un ton de reproche. J'y vais aussi. Et je passe devant.

— Je ne sais pas pourquoi tu insistes toujours pour passer devant. Tu n'es pas armé, toi non plus.

— Ma mère m'a appris que lorsqu'un gentleman est avec une dame, il marche toujours sur le bord du trottoir, au cas où une voiture éclabousserait en passant, et il ouvre toujours la marche dans les situations dangereuses.

— Je ne savais pas que ta mère possédait tant de sagesse », fit Chyna d'un ton léger, bien qu'elle dût admettre qu'elle se sentait un peu nerveuse de pénétrer dans la maison de Gage Ridgeway. Elle n'avait pas confiance en lui. En même temps, elle ne pouvait se débarrasser de l'impression qu'il fallait absolument qu'elle le trouve — pour quelle raison, elle l'ignorait. « Gage ? cria-t-elle à nouveau. C'est Chyna Greer. Et Scott Kendrick. Tu es réveillé ? »

Tous deux restèrent parfaitement immobiles dans la maison silencieuse. Puis Chyna jeta un coup d'œil autour d'elle. Les meubles étaient vieux, la maison pas vraiment sale, mais pas vraiment nette et propre non plus. Côté est, le soleil brillait à travers une fenêtre, et elle vit des particules de poussière flotter dans l'air. Elle remarqua aussi que les murs étaient nus. De toute évidence, Gage ne s'intéressait pas à la décoration intérieure.

« Je monte, chuchota-t-elle, bien qu'ils soient apparemment seuls.

— Je ne crois pas qu'il soit là-haut. Il n'a pas répondu.

— Peut-être qu'il ne *peut pas* répondre. Viens, Scott, ça ne prendra qu'une minute. Ensuite on partira d'ici. »

Avec un soupir, Scott commença à monter un escalier de bois qui, lui, aurait eu besoin d'être retapé. Ils avancèrent le long d'un couloir, s'arrêtant pour regarder trois chambres, chacune avec un lit fait et une couche de poussière sur les commodes. Puis ils arrivèrent à la quatrième chambre. Celle de Gage, comprit immédiatement Chyna. C'était la plus grande, et la plus en désordre. Sur la commode, il y avait des clés, des ceintures, des boîtes pour fixe-cravates et des boutons de manchettes que Gage ne portait jamais, Chyna en était certaine, des magazines, des lacets de chaussures, et une paire de lunettes sales.

Un portefeuille se trouvait tout près du bord de la commode, à moins de trois mètres de Chyna, avec quelques billets posés négligemment sur le dessus. Elle vit tout de suite que deux étaient des billets de cinquante dollars. Regardant autour d'elle dans la pièce, elle remarqua aussi, sur une table près de la fenêtre, une radio de la police. Le lit n'était pas fait. En fait, la literie était toute froissée, et le drap de dessus et le couvre-lit pendaient à l'un des coins du lit. Par terre, il y avait une lampe dont le pied était cassé, et du verre brisé. Chyna marcha sur la pointe des pieds dans cette direction.

« Chyna, dit Scott d'un ton ferme, ça pourrait être une scène de crime, il me semble.

— Je ne vais rien déranger. Je veux juste voir s'il y a du sang.

— Ne t…

— Je ne vais rien toucher ! Moi aussi je regarde la télé, tu sais. Je sais comment ne pas contaminer les preuves. » Elle resta trente centimètres en arrière de la lampe et du verre et les examina attentivement. Puis elle recula, remettant les pieds aux mêmes endroits exactement que lorsqu'elle s'était approchée des objets brisés. « Pas de sang, d'après ce que je peux voir. »

Scott regarda fixement le lit, la lampe, le verre. Finalement il dit : « Penses-tu qu'après qu'on a découvert Deirdre si près de chez lui, quelqu'un se soit mis dans la tête qu'il l'avait enlevée, et soit venu ici en l'emmenant de force ?

— Pour le tuer ? »

Scott acquiesça.

« Qui serait assez furieux pour faire quelque chose comme ça, à part peut-être le père de Deirdre ?

— Le père d'une des autres disparues, présumant que si Gage a enlevé Deirdre, il a aussi enlevé Heather ou Edie ?

— Peut-être, dit Chyna à contrecœur, mais je crois que la famille d'Heather Phelps a déménagé loin d'ici. Et imagines-tu un Ron Larson assez affligé pour vouloir se venger de Gage ? Il était probablement déjà saoul au moment où la nouvelle a été diffusée la première fois, même à la radio de la police. » Elle s'interrompit. « Je vais toucher la literie.

— Chyna, *non* ! »

Elle ignora Scott et de nouveau traversa la pièce sur la pointe des pieds, faisant attention comme tout à l'heure, et elle tendit la main pour toucher le drap. « Je vais juste toucher avec mes jointures, comme ça je ne laisserai aucune empreinte. Évidemment, je ne veux pas non plus brouiller les empreintes…

— Chyna, tu passes ton temps à regarder les séries policières ? lui demanda Scott.

— Je les regarde seulement quand je suis de garde à l'hôpital », répondit-elle d'un air absent tout en passant ses jointures sur le drap de mauvaise qualité. Puis elle les déplaça légèrement vers la droite, un peu plus haut, juste en face de…

La vision de Chyna se troubla, s'obscurcit, puis se fit nette à nouveau. Elle vit Gage se contorsionner sous les couvertures, le visage rouge, couvert de sueur. Lentement, sa respiration reprit un rythme normal et il baissa la tête, regardant le visage d'une jeune fille aux yeux verts et aux cheveux d'un blond cendré et brillant.

Bien qu'elle ne l'ait vue que dans la mort, Chyna reconnut aussitôt la jeune fille — Nancy Tierney.

« Oh ! » Chyna retira sa main comme si elle s'était brûlée. « Mon Dieu !

— Qu'y a-t-il ? cria Scott.

— C'était Gage, et il faisait l'amour avec Nancy Tierney.

— Nancy Tierney ! Gage était au lit avec Nancy Tierney ?

— Oui. Pas la nuit dernière bien sûr, elle est morte depuis plusieurs jours. Pourtant…

— Gage sortait avec Nancy Tierney, fit Scott d'une voix éteinte. Je n'arrive pas à le croire. Gage, et *elle* ?

— Scott, tu ne vis plus à Black Willow, et tu ne connais pratiquement plus Gage. Pourquoi es-tu si étonné qu'il sorte avec Nancy ?Tu m'as dit que tu ne la connaissais pas du tout. »

Scott la regarda, l'air abasourdi, puis cligna des yeux plusieurs fois. « Je suis étonné à cause de son âge. Gage a quoi ? Trente-deux ans, comme ton frère ? Nancy était juste une adolescente.

— Ce n'était pas à ça que tu pensais. » Chyna le regarda attentivement. « Tu sais que Gage aime les filles beaucoup plus jeunes que lui. Edie n'avait que seize ans lorsqu'elle sortait avec lui, et il avait presque vingt ans, à un ou deux mois près. Alors, pourquoi es-tu tellement surpris que Gage soit avec Nancy ?

— Seize et vingt ans, ce n'est pas la même chose que dix-sept et la trentaine », répondit Scott de manière évasive. Chyna eut l'impression qu'il cherchait tant bien que mal une réponse à sa question, sans lui dire toute la vérité. « Euh… est-ce que Nancy donnait l'impression de se faire violer ?

— Pas du tout », répondit Chyna avec assurance. Elle fixa Scott, et l'impression qu'il n'était pas complètement sincère lui donna envie de s'éloigner de lui. Il semblait conscient de sa méfiance, mais soutint son regard avec détermination, presque comme s'il la mettait au défi de lui poser une nouvelle question. « Nancy ne paraissait pas lutter pour se libérer de Gage, déclara Chyna, mais je peux recommencer puisque tu sembles avoir un doute.

— Eh bien, vas-y », fit Scott, d'un ton très légèrement acerbe.

Chyna de nouveau toucha la couverture avec ses jointures. Elle s'attendait à revoir Gage faire l'amour à Nancy. Au lieu de cela, elle le vit endormi dans la chambre complètement noire. Quelqu'un frappa à la porte en bas et Gage se réveilla en sursaut. De nouveaux coups frappés en bas. Gage voulut se lever, tomba à moitié du lit. Et puis… plus rien. Chyna ferma les yeux et se concentra, mais elle savait que la vision était terminée. Aussi décevant soit-il, il n'y avait plus rien à attendre.

« Alors ? demanda Scott.

— Je l'ai simplement vu en train de dormir. Et j'ai entendu des coups à la porte.

— C'est tout ?

— C'est tout. Désolée. » Soudain, une horrible hypothèse traversa l'esprit de Chyna. Dans sa vision, les rideaux de Gage étaient partiellement ouverts, montrant le ciel nocturne. Quelqu'un était venu chez Gage dans la nuit. La nuit dernière ? La nuit dernière, Chyna dormait tranquillement, et seule, pendant que Scott était soi-disant dans la cuisine, en train de boire un lait chaud ? Mais pourquoi Scott aurait-il…

« Eh bien ? » Chyna sursauta. Scott la regardait fixement. « Sais-tu qui était à la porte ?

— Non, fit-elle avec emphase. Je ne vois pas qui était là.

— C'était sûrement les flics, Chyna. La nuit dernière tu as dit qu'ils ont dû aller le trouver immédiatement.

— Oui, oui. Les coups à la porte ont dû se passer juste après que Deirdre a été retrouvée. Ned m'a dit que les flics ont harcelé Gage après la disparition d'Edie. Il fallait qu'ils le surveillent de près, cette fois aussi.

— Surtout si quelqu'un savait qu'il fréquentait Nancy. » Scott hocha la tête. « Mon Dieu, Edie et Nancy. L'une bel et bien morte, l'autre disparue depuis des années. Je n'aimerais pas être à la place de Gage en ce moment.

— Moi non plus, s'il savait que Deirdre a été retrouvée. Mais il était endormi.

— Tu ne sais pas si cette vision correspond à la nuit dernière », fit remarquer Scott.

C'était bien le cas, se dit-elle, se souvenant qu'elle avait entendu également des voix dans la radio de Gage, annonçant que Deirdre Mayhew avait été retrouvée et demandant que les secours soient envoyés au cimetière. Mais elle ne voulait pas que Scott sache tout cela. Pourquoi ? Parce qu'il avait quitté leur lit au milieu de la nuit ?

Chyna serra les bras autour d'elle comme pour se réconforter, jeta un coup d'œil en direction du lit et dit : « Je veux regarder dehors.

— Bon. Si jamais on est surpris ici…

— Je sais. Vingt ans de travaux forcés dans une prison hautement surveillée.

— Tu prends tout ça un peu trop légèrement, Chyna. N'oublie pas que certaines personnes dans cette ville sont loin de t'apprécier. » Elle le regarda, piquée au vif. « Je ne veux pas être cruel, mais tu dois faire attention. N'oublie pas les gens attroupés devant ta maison hier. Je ne crois pas qu'ils fassent partie de ton fan-club. »

Chyna continua à le regarder, autant blessée que surprise, puis détourna les yeux et acquiesça. « Tu as raison. Un grand nombre de personnes dans cette ville pensent que je suis une dingue. Et que j'ai quelque chose à voir avec la disparition de ces filles. C'est tellement absurde que j'oublie parfois que l'opinion publique peut apporter un tas d'ennuis.

— Alors sortons d'ici », fit Scott.

Mais alors qu'ils se dirigeaient vers la voiture, Chyna s'arrêta. Elle venait d'apercevoir un petit bâtiment en tôle. « Je me demande ce qu'il y a à l'intérieur.

— Je ne sais pas. Je m'en fiche. Tout cela concerne la police maintenant. »

Chyna ne parut pas l'entendre. Elle s'approcha et ouvrit l'une des doubles portes. « Encore une porte non fermée. Gage doit être de nature confiante.

— Chyna, nous n'allons pas entrer là-dedans », fit Scott avec vigueur, tandis que Chyna ouvrait plus grande la porte, laissant la lumière du soleil pénétrer dans le petit entrepôt. Elle entra, et Scott soupira, en marmonnant « Oh, bon sang ! » avant de la suivre.

Lorsqu'il atteignit la porte, il vit Chyna qui se tenait, immobile, tout près de l'entrée, sur un sol en ciment parfaitement propre. Eh bien, pas besoin de s'inquiéter pour les traces de pas, se dit-il, sauf s'ils avaient réussi à mettre de la boue sur leurs chaussures. Mais cela faisait des jours qu'il n'avait pas plu, la terre était sèche.

Après avoir regardé Chyna deux bonnes minutes, il ne put le supporter plus longtemps. « Tu ressens quelque chose ? » demanda-t-il d'une voix tonitruante, surpris par le volume de sa propre voix.

Chyna sursauta et se tourna vers lui. « Pour l'amour de Dieu, Scott. Je suis juste là. Tu n'as pas besoin de crier.

— Désolé. » Il regarda autour de lui. Un tracteur,

une tondeuse à gazon et une moto. Scótt ne put s'empêcher de s'approcher de la moto et de soulever la bâche qui la recouvrait. Une Electra Glide bleue. De vingt ans peut-être, se dit-il, le rêve absolu ! Pendant des années il en avait voulu une, et pourtant il avait toujours trouvé une excuse pour ne pas l'acheter. Ce qui n'était pas le cas de Gage. Scott fit un effort pour ne pas balancer sa jambe par-dessus le siège et…

« Tu as trouvé le véritable amour ? demanda Chyna, juste derrière lui. Si tu voyais l'air extasié sur ton visage !

— Extasié ? C'est ridicule, fit Scott d'un ton cassant, le rouge lui montant aux joues. C'est vraiment un très beau modèle, un classique, parfaitement entretenu. J'admirais simplement à quel point Gage s'en est bien occupé.

— Hum, hum, fit Chyna, un petit sourire suffisant aux lèvres. Scott, c'est seulement de temps en temps que je peux lire dans les esprits, mais sur un visage j'y arrive toujours. Tu étais en train de t'imaginer dévalant la route, cheveux aux vents, une fille derrière toi, s'agrippant à ta taille. »

Il sourit d'un air penaud. « Bon, tu as peut-être raison. Mais la fille, c'était toi. »

Chyna inclina la tête, fronça les sourcils, et lui fit un clin d'œil : « La fille, c'était donc moi. Alors ça va.

— Dieu merci, fit-il en soupirant de soulagement, remettant la bâche en place. Tu as vu tout ce que tu voulais voir ?

— Je crois. » Elle s'approcha d'une couverture d'un blanc sale, qui traînait par terre non loin d'un mur. Des restes de toiles d'araignée étaient collés sur un des coins, avec des gravillons. Elle se baissa et, évitant les gravillons, posa ses jointures sur la couverture.

Une fille. Qui a si froid. Et peur. Ses cheveux auburn répandus autour de son visage très pâle. La couverture sale est remontée sur ses mollets, découvrant des pieds nus et l'adhésif autour de ses chevilles, des chevilles qu'elle tord désespérément, essayant de défaire le lien. Vite, vite, pense la fille. Vite, pendant que j'ai encore le temps... Puis l'une des portes s'ouvre.

Chyna, le souffle coupé, retira sa main de la couverture. « C'était Deirdre, dit-elle d'une voix presque tremblante. Deirdre était enveloppée dans cette couverture, attendant que quelqu'un vienne et la tue. »

2

Scott et Chyna allaient entrer dans leur voiture lorsqu'ils virent un véhicule approcher, avec deux policiers à l'intérieur. « Oh non ! Je le savais ! grogna Scott.

— Ne prends pas l'air si coupable. On n'a rien fait de mal.

— Sinon fouiller une maison qui ne nous appartient pas. »

Le policier qui était au volant donna un petit coup sur la vitre du côté de Scott. Scott l'abaissa, et fit un sourire tendu, qui manquait absolument de naturel. « Oui, monsieur ? » demanda-t-il d'une voix dynamique qui donna à Chyna l'envie de rentrer sous terre. Il n'aurait pas pu faire mieux pour avoir l'air coupable.

« Que faites-vous donc ici ? demanda le policier.

— On a juste fait un saut pour voir Gage Ridgeway », répondit Scott. Chyna retint sa respiration. Au moins la voix de Scott était-elle redevenue normale. « Il y a un problème ?

— Vous faites toujours vos visites à huit heures du matin ?

— Il est si tôt que ça ? » Scott leva le bras et regarda sa montre. Chyna remarqua, sur le côté de sa main gauche, une nouvelle éraflure qui disparaissait sous la manche de son pull. La croûte venait tout juste de se former. L'esprit de commandement de Scott sembla lui revenir : « Il est huit heures et demie, monsieur, mais je ne vois pas en quoi cela peut importer. Nous avons du travail pour Gage et nous pensions pouvoir le trouver chez lui, de bonne heure. » Le policier continuait de les regarder fixement. « Monsieur, attendez-vous quelque chose de particulier de notre part, ou sommes-nous libres de partir ?

— Je veux savoir si Gage Ridgeway est dans cette maison.

— Non, il n'y est pas, répondit Scott. Nous avons frappé trois fois à la porte.

— Êtes-vous entrés ? »

Les empreintes digitales, pensa aussitôt Chyna. Elle ne portait pas de gants.

« J'ai tourné la poignée. La porte n'était pas fermée à clé alors j'ai passé la tête à l'intérieur et j'ai appelé Gage. Pas de réponse. J'ai aussi ouvert la porte de ce bâtiment en tôle, là-bas. C'est l'endroit où il garde sa moto. Je vouloir voir s'il n'était pas parti se promener avec, ce matin. » Chyna espérait qu'elle n'allait pas se mettre à rougir et révéler ainsi qu'elle mentait. Il y a quelques minutes, elle ignorait encore que Gage possédait toujours sa moto. « La moto était bien là.

— Alors où pensez-vous qu'il soit ?

— Aucune idée. » Scott mit le contact. « Désolé de ne pouvoir vous aider, mais nous devons vraiment rentrer », dit-il d'un ton presque brusque.

Et il n'attendit pas la réponse. Il démarra, passa devant le policier, et prit la direction de la route principale. « On a fait une grosse erreur en entrant chez Gage sans sa permission ou celle de la police, finit-il par dire.

— Si la maison ou le hangar en tôle avaient été une scène de crime, ils auraient été protégés. Je crois que la police voulait juste interroger Gage.

— Ou l'arrêter.

— Avec quelles preuves ? Sa maison n'a pas été fouillée.

— Sauf par nous. »

Chyna eut un sourire moqueur. « Je n'appellerais pas jeter un petit coup d'œil une fouille, et nous n'avons certainement pas détruit de preuve.

— Tu crois ça ! Et la couverture dans la remise ? Tu as dit que Deirdre avait été enveloppée dedans. Elle n'était pas une petite amie de Gage comme Nancy. Tu as dit que tu as senti sa peur. Elle a été retenue dans la remise, Chyna. Gage l'a enlevée et l'a retenue prisonnière là. D'une manière ou d'une autre elle a réussi à se libérer et à aller jusqu'au cimetière. Gage ne le savait pas. J'ai vu la radio dans sa chambre. Il devait l'avoir allumée, il a entendu que Deirdre avait été retrouvée et il s'est enfui. C'est évident. »

Chyna réfléchit un instant. « Ça ne me semble pas évident du tout, Scott. Dans ma vision, Gage était endormi. Il a été réveillé par quelqu'un qui frappait à sa porte. » Elle s'interrompit. « Mais si tu as raison et qu'il s'est enfui, pourquoi n'y a-t-il aucune trace de départ précipité ? Son portefeuille est sur la commode. Il aurait eu besoin d'argent. Sa camionnette est là.

— Il n'aurait pas pris son portefeuille avec tous les papiers permettant de l'identifier à l'intérieur, Chyna. Et il serait encore moins parti avec un véhicule portant l'inscription Ridgeway Construction sur le côté. »

Sur ce point-là, Chyna devait donner raison à Scott mais, pourtant, les choses ne collaient pas. Elle avait vu deux billets de cinquante dollars dans le portefeuille de Gage. Il aurait eu besoin d'argent liquide. Bien sûr, il n'aurait pas pris la camionnette, mais la moto ? Chyna réfléchit. Qu'il ait ou non enlevé Deirdre, ce n'était pas après qu'elle avait été retrouvée que Gage s'était enfui. Sa disparition avait été provoquée par autre chose — quelque chose qui s'était sûrement très mal terminé.

CHAPITRE XX

1

Lorsqu'ils arrivèrent à la villa des Greer, les deux portes du garage étaient levées et Chyna vit une voiture rangée à côté de la sienne. « Je n'ai pas fait attention tout à l'heure, dit-elle. Lorsque nous sommes partis ce matin, est-ce que la voiture de Rex était ici ? »

Scott hocha la tête. « Les portes du garage étaient baissées et ma voiture était dans l'allée. Je n'ai pas fait attention non plus. De toute manière, je suis sûr qu'il n'est pas resté dehors toute la nuit.

— Moi je n'en suis pas si sûre, fit Chyna d'un ton enragé. Dieu m'est témoin, s'il a passé la nuit avec une femme quelconque en me laissant toute seule ici… »

Scott eut l'air inquiet. « Attends avant de piquer une crise, Chyna. Tu as dit qu'il allait chez Owen Burtram pour essayer d'éviter qu'il s'en prenne à Rusty. Il est peut-être arrivé quelque chose… »

Chyna essaya d'ouvrir avec sa clé, se sentant brusquement nerveuse, plus effrayée que lorsqu'elle avait pénétré dans la maison de Gage. Elle se précipita à l'intérieur. « Rex, cria-t-elle, Rex, tu es là ?

— Dans la cuisine », répondit Rex d'une drôle de voix. D'une voix faible et… elle ne voulait pas penser à toutes les éventualités. Elle saisit la main de Scott et le tira derrière elle en courant vers la cuisine.

Lorsqu'elle atteignit le seuil, elle s'arrêta si brusquement que Scott lui rentra dedans, et recula d'un pas. « Désolé », fit-il, mais elle ne l'entendit pas. Elle s'était en fait attendue à voir Rex étendu par terre, victime d'une crise cardiaque exactement comme sa mère.

Au lieu de cela, Rex était assis à table, un mug de café et le journal du matin devant lui. Il portait une vieille robe de chambre en flanelle sur un pyjama. Rex avait souvent dormi à la maison, mais Chyna ne l'avait encore jamais vu en vêtements de nuit. Il descendait toujours rasé de frais, ses cheveux soigneusement coiffés, vêtu d'une chemise ou d'un pull, d'un jean de couturier ou d'un kaki. Ce matin, il n'était pas rasé, il avait la peau grise. Il leva les yeux et Chyna vit qu'ils étaient creux et cernés. Il ne fit pas même un signe de tête pour leur dire bonjour. Il tendit simplement le journal en disant : « Rusty Burtram est mort.

— Mort », répéta Chyna d'un air absent. Puis le sens des mots de Rex l'atteignit. « Mort ! Comment ? Oh, mon Dieu, pas Owen ?

— Je ne sais pas. » Le ton habituellement plein d'allant de Rex était plat. « Lis les détails toi-même, bien qu'ils ne disent pas grand-chose. »

Chyna arracha le journal des mains de Rex. Il avait raison. Tout ce qu'elle apprit, c'était que Rusty était tombé à travers une porte vitrée coulissante, chez lui, et qu'il était mort d'une perte massive de sang causée par les lacérations. L'heure de la mort n'était pas précisée, bien que les propos d'une voisine soient cités, où elle prétendait avoir entendu un « grand bruit de verre brisé » chez Rusty aux alentours de neuf heures.

Chyna regarda Rex. « Combien de temps es-tu resté avec Owen ?

— Vingt minutes, exactement, fit Rex d'un ton apathique. Il a reçu un appel et m'a dit qu'il devait se rendre aux pompes funèbres. Je lui ai dit que j'attendrais son retour, mais il a répondu qu'il en aurait pour un bon moment. Il voulait de toute évidence se débarrasser de moi. Je suis alors passé chez Ned, mais lui aussi devait sortir, et je me rendais compte que Bev avait hâte de mettre les enfants au lit, alors là aussi je suis parti. »

Chyna dit d'un ton cassant : « Tu t'es imaginé que Rusty ne craignait plus rien et tu es allé faire l'une de tes mystérieuses balades.

— Non, pas du tout. » Pour la première fois, la voix de Rex sembla normale. « Après être parti de chez Ned, je me suis garé devant la maison de Rusty, dans la rue. Je me suis dit que j'allais surveiller un peu les lieux. Je me sentais ridicule, mais je n'arrivais pas à oublier l'expression d'Owen, qu'il avait encore une fois chez lui. J'avais peur, Chyna, et je n'ai pas facilement peur. Quoi qu'il en soit, après être resté devant chez Rusty plus d'une heure, une femme s'est mise à me regarder par sa fenêtre. Puis elle est sortie et m'a lancé un regard menaçant depuis son perron. Plusieurs fois de suite. Je pense que c'était la femme citée dans le journal comme ayant entendu “le grand bruit de verre cassé" chez Rusty. Je voyais qu'elle me soupçonnait de quelque chose — sûrement de surveiller sa maison en prévision d'un vol — et qu'elle allait appeler les flics.

» Alors je suis parti. J'ai roulé pendant une vingtaine de minutes environ, avec la ferme intention de revenir plus tard. Mais le moteur de ma voiture s'est mis à perdre de la puissance. J'avais à peine tourné l'angle de la rue que je suis tombé en panne. Comme j'avais changé la batterie il y a quelques mois à peine, je me suis dit que ça devait être un problème d'alternateur. Il fallait attendre le matin pour être dépanné, c'était trop tard aussi pour un taxi, alors j'ai marché et je suis allé chez Harlon Watkin. Je l'ai réveillé, sa femme aussi, mais ils ont été tout à fait charmants. Ils m'ont fait du café, et elle m'a prêté sa voiture.

» Je suis donc reparti et j'ai roulé jusqu'à la maison d'Owen. Sa voiture était garée dans l'allée. Alors je suis allé chez Rusty. Tout semblait calme, là aussi. » Rex fit une grimace. « Pas étonnant. Toute l'animation avait eu lieu des heures plus tôt. Rusty était déjà mort, l'ambulance et la police déjà passées. La maison était plongée dans l'obscurité. La scène du crime — près des portes vitrées coulissantes — devait être à l'arrière, et je n'ai donc rien vu. Je me suis traîné jusqu'ici, pensant que tout allait bien. Puis le journal du matin est arrivé et j'ai lu le gros titre. » Rex sourit d'un air triste. « Quel héros je suis. » Il regarda Chyna. « Ce n'est pas comme toi. J'ai vu l'autre grand titre. Tu as sauvé Deirdre. »

Chyna parcourut l'article des yeux, puis demanda : « Oncle Rex, mon nom n'est pas mentionné. Qu'est-ce qui te fait penser que c'est *moi* qui l'ai retrouvée ? »

Il lui sourit. « Juste une impression, Chyna. Dès que j'ai lu l'article, j'ai su que c'était forcément toi. Et si j'avais eu le moindre doute… Quelqu'un a téléphoné ici juste avant que tu arrives. Une femme. Elle a dit quelque chose du genre : "Un grand miracle. Qui pense-t-elle donc duper ? Chyna a retrouvé Deirdre parce que *Chyna* l'a enlevée !"

— Quelqu'un pense que c'est moi qui ai enlevé Deirdre ? s'exclama Chyna.

— Ça te surprend, après ce qui s'est passé sur la pelouse l'autre jour ? demanda Rex d'un ton sec. Je suis pratiquement certain que cette femme au téléphone, c'était cette horrible créature, cette Vogel, mais ce n'est pas ta seule ennemie dans les parages, Chyna. Tu dois être très prudente, mon petit.

— Je le serai, marmonna Chyna, qui ne put se retenir d'ajouter : J'imagine que tu n'as pas tout perdu dans l'affaire et que tu en as profité pour rejoindre en douce Irma Vogel, Mme Rex Greer numéro cinq. »

Rex s'étrangla avec son café et finit par éclater de rire, ce bon vieux rire irrépressible qu'elle connaissait si bien. Malgré la tristesse et le malaise provoqués par la mort de Rusty, Chyna fut soulagée de voir que son oncle était redevenu lui-même. Il eut pourtant subitement l'air vieux, hagard. « Je préférerais me passer de femme plutôt que de toucher celle-ci ! Allons, Chyna, accorde-moi un peu de goût, s'il te plaît.

— Je vais appeler le portable de Ben pour voir comment va Deirdre, interrompit Scott. Elle a peut-être repris conscience maintenant. »

Scott se rendit dans la pièce voisine et, bientôt, Chyna l'entendit parler doucement. Elle regarda Rex, dont le rire provoqué par la pensée d'Irma avait disparu. « Crois-tu que pendant que tu te retrouvais sans voiture, Owen s'est rendu là-bas et a *tué* Rusty ? »

Rex ferma les yeux, pencha la tête, totalement abattu. « Je ne me pardonnerai jamais ce qui s'est passé. Je savais que ça se passerait mal. C'est comme dans cette chanson que tu aimes tant, de Phil Collins, *In the Air Tonight*. Eh bien, j'ai senti les ennuis dans l'air la nuit dernière. De sérieux ennuis. J'ai essayé d'y mettre fin, mais… eh bien, créer des ennuis, plutôt que les empêcher, ça a toujours été ma spécialité. »

Chyna tendit le bras au-dessus de la table de cuisine et posa la main sur celle de Rex. « Oncle Rex, tu as essayé. Tu as surveillé Owen, tu as surveillé Rusty. Si ta voiture est tombée en panne et t'a empêché de garder l'œil sur Rusty, ce n'est pas de ta faute. » Elle s'interrompit. « Tu aurais pu me téléphoner. Je me serais chargée de la surveillance.

— En fait, j'ai essayé, Chyna. Mais tu n'étais pas à la maison et je ne connais pas le numéro de ton portable. » Chyna sentit le sang se retirer de son visage et le remords l'envahit. « Ne le prends pas comme ça, fit Rex. Nous ne savons rien, sinon que Rusty est tombé à travers ces portes vitrées. Il était peut-être tellement effrayé qu'il a avalé des comprimés ou bien il s'est saoulé, ou même les deux, et il est simplement tombé, sans l'aide de personne. De plus, cette nuit, si tu étais dehors, c'était pour sauver une autre vie. Sans toi, Deirdre Mayhew serait probablement morte. » Une larme glissa sur la joue de Chyna, à la pensée de l'expression désespérée de Rusty la veille, et de la peur aveugle dans ses yeux, en découvrant son père à la porte. « Chyna ? » Elle regarda son oncle. « Même toi, aussi extraordinaire sois-tu, tu ne peux sauver tout le monde, mon petit. »

Lorsque Scott revint dans la cuisine, Chyna le regarda, pleine d'espoir. « Deirdre s'est réveillée ? »

Scott hocha la tête. « Ben essaie d'avoir l'air optimiste, mais je sens bien qu'il est très inquiet. Les médecins affirment qu'elle n'a pas de lésions cérébrales, mais il en a pourtant peur.

— Ce n'est pas possible que Deirdre soit revenue de si loin pour repartir dans l'inconscience perpétuelle, fit Chyna, même si, en tant que médecin, je sais que c'est possible.

— Je crois que je vais aller faire un saut à l'hôpital pour voir Ben », dit Scott.

Chyna se leva. « Je viens avec toi. »

Scott parut ennuyé, comme s'il se demandait comment dire gentiment quelque chose de désagréable. Il finit par regarder Chyna dans les yeux en lui disant : « Ce n'est pas une bonne idée de m'accompagner. Des tas de gens seront là. Tu connais la rumeur en cours à Black Willow — avant même que le journal soit sorti ce matin tout le monde savait non seulement que Deirdre avait été retrouvée, mais aussi par toi. Le problème, c'est que… eh bien, quelque imbécile semble avoir lancé l'idée que Deirdre a été retrouvée par toi parce que c'est toi qui l'as enlevée. »

Chyna le regarda, le visage dur. Puis elle dit d'une voix égale : « Réponds-moi sincèrement. Est-ce que Ben croit cela ?

— Mon Dieu, non, la rassura Scott. Il est tellement reconnaissant que tu seras sûrement noyée sous les pâtisseries gratuites pour le restant de tes jours. Mais il y a d'autres personnes qui… »

La gorge nouée, Chyna fit un petit signe de tête. « Cette attitude n'est pas vraiment une nouveauté pour moi, Scott. Des tas de gens pensaient que j'avais quelque chose à voir avec la disparition de Zoey. Et après l'attroupement ici, dimanche matin, je pourrais difficilement ignorer que la tension monte à nouveau contre moi. »

Scott eut l'air démoralisé. « Les gens qui pensent ça sont des idiots, Chyna. Tu ne dois pas te laisser démonter.

— Je ne me laisserai pas démonter. Bon, ça va forcément m'ennuyer un peu. Je ne peux pas faire autrement. Mais je survivrai. Ce n'est pas la peine de faire cette tête-là, comme si c'était la fin du monde. »

Il sourit. « D'accord. Je vais aller à l'hôpital voir Ben un moment. Et je lui dirai que tu serais venue si tu l'avais pu. J'ai un rendez-vous avec mon orthopédiste à Huntington cet après-midi. Il veut encore me faire passer une radio. J'en ai déjà tellement fait que je devrais me mettre à rayonner. Quoi qu'il en soit, pourquoi ne pas aller dîner, toi et moi, dans un endroit tranquille à mon retour ?

— Ce serait bien, répondit Chyna.

— Super. Je viens te chercher vers sept heures, ça ira ?

— Je serai prête. »

Elle resta un moment à la porte, souriant et faisant un signe de la main tandis que Scott démarrait. Dès qu'il fut hors de vue, son sourire disparut. Elle n'avait pas voulu qu'il comprenne à quel point cela l'ennuyait de savoir que tant de gens en ville la croyaient capable d'avoir fait du mal à Deirdre, ou à toute autre jeune fille.

Elle ne voulait pas non plus qu'il sache qu'elle n'arrêtait pas de penser à Rusty Burtram et Gage Ridgeway. L'un semblait avoir fait une chute mortelle, l'autre paraissait s'être enfui lorsque la fille qu'il avait kidnappée s'était retrouvée libre.

Néanmoins, Chyna ne pouvait se débarrasser de l'impression qu'aucun de ces scénarios ne racontait la véritable histoire.

2

Rex resta assis dans la cuisine, buvant café après café, si bien que Chyna dut en refaire. Elle s'en servit une tasse et vint s'asseoir à côté de lui. « Ça ne te ressemble pas de rester en pyjama toute la matinée en buvant du café. Qu'y a-t-il ?

— Je crois que mon âge m'a finalement rattrapé, répondit Rex avec une triste imitation de son sourire insouciant.

— En vingt-quatre heures ? Car, hier, tu n'étais pas comme ça.

— Peut-être que je me suis accroché trop longtemps à la jeunesse, ou à l'illusion de la jeunesse. Et dans ces cas-là, eh bien, souvent elle disparaît juste comme ça. » Il claqua des doigts si brusquement que Chyna sursauta.

« J'aurais eu tendance à penser qu'une disparition aussi soudaine serait provoquée par une cause précise, dit Chyna d'un ton léger, essayant de ne pas montrer que Rex la mettait mal à l'aise. Je suis sûre que ce n'est pas la mort de Rusty Burtram. Tu le connaissais à peine.

— En effet », dit Rex d'un ton désinvolte, fixant un point dans le vide. Puis il regarda Chyna. « Tu savais que ton petit ami est allé faire un tour cette nuit ? »

Perplexe, elle le regarda. « Bien sûr que je le sais. Il était avec moi, nous sommes sortis.

— Non. Plus tard. Ou peut-être devrais-je dire : plus tôt ce matin. Lorsque je suis rentré, je suis passé dans la cuisine boire un verre d'eau. J'ai regardé dehors et j'ai vu Scott Kendrick, assis sur le bord de la fontaine.

— À quatre heures du matin ?

— Je ne suis pas rentré avant cinq heures, ou quelques minutes avant cinq heures. »

Cinq heures du matin. Elle réfléchit. Scott et elle n'étaient pas rentrés avant deux heures. Puis ils étaient allés au lit, avaient fait l'amour, s'étaient endormis. Lorsqu'elle s'était réveillée, il n'était plus là.

« Et que faisait-il près de la fontaine ? demanda-t-elle d'un ton qu'elle espérait naturel.

— Je te l'ai dit. Il était simplement là, assis. Chyna, il regardait ses mains comme si elles ne lui appartenaient pas. J'ai ouvert la porte du fond et je l'ai appelé. Il a levé les yeux, le regard absolument vide, et il est retourné à la contemplation de ses mains. Je ne crois pas qu'il savait qui j'étais. Je ne suis même pas sûr qu'il m'ait vu, même si j'étais bien visible à la lumière. »

Rex s'interrompit. « Chyna, je dois dire qu'il m'a fait peur, et je ne suis pas facile à effrayer. Mais Scott

Kendrick m'a fait froid dans le dos. Je suis resté assis là jusqu'au moment où je l'ai entendu rentrer et monter à l'étage. Je l'ai suivi. J'ai attendu cinq minutes, puis j'ai jeté un coup d'œil à ta porte et j'ai vu qu'il était retourné au lit, qu'il murmurait quelque chose à ton intention, et vous vous êtes rendormis. Je suis désolé de cette indiscrétion, Chyna, mais il fallait que je m'assure que tu ne risquais rien. »

Chyna dut boire trois gorgées de son café avant d'être capable de s'exprimer d'une voix normale. « Je suis sûre qu'il y a une explication, Rex. Je lui poserai la question ce soir.

— Tu es certaine que tu veux sortir ce soir avec lui ?

— Oui, oui, absolument certaine », fit-elle d'une voix assurée, mais la seule chose à laquelle elle pensait, c'était à cette longue et nouvelle égratignure sur la main de Scott, qui parcourait son poignet et continuait sous la manche de son pull.

Lorsqu'ils s'étaient mis au lit la nuit dernière, Scott n'avait pas cette éraflure.

3

Chyna eut l'impression de vivre la journée la plus longue de sa vie. Rex avait fini par se doucher et s'habiller, mais son moral ne s'était pas amélioré. Il resta passivement devant la télé de la fin de la matinée au début de l'après-midi. Vers deux heures, Chyna emmena Michelle en promenade, mais la chienne semblait avoir absorbé le malaise général qui minait toute la maisonnée des Greer. Elle se contenta d'avancer lentement, sans même prendre la peine de renifler les feuilles, et garda l'air *blasé** devant les canards qui flottaient sur le lac Manicora. Lorsqu'un écureuil aventureux s'avança à trente centimètres de son museau, elle le fixa sans réagir, sans manifester la moindre excitation et encore moins l'envie de le poursuivre. « Je sais, dit Chyna d'un air entendu à la chienne, si cet écureuil est bête à ce point, il ne vaut pas la peine d'être pris en chasse. »

Lorsqu'elles furent de retour, le téléphone sonna. Chyna répondit, et entendit la voix surexcitée de Beverly : « Chyna, tu as retrouvé Deirdre ! Pourquoi n'as-tu pas appelé pour nous le dire ! On l'a appris par des voisins !

— J'étais fatiguée lorsque nous… lorsque je suis rentrée à la maison cette nuit.

— J'imagine. Tu l'as trouvée dans une fosse ouverte. Mon Dieu, j'ai la chair de poule rien que d'y penser. Enfin, tu l'as trouvée. C'est un miracle.

— Ce n'est pas l'avis de tout le monde. Je sais que le bruit court que j'ai su où la trouver parce que je l'avais kidnappée. Apparemment il y a des gens qui pensent que j'ai essayé de me faire un peu de publicité.

— Oh, Chyna, il faudrait être plus qu'idiot pour penser ça, répondit Beverly avec chaleur. Je crois savoir qui a fait courir ce bruit. Irma Vogel. Elle a appelé ici il y a un petit moment. Je lui ai dit de ne plus jamais s'approcher de moi ou de mes enfants. Elle n'en est pas revenue, malgré ce qui s'est passé devant chez toi ! Et je parie mille dollars que c'est elle qui est à l'origine de cette rumeur selon laquelle tu aurais enlevé Deirdre. Je crois qu'elle n'a plus toute sa tête.

— Je le crois moi aussi, fit Chyna d'une voix éteinte. Ce que je me demande, c'est depuis combien de temps elle est déséquilibrée, et ce qu'elle a pu faire d'autre à part jeter des pierres et lancer des rumeurs. »

Beverly ne répondit pas tout de suite. « Oh, Chyna, je n'ai jamais pensé à ce qu'elle a pu faire dans le passé, mais c'est vrai que je n'imaginais pas encore qu'il y avait quelque chose de détraqué chez elle, à part le fait d'aimer les commérages et d'être plutôt casse-pieds, mais en voyant maintenant comment elle s'est conduite par rapport à ce qui est arrivé à Deirdre, et la haine qu'elle a manifestée envers toi…

— Ça fait réfléchir, non ? » Chyna, qui avait répondu au téléphone dans la cuisine, ouvrit le réfrigérateur, se souvenant qu'elle n'avait rien mangé de la journée. Tout en examinant le contenu, elle demanda : « Et pourquoi Irma t'appelait-elle, au fait ?

— Elle voulait nous avertir que Deirdre semblait reprendre conscience. Elle est encore en pleine confusion, mais ils espèrent que, d'ici ce soir, elle sera en mesure de dire qui l'a kidnappée. »

4

Chyna avait mis quelques livres de médecine dans ses bagages. Aux alentours de cinq heures, elle s'installa et essaya de lire. Mais, dans l'état où elle était, elle n'arrivait tout simplement pas à se concentrer sur les fièvres virales transmises par les arthropodes ou sur les crises aiguës du foie. Finalement, tellement déprimée qu'elle en arrivait à ne plus se soucier de réussir son internat, elle fit un feu dans la cheminée du grand salon, se dirigea vers un rayonnage, retrouva son vieil exemplaire, si souvent lu et relu des *Hauts de Hurlevent*, s'installa sur le canapé, et étendit sur elle un plaid aux couleurs vives, bien que la température de la pièce soit déjà plus qu'agréable. Michelle sauta sur le canapé et posa sa grande tête mordorée sur les genoux de Chyna. Chyna lui caressa l'oreille, et se perdit dans l'amour tragique et tourmenté de Cathy et Heathcliff.

La sonnette retentit. Surprise, elle interrompit sa lecture. Elle s'était attendue à un afflux de voisins après la mort de Vivian, mais il en était passé très peu. La disparition de Deirdre les avait peut-être trop préoccupés, se dit-elle. Ou bien les gens avaient cherché à éviter la fille de Vivian.

Lorsqu'on sonna pour la deuxième fois, Chyna comprit que Rex n'allait pas répondre. Elle savait qu'il était quelque part dans la maison, mais peut-être faisait-il un somme après avoir veillé toute la nuit. Elle repoussa doucement Michelle, mit de côté le plaid et le livre, et se dépêcha d'aller ouvrir.

Un jeune homme en costume bleu marine et manteau se tenait dans l'entrée. Il avait les joues rouges, et elle eut l'impression que ce n'était pas à cause du froid. Il était embarrassé ou mal à l'aise. Il tenait un volumineux sac de couleur foncée devant lui.

« Mademoiselle... Je veux dire docteur Greer ? demanda-t-il.

— Oui. Chyna Greer.

— Je m'appelle Norman Holt. Je travaille chez Burtram & Hodges, les pompes funèbres.

— Oh ! s'exclama Chyna, prise au dépourvu. Mon Dieu. Je n'attendais personne de la maison. Je suis tellement désolée pour Rusty.

— Nous le sommes tous, madame, dit-il d'un ton triste. Le jeune M. Burtram s'est toujours montré gentil avec moi. Très patient, très attentionné. Pas comme… » Il s'interrompit, et ses joues rougirent encore plus. Pas comme le vieux M. Burtram, se dit Chyna. « Quoi qu'il en soit, la Maison est fermée aujourd'hui à cause de la mort de Russell… de M. Burtram, mais ceci était prêt et j'ai pensé que je pouvais venir vous l'apporter au lieu de vous obliger à vous rendre à la Maison demain ou après-demain, enfin le jour où M. Burtram — M. Owen Burtram — décidera d'ouvrir à nouveau. » Il poussa le sac vers elle. « Voici. »

Chyna prit le sac, surprise par son poids. « Qu'est-ce que c'est ? »

Normal Holt passa du rouge au fuchsia. « C'est votre mère, docteur Greer, incinérée et déposée dans son urne. Toutes mes condoléances. » Sur ce il tourna les talons et se dirigea rapidement vers sa voiture, sans regarder une seule fois Chyna tandis qu'il faisait demi-tour dans l'allée.

Le grand et lourd paquet à la main, elle resta là, sans bouger, jusqu'au moment où la voiture de Norman Holt disparut. Puis elle baissa les yeux sur le sac, retourna lentement dans le living et referma la porte. Une fois de plus, Michelle s'était rapprochée d'elle, si près que son corps s'appuyait sur la jambe de Chyna. « Tu sais toujours quand je suis bouleversée, toi ! » murmura-t-elle à la chienne.

D'un pas raide, Chyna retourna vers le divan. Elle tint le sac pendant au moins une minute puis, lentement, elle en retira la lourde urne en plaqué or qui contenait les cendres de Vivian Greer. Ce n'est pas possible, pensa Chyna. Des cendres dans une urne, ça ne peut être ce qui reste de ma merveilleuse mère, si adorable, si vivante. Les larmes ne venaient pas, mais une vague de désolation la submergea. « Poussière au vent », murmura-t-elle, puis, d'une voix étranglée, désespérée : « Maman ! »

C'était tout ce qui restait de Vivian Greer. Chyna ne pouvait pas le croire. Cette urne, aussi lourde soit-elle, ne pouvait contenir les seuls vestiges terrestres du corps de sa mère. C'était une pensée trop sombre, trop désolante.

Chyna se pencha et posa l'urne sur la table basse. Un rai de soleil couchant illumina le bronze lustré du petit meuble et renvoya un léger rayon de lumière — un rayon qui tomba sur la boîte blanche que Ned lui avait apportée. La boîte qui contenait la bague de fiançailles de sa mère. Chyna ne l'avait pas même regardée encore.

Lentement, elle ôta le couvercle de la boîte. Là, sur un carré de coton, reposait le superbe anneau en platine. Chyna l'enfila au majeur de sa main gauche, le tenant haut devant la lumière. Au centre, le diamant de deux carats étincelait dans son écrin de saphirs et platine en filigrane. Elle avait toujours pensé que c'était la plus belle bague qu'elle ait jamais vue. En fait, la bague n'avait jamais paru aussi belle. Chyna la fixa longuement, hypnotisée, tandis qu'elle étincelait et brillait d'un éclat presque surnaturel.

Confusément, elle prit conscience que Michelle se mettait à trembler. Puis, lentement, la pièce s'assombrit. Un instant, Chyna crut qu'elle allait s'évanouir. Puis, comme dans un éclair, la pièce parut s'emplir d'une lumière dorée. Chyna se raidit, cligna des yeux, puis brusquement se retourna pour regarder le secrétaire, dans un coin de la pièce. Au bout d'un moment, elle vit la silhouette d'une femme qui écrivait sur son papier à lettres bleu-gris.

« Maman », balbutia Chyna en direction de la silhouette qui ne pouvait l'entendre et qui, elle le savait, faisait partie de sa vision. Sa mère portait un très joli pantalon brun et un pull assorti, mais ses cheveux étaient tirés en arrière de façon négligée, attachés avec un élastique, son visage était blanc et sans trace de maquillage, et ses mains tremblaient. Elle écrivait avec frénésie, comme si le temps risquait de lui manquer pour écrire tout ce qu'elle avait à dire. À côté d'elle, il y avait un tas de babioles et un sachet de plastique, comme ceux qu'on utilise pour les restes de nourriture.

Je suis dans le passé, pensa confusément Chyna. Je suis dans le passé, à un moment que *je sais* être le dernier jour de la vie de ma mère.

Glacée, elle s'assit sur le divan, fixa le bureau où elle voyait sa mère écrire, nerveuse, acharnée, ne s'arrêtant que pour s'essuyer de temps à autre le visage avec un mouchoir. Elle est en train de pleurer, se dit Chyna. De toute sa vie, elle n'avait jamais vu sa mère pleurer.

Finalement, Vivian plia les feuilles de papier à

lettres, prit le sachet en plastique dans lequel elle plaça les babioles posées sur le bureau, puis la lettre. Elle prit un rouleau de scotch et se dirigea vers le portrait d'elle et du père de Chyna, sur lequel Edward paraissait si distingué, et elle, si belle, confiante et heureuse. Le visage luisant de larmes, Vivian prit le grand tableau et l'appuya contre le mur, retourné. Puis, sur l'envers du portrait, elle attacha avec le scotch le sachet de plastique, le toucha une fois, presque comme si elle était tentée de l'enlever, puis hocha la tête et dit « non » à voix haute. Vivian retourna de nouveau le portrait puis, avec tant de difficulté que Chyna comprit que les forces lui manquaient, elle le leva pour le raccrocher au mur. Enfin, elle toucha un détail du portrait — sa magnifique bague de fiançailles, diamant et saphirs —, la bague dont elle avait promis à Chyna qu'elle lui appartiendrait un jour, et prononça ces mots : « Trouve ce paquet, Chyna. Je le laisse là pour toi, car tu es la seule personne en qui j'ai confiance et qui saura ce qui doit être fait. »

La vision s'évanouit et Chyna, dans un très long, très profond soupir, sentit l'air s'échapper de son corps. Le jour de son arrivée ici, elle avait regardé le portrait de ses parents. Moins de dix ans plus tôt, tous deux semblaient jeunes, avaient belle allure. Les beaux yeux bleu-gris de sa mère semblaient pétiller, étinceler.

Ce jour-là Chyna avait également regardé, sur le portrait, la bague — la bague qui venait de son arrière-grand-mère et qui avait été transmise de génération en génération —, le diamant de deux carats au centre et les quatre saphirs sertis en filigrane autour.

Lorsqu'elle arrivait à la maison, Chyna regardait toujours ce portrait. Chaque fois, elle faisait la remarque qu'elle avait des parents au physique particulièrement agréable. Sa mère venait alors à côté d'elle, lui donnait un petit coup de coude et disait d'un ton espiègle : « Comme tu aimes cette bague, ma petite fille. Ne t'inquiète pas. Un jour elle sera à toi. » Vivian savait que Chyna aimait ce portrait, et c'est pourquoi elle avait choisi cet endroit particulier comme cachette à son intention. Derrière ce portrait, Vivian avait placé la lettre écrite avec un tel sentiment d'urgence, avec tant d'émotion. Mais Chyna n'avait aucune idée de ce que pouvaient être les babioles que Vivian avait déposées dans le sachet en plastique avec la lettre. Il n'y avait qu'un moyen de le découvrir.

Les mains tremblantes, elle retira le portrait du mur et le posa sur le sol, retourné. Le sachet était bien là, solidement maintenu par plusieurs morceaux d'adhésif.

Soigneusement, Chyna commença à ôter chaque morceau. Elle avait la curieuse impression d'arracher le sachet au portrait. Elle ne voulait pourtant rien abîmer. Le portrait et le sachet étaient tous deux importants, elle ne l'oubliait pas. Elle devait faire attention, très attention.

Lorsqu'elle parvint enfin à libérer le sachet de plastique, elle le regarda, le cœur battant à tout rompre. Aucune image précise ne s'en dégagea, mais il semblait néanmoins émettre une aura de désespoir et de tragédie. Je ne veux pas l'ouvrir, se dit Chyna, presque comme une enfant. Je ne veux pas lire la lettre de maman et je ne veux pas toucher ces babioles.

Mais elle savait qu'elle n'avait pas le choix. Elles

avaient été laissées là, dans l'urgence, et pour elle seulement.

Les doigts tremblant toujours, Chyna retira le papier à lettres, le déplia, vit l'écriture de sa mère. La lettre était datée de la veille de sa mort.

Ma très chère enfant,

Ceci est la lettre la plus difficile que j'aie jamais dû écrire. Tu as toujours été la personne la plus précieuse de ma vie et j'ai remercié Dieu pour toi chaque jour. Je sais que toi aussi tu m'aimais profondément, mais après avoir lu ceci, tu ne ressentiras plus jamais la même chose pour ta mère. Néanmoins la vérité doit être dite, ma confession doit être faite.

Environ six ans avant ta naissance, j'ai rencontré ton père. Nous avons commencé à nous voir et bientôt j'ai compris qu'Edward m'aimait. Je n'ai pas pris son amour à la légère, mais j'étais jeune, sociable, certains disaient extravagante, et Edward était trop « rangé » pour moi. Je le fréquentais toujours, malgré tout, lorsqu'il m'a présentée à son jeune frère, Rex. Rex semblait l'opposé d'Edward et, en termes de personnalité, presque un miroir de moi-même. Au bout d'un mois, j'ai rompu avec Edward et j'ai commencé à fréquenter Rex, dont je suis rapidement tombée amoureuse.

Tombée amoureuse ? Les mots résonnèrent dans l'esprit de Chyna. Elle avait toujours su que Rex et Vivian s'aimaient beaucoup. Lorsque Rex venait à la maison, Vivian semblait plus jeune encore, et d'excellente humeur. Ensemble ils parlaient et plaisantaient, appréciant de toute évidence la compagnie l'un de l'autre. Et son père, Edward, les regardait en toute simplicité, sans manifester la moindre jalousie ou le moindre esprit de combativité. En fait, maintenant que Chyna repensait à ces visites, son père se comportait, lorsque Vivian et Rex étaient ensemble, comme s'il regardait avec affection deux enfants pleins d'entrain. Mais que ressentait-il vraiment ? se demanda Chyna. Elle n'avait jamais été capable de lire les pensées et les humeurs de son père, de toute manière. Il était resté une énigme pour elle. Intriguée, elle continua sa lecture :

Je fréquentais Rex depuis cinq mois, lorsque j'ai su que j'étais enceinte. Je me doutais bien que Rex ne serait pas content — il était toujours à la fac, il n'était en fait qu'un tout jeune homme encore, plein d'allant. Je le lui ai annoncé, et il a réagi comme je m'y attendais. Il n'a pas voulu que j'aie le bébé. Il a offert de m'aider, financièrement et affectivement, pour que j'avorte. À ma propre surprise, j'ai compris que ça me posait un problème moral. J'ai refusé d'avorter, ce qui a jeté Rex dans un supplice de peur et d'obstination. Il m'a clairement dit que, même s'il m'aimait, il ne pouvait pas se résoudre à se marier à cette période de sa vie.

Je me suis sentie perdue, rejetée, accablée. Je savais que je ne pouvais pas me tourner vers ma mère — mon père l'avait abandonnée depuis longtemps. Et pour une raison que je n'ai jamais comprise, Mère m'en voulait de l'abandon de mon père, et n'avait en elle que peu d'amour et de générosité pour moi, l'enfant de cet homme. Edward venait de terminer l'école de droit et de commencer sa carrière à la banque. En désespoir de cause, je me suis tournée vers lui. J'imaginais peut-être qu'il allait parler à Rex pour qu'il se décide à m'épouser. Ou bien je me souvenais de sa gentillesse et de sa tendresse sans faille pour moi. Même lui, pourtant, ne put convaincre Rex de m'épouser. Alors, il m'a finalement demandé si je voulais bien devenir sa femme. Chyna, sincèrement, je n'étais pas allée vers lui dans l'espoir qu'il me fasse cette proposition, mais cela ne m'a posé aucun problème d'accepter son offre de mariage, et pas seulement parce que j'étais dans une situation difficile. Je savais que j'avais besoin de sa force, de sa gentillesse, de sa maturité et de son absence d'égoïsme. Au bout d'une semaine, nous nous sommes mariés et, huit mois plus tard, ton frère est né. Dieu merci, il est arrivé tard. Cela nous a facilité les choses pour le faire passer pour un bébé prématuré.

Chyna interrompit sa lecture, abasourdie. Edward Greer Jr, Ned, était le fils biologique de Rex ? Elle avait déjà remarqué comme leurs yeux bleus et brillants se ressemblaient, et comme ils possédaient tous les deux la même *joie de vivre** sujette à intermittences, la même attitude décontractée dans la vie, mais elle avait toujours pensé que Ned avait simplement hérité de plus de traits caractéristiques de la famille Greer qu'Edward. Comme elle s'était trompée.

Ned n'était pas un bébé heureux. En fait, chaque fois qu'on le prenait, il se mettait à hurler jusqu'à devenir tout bleu ou presque. Nous l'avons amené chez un certain nombre de spécialistes, mais aucun n'a pu trouver quelque chose qui n'allait pas chez lui. Edward a suggéré que, d'une manière ou d'une autre, Ned sentait qu'il n'était pas son véritable père, et que ce serait une bonne idée que Rex vienne voir le bébé. Edward et Rex ne s'étaient plus revus depuis mon mariage.

De toute façon, les parents d'Edward venaient de mourir, lui laissant cette maison car ils savaient que Rex n'aurait jamais voulu revenir vivre à Black Willow, et nous avons donc emménagé ici. Avec mon accord, Edward a invité Rex à venir nous rendre visite, à la fois pour voir le bébé et pour « garder la famille unie », disait-il.

À mon grand étonnement, Rex est venu et, bien que l'atmosphère ait été tendue, au moins un fragile pont a été reconstruit entre nous. Rex a manifesté beaucoup d'intérêt pour le bébé et Ned semblait plus calme en présence de Rex qu'en celle d'Edward ou de la mienne. À cette époque, j'en voulais encore beaucoup à Rex, mais j'ai caché le mieux possible mes sentiments car Edward était manifestement heureux d'avoir de nouveau son frère dans sa vie. J'ai pris la décision de ne jamais laisser mon animosité personnelle se dresser entre eux.

De plus en plus souvent, Edward invitait Rex à la maison. Rex et Ned sont devenus très copains, et lorsque j'ai vu que Rex se souciait sincèrement de l'enfant, la rage que je ressentais encore envers lui a fini, malgré moi, par disparaître. Je suis devenue plus calme, plus équilibrée dans ma nouvelle vie. Et lorsque j'ai su que j'attendais un autre bébé, ton père et moi avons été fous de bonheur. Il me tardait de donner à Edward, cet homme merveilleux, un enfant qui serait le sien de toutes les manières.

Ainsi, papa a été heureux lorsque maman lui a annoncé qu'elle était enceinte, pensa Chyna. Il s'était toujours montré tellement réservé envers elle, si différent des pères de ses amies dans ses manifestations d'affection, qu'à certains moments elle avait pensé qu'il était déçu par elle ou bien qu'il n'avait peut-être pas désiré un deuxième enfant. Apparemment, il l'avait voulu autant que sa mère. Elle reprit sa lecture :

Edward a été fou de joie lorsque sa magnifique petite fille est née. Tu étais un beau bébé, tranquille, heureuse, et jamais tu ne semblais l'être plus que lorsque tu étais dans les bras de ton père.

J'ai rendu papa heureux, se dit Chyna, les larmes aux yeux. Mais cette pensée la rendait, elle, tout à la fois heureuse et triste. À cette période de sa vie, même s'il était de nature plus réservée que Rex et Vivian, Edward avait été capable de se laisser aller, d'être « fou de joie ». Plus tard, il avait commencé à se renfermer. Elle n'y avait jamais pensé auparavant, mais elle n'avait aucun souvenir de son père en train de rire vraiment, comme sa mère disait qu'il le faisait lorsqu'elle était bébé.

Ned a accepté sa toute nouvelle sœur avec autant de bonne grâce qu'on peut en attendre d'un enfant de trois ans. Je ne pensais pas qu'il puisse se sentir négligé. Maintenant, je sais que c'était le cas. Les années qui ont suivi, il est devenu un enfant plein d'entrain, heureux la plupart du temps, mais sujet à des crises d'humeur noire pendant lesquelles il semblait se couper du monde qui l'environnait.

Ces sautes d'humeur de Ned ne se sont pas manifes-

tées avant que tu aies trois ans environ. Ton père et moi savions, bien avant cet âge, que tu étais exceptionnelle — pas seulement jolie, intelligente comme la plupart des parents imaginent que l'est leur enfant — mais réellement douée. À quatre ans tu savais déjà lire et tu étais meilleure en maths que Ned. À cinq ans, tu as commencé à jouer aux échecs avec ton père, un jeu que Ned n'a jamais pu maîtriser.

Ned a toujours fait comme s'il était content des prouesses de sa petite sœur, mais je sentais qu'il avait un sentiment d'infériorité. Tous — Edward, Rex et moi — nous faisions grand cas des dons propres à Ned, comme sa grande aisance physique — il a très vite excellé en sport — et pendant de longues périodes de sa vie il semblait satisfait de lui. Puis tu accomplissais quelque chose de remarquable, comme lire facilement un livre sur lequel lui avait buté, alors qu'il avait trois ans de plus que toi, et alors il se mettait à nouveau dans tous ses états. Il n'était jamais méchant avec toi, mais une prouesse de ta part était généralement suivie d'un éclat de Ned, une bagarre avec l'enfant d'un voisin ou des ennuis à l'école. Nous savions qu'il avait le sentiment que tu lui faisais de l'ombre, et aucun compliment de notre part ne suffisait à le persuader qu'il était tout à fait l'égal de sa sœur, quant à ses talents ou dans nos cœurs.

Lorsque vous êtes tous les deux allés à l'école, le même schéma a perduré. Ned réussissait à passer d'une classe à l'autre, mais il lui fallait l'aide d'un professeur particulier. Tandis que toi, tu étais douée d'une curiosité insatiable et d'une capacité à absorber n'importe quel sujet. À la fin de ton CP, ils ont décidé de te faire sauter une classe. Et à la fin de cette année-là, la même chose s'est reproduite, ils t'ont de nouveau fait passer une classe. Nous avons appris que tu avais le QI d'un génie, ce que nous n'avons jamais dit à Ned. Mais il le savait. Et même lorsque tu n'avais que sept ou huit ans, à l'âge où les enfants perdent leurs dents et ne sont pas toujours à leur avantage, tu ressemblais à un ange. Ned, lui, est entré dans ce que nous appelions en secret sa phase « sale gosse ». Ses dents de devant mettaient du temps à repousser, il avait de l'acné, et, presque en permanence, il avait un œil au beurre noir rapporté de l'une de ses nombreuses bagarres.

Chyna reposa la troisième feuille de papier à lettres et commença à lire la quatrième, remarquant qu'à chaque page, la belle écriture de sa mère devenait de plus en plus irrégulière.

Edward a fait bâtir la cabane pour Ned lorsqu'il a eu neuf ans. Il lui semblait qu'offrir au garçon un endroit qui ne soit qu'à lui pourrait l'aider à sortir de ses moments de dépression, qui ne faisaient qu'empirer. Et aussi de son agressivité envers les autres enfants, de son sentiment d'infériorité vis-à-vis de toi. Pendant un moment, ça a paru marcher. Ned passait des heures dans cette cabane, qui devint bientôt « la Cabane des Combattants de Black Willow », la bande de garçons assez courageux pour devenir les amis de Ned. En grandissant, Ned a passé moins de temps dans la cabane, mais il l'a toujours tenue fermée à clé, pour que chacun sache bien que c'était la sienne.

Puis vinrent les années d'adolescence. Le physique de Ned s'était amélioré de façon spectaculaire, tout comme sa personnalité. Il est devenu très populaire et il était toujours excellent en sport, même si ses mauvaises notes ont souvent failli lui coûter sa place dans beaucoup d'équipes. De plus, il y a eu certains actes de vandalisme en ville à cette époque et Ned a été soupçonné d'être impliqué dans certains d'entre eux. Mais il était finalement toujours mis hors de cause, parfois grâce à l'influence d'Edward.

Malgré ses nombreux amis, et ses petites amies, Ned était toujours sujet à ces humeurs noires qui m'inquiétaient tant, des moments où il ne parlait pratiquement plus, où il restait des heures devant la télévision, et semblait coupé de sa famille et du monde qui l'entourait. Un jour, je suis allée dans sa chambre pendant qu'il était à l'école et, je le reconnais, j'ai fouillé dans ses affaires. Ce que j'ai trouvé m'a choquée. Dans une boîte en métal dont il avait oublié de fermer le cadenas, Ned gardait une collection d'histoires de tueurs en série, et de photos qui, de toute évidence, montraient des « scènes de crime » où des jeunes filles nues avaient été brutalement assassinées. Et malgré tout…

J'ai été profondément bouleversée mais je n'ai pas pu me résoudre à en parler à Edward. Au lieu de cela, j'ai appelé Rex — un homme qui, j'ai honte de t'en faire la confession, est redevenu mon amant lorsque Ned a eu onze ans. J'avais avec Rex un lien que je n'ai jamais eu avec Edward, et Ned était le fils de Rex. Mais peut-être tout cela n'est-il qu'une excuse pour ne pas avoir fait ce qu'il fallait faire, c'est-à-dire chercher l'aide de professionnels pour mon fils. Lorsque j'ai raconté à Rex ce que j'avais découvert, il m'a assuré que ma réaction était excessive, que de nombreux adolescents éprouvaient une fascination pour les récits d'horreur et de pornographie. Ned traversait seulement une « phase », il en était certain. Peut-être ai-je accepté le diagnostic de Rex au sujet de Ned parce que je voulais le croire. Très probablement, je cherchais à fuir une peur effroyable qui me hantait depuis des mois. Je n'ai certainement pas besoin de te prévenir, Chyna, toi moins qu'une autre, qu'il ne faut jamais ignorer son instinct concernant les gens. Si seulement je n'avais pas ignoré le mien.

À peu près à cette époque, une fille a subi un viol collectif, par quatre garçons. Elle a pu identifier deux d'entre eux. Tous deux faisaient partie d'un groupe que Ned considérait comme ses meilleurs amis. Ned a été interrogé lui aussi, mais il avait un alibi, même s'il était loin d'être solide. Nous avons essayé de te tenir le plus éloignée possible de toute cette laideur, Chyna.

Bien sûr, Chyna avait entendu parler de ce viol, à l'école, mais plusieurs histoires contradictoires circulaient et très vite il était apparu que le sujet était top secret. Personne ne savait qui avait été violé, personne n'avait été inculpé pour le viol. Tout cela avait semblé tellement horrifiant, si éloigné de son propre univers protégé, que Chyna avait évité de trop y penser. Elle ne voulait pas déclencher les visions qu'elle s'était efforcée, pendant un an, d'effacer.

Je n'ai pas besoin de te rappeler la tragédie suivante dont nous avons été victimes — la perte de la chère Zoey. Si elle avait été tuée, ç'aurait déjà été un horrible accident, mais ne pas savoir si elle était morte ou vivante, affamée et torturée, a été la période la plus épouvantable de ma vie. Et de la tienne, Chyna. Je ne crois pas qu'avant cela, tu aies connu le chagrin véri-

table, mais ensuite, il t'a fallu au moins un an avant que je te voie sourire, pour de bon, à nouveau.

Désespérément, je n'ai pas voulu soupçonner Ned. Je n'ai pas essayé de savoir où il était cette nuit-là. Et plus tard, lorsqu'il sortait la nuit, je ne lui demandais jamais où il était allé et il ne m'a jamais donné la moindre explication. Puis, à l'approche de Noël, plus d'un an après la disparition de Zoey, je n'arrivais pas à dormir, j'étais assise dans le living, et il est rentré, à deux heures du matin. J'ai allumé une lampe et je l'ai vu en face de moi, en sueur et débraillé, avec un regard que je ne peux décrire autrement que comme celui d'une bête redevenue sauvage. Il n'a pas dit un mot, il est simplement monté se coucher. Le lendemain j'ai appris que Heather Phelps avait disparu, comme Zoey.

Il ne restait plus qu'une page à lire, mais Chyna ne put même pas la regarder. La tête lui tournait légèrement et elle se sentait un peu nauséeuse. Elle aurait voulu remettre la lettre dans le sachet, jeter le tout dans la cheminée et allumer le plus grand feu qu'elle pourrait. Mais elle savait que cette horreur ne s'arrêtait pas là. Les breloques étaient toujours en face d'elle, comme de pathétiques petites offrandes la suppliant de les toucher, l'implorant de les laisser lui raconter leur histoire.

Lentement, Chyna tendit la main et toucha un mince bracelet d'argent, portant les initiales HCP. « Heather Carol Phelps », fit Chyna à voix haute, bien qu'elle n'ait pas connu le deuxième prénom de Heather avant cet instant. Puis la vision la frappa si fort qu'elle faillit arracher Chyna à sa chaise. Une adolescente blonde, dans une petite rue, après la tombée de la nuit. À l'angle de la rue, Chyna vit une guirlande de Noël accrochée à un banal lampadaire. La fille marchait lentement, regardait toutes les vitrines, souriait de temps en temps, l'air heureuse, si jeune, pleine de vie.

Arrivée au bout de la rue, elle resta un moment à l'angle, attendant pour traverser. Soudain, dans l'obscurité, une silhouette surgit de derrière l'un des immeubles. Chyna ne put distinguer grand-chose de la silhouette, avec sa parka et ses lunettes de ski, mais elle devait mesurer plus d'un mètre quatre-vingts, elle était mince, et c'était de toute évidence un homme. Il s'approcha de la fille en faisant si peu de bruit qu'elle n'eut que le temps de pousser un petit cri avant qu'il pose une main gantée sur sa bouche et mette un bras autour de son ventre. Elle se contorsionna pour échapper à son emprise, mais déjà il l'avait fait tomber sur ses talons, jambes pliées, et il la maintint contre le bord du trottoir, l'empêchant de donner des coups de pied.

Chyna pouvait sentir les battements du cœur de la jeune fille. Elle pouvait sentir sa confusion, sa terreur. Puis, en une fraction de seconde, l'homme tira la fille derrière un immeuble et couvrit son visage d'un chiffon — un épais chiffon à l'odeur douceâtre.

La vision cessa aussi brutalement qu'elle avait commencé. Chyna était figée sur sa chaise, le visage et les paumes couverts de sueur, les mains tremblantes, le souffle court, douloureux. L'enlèvement de Heather Phelps, se dit-elle, consternée. Heather qui passait un agréable moment, tout à son shopping de Noël qui devait se terminer si tragiquement.

« Oh mon Dieu », gémit Chyna. Elle replia ses bras,

posa la tête dessus. Elle savait que Heather n'avait pas été tuée immédiatement, sinon l'homme n'aurait pas eu besoin de chloroforme, comme avec Deirdre. Non, cette personne, ce monstre comme elle l'appelait maintenant, aimait les garder vivantes pendant un certain temps. Il prenait plaisir à leur peur. Il se délectait de leur désespoir.

Chyna toucha ensuite une fine longueur de ruban en velours rouge. Elle le vit passé dans d'épais cheveux noirs qui, même au clair de lune, semblaient briller. La jeune fille au ruban marchait rapidement, jetant de petits coups d'œil nerveux à son poignet gauche, où se trouvait une montre bon marché. Elle était vêtue d'un manteau léger, et portait un sac à dos. Edie Larson, pensa Chyna avec horreur. Edie rentrant chez elle après la répétition de théâtre, marchant sur l'étroit chemin qui longeait la route principale. Soudain, une Lincoln noire s'arrêta à son niveau.

Aussitôt, Edie s'arrêta elle aussi. Puis la portière avant s'ouvrit et un homme aux cheveux bruns, en costume, en sortit. Il souriait. « Edie Larson ? » Elle hocha la tête. « N'ayez pas l'air si effrayé. Je voulais juste vous dire que j'ai assisté à la répétition de *Notre ville* et que je vous ai trouvée fantastique. »

Edie parut se troubler. « Merci. J'ai massacré une réplique dans une scène, mais je ferai mieux la semaine prochaine. Plus d'erreurs.

— J'en suis persuadé. » L'homme s'approcha légèrement d'elle. « Je m'appelle James Chadwick et je travaille dans le milieu du théâtre, à New York essentiellement. Je suis ce qu'on appelait auparavant un dénicheur de vedettes. Je traversais Black Willow et j'ai entendu dire qu'il y aurait une répétition de théâtre au lycée, alors j'ai décidé d'y faire un saut. » Il sourit d'un air de conspirateur. « En fait, je croyais que j'allais juste m'amuser un peu. Certaines de ces représentations lycéennes… » Il leva les yeux au ciel et Edie eut un petit rire coupable, légèrement nerveux.

Il vit dans ses yeux, ou bien comprit en entendant ce petit rire qu'il avait fait un faux pas. Son regard se concentra, comme celui d'un prédateur. « J'ai été particulièrement impressionné par la manière dont vous avez su projeter votre voix sans perdre aucune nuance du discours de votre personnage », enchaîna-t-il rapidement. Tout en se rapprochant encore un peu.

« Vraiment ? fit Edie dans un souffle.

— Oui, vraiment. Je pense qu'avec quelques cours d'interprétation et un peu d'expérience de mouvements de scène, vous pourriez être une star. Bien sûr, cela ne vous attire peut-être pas du tout.

— Oh si ! lança Edie. Jouer dans une pièce à Broadway, c'est ce que je désire plus que tout, même si je n'en ai encore jamais vu !

— Il y a beaucoup de choses que tu n'as pas encore vues. » En un éclair, il était derrière elle, la main sur sa bouche, lui courbant le dos exactement comme il avait fait avec Heather. « Il y a tout un monde que tu n'as pas encore vu, Edie. » Il appliqua le chiffon blanc sur son visage. « Et je vais te le faire découvrir. »

Brusquement, Chyna fut de retour devant le bureau de sa mère, tenant le ruban des cheveux d'Edie à la main. Elle le lâcha comme si c'était un serpent venimeux. La sueur glissait le long de son visage et son cœur battait si fort qu'elle eut l'impression que ses côtes allaient éclater. Comme on était passé à l'heure d'hiver, le soir tombait déjà, un soir d'une douce nuance de gris qui se collait aux fenêtres, et les ombres semblaient se tapir dans les coins. Michelle s'était couchée en boule aux pieds de Chyna, qui se pencha et caressa les oreilles de la chienne. Michelle lui lécha la main. C'était ainsi qu'elles restaient la plupart des soirées, avec Chyna qui lisait ses ouvrages de médecine et Michelle tout à côté d'elle, dans l'attente d'une caresse et, lorsque l'heure d'étude était terminée, d'un biscuit au jus de bœuf.

Et c'est ainsi que les choses auraient dû être ce soir, se dit Chyna. Je n'en peux plus, je ne peux pas continuer. Elle était fatiguée, elle se sentait malade physiquement et affectivement, et elle commençait à avoir un violent mal de tête. Mais peu importait la manière dont elle se sentait, il restait un objet sur le bureau qui semblait l'appeler, et elle ne put s'empêcher de le prendre dans sa main — un pendentif en forme de trèfle à quatre feuilles. Le pendentif de Zoey.

Lorsqu'elles avaient quinze ans, Zoey avait acheté deux pendentifs semblables, et Chyna, fidèlement, avait continué à porter le sien après la disparition de Zoey. Elle le portait à l'instant même. Pendant toutes ces années, elle s'était représenté Zoey portant son propre pendentif, même si elle n'était plus rien d'autre qu'un squelette à présent. Mais au lieu de cela, il reposait là, encore propre et brillant, juste devant ses yeux.

La main de Chyna avança en direction du pendentif presque comme si elle appartenait à quelqu'un d'autre. Finalement, son majeur toucha la chaîne et Chyna la saisit rapidement, avant que ses nerfs ne prennent le dessus.

Chyna s'attendait à être assaillie par une vision à l'instant même où elle toucherait le pendentif de Zoey. Loin d'être le cas, elle se retrouva avalée par une obscurité totale, légèrement suffocante. Perplexe, elle ferma les yeux et serra plus fort dans sa main le trèfle à quatre feuilles, au point d'en sentir les bords piquants s'enfoncer dans sa peau. Les ténèbres surnaturelles et étouffantes s'adoucirent en une obscurité veloutée, celle d'une nuit d'été, et soudain Chyna put voir ce qui s'était passé douze ans auparavant.

Les eaux du lac Manicora semblent danser à la clarté de la lune, et la nuit paraît pleine de lucioles. « On dirait que quelqu'un s'amuse à lancer des pétards, dit Zoey, la voix joyeuse, les yeux bruns pétillant de ravissement. Je crois bien que c'est la nuit la plus merveilleuse de toute ma vie. » Et elle lève les yeux sur le visage d'un homme.

Gage Ridgeway.

Chyna eut un tel choc qu'elle lâcha le pendentif et ouvrit les yeux. Elle se souvint que Zoey, quelque temps auparavant, s'était précipitée chez Gage Ridgeway. Il avait semblé content de la voir, lui avait dit qu'elle « paraissait en pleine forme », ce qui avait ravi Zoey. Apparemment, ils avaient eu l'occasion de se reparler et s'étaient donné rendez-vous près du lac, un rendez-vous gardé secret même vis-à-vis de Chyna.

Tout en Chyna se révolta à l'idée de reprendre le pendentif, de voir ce que Gage avait infligé à Zoey, mais elle savait que Zoey voulait qu'elle le voie. C'était ce qu'elle voulait, depuis le premier moment où elle avait parlé à Chyna, près du lac. « Je lui dois bien cela », murmura Chyna, qui reprit le bijou.

L'obscurité. Les lucioles. Gage se penche et

embrasse passionnément Zoey. Lorsque le baiser s'achève, Zoey le regarde, les larmes aux yeux. « Je ne pourrai pas te revoir avant l'été prochain, dit-elle d'une voix triste.

— L'été prochain, ce n'est pas si loin. Et alors tu auras dix-sept ans et je ne crois pas que Vivian Greer verra un inconvénient à ce que tu sortes avec moi. On ne sera pas obligés de se rencontrer furtivement comme maintenant.

— Tu as peut-être raison. » Zoey le regarde alors les yeux implorants : « Tu m'écriras ?

— Au moins tous les quinze jours. Et je mettrai un faux nom pour l'expéditeur. Irma Vogel par exemple ? » Zoey, qui avait rencontré Irma, rit de bon cœur. Gage sourit et se penche pour embrasser le nez recouvert de taches de rousseur de Zoey. « Tout se passera bien, Zoey. Je te le promets. »

Et tu n'as pas la moindre idée du nombre de filles à qui il a fait cette promesse, pensa Chyna. Gage était tout simplement incapable de résister aux filles de seize ou dix-sept ans. Elle sentit que Gage était déjà soulagé que Zoey reparte le lendemain. Il y avait tant d'autres filles à conquérir.

Ils s'étreignent. Et maintenant il va l'empoigner, se dit Chyna avec horreur. Il va lui plaquer une main sur la bouche et la tirer en arrière.

Mais au lieu de cela. Gage s'éloigne du lac et prend la direction du parking. Zoey reste là, immobile, le regarde monter sur sa moto, lui adresser un petit signe de la main en retour du baiser qu'elle vient de lui mimer, et la moto quitte le parking. Alors, essuyant les larmes de ses joues, Zoey commence à gravir la colline qui mène à la villa des Greer, la colline où Chyna dort paisiblement dans l'herbe près de la route.

« Non, s'écria Chyna, ce qui fit sursauter Michelle. Non. Ce n'est pas ainsi que les choses se sont passées. Elle a été tuée par l'homme qu'elle a rencontré au lac. »

Et pourtant, non.

Chyna ferma les yeux très fort. Son cœur battait à tout rompre, sa nuque était raide, tendue, et tout son corps se recouvrait de sueur malgré la température agréable de la pièce.

De nouveau, elle avait lâché le pendentif en voyant Zoey, tout à fait normale, simplement malheureuse de se séparer de son « grand amour » de l'été. Et Zoey se remet en route pour retrouver Chyna, qui dort, entre Zoey et la maison. Zoey est tout à fait bien. Ce n'est pas possible… La vision de cette nuit semblait terminée. Avec détermination, Chyna reprit, une dernière fois, le collier de Zoey.

Cette fois-ci, la vision ne fut pas longue à venir. Chyna eut l'impression de traverser le temps en volant. Elle était de retour douze ans plus tôt, en cette belle et chaude nuit de juillet. Zoey chantonne toute seule en remontant la colline. Elle chantonne et sourit et touche le trèfle à quatre feuilles de son pendentif…

Lorsque Ned émerge des bois et se retrouve tout près d'elle, elle pousse un petit cri de surprise. Puis ils se mettent à rire tous les deux et Ned lui dit : « Oh, Zoey, je ne voulais pas te faire peur.

— J'ai cru que tu étais un ours ou quelque chose comme ça », dit timidement Zoey, avec de nouveau un petit rire. Chyna pouvait sentir qu'elle était un peu effrayée d'être surprise à faire quelque chose qu'elle n'aurait pas dû. « Il faisait tellement chaud ce soir et Chyna et moi on n'arrivait pas à dormir, alors on a décidé d'aller marcher un peu… »

Zoey semble à bout de souffle. Son sourire est forcé, et manque de naturel. Mais Ned a l'air parfaitement détendu en répondant : « Moi aussi, il m'arrive d'avoir besoin de quitter la maison. Je deviens, comment dire, claustrophobe la nuit.

— C'est pour ça que tu as arrêté d'écouter ta musique et que tu es sorti ? » Ned la regarde, perplexe. « Tu as dit que tu allais écouter de la musique toute la soirée, avec ton casque pour ne déranger personne.

— Ah oui !

— Tu as menti ce soir-là, Ned, murmura Chyna. Tu avais entendu Zoey faire des projets avec Gage… »

De retour dans le passé, Chyna voit Ned regarder tout autour d'eux. « Tu es seule, à part Chyna ? » Zoey acquiesce. « En fait, Chyna s'est endormie sur l'herbe, en haut de la colline.

— Elle s'est endormie ? Eh bien, il faut que je la réveille. » Zoey le regarde d'un air implorant : « Tu ne nous dénonceras pas, n'est-ce pas ?

— Bien sûr que non. » Un petit sourire en coin apparaît sur le visage de Ned. « Tu peux en être sûre.

— Mon Dieu », Chyna poussa un gémissement, tandis que, dans sa vision, elle voyait Ned saisir Zoey de la manière qu'elle connaissait bien maintenant — une main sur la bouche, un bras autour de la taille, la tirant en arrière en la traînant vers le bois. « Zoey, je suis tellement désolée, dit Chyna à voix haute. J'aurais dû être là pour toi.

— Mais tu n'y étais pas. »

Chyna se retourna, et vit Ned debout juste derrière elle. « N-Ned ! laissa-t-elle échapper d'un ton vif mais quelque peu crispé. Je ne savais pas que tu devais passer. Tu es venu avec Bev et les enfants ?

— C'est trop tard pour essayer de faire comme si de rien n'était, Chyna. Cela fait au moins cinq minutes que je suis là. » Le cœur de Chyna fit un bond, mais elle ne trouva rien à répliquer. « Je vois que tu tiens une lettre. Écrite par maman, bien sûr, et cachée à un endroit que toi seule pouvais trouver, cachée parce qu'elle raconte tous ses secrets. Où était cette lettre, Chyna ? » Elle le regardait fixement. « Allons, ça ne peut plus faire de mal de me le dire maintenant. »

Chyna eut l'impression d'avoir la bouche tellement sèche qu'elle ne pouvait pratiquement plus parler. » « Elle était derrière le portrait de maman et de… papa.

— Tu veux plutôt dire maman et *ton* père. »

Ned fit un drôle de sourire. Chyna l'avait toujours trouvé séduisant — blond, les yeux bleus, les traits réguliers, avec ce sourire charmeur, légèrement asymétrique — mais à l'instant même il était loin d'être séduisant. Il était pâle, les yeux éteints, et son sourire n'était plus qu'une grimace de requin. Quelque chose en lui ne semblait même plus humain. « L'homme sur le tableau n'est pas *mon* père, Chyna. »

Vaut-il mieux bluffer ou être sincère ? se demanda Chyna. Devant l'expression de Ned, elle comprit qu'ils avaient dépassé le stade du bluff. « Est-ce que maman t'a dit qu'Edward n'était pas ton père ? »

Un instant, Ned détourna le regard, ses horribles yeux éteints se posèrent sur le portrait de ses parents.

« Vivian ne me l'a pas dit quand j'étais enfant. Mais je le savais. Tu n'es pas la seule à sentir des choses, Chyna. Je crois que j'avais neuf ans quand j'ai commencé à me demander si ce n'était pas Rex mon père, au lieu d'Edward. Quand j'ai été en âge de comprendre ces choses-là, j'ai trouvé étrange d'avoir été un prématuré pesant plus de sept livres. Puis j'ai lu le livre d'un garçon qui pensait qu'un type était son père, mais en fait c'était un autre type. Et tout à coup… *bingo !* J'ai compris que j'étais comme le garçon de ce livre. » Il lui adressa son étrange sourire grimaçant. « Bizarre, n'est-ce pas ?

— Très. Et une preuve bien peu solide, si tu veux mon avis.

— Oh, tu veux dire que j'aurais dû vérifier avec toi ? Demander confirmation auprès de la fameuse machine à perception extrasensorielle ? Tu n'avais que six ans à l'époque. C'était plus d'un an avant l'accident du bateau qui a déclenché tes visions. » Il s'interrompit et de nouveau sourit. « Tu ne te doutais absolument pas que ce n'était pas simplement le choc d'un des bateaux heurtant l'autre qui t'a fait tomber du *Chyna Sea*, n'est-ce pas ?

— Q-quoi ? » Chyna était sidérée. « Tu veux dire que…

— Qu'on t'a un peu aidée ? Oui. Lorsque le bateau a fait une embardée, j'étais tout à côté de toi. En un éclair j'ai mis ma main sur ton dos et je t'ai poussée par-dessus bord. »

Chyna eut l'impression que le souffle lui manquait. « Mais alors pourquoi m'as-tu sauvée ?

— Oh, Chyna, ne sois pas si stupide. Si quelqu'un dans l'univers ne l'est pas, c'est bien toi. Tu étais la petite chérie de tout le monde. Si jolie, si intelligente, si accomplie. La petite fille en or. Oh, Ned n'était pas trop mal lorsqu'il se conduisait bien — intelligence moyenne, sens de l'humour, un physique un peu emprunté mais dont il finirait par se défaire — mais Chyna ! Elle, c'était une autre affaire !

» Tu attirais toujours toute l'attention, jusqu'au jour où ton courageux, athlétique frère a risqué sa vie, sa vie de petit garçon de dix ans, pour sauver sa sœur, et il y est parvenu ! Waouh ! le héros, ça a été moi, pendant un certain temps. C'était si agréable, Chyna. Vraiment très, très agréable. Même Edward m'a regardé différemment. Oh, il ne laissait jamais personne d'autre voir la froideur dans ses yeux lorsqu'il me regardait auparavant, mais après ce jour, il s'est laissé aller à montrer un peu de chaleur — la chaleur qu'il te réservait d'habitude.

— Ned, papa ne t'a jamais traité différemment de moi ! »

Ned lui adressa un petit sourire suffisant. « Il ne m'a jamais traité différemment, mais cela lui demandait un effort constant car *ses sentiments* étaient différents. Je n'avais pas besoin d'être un médium comme toi pour le savoir. Les enfants sentent ce genre de choses. Edward Greer ne m'aimait pas. Ce qu'il éprouvait envers moi, de chaque parcelle de son être, c'était de la rancune.

— Mais non, pas du tout ! » Chyna et Ned tous deux se raidirent en entendant la voix de Rex, qui descendait depuis l'étage. Chyna avait oublié qu'il était toujours dans la maison. « Tu n'étais pas l'enfant biologique d'Edward, mais tu étais celui de Vivian et le mien, et il nous aimait tous les deux. Il t'aimait toi aussi. »

Ned éructa : « Il m'a haï à l'instant où je suis né parce que j'étais l'enfant de Vivian et de *toi* !

— Lorsque tu as pris conscience que tu n'étais pas l'enfant d'Edward, tu as fabriqué tout ce fantasme selon lequel tu n'étais pas aimé, peut-être même détesté, et qu'on éprouvait de la rancune envers toi, répliqua Rex. Tu étais jaloux de ta sœur, mais tu ne voulais pas l'admettre. Non, Ned, tu as toujours possédé une chose que ne possède pas ta sœur : un immense ego. Tu ne pouvais pas admettre que tu ressentais quelque chose d'aussi mesquin que la jalousie envers une petite fille, alors tu as inventé des raisons pour expliquer toute cette abjection qui croupissait à l'intérieur de toi depuis ton enfance !

— C'est un foutu mensonge ! lança rageusement Ned. Toi — toi, tu as mis Vivian enceinte et tu l'as abandonnée. Et après que ton frère l'a sauvée de cette honte, tu as eu l'âme assez pourrie pour trahir ton frère et te remettre avec elle. Je me souviens de la première fois où je vous ai vus ensemble. J'étais rentré tôt de l'école, j'ai entendu du bruit dans la chambre d'amis et j'ai jeté un coup d'œil et vous étiez là tous les deux, toi et la femme de ton frère, l'un sur l'autre, en sueur, haletant et grognant comme deux bêtes…

— Tais-toi ! » Chyna réalisa qu'elle avait presque hurlé. Michelle s'était pratiquement enroulée autour de ses jambes et elle pouvait sentir la chaleur émise par la frayeur de la chienne, une frayeur presque égale à la sienne. Elle ne s'était absolument pas doutée que Vivian et Rex avaient eu une liaison, mais cette réalité ne l'avait pas encore atteinte et il lui fallait absolument retrouver son calme. « Arrête-toi de parler, Ned ! » Sa voix fendit l'air comme un couteau. « Ce que maman et Rex ont fait était mal, mais c'est fini. Je ne veux plus entendre un seul mot à ce sujet. Je ne veux plus entendre un seul mot concernant la haine que papa aurait éprouvée pour toi. Il ne te haïssait pas, et même s'il l'avait fait, cela ne compte plus. Papa est mort depuis longtemps. Et à présent, maman est morte elle aussi. » Elle s'interrompit, ayant l'impression que des éclairs fusaient sous ses paupières. Elle vit alors Vivian debout en haut de l'escalier. Et elle vit son visage — cramoisi et horrifié mais totalement déterminé, implacable tandis qu'elle menaçait son fils.

Un moment, Chyna retint son souffle. Autour d'elle, les deux hommes étaient comme figés. Et pendant ce temps, l'obscurité descendait, plus tôt que d'habitude depuis le retour à l'heure d'hiver. La seule lumière provenait d'une petite lampe sur le bureau, une lampe qui projetait des ombres vacillantes, grimpant le long des murs et traversant le plafond. Chyna sentit comme un bloc de glace peser dans son estomac. En même temps, la sueur rampait de ses cheveux au col de son pull comme un mince serpent. Et pourtant, elle réussit à retrouver sa voix, une voix faible et rauque. « Tu as admis m'avoir poussée du bateau lorsque j'avais sept ans, Ned. Tu sais que je sais que tu as causé la mort de Zoey, d'Heather, et d'Edie. Et certainement aussi celle de Nancy. » Elle s'interrompit, reprit : « Maintenant dis-moi ce qui est arrivé à maman.

— Elle a eu une crise cardiaque, dit Ned, impassible, soutenant le regard de Chyna.

— Le médecin légiste a dit que maman a en effet eu une crise cardiaque. Mais je peux te voir avec elle, Ned. Je peux vous voir tous les deux, en haut de l'escalier. Que s'est-il passé ce matin-là, Ned ? Tu pourrais nous raconter cela également. Tu n'as plus rien à perdre.

— Plus rien à perdre ? » répéta Ned. Il jeta un coup d'œil à Rex, puis regarda de nouveau Chyna, et se mit à rire. « Eh bien, je le suppose. J'avais toujours peur que tu comprennes tout un jour, petite sœur, même si je pensais que tes prétendues visions n'étaient que le résultat d'une surveillance intense. Tu observais toujours tout, aucun détail ne t'échappait, même quand tu étais petite. Malgré tout, je n'en étais pas absolument certain. C'est pourquoi j'ai évité de te toucher depuis que tu es revenue. Tu l'as remarqué ? »

Chyna fit rapidement défiler ses souvenirs. Le premier soir, il lui avait dit bonjour sans l'enlacer, lorsqu'il était venu lui rendre visite avec Bev. Il n'avait pas même posé la main sur son épaule après l'épreuve du rassemblement sur la pelouse. Il sembla voir qu'elle commençait à comprendre et sourit tristement. « Je n'imaginais pas devoir un jour tout raconter à Rex, mais ce sera peut-être amusant de lui décrire dans quelles conditions sa maîtresse, ou plutôt sa putain, est morte. »

Le visage de Rex se crispa et, brièvement, il ferma les yeux. Entendre Vivian être traitée de putain l'a blessé, pensa Chyna. Même s'il lui a tourné le dos lorsqu'elle avait eu besoin de lui avant la naissance de Ned, même s'il n'avait fait que badiner avec elle, entre deux épouses, lorsqu'il passait à Black Willow, il s'était soucié de Vivian. D'une certaine manière, aussi déçue que soit Chyna par sa mère, savoir que Rex s'était au moins soucié d'elle atténuait sa douleur.

« J'avais remarqué que parfois maman me regardait comme si elle me voyait pour la première fois, commença Ned. Avec l'air de se poser tant de questions. Je ne sais pas si elle a dit quoi que ce soit à Edward, ou s'il s'est simplement mis à avoir des doutes à mon sujet, lui aussi, mais un jour j'ai vu qu'il me regardait de la même manière. » Ned fit un sourire presque grimaçant. « Je vous assure, ça m'a fait flipper. Et ça m'a fait peur. Et je n'aime pas qu'on me fasse peur. Alors, je me suis dit que s'ils commençaient vraiment à flairer quelque chose, s'ils pensaient que leur Edward Junior était peut-être le tueur de jeunes filles, quel meilleur moyen de leur faire croire que j'étais juste un type normal que d'épouser une gentille et jolie fille de bonne famille, une sympathique fille qu'ils connaissaient et aimaient, une fille qu'ils auraient choisie comme bru ? J'ai donc demandé Beverly en mariage.

— Tu as utilisé Beverly comme *couverture* ? demanda Chyna, consternée.

— Oui. Pourquoi pas ? Elle m'aimait. Elle a été folle de joie lorsque je lui ai demandé de m'épouser. À l'époque du mariage, le regard de Vivian a cessé d'être étrange. Mais pas celui d'Edward. » Chyna se souvint comme son père avait paru réservé pendant toutes les festivités de la noce. Elle avait bien pensé qu'il était préoccupé, mais elle n'avait pas su pourquoi. À présent, elle le savait. « Oh, quel soulagement quand il a cassé sa pipe deux semaines plus tard, termina Ned d'un ton désinvolte.

— S'il te plaît, dis-moi que tu ne l'as pas tué, fit Rex avec la voix d'un vieil homme.

— J'avais prévu de le faire s'il continuait à me regarder avec cet air soupçonneux. Heureusement, je n'ai pas eu besoin d'en arriver là. Il est parti tout seul. Enfin, presque tout seul. » Ned fronça les sourcils. « Pas la peine d'avoir l'air tellement soulagé, Rex. Il a tout découvert au sujet de Vivian et de toi. Lorsque j'ai vu que mon mariage ne paraissait pas lui suffire pour régler la question, il a reçu une lettre anonyme vous concernant, accompagnée de quelques photos. » La bouche de Ned s'étira de nouveau, formant cet horrible sourire. « Il a donc découvert que son frère et sa femme s'étaient donné du bon temps, sans se priver, pendant des années, juste sous son nez. Le choc, la douleur… il a été bon pour une attaque.

— Mon Dieu, gémit Rex. Je n'ai jamais eu l'intention…

— Tu n'as jamais eu l'intention qu'il découvre la vérité ? demanda Ned. Je l'imagine bien. Ça ne te gênait pas de baiser ta belle-sœur ; simplement tu ne voulais pas qu'il le sache. Très noble de ta part, Rex. Ça montre à quel point tu aimais ton frère.

— Et l'informateur anonyme, c'était toi », fit Chyna d'une voix éteinte.

Ned acquiesça. « Bien sûr. J'étais particulièrement fier des photos. Lorsque ces deux-là étaient occupés, ils ne me remarquaient même pas, je pouvais ouvrir la porte assez grande pour prendre d'excellentes images d'eux. Mais tu m'as posé des questions sur Vivian, pas sur Edward. Eh bien, comble de malchance, nous avons eu cette grande tempête pendant que j'assistais au mariage de la sœur de Bev en Pennsylvanie. Elle a démoli ma vieille cabane — l'endroit que je gardais toujours bien cadenassé. Vivian avait toujours eu des soupçons, voyant comme je protégeais cet endroit, et lorsque tout un pan de la cabane s'est écroulé, elle est allée fouiner là-bas. C'est comme ça qu'elle a trouvé mes souvenirs, soigneusement cachés dans la vieille malle. »

Chyna se sentit mal. « Tes souvenirs des filles que tu avais tuées.

— Oui. Lorsque je suis rentré, j'étais furieux qu'elle ait fait abattre la cabane et emporter tous les débris. Elle a voulu faire comme si de rien n'était, mais je n'ai pas été convaincu. Je suis revenu le lendemain et je l'ai affrontée. Elle était au lit, mais elle s'est levée et est venue à ma rencontre, en haut de l'escalier. Elle avait l'air faible et malade, complètement abattue. Elle m'a dit qu'elle avait trouvé tous mes "grotesques trésors". Elle m'a dit qu'elle soupçonnait depuis des années que j'avais tué ces filles, mais qu'elle avait gardé le silence parce que j'étais son fils, comme si elle s'était jamais souciée de moi !

— Mais si, Ned, risqua Chyna.

— La… ferme, répliqua-t-il d'un ton froid. Elle et Edward se souciaient de toi. De toi *seulement*. Mais on a déjà parlé de ça et je déteste avoir à me répéter. Quoi qu'il en soit, elle m'a lancé ce regard sinistre, avec ses yeux caves, et elle m'a dit : "Pour une fois dans ma vie, je vais agir comme il faut avant que tu puisses tuer une autre fille, ou Beverly, ou tes propres enfants. J'ai gardé ces choses qui appartenaient aux filles mortes, et ne prends pas la peine de les chercher car tu ne les trouveras jamais. Je vais les montrer à la police et dire où je les ai trouvées. Puis je vais dire aux autorités tout ce que je sais à ton sujet. Je n'en sais pas beaucoup, mais suffisamment pour qu'ils ouvrent une enquête. J'ai déjà téléphoné à Rex. Il va m'aider." »

La nourriture que j'ai trouvée dans le réfrigérateur en arrivant, se dit Chyna. Sa mère avait attendu Rex, mais il avait été retardé par la grippe.

« Vivian est passée devant moi et a commencé à descendre les marches, continua Ned. Elle a ouvert la bouche toute grande, en se tenant la poitrine. Je savais déjà qu'elle avait des problèmes cardiaques. Elle était en train d'avoir une attaque. Alors, comme l'occasion se présentait juste en face de moi, je n'ai eu qu'à pousser Vivian dans l'escalier, gentiment mais énergiquement. Puis je suis descendu et j'ai bien regardé pour être sûr qu'elle était morte. Son cou était tordu dans cet angle absolument atroce et…

— Suffit ! cria Chyna. Pour l'amour de Dieu, ne le décris pas !

— Pour l'amour de Dieu ? demanda Ned. Je n'aime pas Dieu et il ne m'aime pas, mais en l'honneur de ta nature sensible, je n'entrerai pas dans les détails. J'ai traîné dans la maison pendant une demi-heure environ, puis j'ai appelé le 911. Je voulais qu'ils pensent qu'elle était par terre depuis un moment avant que je la trouve. Et, bien heureusement pour moi, l'autopsie a montré qu'elle avait eu une crise cardiaque. La conclusion était simple. Elle était en haut de l'escalier, elle a eu sa crise, elle est tombée en bas des marches, et s'est brisé le cou, ce qui l'a achevée. Je me suis bien débrouillé pour avoir l'air du fils atterré, lorsque les secours sont arrivés. Puis je t'ai appelée, Chyna. Tu admettras que mon chagrin semblait sincère ?

— Oui, espèce de fils de pute, explosa Chyna.

— Fils de pute. Eh bien, cela semble tout à fait approprié.

— Pourquoi, Ned ? » Chyna et Ned furent tous deux surpris d'entendre de nouveau la voix de Rex. Il avait fini de descendre les marches et se tenait maintenant dans le living empli d'ombres. « Pourquoi as-tu tué ces filles ?

— Pourquoi ? Pourquoi ? Pourquoi ? psalmodia Ned. Pourquoi un tueur en série doit-il tuer ? Eh bien, en général, il a un type précis à l'esprit. Dans mon cas, je choisis toujours des filles jeunes, jolies, intelligentes, des filles dont tout le monde sait qu'elles vont faire de leur vie quelque chose qui dépasse l'ordinaire, des filles *exceptionnelles*...

— Des filles comme ta sœur, fit Rex d'un ton égal.

— Exactement. Je l'admets, je n'ai pas réussi à me débarrasser d'elle la première fois, mais je n'avais que dix ans à l'époque et mon besoin d'admiration était plus fort que la voix de la raison. Puis Zoey est venue à Black Willow. Elle était mignonne, futée, irait sûrement dans une bonne école car ses parents avaient de l'argent, mais elle n'avait rien de spécial, sinon une chose : elle était la meilleure amie de Chyna. Si je ne pouvais atteindre Chyna directement, je pouvais le faire indirectement, à travers Zoey. Et j'y suis arrivé, n'est-ce pas, petite sœur ? Je t'ai complètement brisée, lorsque j'ai tué Zoey.

— En effet, dit Chyna d'une voix cassée. Et les filles qui ont suivi Zoey — je ne les connaissais même pas, mais elles me ressemblaient. Tu n'arrêtais pas de me tuer encore et encore, symboliquement. »

Ned redressa la tête. « Eh bien, je n'y avais jamais pensé comme cela — c'est toi, la personne qui pense dans la famille — mais je suppose que tu as raison. » Son regard s'éloigna de Chyna, comme si une autre pensée attirait son attention. Puis il regarda l'urne en plaqué or posée sur une table basse en cerisier. « Et voilà, maman est de retour à la maison. » Il regarda Rex : « Finis les petits jeux dans la chambre, semble-t-il. »

Rex se tenait près du mur, figé. Ses yeux bleus, qui avaient perdu tout éclat, allaient de Ned à l'urne.

« Vivian m'a appelé et m'a dit qu'elle te soupçonnait, Ned, fit-il d'une voix étrange, totalement détachée. Elle m'a parlé des "trophées" qu'elle avait trouvés dans la cabane — le ruban de velours, la culotte, un exemplaire du script de *Notre ville*, et d'autres encore. Elle m'a raconté quel air tu avais la nuit de la disparition d'Heather. Elle m'a dit qu'elle allait te dénoncer à la police et elle m'a supplié de venir, pour l'aider. Je n'ai pas pu me résoudre à faire ce qu'elle voulait que je fasse, alors j'ai cherché à gagner du temps, ce que je ne me pardonnerai jamais. Puis j'ai compris que c'était mon devoir — tu es mon fils — et je me suis forcé à prendre l'avion pour venir. J'ai loué une voiture à l'aéroport, j'ai conduit jusqu'ici, et en arrivant devant la maison, j'ai vu une ambulance dans l'allée. J'ai vu qu'on emmenait quelqu'un sur une civière, et bien que le visage ait été recouvert, j'ai su que c'était Vivian. »

Rex regardait froidement Ned. « Et je t'ai vu, te traînant derrière la civière avec ton air de chien battu.

Tu as peut-être fait illusion devant les flics et les secouristes, mais moi, je n'ai pas été dupe. Je savais que Vivian était morte et je savais que tu y étais pour quelque chose. Je ne pouvais rien prouver, malgré tout, alors je ne me suis pas arrêté à la maison. Je t'ai suivi pendant deux jours, espérant pouvoir te prendre sur le fait d'une manière ou d'une autre. Mais je n'y suis pas arrivé. Je ne pouvais pas non plus repousser plus longtemps le moment de voir Chyna. Alors j'ai fini par faire mon apparition, et j'ai inventé une excuse pour mon retard, j'ai prétexté avoir été malade. Mais je t'ai suivi sans cesse, Ned, des jours et des jours. C'est pour cela que je n'étais jamais ici, Chyna.

— Eh bien, tes talents de détective privé laissent à désirer, Rex, fit Ned d'un ton méprisant. Regarde ce qui est arrivé à Deirdre Mayhew et à Rusty Burtram. »

Chyna regarda avec désespoir l'homme qu'elle avait aimé toute sa vie, son frère. « Lorsque je suis arrivée ici, tu boitais et Bev m'a dit que tu t'étais froissé un muscle en butant sur un tuyau d'arrosage, au garage. Mais en fait c'était en poursuivant Nancy que tu t'es froissé ce muscle. Elle a trébuché, elle s'est cogné la tête avant que tu l'attrapes, mais tu as eu le temps de voir Rusty vous observer. C'est pour ça que tu l'as tué.

— Je ne crois pas qu'il m'ait vu, fit Ned en haussant les épaules. Mais je n'étais pas absolument certain et je n'allais pas prendre le moindre risque. De plus, je lui ai rendu service. Ce pauvre type n'allait pas connaître un seul jour de bonheur de toute sa vie.

— Tu n'étais même pas là quand Rusty m'a raconté qu'il avait vu courir Nancy et qu'il pensait que quelqu'un la poursuivait, dit Chyna.

— Non, mais Gage, lui, était là, et il a fait l'erreur de tout me raconter — comment Rusty avait épanché son cœur devant toi, essayant de te convaincre qu'il n'était pas un pervers, et son père qui a surpris la conversation et qui était sur le point d'exploser, un vrai Vésuve. Le plus drôle, c'était que Gage ne savait pas s'il devait croire Rusty innocent ou non. Il m'a dit qu'il réfléchissait à ce sujet, essayant d'arriver à comprendre. »

Chyna dit d'un ton neutre. « Oui, ça a dû être très drôle pour toi. » Elle hésita. « Ned, où *est* Gage Ridgeway ?

— Il a mis les voiles, petite sœur, lorsque tu as trouvé Deirdre dans le cimetière, si près de sa maison. Après tout, c'est dans sa propriété que tu as trouvé la couverture qui avait servi à couvrir Deirdre.

— Arrête de te moquer de nous ! C'est toi qui as placé la couverture chez Gage. Lorsque je l'ai trouvée, j'ai su qu'il y avait quelque chose qui n'allait pas. Elle était sale. Il y avait des gravillons et de la crasse dessus. Mais le sol du hangar de Gage — là où tu voulais que la police s'imagine que Deirdre était retenue prisonnière — était impeccable, lui. » Ned se contenta de lui sourire. « Tu as déposé la couverture à cet endroit et je suis certaine qu'une ou deux choses appartenant à Deirdre vont également être retrouvées chez Gage. Dès que tu as entendu la radio de la police — celle que tu écoutes sans arrêt, ce qui rend folle Beverly — tu es sorti précipitamment de chez toi. Tu es allé chez Gage et tu as dissimulé des preuves. Mais qu'as-tu fait de lui ?

— À ton avis ?

— Tu veux me faire croire que tu l'as tué, Ned,

mais tu ne l'as pas fait. » Chyna se frappa la tempe. « Perception extrasensorielle, tu te souviens ? Je *sais* qu'il est vivant.

— Tu le supposes, c'est tout.

— Oh non, je ne suppose rien. » Bien qu'elle se sentît trembler intérieurement, elle parvint à parler d'une voix forte, assurée : « Gage Ridgeway est vivant, Ned. Tu as un plan le concernant. »

Le regard de Ned cilla légèrement. Puis il la fixa, les yeux froids et inexpressifs. « Tu as raison. J'ai un plan en ce qui concerne Gage. » Il s'interrompit. « Mais j'en ai aussi pour toi, ma chère Chyna. Un plan qui, j'en ai peur, aboutira à ta tragique disparition.

— Tu vas tuer ta propre sœur ? demanda Rex de sa voix de vieil homme.

— Oui. N'aie pas l'air aussi surpris. J'ai déjà fait une tentative, souviens-toi. Seulement, cette fois, je vais réussir.

— Le diable si tu vas réussir », rugit Rex, se jetant sur Ned. Mais Rex était lent et Ned ne l'était pas. Une arme jaillit de sous sa veste, si vite qu'il fut impossible de voir comment. Chyna poussa un cri tandis qu'un coup partait. Rex demeura parfaitement immobile. Puis, lentement, il baissa les yeux sur le sang qui s'échappait de son abdomen. Son regard croisa une dernière fois celui de Chyna avant qu'il tombe avec fracas sur la table basse recouverte d'un plateau de verre.

« Intestin transpercé, fit Ned. Une douloureuse manière de mourir.

— Oh, mon Dieu ! cria Chyna. Qu'as-tu fait ?

— Ça me paraît évident. »

Elle voulut se précipiter vers Rex, mais Ned pointa

l'arme dans sa direction. « Reste où tu es. » Rex poussa un gémissement et Chyna fit de nouveau un mouvement. Cette fois-ci Ned tira. La balle atteignit le mur à moins de trente centimètres de la tête de Chyna. « J'ai fait exprès de mal viser. Mais la prochaine fois, je vise bien, alors dans ton intérêt cesse de te conduire de manière si sentimentale. Je t'ai dit qu'avoir l'intestin transpercé était une manière de mourir douloureuse. Mais c'est aussi une manière très lente. Le vieux Rex ici présent va gémir pendant un bon bout de temps, mais tu ne peux rien faire pour lui. Rien, Chyna. Le seul moyen de sauver ta vie est de faire ce que je dis. »

Elle rencontra son regard sinistre, inhumain. « Tu as l'intention de me tuer, moi aussi. Alors pourquoi ne pas en finir ?

— Parce que ce n'est pas ainsi que je l'ai prévu. Il est absolument évident qu'il n'y a plus rien que tu puisses faire pour sauver ta peau maintenant. Mais… » Ned baissa l'arme et la pointa sur la tremblante Michelle. « Tu peux m'accompagner et sauver ta chienne. La plupart des gens ne penseraient pas que le marché en vaut la peine, mais je sais à quel point tu aimes cette chienne.

— Allons, Ned. Tu vas la tuer. Et ensuite tu me tueras, moi. »

Il haussa les épaules. « Tu as raison. Alors voilà une autre manière de voir les choses. Si je tire sur toi maintenant, tout est fini. Si tu te donnes un peu de temps, ton super-cerveau aura peut-être une bienheureuse inspiration. » Il gardait l'arme pointée sur Michelle mais ne quittait pas Chyna des yeux. « Alors, Chyna Doll, que choisis-tu ? »

Elle déglutit compulsivement, se pressant contre le bureau, gardant les mains derrière elle de façon à ne pas faire un geste instinctif qui pourrait faire sursauter Ned et le pousser à tirer. « Je ferai ce que tu diras. » Ses mains, recouvertes d'une pellicule de sueur, glissèrent sur le dessus du bureau. Arrêtez, leur ordonna-t-elle silencieusement. Ne bougez pas. Mais ses mains continuèrent de glisser. Elles bougeaient pratiquement contre sa volonté, comprit-elle soudain. C'était presque comme si quelque chose, ou quelqu'un, les faisait bouger à sa place. Puis elles le touchèrent. Le pendentif de Zoey, le trèfle à quatre feuilles. Chyna le saisit dans sa main gauche et continua de regarder Ned sans ciller. « J'ai dit que je ferai ce que tu veux. Simplement, ne tire pas sur moi. Ni sur la chienne. S'il te plaît.

— Ne tire pas sur la chienne. S'il te plaît, répéta Ned sur le même ton, avant de rire. D'accord, petite imbécile. Mes gosses adorent cette chienne, eux aussi. Ils ne seront que trop heureux de s'en occuper lorsque tante Chyna sera morte. Maintenant, je ne crois pas qu'il y ait quelqu'un dehors, mais étant donné que certains s'imaginent que tu es une mauvaise sorcière ou un démon, et qu'ils pourraient se cacher dans les parages, dans l'espoir d'éradiquer le mal présent dans leur ville, je ne vais pas t'attacher ou te faire ressembler d'aucune manière à une prisonnière. Tu vas sortir de la maison et marcher jusqu'à ma voiture aussi tranquillement qu'en temps normal. La seule différence, c'est que, cette fois, je suis derrière toi avec une arme pointée sur ton dos.

— Où m'emmènes-tu ? »

Ned répondit, mais soudain Chyna ne put l'entendre. À la place, elle entendit une douce et légère voix chanter « Star light, star bright... ».

« Tu m'écoutes ? voulut savoir Ned.

— Je... je suis désolée. J'ai peur. Que disais-tu ?

— Est-ce ta manière d'essayer de gagner du temps ? Parce que ça va pas marcher.

— Je n'essaie pas de gagner du temps. J'ai dit que j'étais désolée. Je... Je... »

De nouveau la voix. « Star light, star bright... » Brusquement, la pièce disparut. Un instant, Chyna ne vit que les ténèbres. Puis, dans une explosion colorée, elle vit une enseigne au néon, une vieille enseigne qui ne s'était pas éclairée depuis plus de vingt ans : STAR LIGHT DRIVE-IN.

Il y eut un changement de décor. Ce n'était plus du temps de ses beaux jours qu'elle voyait le drive-in. Elle le voyait tel qu'il devait être juste après sa fermeture, avec comme seule source de lumière les étoiles et la lune, éclairant les poteaux qui soutenaient les haut-parleurs rouillés, et le bureau de vente abandonné, cerné par les mauvaises herbes, le lierre grimpant de chaque côté, bien que l'endroit ne soit pas autant envahi par la flore qu'à présent. Il ressemblait...

À ce qu'il était douze ans auparavant ! Soudain, Chyna sut que c'était l'endroit où Ned avait amené Zoey. Zoey et Heather et Edie et Deirdre. Et c'était là qu'il allait l'emmener, elle.

« Bon sang, Chyna, je t'ai dit d'avancer ! criait Ned. Immédiatement ou bien...

— D'accord, s'écria-t-elle. Nous allons au Star Light Drive-In, non ? Le vieux bureau de vente ? C'est là que tu as amené toutes les autres, n'est-ce pas, Ned ?

Si tu es sur le point de me tuer, tu peux au moins répondre à une question. Tu m'emmènes au vieux drive-in sur la Route Cinq ?

— Il faut toujours que tu la ramènes ! répliqua Ned, l'air écœuré. Eh bien, petit génie, tu as raison. C'est là que je t'emmène. Une nouvelle preuve de ton fabuleux sixième sens. Le seul problème, c'est qu'il se manifeste un peu tard pour te sauver. » Ned semblait au comble de l'exaspération, une exaspération proche du désespoir, et ses yeux avaient perdu leur caractère éteint. Ils semblaient prêts à s'enflammer, à exploser de fureur. Il saisit une épaule de Chyna et la fit se retourner, lui enfonçant le canon de son arme dans le dos. « Maintenant, tu avances. »

Alors qu'elle s'éloignait du bureau, Chyna saisit plus fort encore le pendentif de Zoey. Ils se dirigèrent vers la porte, Ned juste derrière elle. Rex gémissait toujours, et Chyna s'efforçait de ne pas l'entendre. « Et comment as-tu prévu d'expliquer que ton oncle gise ainsi par terre, en ayant reçu une balle ? demanda-t-elle à Ned. Tu ne peux pas simplement cacher le corps. Il y a déjà trop de sang pour que tu puisses le nettoyer.

— Tu crois que j'ai perdu mon sang-froid quand j'ai tiré sur lui, n'est-ce pas ? fit-il d'un ton suffisant. Eh bien, tu ne sais pas tout. Ça fait partie du plan.

— Je vois. » Elle tendit la main vers la patère et Ned enfonça plus fort le canon dans son dos. « Tu veux que tout ait l'air normal, Ned. Il doit faire sept degrés dehors. Normalement, je ne sortirais pas sans mettre un manteau. Mais peut-être as-tu oublié ce détail dans ton plan si brillant ? »

Ned lui permit d'enfiler le manteau, mais lorsqu'elle

fit le geste de prendre son sac, il dit d'un ton sec : « Pas question. Tu t'imagines que je ne sais pas que ton portable est à l'intérieur ? Que tu vas arriver à le mettre en marche, appuyer sur une touche qui compose automatiquement un numéro, celui de Kendrick par exemple, parler à voix haute jusqu'au moment où tu l'entendras dire bonjour, puis me demander à nouveau si je t'emmène bien au Star Light Drive-In ? En lui donnant un indice ? Eh bien, ça ne se passera pas comme ça. Et maintenant, dehors. »

Les larmes jaillirent dans les yeux de Chyna et elle tenta de les réprimer. Elle ne voulait pas laisser Ned voir qu'il avait deviné exactement ce qu'elle avait prévu de faire. Elle avait bien le numéro de Scott en rappel automatique sur son portable. Deux pressions sur une touche et il aurait entendu chaque mot qu'elle prononçait. À présent elle était impuissante.

Tandis qu'ils quittaient la maison, elle marchait la tête haute, sachant que Ned ne pouvait voir ses yeux pleins de larmes. Il se tenait à moins de dix centimètres derrière elle. Ils arrivèrent à sa voiture. « Ouvre la porte, fit-il, alors qu'ils atteignaient le côté passager. Puis glisse-toi vite derrière le volant. » Elle le regarda. « Tu croyais que j'allais te laisser entrer dans la voiture, fermer la porte et attendre comme une gentille fille que j'aille tranquillement du côté conducteur ? Mets-toi au volant et n'oublie pas que j'aurai ce pistolet pointé sur ta tête à chaque instant. »

Chyna se glissa donc sur le siège. Ned avait laissé les clés. Elle mit le contact, posa la main sur le levier de vitesses. « Ne te mets pas dans la tête de foncer et de provoquer un accident. Tu recevrais une balle dans la tête avant même que cette voiture atteigne la porte du garage. »

Et il pensait ce qu'il disait. Il avait un plan, d'accord, mais il ne comptait pas la laisser s'en sortir si les choses ne se passaient pas comme convenu. Il était au-delà de la prudence. Et certainement, il était dans cet état depuis l'instant où il avait appris que Deirdre Mayhew avait repris conscience et pourrait bientôt identifier son ravisseur, si ce n'était déjà fait. À présent la seule chose qui importait à Ned — celle qui était de la plus grande importance pour lui depuis leur enfance —, c'était tuer Chyna.

Ils roulaient en silence depuis une dizaine de minutes lorsque Chyna finit par demander : « Qu'est-ce qui t'a donné l'idée d'utiliser le drive-in ?

— Il était fermé depuis six ans, et un soir avec un groupe de copains on est venus en voiture jusque-là. Les mauvaises herbes avaient déjà tout envahi, elles étaient partout, mais surtout autour du vieux bureau de vente. Il était verrouillé. On n'a pas cherché à entrer. Je n'ai pas forcé la porte parce que je voulais revenir et entrer, mais seul. Je voulais explorer chaque centimètre de cette salle parce… eh bien, je déteste me mettre à m'exprimer comme toi… mais tout simplement, l'endroit me parlait. Spécialement la nuit. Nous étions deux âmes abandonnées, des choses dont personne ne se souciait, des choses qu'on laissait pourrir pendant que tout le monde se concentrait sur ce qui était plus jeune, plus clinquant. » Il soupira. « C'est le seul endroit où je me sois senti en paix, parfaitement en paix.

— En paix ? répéta Chyna, abasourdie. Tu as

amené les filles que tu voulais tuer là-bas parce que tu t'y sentais en paix ? » Ned acquiesça nonchalamment. « Mais tu ne les tuais pas immédiatement, n'est-ce pas ? Après être entré par effraction dans ce bâtiment que tu aimais tant, tu as décidé d'y garder tes victimes pour les torturer pendant un petit moment, n'est-ce pas ?

— Les torturer ? Je n'ai jamais vu les choses sous cet angle. Ce bâtiment était mon endroit secret où je pouvais... les apprécier pendant un certain temps avant de devoir leur dire adieu ! »

Les *apprécier* ? La bile monta dans la gorge de Chyna. Elle ferma les yeux, la gorge totalement nouée. De quelle manière son frère avait-il « apprécié » Zoey et les autres ? Chyna ne poserait pas la question. Elle ne voulait pas le savoir.

« Et tu as prévu de m'apprécier, moi aussi ? demanda-t-elle à la place.

— J'ai bien peur que le temps manque. » Il l'inspecta du regard, un côté de sa bouche relevé, ce qui lui donnait cet étrange sourire, celui d'une bête redevenue sauvage, qui fit comprendre à Chyna qu'il avait bel et bien perdu le contrôle qui l'avait protégé depuis sa première tentative de la tuer lorsqu'il avait dix ans. « De plus, Chyna, nous sommes frère et sœur. Ce ne serait pas bien. Maintenant sors de la voiture et n'oublie pas que je suis juste derrière toi. Si tu essaies de t'enfuir, tu ne franchiras pas plus de deux mètres. »

Intellectuellement, Chyna savait qu'elle devait réfléchir à toute vitesse, essayer de trouver un moyen de s'échapper. Émotionnellement, pourtant, elle sentait que sa seule chance était d'essayer de faire taire le plus grand nombre possible des pensées qui occupaient bruyamment son esprit. Le penditif de Zoey toujours en main, elle croyait que son seul espoir viendrait de l'extérieur de son petit domaine de réalité, là où les réponses attendaient dans l'immense monde qui existait au-delà du petit cercle des cinq sens.

Mais les autres filles n'avaient pas pénétré dans le bâtiment dans le même état qu'elle. Toutes, elles étaient inconscientes. Ned avait ouvert la porte, tiré leur corps flasque depuis sa voiture, les avait portées à l'intérieur. Et ensuite…

« Clé du cadenas, fit Ned, agitant une clé en face d'elle tout en tenant son revolver de la main droite. C'est *toi* qui vas l'utiliser pour ouvrir le cadenas.

— Donc tu ne peux même pas ouvrir une serrure en tenant une arme contre moi, dit Chyna. Tu es vraiment très doué, Ned.

— Arrête de me traiter comme ça !

— Je ne prendrai même pas cette peine. C'est trop facile.

— Une seule remarque de plus comme celle-ci et…

— Et tu m'éclates la cervelle juste là, en plein air ? Ce n'est sûrement pas dans ton plan, Ned. C'est trop grossier. On ne retrouve pas ta finesse habituelle.

— Je sais ce que tu es en train de faire, fit-il d'une voix rageuse. Tu essaies de me rendre furieux au point de perdre la tête, de faire déraper la situation et d'avoir une chance de t'échapper. Mais cela ne va pas arriver, Chyna. Je suis trop près du but pour laisser *la moindre chose* me rendre nerveux et me pousser à faire une erreur.

— Puisque tu le dis. » Chyna essayait d'avoir l'air

outrageusement désinvolte. Elle avait le sentiment que le plus grand désir de Ned était de la voir réduite à une adolescente tremblante, aux idées brouillées par la peur, une enfant ou presque. Son frère se nourrissait de la peur, il « se défonçait » à la terreur, il vivait pour avoir le contrôle, et l'ultime contrôle était le pouvoir de vie ou de mort. Mais, pour Ned, le problème était que la sensation procurée par le fait de tuer ne durait jamais assez longtemps. Sans cesse il avait besoin d'une nouvelle dose. Curieusement, elle pensait qu'il imaginait que ce constant besoin d'une nouvelle dose prendrait fin lorsqu'il la tuerait, elle, mais elle savait que ce ne serait même pas le cas. Tant qu'il vivrait, sa soif de destruction durerait.

Elle défit le cadenas et poussa la porte pour l'ouvrir. Des petites fenêtres s'alignaient en haut du bâtiment à un seul étage, laissant pénétrer un peu de la clarté de la lune, mais pas assez pour l'aider. Puis Chyna entendit un déclic derrière elle. Le faisceau d'une torche électrique fendit l'obscurité et s'arrêta sur la silhouette d'un homme blotti dans un coin. Une couverture avait été jetée sur lui, mais une partie de son visage défait, taché de sang, était clairement visible. Gage Ridgeway. Il cligna des yeux devant le brutal éclat lumineux et baissa vivement la tête, mais Chyna eut le temps de voir l'adhésif sur sa bouche.

« C'est donc ici qu'il se trouve, dit Chyna d'un air sombre. Je savais que tu ne l'avais pas tué, Ned. Tu daignerais me dire pourquoi ?

— Parce que c'est *lui* qui va *te* tuer. » Ned poussa la porte pour la refermer, mais il n'éteignit pas la torche. Il n'avait pas besoin de prendre de précautions, pensa Chyna. Ils étaient loin de la route principale, et aucune maison, aucun magasin ne se trouvait aux alentours du drive-in. « Tu veux savoir pourquoi c'est lui qui va te tuer ?

— Je meurs d'envie de le savoir.

— Très malin, Chyna. Assieds-toi.

— Je ne veux pas m'asseoir. »

Ned pointa son arme en direction de sa tête. « J'ai dit *assieds-toi.* »

Chyna soupira, essayant de paraître exaspérée. En fait, elle se sentait sur le point de s'évanouir, et n'était que trop heureuse de se laisser tomber sur le ciment froid. Mais elle ne voulait pas avoir l'air de défaillir de peur. « Entendu, je suis assise, dit-elle froidement. S'il te plaît, éclaire-nous encore un peu de ton éclat avant que tu n'exploses. »

Ned lui lança un regard acéré, de toute évidence furieux qu'elle ne manifeste ni peur ni respect envers son pouvoir. « Je suis sûr, à quatre-vingt-dix-neuf pour cent, que Deirdre ne m'a pas vu. J'étais déguisé en fantôme lorsque je l'ai enlevée — et j'ai tout le temps été déguisé, comme les autres, pour que personne ne me remarque. Ensuite, j'ai porté un masque de ski, quand j'approchais d'elle. Et même si elle a reconnu ma voix ou autre chose, ça n'a pas d'importance. Il y a tellement de preuves qui désignent Gage comme l'assassin de toutes ces filles *et* de Rusty Burtram que tout le monde sera convaincu qu'elle avait l'esprit tellement confus à cause de la terreur et du chloroforme qu'elle s'est trompée et m'a confondu avec Gage. Après tout, je suis un honnête père de famille. Alors que Gage — eh bien, nous connaissons tous la réputation de Gage, sans même avoir besoin de preuves.

— Et donc Gage sera jugé et condamné pour tous les meurtres que tu as commis. » Ned acquiesça d'un signe de tête. « Et si le jury n'est pas convaincu au-delà du doute raisonnable qu'il est bien le tueur de Black Willow qui sévit depuis douze ans ?

— Il n'y aura pas de procès car Gage va disparaître. Il a déjà disparu. Tu t'en es rendu compte toi-même lorsque Kendrick et toi êtes allés fureter dans sa maison ce matin. Les flics se sont déjà rendus là-bas cette nuit. Évidemment, ils sont arrivés trop tard. Pendant qu'ils étaient tous autour de la fosse en train de regarder les secouristes en tirer Deirdre, j'étais déjà en train d'obliger Gage à sortir de chez lui. En utilisant une de ses armes, au fait », dit Ned en regardant le calibre .38 qu'il tenait à la main.

Chyna fronça les sourcils. Puis elle comprit. « Évidemment. Rex a été tué avec l'arme de Gage.

— Oui. Gage a tiré sur le pauvre vieux Rex lorsqu'il a stupidement essayé de te protéger.

— Si Gage avait été acculé à disparaître de Black Willow, pourquoi s'en serait-il pris à moi ?

— Parce que tu étais la seule personne qui représentait un danger pour lui. Il pouvait se cacher n'importe où, de n'importe qui. De n'importe qui sauf de Chyna Greer. Après tout, tu as bien trouvé Deirdre. Ça a dû lui faire un choc. Alors il a décidé de te tuer, toi la dernière menace à sa liberté, avant de disparaître. » Ned regarda Gage, dont les yeux n'avaient pas été recouverts d'adhésif. Ils étaient noircis, et un filet de sang séché s'échappait de sous l'œil droit, mais leurs profondeurs vertes brûlaient de haine.

« Ils ne te trouveront jamais, Gage, mais ils finiront par trouver le corps de Chyna et celui des autres filles.

— Tu vas me tuer et m'enterrer au même endroit qu'elles », fit Chyna. Ned acquiesça, souriant, mais presque aussitôt son visage disparut de sa vue. Elle ne voyait pas Ned ; elle ne voyait pas Gage ; elle ne voyait pas l'intérieur crasseux du bâtiment. Elle voyait Zoey, vêtue de son jean blanc et de son haut bleu, debout sur le parking du drive-in, l'immense écran juste derrière elle.

Sa voix résonna doucement aux oreilles de Chyna. « Star light, star bright… » tandis que son bras droit balaya d'un geste gracieux les vestiges baignés par le clair de lune du parking gravillonné. « The last star I see tonight… », la dernière étoile que je vois ce soir. La comptine dit : « The first star I see tonight », la première étoile que je vois ce soir, pensa Chyna. Mais Zoey chantait : « The last star I see tonight », la dernière étoile… Chyna sut alors, dans un éclair de compréhension désespéré, ce que Zoey voulait lui dire. Le StarLight Drive-In était la dernière étoile symbolique qui avait brillé au-dessus d'elle avant qu'elle soit enterrée.

« Elles sont toutes ici, n'est-ce pas, Ned ? dit Chyna d'une voix glacée. Zoey, Heather, Edie… elles sont toutes enterrées au drive-in. “Le seul endroit où je me sois senti parfaitement en paix.” C'est ce que tu as dit à propos de ce lieu, Ned. Alors, c'est là également que tu procurais la paix à tes victimes ? Une paix dont elles ne voulaient pas. Une paix dont je ne veux pas. »

Ned la regarda un instant l'air surpris, mais son sourire suffisant revint vite. « Maintenant tu vois pourquoi il faut que je me débarrasse de toi, Chyna ? Pourquoi il faut que *Gage* se débarrasse de toi ? Tu es trop maligne pour ton propre bien, petite fille. Et tu l'as toujours été.

— Non, je ne l'ai pas toujours été, sinon je t'aurais percé à jour bien plus tôt, répondit tristement Chyna. Mais peut-être était-ce à cause du lien du sang, ou parce que je t'aimais trop. »

Le sourire suffisant de Ned s'évanouit. Il la regarda avec gravité, presque avec affection, et à cet instant Chyna comprit que son frère avait ressenti pour elle autre chose que la jalousie ou le ressentiment de toutes ces années. Mais il n'avait jamais laissé cette part de lui-même, qui aurait pu le rendre meilleur, s'épanouir. Au lieu de cela, il avait essayé de la garder ensevelie, étouffée par la haine et, de manière tragique, il avait sacrement bien réussi.

« Pourquoi m'as-tu fait venir jusqu'ici, Ned ? demanda Chyna. Si ma mort doit être imputée à Gage, tu aurais pu me tuer et me laisser n'importe où.

— Le vieux Dickens est propriétaire de cet endroit depuis cinquante ans. Même lorsque le drive-in a dû fermer, il n'a pas voulu le vendre. Mais il est sur le point de mourir. Et dès qu'il sera mort, ses enfants le vendront à une entreprise qui veut en faire une galerie marchande. Au printemps prochain, ils vont sûrement se mettre à creuser. Alors ils trouveront les squelettes. Et bien entendu, Gage aura mis sa dernière victime avec toutes les autres, ici, pensant qu'elles ne seront pas découvertes avant longtemps. C'est bien plus sûr de tirer sur Gage ici, au milieu de nulle part avant que je l'emmène ailleurs. » Ned la regarda avec une sorte de tendresse étrange, dénaturée. « Et je veux t'enterrer avec Zoey, Chyna. Cela vous fera plaisir à toutes les deux. »

Ned prit une profonde inspiration, se leva, s'étira. « Bon, je crois que nous avons assez parlé comme ça. Je ne peux pas être de nouveau absent de la maison la moitié de la nuit. Beverly va commencer à croire que j'ai une liaison. » Il se mit à rire. « Gage, puisque tu aimes tant observer les femmes, je vais te laisser me regarder tuer ma sœur, avant que je te tue à ton tour. Traitement de faveur, puisque tu as la bonté de prendre tous les torts à ma place. » Ned regarda Chyna. « Déshabille-toi. »

Elle resta assise, parfaitement immobile, le fixant du regard. Non, ce n'est pas possible, se dit-elle. Je sais qu'il est malade, je sais qu'il a fait des choses indicibles, mais pas ça. S'il vous plaît, Zoey, maman, quelqu'un, aidez-moi…

« J'ai dit : Déshabille-toi », répéta Ned d'un ton égal.

Gage émit une sorte de grognement rauque et commença à s'agiter sous sa couverture. Ned aussitôt se tourna vers lui. « Tu t'imagines que tu vas la sauver ? Tu ne peux même pas te sauver toi-même, alors ferme-la et arrête de me distraire ou finalement je te tue en premier. »

Gage ne fit plus ni bruit ni mouvement, mais il continua d'incendier Ned du regard. Il tuerait Ned s'il en avait la moindre occasion, Chyna en avait l'absolue certitude, autant pour son Edie perdue depuis si longtemps que pour sauver sa peau. Mais cette occasion, il ne l'aurait pas.

Chyna commença à se lever. « Tu n'as pas besoin de te lever pour te déshabiller, fit Ned d'une voix cassante.

— Non, mais de cette manière je peux aller deux fois plus vite, et si c'est inévitable, j'aimerais bien en finir rapidement.» Les mots s'échappèrent de la bouche de Chyna avec juste ce qu'il fallait de peur et de fermeté, mais elle n'avait pas eu l'intention de les prononcer. Quelqu'un d'autre était avec elle, peut-être même à l'intérieur d'elle — réalisa-t-elle subitement. Devait-elle essayer de comprendre ce qui se passait ? Non. La pensée retentit comme un gong dans sa tête. Non. Laisse faire. Laisse quelqu'un d'autre prendre le contrôle.

Chyna enleva son manteau, puis le lourd pull-over qu'elle portait sur un très fin chemisier. Elle tenait toujours le pendentif de Zoey dans sa main gauche, et elle commença à déboutonner le chemisier en utilisant les doigts de sa main droite seulement. Elle laissa glisser le chemisier, puis ôta ses chaussures. Le sol froid en ciment fut comme une morsure à travers ses minces chaussettes, mais elle s'efforça de ne pas donner le moindre signe de gêne. Elle défit le bouton et baissa la fermeture à glissière de son jean, puis le fit tomber sur ses chevilles. C'est à ce moment-là que Ned demanda brutalement : « Pourquoi gardes-tu ta main gauche le poing fermé ? Qu'est-ce que tu tiens ? » Il sauta, la força à ouvrir la main, regarda le pendentif, puis rejeta la tête en arrière en riant. « Mon Dieu, Chyna ! Je sais que tu es dingue, mais à ce point ! Tu t'imagines que te balader avec le pendentif de Zoey va te servir à quelque chose ! Tu vas me l'enfoncer dans l'œil peut-être ? Ou bien s'en sert-elle pour t'envoyer des signaux ?

— C'est exactement ça », répondit Chyna, calmement et sincèrement. Mais Ned se contenta de continuer à rire. Puis, brusquement, il cessa. « Jette-le.

— Je croyais que tu pensais que c'était stupide de ma part de le tenir.

— C'est bien ce que je pense, mais... eh bien, jette-le, c'est tout.

— Qu'est-ce qui ne va pas ? Tu commences à avoir un peu peur de mes perceptions extrasensorielles, prétendument dingues ?

— Jette-le ! s'énerva Ned. Jette-le immédiatement ou je tire sur Gage. »

Malgré sa peur de perdre le contact avec Zoey, Chyna obéit à Ned. Elle n'aimait pas la lueur dans ses yeux ni la sueur qui commençait à perler sur son visage bien que la température du bâtiment fut de plus en plus basse. Elle se débarrassa du jean, enleva ses chaussettes, puis se tint debout en face de son frère, ne portant qu'un soutien-gorge en dentelles et un minuscule slip. « Ça ira comme ça, ou bien il te faut la nudité complète ?

— Gage et moi, nous souhaitons tout voir, dit Ned. Après tout, Scott y a bien eu droit. Nous ne voulons pas être de reste. »

Chyna mit ses bras dans le dos et commença à dégrafer son soutien-gorge lorsque, brusquement, la lumière de la torche faiblit. Elle pensa tout d'abord que la pile était usée, puis s'aperçut que Ned n'avait même pas jeté un coup d'œil à sa lampe. Et, un instant auparavant, elle avait pu entendre la respiration de Gage, son souffle rendu difficile, elle s'en rendait compte, par le froid et la déshydration. Non, la pièce ne changeait que pour elle seule, compritelle, tandis que l'obscurité s'épaississait encore et que la pièce disparaissait à ses yeux, remplacée par la vision de voitures roulant à toute allure — deux voitures de police avec gyrophares et sirènes, et une Mercury bleue toute neuve avec Scott Kendrick au volant. Voyait-elle la réalité, ou juste une illusion, une terrible illusion d'espoir ?

« Que se passe-t-il ? demanda Ned. Il te faut toujours un temps pareil pour te déshabiller ? »

Chyna tâtonna avec l'agrafe, puis sentit le soutien-gorge tomber. Elle ne pouvait voir son frère, néanmoins. Elle ne pouvait voir ni Gage ni la pièce. Elle ne voyait que les voitures sur la route. Mais elle ne pouvait laisser Ned deviner qu'il lui arrivait quelque chose, sinon qu'elle commençait à prendre peur. C'est cela qui lui ferait plaisir. Qu'il désirait le plus. Inspirer la peur.

Elle glissa son pouce droit le long de son ventre, jusqu'à l'élastique de sa culotte. Elle fit de même avec le pouce gauche, puis fit rouler ses doigts sur le tissu. Elle avait la chair de poule à cause du froid. Elle le sentait sans le voir. Elle ne voyait rien d'autre que les voitures. Elle les vit dépasser un immense panneau publicitaire annonçant la kermesse locale, un panneau dont elle savait qu'il se trouvait à un mile environ d'ici, et une nouvelle peur l'envahit. Les sirènes. Coupez les sirènes, pensa-t-elle désespérément. Coupez les sirènes !

« Que se passe-t-il, petite sœur ? demanda de nouveau Ned. Ton visage a semblé avoir une sorte de spasme. Es-tu brusquement aussi effrayée que tu devrais l'être ? »

Chyna entendit Ned, mais à peine. Il avait dit

quelque chose à propos de la frayeur. Elle s'écria : « J'ai froid. J'ai honte. J'ai peur. Satisfait ?

— Oh oui, mais ce n'est pas la peine de crier. Joli corps, tu ne dirais pas ça, Gage ? Bien sûr, tu ne peux rien dire. Quoi qu'il en soit, je lui donnerai un huit sur une échelle de dix. Peut-être un neuf ? Non, ne nous emballons pas parce que c'est ma sœur. Un huit. Maintenant Beverly… »

Les sirènes. Les sirènes. Mon Dieu, les sirènes ! Peut-être était-ce seulement parce que Zoey lui permettait cette expérience qu'elle les entendait, mais Chyna avait vu le panneau. Elle ne pouvait laisser Ned entendre les sirènes. « J'ai froid ! cria-t-elle. Bon sang, combien de temps faut-il que je reste debout ici à mourir de froid ? Tu m'as vue, Ned ! Tu m'as humiliée ! Pourquoi diable n'en finis-tu pas une bonne fois pour toutes avec ce que tu veux faire ?

— Mon Dieu, Chyna, la ferme ! » hurla Ned. Elle l'entendit parfaitement. Lui et rien d'autre. Elle faillit s'évanouir de soulagement. Ils avaient coupé les sirènes. « Tu veux que j'en finisse ? Très bien. »

Ned posa la torche par terre, toujours allumée. Il se releva, avança vers elle. Elle savait que courir en direction de la porte ne servirait à rien. Deux pas, et il serait sur elle. Chyna ferma les yeux. Où étaient les véhicules de police ? Où était Scott ? Rien. Elle ne vit rien, sinon les ténèbres. À moitié malade, elle se força à se tenir aussi droite et immobile que possible, tout son corps frissonnant de froid et de peur. Instinctivement, elle se couvrit la poitrine des deux bras. Elle avait les yeux fermés très fort lorsqu'elle sentit son frère glisser le bras sur son visage et lui frapper la bouche d'une main, comme il avait fait aux autres filles.

Puis elle sentit le chloroforme. Je ne vais pas respirer, pensa-t-elle avec une énergie désespérée. Elle retint son souffle aussi longtemps qu'elle le put. Elle essaya de tourner la tête de droite à gauche. Mais Ned était fort. Il appuya si fort avec le chiffon qu'elle crut qu'il allait lui briser le nez. Et, malgré elle, son corps privé d'oxygène prit de longues et profondes inspirations à travers le chiffon. Aussitôt le monde devint flou. Elle essaya de tousser, sans y parvenir. Elle essaya de s'empêcher de respirer, sans y parvenir. Elle ouvrit la bouche, inhala, et sentit que son corps commençait à s'affaisser…

Des cris. Dehors. Dedans. Un coup de feu. Confusément, elle regarda et vit Gage s'écrouler le long du mur. Une autre détonation. La porte s'ouvrit toute grande. Ned fit un bond en arrière et la lâcha. Elle tomba par terre, releva la tête juste à temps pour le voir se jeter contre un policier. Un coup de feu. Puis un autre. Encore et encore.

Un moment plus tard, quelqu'un fut à ses côtés. « Tout va bien, ma chérie. » Une voix profonde, familière murmurait à son oreille. « Je ne crois pas que tu sois blessée. Tu as juste froid. Mets mon manteau.

— S-scott ? murmura Chyna. Mon frère ? »

Les bras de Scott se refermèrent autour d'elle. Il posa la tête de Chyna contre son épaule. « Je suis désolé, Chyna, mais c'est mieux comme ça. Ton frère ne pourra plus jamais faire de mal à personne. »

Épilogue

Avec soin, Beverly posa un édredon plié sur une pile de draps et de couvertures dans un carton de déménagement, referma et scotcha les rabats, puis resta debout à côté le temps que Chyna écrive « literie » sur le dessus. Un instant, Beverly garda les yeux fixés sur le mot, puis elle regarda Chyna. « Cela fait deux heures que nous faisons des cartons. Je crois qu'on a mérité de faire une pause et de boire quelque chose. »

Cinq minutes plus tard, les deux femmes étaient installées autour de la table de la cuisine, sirotant un soda. « Je pensais que j'allais vivre dans cette maison pour le restant de mes jours, dit Beverly, faisant des yeux le tour de la petite cuisine avec ses comptoirs vides. Je n'arrive pas à croire qu'en moins d'une semaine tout mon univers a changé et que je déménage pour Albuquerque, le dernier endroit où j'aurais imaginé aller.

— Tu préférerais aller ailleurs ? » demanda doucement Chyna.

Beverly hocha la tête. « Les enfants ont beau être encore tout petits, les gens sont déjà en train de raconter des choses à Kate au sujet de Ned. Je sais qu'il faudra que je leur explique tout un jour, mais pas maintenant, pas avant un certain temps. Ils ne sont pas encore remis de la mort de leur père. Si en plus ils savaient *pourquoi* il est mort... » Les yeux de Beverly se remplirent de larmes. Chyna tendit le bras et prit la main gauche de Beverly, celle qui portait encore son alliance en or. La gorge de Beverly se noua. « J'espère que ça ne te dérange pas qu'on te suive à Albuquerque. Mes parents sont morts, Vivian, Rex et Ned sont partis, ma sœur vient de se marier avec tous les problèmes que cela implique, mais je sens que les enfants ont besoin d'être près d'une personne qui soit *la famille* en plus de moi.

— Je suis heureuse que tu penses que je peux apporter une aide quelconque, dit Chyna. Mais je crois que la plus grande aide, ce ne sera pas moi — ce sera Michelle. »

Beverly éclata d'un rire plein de larmes. « Je ne voudrais pas te vexer, mais je crois que tu as raison. Ils sont dingues de cette chienne.

— Et elle, elle ne demande que ça, être avec eux, c'est donc une relation destinée à bien marcher. »

Beverly but une gorgée de son Coca Light et tira les manches de son pull-over bleu marine. Ses cheveux étincelaient de propreté, mais pour une fois elle ne portait ni bijoux ni maquillage. « Chyna, tu es certaine que, bien qu'on vienne s'installer chez toi, on ne va pas te déranger ? Je sais que tu travailles dur à l'hôpital, et avec Scott qui vient dans les parages lui aussi...

— Scott vient vivre à Albuquerque pour le climat », fit Chyna. Berverly grimaça et leva les yeux au ciel.

« D'accord, ses médecins ont dit qu'il avait besoin de deux mois encore pour se remettre tout à fait puisqu'il a décidé de recommencer à voler, Dieu soit loué. Mais il pense qu'il y parviendra mieux loin de Black Willow. Il dit que cet endroit lui donne la chair de poule maintenant. Il a été somnambule pendant des semaines, avant l'épisode du drive-in. Il m'a raconté que, le matin suivant la disparition de Deirdre, il s'est réveillé avec des égratigures partout et des taches de sang sur l'ivoire gravé du pommeau de cette canne qu'il avait avec lui. Il avait peur d'avoir blessé quelqu'un avec, mais en fait le sang était le sien, celui de ses écorchures et des coupures de sa main. Il a raconté aussi que, la nuit où Gage a disparu, il s'est réveillé et s'est retrouvé assis sur le bord de la fontaine. Il était mort de peur. » Elle eut un léger sourire : « Il en est même arrivé à boire du lait chaud.

— Oh, mon Dieu, compatit Beverly avec un petit sourire elle aussi.

— Scott pensait que peut-être le crash l'avait tellement traumatisé qu'il s'était mis à faire des choses horribles pendant la nuit. Il a consulté quelqu'un, et il était sur le point d'aller dans un service psychiatrique. Dieu merci, ça n'a pas été nécessaire. Il est tout à fait normal mentalement, mais tu peux voir qu'il a vraiment besoin d'un changement de décor, d'un endroit complètement différent, pour retrouver pleinement la santé d'un point de vue autant physique qu'émotionnel. »

La bouche de Beverly s'étira sur la droite tandis qu'elle s'efforçait de réprimer un sourire. « Oh, Chyna ! Il va à Albuquerque pour être avec toi. Pourquoi ne peux-tu pas l'admettre tout simplement ? »

Chyna sentit ses joues s'embraser et, au bout d'un moment, elle répondit : « Je ne sais pas. Parce que j'ai peur que ce soit trop beau pour être vrai ? Parce que je crains que ma liaison avec Scott ne repose que sur l'épreuve qu'on a traversée ensemble, et pas sur quelque chose de *réel* ?

— Elle ne repose pas sur l'épreuve, dit fermement Beverly. Cela fait des années que tu ressens quelque chose à son égard. Et je sais que c'était pareil pour lui, seulement il avait pris l'habitude de penser à toi comme à une enfant, alors tu n'étais pas accessible. C'était comme s'il n'avait pas pris conscience que tu étais devenue adulte. » Elle sourit. « Les hommes peuvent être lents, parfois.

— Oui. Mais Scott n'a pas été lent quand il s'est agi de me sauver la vie. J'avais oublié qu'il avait dit qu'il passerait à la maison après son rendez-vous chez le médecin. Quand il est arrivé et qu'il a vu que la porte n'était pas fermée, il est entré, et il a vu Rex sur le sol. Dieu merci, Rex était encore vivant et assez conscient pour dire à Scott que Ned lui avait tiré dessus et qu'il m'avait emmenée au Star Light Drive-In. Le pauvre Rex. Il a tellement souffert avant de mourir, mais il m'a sauvée. » Chyna soupira. « Et à cause de cela je lui pardonne presque d'avoir trompé mon père avec maman pendant toutes ces années.

— Rex t'a sauvée, tout comme Scott. Et Scott a aussi sauvé Gage. J'ai entendu dire qu'il s'en tire avec une blessure à l'épaule.

— Oui. Et la libération de ce nuage de doute qui était suspendu au-dessus de lui depuis la disparition d'Edie Larson. »

Les yeux de Beverly s'emplirent de larmes à nouveau. « Maintenant tout le monde sait que c'est Ned qui l'a tuée. Et Zoey. Et Heather. Et Rusty. Et, sans toi, il y aurait eu Deirdre aussi. Tu as dit que tu entendais sans cesse Zoey chanter « Star light, star bright », et Deirdre travaillait dans le café de son père, L'Étoile, le mot français pour *star*. Tu crois que c'était une coïncidence ?

— Je n'en ai aucune idée, répondit sincèrement Chyna. Je suppose que j'ai ce don, ou ce fardeau, quel qu'il soit, mais je ne peux pas l'expliquer. Ni le contrôler, d'ailleurs. C'est ça le plus frustrant.

— Tu ne peux pas expliquer le don que tu as. Je ne peux pas expliquer comment j'ai pu épouser un homme, avoir deux enfants avec lui, l'aimer tendrement, sans me douter que c'était un tueur en série. Mon Dieu, on dirait un gros titre de tabloïd, mais c'est la vérité. Chyna, je n'ai jamais eu le moindre indice.

— Bien sûr que non. »

Beverly pencha la tête un instant, puis continua : « Ce n'est pas tout à fait vrai. Maintenant, quand je repense à notre mariage, je vois des choses qui ne collaient pas tout à fait — tout le temps où Ned n'était pas à la maison, l'allure qu'il avait parfois quand il rentrait tard du travail. Au début, j'étais simplement amoureuse de lui, je voulais croire tout ce qu'il me disait. Plus tard, j'étais occupée avec les enfants et j'ai arrêté de lui accorder toute l'attention que j'aurais dû. » Elle lança un regard terriblement douloureux à Chyna. « Crois-tu que c'est la raison pour laquelle il a fait ce qu'il a fait ? Mes défaillances en tant qu'épouse ?

— Non, Beverly. De façon sûre et certaine, non,

répondit Chyna avec véhémence. Tu étais une épouse merveilleuse. Tu m'as toujours épatée, par la manière dont tu arrivais à tout tenir en équilibre, Ned, les enfants, une maison, et tout ça avec une telle patience, un tel amour. De plus, tu ne savais pas que Ned avait essayé de me tuer quand il avait dix ans ! Il y a toujours eu quelque chose qui n'allait pas chez lui. Je sais qu'il voulait mettre tous les torts sur mes parents et sur Rex, et même sur moi, mais en dépit de toutes les erreurs que maman, papa et Rex ont commises, et ma faute colossale — être prétendument plus intelligente que lui — , ce n'était pas ça la cause de ses problèmes. Du moins, la seule cause.

» Je n'ai jamais su décider s'il fallait croire en l'acquis ou l'inné — savoir si on naît d'une certaine manière ou si on devient ce qu'on est par la manière dont on est élevé, continua Chyna. Maintenant je crois que c'est probablement un mélange des deux. Dans sa lettre, maman raconte à quel point Ned était un bébé malheureux, à quel point même un tout petit enfant peut être sujet à ces terribles humeurs dépressives. Je crois qu'il y avait quelque chose qui manquait à Ned à la naissance. Ajoute tout le gâchis et la confusion dans ma famille, et on aboutit au Ned mort la semaine dernière.

— Je suppose, balbutia Beverly. Mais, Chyna, Ian et Kate sont les enfants de Ned. Crois-tu que, s'il y avait quelque chose qui n'allait pas en lui à la naissance, il ait pu le leur transmettre ? »

À cet instant, Beverly et Chyna entendirent la porte d'entrée s'ouvrir. Puis la voix de Scott, criant : « Bev, Chyna, on revient du parc. » Il s'adressa ensuite aux enfants : « Hé, vous deux, du calme ! On est à la maison. Il est temps de se tenir un peu. »

Michelle aboya bruyamment, se précipita dans la cuisine, et fila droit sur Chyna. Chyna se laissa glisser de sa chaise et s'assit sur le sol, laissant la grande chienne dorée monter sur ses genoux. Ian et Kate suivirent aussitôt, et bientôt tous trois étaient par terre, à caresser le chien, s'embrasser, et rire de tout cœur.

Chyna leva les yeux sur Beverly, qui les baissait sur eux, avec son premier sourire spontané depuis la mort de Ned. « Il ne s'est jamais comporté ainsi quand il était petit, dit Chyna, sachant que les enfants ne s'occupaient pas de ce qu'elle disait. En dépit de tout, tu as deux beaux enfants, heureux, sains, *normaux*, Bev. Et je dirais que ça fait de toi l'une des personnes les plus chanceuses au monde. »

Beverly souriait, mais des larmes roulaient le long de ses joues. Scott mit son bras sur l'épaule de Beverly, et regarda Chyna, de l'amour plein les yeux. « Tu peux croire ce qu'elle te dit, Beverly, car ma chère Chyna connaît et sent plus de choses que tout ce qu'on pourrait imaginer. »

REMERCIEMENTS

Merci à Pamela Ahearn, Jennifer Weis et à l'équipe d'urgentistes du comté de Mason.

Et à Berverly Watterson tout particulièrement.

DU MÊME AUTEUR

Aux Éditions de La Table Ronde

MORTEL SECRET, 2009.

PERDUES DE VUE, 2008, Folio Policier nº 554.

LE CRIME DES ROSES, 2006, Folio Policier nº 522.

LES SECRETS SONT ÉTERNELS, 2005, Folio Policier nº 475.

SI ELLE DEVAIT MOURIR, 2004, Folio Policier nº 424.

DEPUIS QUE TU ES PARTIE, 2003, Folio Policier nº 348.

NE FERME PAS LES YEUX, 2002, Folio Policier, nº 320.

SIX DE CŒUR, 2001, J'ai Lu 2003 et Folio Policier nº 534.

PAPA EST MORT, TOURTERELLE, 2000, Éditions de La Seine, 2002, Folio Policier nº 483.

TU ES SI JOLIE CE SOIR, 1999, J'ai Lu, 2000 et Éditions de La Seine, 2002, Folio Policier nº 494.

PRÉSUMÉE COUPABLE, 1993, Folio Policier nº 386.

NOIR COMME LE SOUVENIR, 1991, J'ai Lu, 2000 et Folio Policier nº 535.

COLLECTION FOLIO POLICIER

Dernières parutions

423.	Caryl Férey	*Plutôt crever*
424.	Carlene Thompson	*Si elle devait mourir*
425.	Laurent Martin	*L'ivresse des dieux*
426.	Georges Simenon	*Quartier nègre*
427.	Jean Vautrin	*À bulletins rouges*
428.	René Fregni	*Lettre à mes tueurs*
429.	Lalie Walker	*Portées disparues*
430.	John Farris	*Pouvoir*
431.	Graham Hurley	*Les anges brisés de Somerstown*
432.	Christopher Moore	*Le lézard lubrique de Melancholy Cove*
433.	Dan Simmons	*Une balle dans la tête*
434.	Franz Bartelt	*Le jardin du Bossu*
435.	Reiner Sowa	*L'ombre de la Napola*
436.	Giorgio Todde	*La peur et la chair*
437.	Boston Teran	*Discovery Bay*
438.	Bernhard Schlink	*Le nœud gordien*
439.	Joseph Bialot	*Route Story*
440.	Martina Cole	*Sans visage*
441.	Thomas Sanchez	*American Zazou*
442.	Georges Simenon	*Les clients d'Avrenos*
443.	Georges Simenon	*La maison des sept jeunes filles*
444.	J.-P. Manchette & B.-J. Sussman	*L'homme au boulet rouge*
445.	Gerald Petievich	*La sentinelle*
446.	Didier Daeninckx	*Nazis dans le métro*
447.	Batya Gour	*Le meurtre du samedi matin*
448.	Gunnar Staalesen	*La nuit, tous les loups sont gris*
449.	Matilde Asensi	*Le salon d'ambre*
450.	Jo Nesbø	*Rouge-gorge*
451.	Olen Steinhauer	*Cher camarade*
452.	Pete Dexter	*Deadwood*
454.	Keith Ablow	*Psychopathe*

455.	Batya Gour	*Meurtre à l'université*
456.	Adrian McKinty	*À l'automne, je serai peut-être mort*
457.	Chuck Palahniuk	*Monstres invisibles*
458.	Bernard Mathieu	*Otelo*
459.	James Crumley	*Folie douce*
460.	Henry Porter	*Empire State*
461.	James Hadley Chase	*Pas d'orchidées pour Miss Blandish*
462.	James Hadley Chase	*La chair de l'orchidée*
463.	James Hadley Chase	*Eva*
464.	Arkadi et Gueorgui Vaïner	*38, rue Petrovka*
465.	Ken Bruen	*Toxic Blues*
466.	Larry Beinhart	*Le bibliothécaire*
467.	Caryl Férey	*La jambe gauche de Joe Strummer*
468.	Jim Thompson	*Deuil dans le coton*
469.	Jim Thompson	*Monsieur Zéro*
470.	Jim Thompson	*Éliminatoires*
471.	Jim Thompson	*Un chouette petit lot*
472.	Lalie Walker	*N'oublie pas*
473.	Joe R. Lansdale	*Juillet de sang*
474.	Batya Gour	*Meurtre au Philharmonique*
475.	Carlene Thompson	*Les secrets sont éternels*
476.	Harry Crews	*Le Roi du K.O.*
477.	Georges Simenon	*Malempin*
478.	Georges Simenon	*Les rescapés du Télémaque*
479.	Thomas Sanchez	*King Bongo*
480.	Jo Nesbø	*Rue Sans-Souci*
481.	Ken Bruen	*R&B – Le Mutant apprivoisé*
482.	Christopher Moore	*L'agneau*
483.	Carlene Thompson	*Papa est mort, Tourterelle*
484.	Leif Davidsen	*La Danois serbe*
485.	Graham Hurley	*La nuit du naufrage*
486.	John Burdett	*Typhon sur Hong Kong*
487.	Mark Henshaw / John Clanchy	*Si Dieu dort*
488.	William Lashner	*Dette de sang*
489.	Patrick Pécherot	*Belleville-Barcelone*
490.	James Hadley Chase	*Méfiez-vous, fillettes !*
491.	James Hadley Chase	*Miss Shumway jette un sort*

492.	Joachim Sebastiano Valdez	*Celui qui sait lire le sang*
493.	Joe R. Lansdale	*Un froid d'enfer*
494.	Carlene Thompson	*Tu es si jolie ce soir*
495.	Alessandro Perissinotto	*Train 8017*
496.	James Hadley Chase	*Il fait ce qu'il peut*
497.	Thierry Bourcy	*La cote 512*
498.	Boston Teran	*Trois femmes*
499.	Keith Ablow	*Suicidaire*
500.	Caryl Férey	*Utu*
501.	Thierry Maugenest	*La poudre des rois*
502.	Chuck Palahniuk	*À l'estomac*
503.	Olen Steinhauer	*Niet camarade*
504.	Christine Adamo	*Noir austral*
505.	Arkadi et Gueorgui Vaïner	*La corde et la pierre*
506.	Marcus Malte	*Carnage, constellation*
507.	Joe R. Lansdale	*Sur la ligne noire*
508.	Matilde Asensi	*Le dernier Caton*
509.	Gunnar Staalesen	*Anges déchus*
510.	Yasmina Khadra	*Le quatuor algérien*
511.	Hervé Claude	*Riches, cruels et fardés*
512.	Lalie Walker	*La stratégie du fou*
513.	Leif Davidsen	*L'ennemi dans le miroir*
514.	James Hadley Chase	*Pochette surprise*
515.	Ned Crabb	*La bouffe est chouette à Fatchakulla !*
516.	Larry Brown	*L'usine à lapins*
517.	James Hadley Chase	*Une manche et la belle*
518.	Graham Hurley	*Les quais de la blanche*
519.	Marcus Malte	*La part des chiens*
520.	Abasse Ndione	*Ramata*
521.	Chantal Pelletier	*More is less*
522.	Carlene Thompson	*Le crime des roses*
523.	Ken Bruen	*Le martyre des Magdalènes*
524.	Raymond Chandler	*The long good-bye*
525.	James Hadley Chase	*Vipère au sein*
526.	James Hadley Chase	*Alerte aux croque-morts*
527.	Jo Nesbø	*L'étoile du diable*
528.	Thierry Bourcy	*L'arme secrète de Louis Renault*

Composition IGS-CP
Impression Novoprint
le 3 mai 2009
Dépot légal : mai 2009

ISBN 978-2-07-039677-1 /Imprimé en Espagne.

166580